KB058984

타나카 유 지음
Llo 일러스트
신동민 옮김

전생했더니 검이었습니다

"I became the sword by transmigrating"
Story by Yuu Tanaka. Illustration by Llo

4

전생했더니 검이었습니다 4

"I became the sword by transmigrating." Story by Yuu Tanaka. Illustration by Llo.

타나카 유 지음

Llo 일러스트

신동민 옮김

CONTENTS

제1장
요리 길드와 콘테스트

7

제2장
수정 감옥

65

제3장
월연제의 밤

121

제4장
준동하는 존재들

175

제5장
사인으로의 변이

244

제6장
대욕의 연금술사

310

제7장
사악의 주인

356

에필로그

407

"I became the sword by transmigrating"
Volume 4
Story by Yuu Tanaka, Illustration by Llo

제1장 **요리 길드와 콘테스트**

시드런 해국을 출발한 그날 저녁 무렵.

우리는 당초의 목적이었던 크란젤 왕국 최대 항구 도시, 바르보라에 도착해 있었다.

원래라면 열흘은 걸리겠지만 타고 있던 배는 수룡이 끌고 가는 수룡함이었다. 속도가 무시무시한 데다 마수 따위에게 공격받은 일도 없어서 그날 안에 바르보라에 도착했다. 정말 빨랐다.

다만 우리가 바르보라 항에 내려섰을 때 승선해 있던 건 수룡함이 아니었다.

수룡함은 바르보라 항에 직접 들어가 정박할 수 없었기 때문이다.

딱히 바르보라 항이 너무 작아서 그런 것은 아니다. 오히려 바르보라 항의 크기는 충분히 정박 가능할 만큼 클 것이다.

그런 게 아니라 수룡함이 타국의 항구에 정박할 때는 사전에 연락을 해야 한다고 한다. 그것도 정박 전의 가벼운 연락이 아니라 국가를 통한 정식 통지다.

하지만 생각해보면 당연한 것일지도 모른다.

수룡은 위협도 B의 마수다. 혼자서 작은 국가조차 위기에 빠뜨릴 수 있는 수준의 대마수다. 계약으로 속박돼 있다고는 하나 그리 간단히 정박할 수는 없을 것이다.

지구로 말하자면 아무런 사전 연락도 없이 항공모함이 타국의 항구에 나타나는 사례와 같다. 자칫하면 전쟁이 일어날 수도 있고, 적어도 틀림없이 큰 소동이 일어날 것이다.

그런 이유로 수룡함은 앞바다에 정박하고 우선 바르보라에 본거지가 있다는 루실 상회 사람들을 작은 배로 보냈다. 그 후, 그들이 상회의 배로 수룡함에 돌아와 프란을 태우고 바르보라로 향하는 계획이었다.

"그럼 또 보자!"

"응!"

"윙!"

프란은 루실 상회의 렌길 선장이 준비해준 상선 위에서 밀리엄에게 손을 흔들었다.

프란을 바르보라로 데려다준 수룡함의 선장이자 시드런 해국 제2 왕녀인 밀리엄은 느긋하게 있을 새도 없이 즉시 시드런으로 돌아가야 한다고 했다.

혁명이 일어난 지 얼마 되지 않아서 국내 정세도 아직 불안정했다. 왕녀가 놀고 있을 틈은 없을 것이다. 밀리엄도 갑판 위에서 프란이나 필리어스의 왕족인 플루토와 사티아에게 손을 흔들어줬다.

하지만 프란의 표정은 밝아지지 않았다. 밀리엄과의 이별이 쓸쓸한 거겠지.

『뭐, 이게 영원한 이별은 아니야. 조만간 만날 수 있어.』

'응……'

내 위로에도 프란은 기운 없이 맞장구를 칠 뿐이었다.

『자, 그런 한심한 얼굴로 이별할 셈이야? 웃어. 그편이 밀리엄도 기뻐해줄 거야.』

"응……. 밀리엄! 안녕!"

"그래, 작별이다! 안녕."

그래 좋아, 조금 억지로라도 웃으면 어두운 기분도 사라지는 법이다.

우리는 수룡에게 이끌려 무시무시한 속도로 떠나가는 수룡함을 전송했다. 순식간에 작아져가는군.

"우리도 바르보라로 가죠."

렌길 선장의 지시에 따라 상선도 움직이기 시작했다. 프란 일행을 태운 상선은 그대로 바르보라 항의 한 구석에 입항했다.

트랩을 타고 내려와 다시 플루토 왕자와 사티아 왕녀와 작별 인사를 마쳤다.

"프란, 정말 신세졌어."

"여러모로 고마웠어요."

"응."

이번에는 특별히 심각한 표정은 짓지 않았다. 이 두 사람과의 이별이 쓸쓸하지 않다는 것이 아니라 바로 재회가 정해져 있기 때문——.

"그러면 우리는 먼저 영주관에 가 있을게."

"볼일을 마치면 반드시 와줘요."

이런 것이었다.

"영주관은 귀족가의 중심에 있으니 바로 알 수 있을 거야."

"영주님에게 프란 씨에 대해서 전해둘게요."

"알았어."

플루토와 사티아의 말에 프란이 고개를 꾸벅 끄덕였다.

영주관에 함께 머물지 않겠느냐고 권유를 받았을 때, 처음에는 거절했다. 프란은 귀족의 저택에 머물 만큼 고상하지 않고 울시도 있으니 말이다. 하지만 플루토와 사티아, 종복인 세리드까지 권유해서 거절할 수 없었다.

왕자님과 공주님은 둘째 치고 세리드마저 프란이 마음에 든 모양이다. 목숨을 구해줬으니 무리도 아니겠지만. 그래도 "전하들의 교육에는 나쁘지만 두 분이 너를 마음에 들어 하시는 것 같구나" 하고 덧붙이는 것을 잊지 않는 점이 세리드다웠다. 불쾌한 종복 연기가 너무 몸에 배어서 이미 평범하게 말할 수 없는 듯했다.

"그러면 나중에 봐."

"조심해서 다녀와라."

"울시도 나중에 봐."

"윙!"

루실 상회에서 준비한 마차에 타고 왕자님 일행이 떠나갔다. 그것을 전송하고 있는데 이번에는 렌길 선장 일행이 말을 걸어왔다.

"겨우 도착했군요."

"렌길, 여러모로 고마워."

"아닙니다. 저야말로 도움만 받았습니다."

소녀 모험가에 불과한 프란과 대상회에 소속된 선장인 렌길이지만 그 사이에는 그럭저럭 허물없는 분위기가 흐르고 있었다.

짧은 만남이지만 시드런 해국 혁명에서 함께 사선을 헤쳐 온 사이이기 때문이다. 오히려 렌길에게는 프란만 싸우게 하고 자신들은 도움이 되지 않았다는 부담이 있는 듯했다. 지금도 프란의 손을 꽉 잡고 고개를 숙이고 있었다.

"프란 씨. 당신이 없었다면 이렇게 무사히 바르보라에 도착하지도 못했을 겁니다. 정말 감사합니다. 선원들을 구해주신 은혜도 보답하지 못했으니 뭔가 곤란한 일이 있으면 루실 상회를 의지해주십시오. 할 수 있는 모든 것을 해드리겠습니다."

"알았어."

모처럼 대상회와 인연이 생겼으니 무슨 일이 있으면 사양하지 않고 의지하도록 하자.

마지막으로 렌길 선장과 다시 악수를 나누고 우리는 항구를 뒤로했다.

『그럼 우선 모험가 길드로 가자.』

이런저런 일이 있었지만 호위 의뢰 달성 보고를 해야 한다. 성공 여부는 미묘하지만 의뢰주인 왕자님과 공주님이 성공이라고 말해줬으니 상관없다.

플루토 왕자가 바르보라 입항 직후에 부하를 모험가 길드로 보내줬을 테니 길드로 가면 성공 수속을 밟을 수 있을 터였다.

"마수 소재도 팔래."

『그렇지.』

도중에 입수한 마수 소재도 상당히 쌓였다. 이것도 처분하고 싶다.

"도시도 보고 싶고."

확실히 이렇게나 큰 항구 도시다. 볼거리도 다양하게 있을 것이다.

"웡웡웡."

"울시도 도시가 보고 싶어?"

11

"워웡!"

울시도 의욕이 가득했다. 새로운 곳에 오면 우선 산책. 개구나.

뭐, 나도 바르보라를 조금 돌아다녀보고 싶으니 마침 잘됐나.

『그럼 바르보라 산책을 해보실까요.』

"응."

"웡웡!"

도시를 돌아다니며 모험가 길드를 찾으면 일석이조고 말이다.

크란젤 왕국의 바다의 현관이자 왕도에 이은 제2의 대도시, 바르보라. 백 척이나 되는 배가 정박할 수 있다는 거대 항구에는 20여 개 국 이상의 상선이 드나들고, 이 도시에서 구하지 못할 것은 없다는 소리까지 나오는 상업 도시이기도 하다.

대도시라고 불리는 곳답게 우리의 상상 이상으로 크고 번영하고 있었다. 항구에서 도시로 향하는 대로는 아침 시간 역의 플랫폼 수준으로 북적거리고 있었다.

또한 건물의 규모도 컸다. 무려 경비대 대기소조차 4층짜리 초호화 사양이었던 것이다. 내가 이 세계로 오고 처음 방문한 도시는 알레사였는데, 그 도시에 있던 대기소의 열 배 가까운 규모였다.

바르보라의 치안을 유지하기 위해서는 그만한 병사가 필요하다는 뜻일 것이다. 도시의 규모도, 사람의 수도 알레사와는 전혀 비할 바가 못 됐다.

『우와, 가게가 너무 많아서 눈길이 자꾸 가는군.』

"굉장해."

"웡."

대로의 양 가장자리에 늘어선 엄청난 숫자의 노점을 보고 프란과 울시도 눈을 반짝이며 크게 흥분했다. 물론 나도다.

그 대부분이 음식이나 토산물을 파는 노점이었다. 사람이 모인 인기 가게서부터 살짝 수상한 노점까지, 보고 있어도 전혀 싫증나지 않았다. 게다가 전 세계에서 사람이 찾아오는 곳답게 음식점의 요리도 천차만별이었다.

또한 포장마차도 잔뜩 늘어서 있었는데, 그 형태 자체도 각양각색이었다.

각각의 문화권에 속한 포장마차와 노점이 모여 있는 거겠지. 일본의 꼬치집이 있으면, 서양 느낌이 나는 곤돌라 타입의 가게도 있었다.

"오오."

"워우."

먹보들의 눈에서 빛이 점점 늘어나고 있다는 것을 알 수 있었다.

돈은 있으니 군것질을 마음껏 해도 좋다──고 말한 것이 실수였을까.

"우물우물."

"휘윙!"

"저것도."

"웡웡."

"얌냠."

"휘후."

입에 음식을 넣지 않은 시간이 더 짧지 않았을까.

다 안을 수 없을 정도의 음식을 양손에 들고 오로지 먹기만 하는 소녀와 커다란 검은 개. 눈길을 끌고 있군. 거대 꼬치구이를 한입에 먹었을 때는 주위에서 박수가 터져 나왔을 정도다.

여기저기서 군것질을 하며 느릿느릿 나아가는 사이에 커다란 광장이 나왔다.

엄청나게 넓군. 아마 직경 200미터 정도는 되지 않을까. 인접한 건물도 광장에 맞춘 듯이 거대하고 돈 좀 들었을 법한 호화로운 외관의 것뿐이었다.

이른바 도쿄의 마루노우치나 뉴욕의 타임스 스퀘어 같은 일등지일지도 모른다.

나란히 선 자기주장 강한 수많은 건물을 바라보다 마음에 걸리는 간판을 발견했다.

『저건…….』

'스승, 왜 그래?'

『저기 있는 건물 말인데, 요리 길드라고 적혀 있어.』

그렇다, 내가 발견한 것은 요리 길드의 간판이었다. 요리 길드라는 글자 아래쪽에는 포크와 스푼이 교차한 그림이 그려져 있었다.

『처음 들었어.』

어떤 길드지?

"가볼까?"

『부탁해.』

그 밖에도 대장 길드나 상인 길드처럼 엄청나게 유명한 길드나 대사관 등의 간판도 보였다. 그런 것들과 나란히 지어져 있으니 규모가 상당한 길드이려나.

"여기야?"

『응. 그런데…… 울시는 못 들어가는 거 같네.』

입구에 '애완동물이나 종마의 동반 입장은 사절합니다'라는 주의서가 있었기 때문이다. 뭐, 음식을 다루는 길드니 어쩔 수 없나.

'그림자 속으로 들어가면?'

『그게 좋겠지. 울시, 건물 안에서는 절대로 나오지 마.』

'끼잉…….'

울시는 약간 구슬프게 울고 얌전히 그림자 속으로 가라앉았다. 아무래도 맛있는 것을 먹을 수 있다고 기대했나 보다.

"이리 오너라."

호화로운 문을 열고 안으로 들어가니 내부는 알레사의 모험가 길드와도 비슷했다.

판자가 깔린 플로어에 의뢰 따위를 받기 위한 카운터가 늘어선 구조였다. 바닥에는 융단이 깔리고 천장에는 샹들리에가 매달려 있는 등 이쪽이 압도적으로 호화롭기는 했다.

『역시 길드는 어디나 구조가 비슷한 건가?』

하지만 안에 있는 사람들은 모험가가 아니라 요리사나 상인이었다. 틀림없이 이곳은 요리사를 위한 길드인 것이다. 잠시 입구에서 안을 확인하고 있으니 여성 한 사람이 말을 걸어줬다. 아무래도 접수원인 듯했다.

"아가씨, 무슨 용무이신가요?"

"특별히 볼일은 없어."

"네?"

음, 여성이 곤혹스러워하고 있군. 프란, 너무 정직하게 말했어.

"요리 길드는 처음 들어봐."

"그런 건가요. 확실히 다른 도시에는 없을지도 모릅니다. 이곳은 대륙 전체에서 식재료가 모이는, 요리사에게는 천국 같은 곳이라서 요리 길드도 평범한 도시 이상으로 필요해졌지요."

프란 같은 어린아이에게도 정중하게 대응해주는 접수원. 역시 대형 길드의 얼굴이다. 교육이 철저했다. 그 설명에 따르면 요리 길드는 요리사나 식재료를 취급하는 상인, 식당이나 레스토랑의 경영자 등 요리에 종사하는 사람들이 등록하는 길드라고 한다.

원래는 요리사의 상조 조직으로, 지금도 레시피 연구와 요리사에 대한 지원이 주목적이라나.

"굉장해."

프란 자신은 평소 요리를 만들지 않지만 맛있는 음식을 먹는 것을 무척 좋아하니 말이다. 그 요리를 돕기 위한 조직이라는 설명을 듣고 감탄한 모양이다. 고개를 연신 끄덕이고 있었다.

그 모습을 본 접수원은 프란이 요리사나 그 관계자라고 생각했나 보다.

"아가씨는 요리사인가요?"

"미묘한데?"

"아, 네에……."

요리 스킬은 레벨 10이지만 요리는 전혀 하지 않으니까. 프란은 접수원이 당황스러워하는 것을 내버려 두고 말을 이었다.

"스승이 요리의 달인이야."

"그, 그렇군요."

"스승의 요리는 최강이지."

"그 스승님은 저희 길드에 등록되어 있지 않으신가요?"

"응."

"그러면 저희 길드에 등록하는 것은 어떠신가요? 등록 뒤에 실적을 쌓아 인정받으면 식재료 구입이나 레시피 매매 등 특전이 많이 있습니다. 부디 스승님께 추천해주세요."

호오오. 특전이 다양하군. 거기에는 흥미가 있다. 나는 무리라도 프란이 등록하는 것도 괜찮을지도 모르겠다. 하지만 프란은 이미 모험가 길드에 소속되어 있는데, 괜찮을까?

접수원에게 물어보니 그것은 문제없다고 한다.

"아아, 그것은 괜찮습니다. 이중으로 등록하신 분은 많아요."

그렇게 시원하게 넘어갔다.

"역시 모험가 길드와 비교하면 저희 길드 쪽이 규모가 훨씬 작을 테니까요. 어느 한 쪽만 등록할 수 있도록 하면 등록자가 전혀 모이지 않을 거예요. 좀 더 가벼운 조직이라고 생각하시면 됩니다. 원래는 요리사끼리 만든 상조회에서 발족한 조직이니까요."

모험가 길드는 전 세계에 있는 초거대 조직이니까 그곳과 비교하는 건 아무리 그래도 가엾다.

"그러면 등록하고 싶어."

"바르보라의 상업 거래 자격을 가지고 계십니까?"

"? 안 가지고 있어."

"그러면 요리사로 등록하겠습니다."

보아하니 등록 형태에는 상인과 요리사의 구별이 있는 듯했다.

"그거면 돼."

"요리사로 등록하는 경우에는 일단 심사가 있는데 괜찮으십니까?"

뭐, 길드를 통해 식재료를 다소 편하게 매매할 수 있다고 하니 그것도 당연한가.

"심사? 뭘 하는데?"

"요리 길드니까 만든 요리를 길드 직원에게 먹이고 합격을 받으면 등록입니다. 이곳의 조리실에서 만드셔도 되고 다른 장소에서 만들어 가져오셔도 상관없습니다."

그렇다면 내 요리를 프란이 제출해 대리 등록을 할 수 있으려나? 가능하다면 나도 등록할 수 있다.

"가능합니다. 이름을 등록하고 요리 길드 카드를 만드는 것뿐이니까요."

길드라고 해서 딱딱한 이미지였는데 엄청나게 간단했다. 접수원도 가벼운 조직이라고 했으니 길드 카드도 회원 카드나 포인트 카드 같은 취급일지도 모르겠다.

"이미 가지고 있는 요리를 꺼내도 돼?"

"그것은 상관없습니다만……"

접수원이 오늘 몇 번째일지 모를 곤혹스러운 표정을 지었다. 요리를 가지고 있다고는 보이지 않을 것이다. 그래서 아무것도 없는 곳에서 느닷없이 나온 요리를 보고 눈을 동그랗게 뜨고 놀라고 있었다.

"그럼 이거랑 이걸로 할게."

"어? 아아, 아이템 주머니인가요? 어라?"

"응."

프란이 꺼낸 것은 카레와 멧돼지 꼬치구이였다. 플로어에 향신료의 자극적인 냄새가 퍼져서 다른 요리사의 이목이 쏠렸다. 카

레가 내 심사용. 꼬치구이가 프란의 심사용이다. 멧돼지 꼬치구
이는 예전에 프란이 만들어둔 것이니 부정은 아니다.

"아, 잠, 잠시만 기다려주세요. 심사원을 준비해야 합니다."

"언니가 심사하는 거 아냐?"

"일단 간부 클래스가 심사를 하게 되어 있습니다."

갑자기 접시 두 개를 떠맡은 접수원은 황급히 어딘가로 떠났다.
그것보다 나는 신경 쓰였던 것을 프란에게 물었다.

『심사라고는 하나 소중한 카레를 내도 괜찮겠어?』

자신의 몫이 줄어든다며 평소부터 남에게 먹이는 것을 싫어했
는데, 오늘은 무슨 바람이 불었지?

'스승의 요리를 심사받는 거야. 어설픈 것을 내는 건 용납할 수
없어. 심사원을 놀래켜서 합격할 거야.'

기세등등하게 그렇게 이야기하는 프란.

『그, 그래. 고맙다.』

프란이 상관하지 않는다면 마음대로 하도록 내버려 두자. 나로
서는 시험에 합격할 수 있다면 불만은 없다.

"오래 기다리셨습니다. 이쪽으로 오십시오."

로비에서 5분 정도 기다리자 접수원이 부르러 돌아왔다.

그 뒤를 따라가니 커다란 식당으로 인도됐다. 역시 요리 길드
안에 있는 것답게 넓었다. 게다가 식탁보나 의자 등이 고급스러
워 보였다.

"호오, 자네가 새로운 요리사인가."

"응."

식당에서 기다리고 있던 것은 눈빛도 날카로운 노인 한 명이었

다. 한마디로 표현하자면 까다로워 보이는 미식가. 아니면 맛있다는 말을 좀처럼 하지 않는 요리평론가이려나. 왠지 긴장되는군.

"메캠 씨, 이쪽이 심사 대상인 요리입니다."

접수원이 프란에게 받은 접시 두 개를 노인 앞에 놓았다.

"두 개가 있네만."

"이쪽이 내 거야."

"꼬치구이인가…… 흐음, 잘 먹겠네."

메캠 노인은 냄새를 체크하고 입으로 옮겼다. 천천히 씹고 음미하듯 삼켰다.

무표정이 무섭다. 시식에 필요한 것은 시간으로 치면 십여 초일 텐데 마치 몇 분 같았다.

그리고 꼬치구이를 완전히 다 먹은 후 메캠이 서서히 입을 열었다.

"——흐음, 평범하군."

"그건 어쩔 수 없어."

프란 자신도 알고 있을 것이다. 그런 소리를 들어도 별반 화내는 기색은 보이지 않았다. 요리 스킬을 막 배웠을 무렵에 변덕으로 만든 간식 같은 것이니까.

"하지만 나쁘지 않아. 만든 이의 열정이 전해져오는 일품이야. 적은 식재료를 가지고 최대한 맛있게 만들려는 마음이 느껴지네."

"?"

오호라. 이 영감님 굉장하군. 확실히 프란은 상당히 애를 써서 이 꼬치구이를 만들었다. 만들기 시작한 계기는 변덕이라고 해도 막상 하게 되면 정성을 다하는 것이 프란이다.

마력량에 신경 쓰며 불 마술을 조정하고 30분 정도 시간을 투자해 정성껏 구웠다.

　소재나 조미료는 어디에나 있는 평범한 것이지만 그런 것치고는 맛있게 만들어졌다고 생각한다. 그만큼 수고를 들였고.

　다만 그런 탓에 요리=귀찮은 일이라는 이미지가 붙어버려서 스스로 요리를 하지 않게 됐지만. 한입에 그것을 간파하다니 무서운 통찰력과 관찰안이다. 요리 길드 간부의 직함은 폼이 아닌 모양이다.

　"합격일세."

　"응."

　다행이다. 말은 이렇게 했지만 이 꼬치구이로 합격할 수 있다면 나도 문제없을 것이다. 아니, 내 등록은 딱히 필요 없지 않을까? 이제 요리 길드를 이용할 수 있으니까.

　'안 돼.'

　하지만 프란은 고집스럽게 심사를 계속 받고 싶어 했다.

　『어째서?』

　'스승의 요리를 먹일 거야. 그리고 깜짝 놀라게 만들어줄 거야.'

　이제 등록은 어찌 되든 좋은가 보다. 카레를 먹여서 이 높으신 영감님을 놀라게 만들고 싶을 뿐인 듯했다. 프란은 자신만만한 기색으로 카레 접시를 내밀었다.

　"다음은 이거야."

　"호오. 재미있구먼. 아젤리아 요리와도 비슷하지만 그보다 좋은 향기가 나는군. 사용한 식재료도 그런대로 괜찮아."

　"카레라고 해. 스승이 만들었어."

"자네 스승의 오리지널 요리라는 소린가?"

"맞아. 피나는 노력 끝에 만들어진 지고의 요리야."

아니야! 아니라고! 지구에 있는 유명한 요리를 아무 생각 없이 재현한 것뿐이야! 향신료만 있으면 만들 수 있는 쉬운 요리란 말이야!

"오호라. 그거 기대되는구먼."

"카레는 세계에서 제일 맛있어."

"정말 그러면 좋겠네만."

그리고 프란이 허들을 높인 카레를 미식가 노인이 스푼으로 떴다. 꼬치구이와 마찬가지로 가볍게 냄새를 맡고 천천히 입에 넣었다.

"호오, 흐음?"

"맛있어?"

"흠."

"어때? 그게 궁극의 요리야."

참을 수 없었는지 프란도 카레를 꺼내 함께 먹기 시작했다.

한입을 먹을 때마다 고개를 연신 끄덕였다. 그리고 자신만만한 얼굴로 노인을 봤다.

이건 승리를 확신하는 얼굴이로군. 메캠도 고개를 크게 끄덕이고 있으니 반응은 그럭저럭 괜찮다.

"나쁘지 않구먼."

"응. 당연하지."

그러나 메캠은 카레를 다 먹자 미묘하게 불만스러운 표정으로 입을 열었다.

"하지만 이런 정도로 세계 제일과는 거리가 머네."

노인이 그렇게 말한 순간.

"어?"

프란의 얼굴에서 표정이 사라지고 무시무시한 노기가 방출됐다.

카레가 폄하되는 일을 어지간히 참을 수 없었던 것일까. 프란은 전투 중에도 보인 적이 없을 정도의 살기를 메캠에게 내뿜었다.

『잠깐! 뭐하는 거야!』

"카레는 세계에서 제일 맛있어."

잠깐 기다려! 위압도 발동하고 있잖아! 일반인에게 이런 살기를 내쏘면 실신하거나 실금할 수도 있어! 아니, 이 나이의 영감님이면 최악의 경우 심장이──. 영감님, 무사해?

"음, 뭐 맛있는 건 확실해. 하지만 결단코 이것을 세계에서 가장 맛있다고 인정할 수 없네."

죽인다. 이 영감님 대단해! 이 프란을 앞에 두고 눈썹 하나 까딱하지 않았어! 배짱이 두둑하다고 할 수준이 아니야. 역시 어느 세계든지 그 분야의 달인은 장난이 아니로군.

『프란, 진정해!』

기껏해야 카레로 화내지 마! 하지만 프란의 마음의 소리에 담긴 분노는 사라지지 않았다.

'진정하고 있어!'

『진정 안 하고 있잖아. 일단 이유를 들어보자! 응? 그러면 납득할 수 있을지도 몰라. 그러니까 내 자루에서 손 떼!』

프란에게 카레가 단순히 좋아하는 음식이 아니라는 것은 이해한다. 스승으로 추앙받는 내가 프란을 위해 만든 요리이자 친구들과 웃음을 나눈 인연의 상징이자 노예라는 신분에서 해방되고 좋아하게 된 자유의 상징이기도 하다. 아니, 말이 다소 지나쳤을지도 모르지만 프란에게 중요한 요리인 것은 확실했다.

그렇다 하더라도 이렇게까지 화를 낼 줄은 몰랐다.

"……이유를 들어줄게."

장하다. 프란에게 메캠은 완전히 적으로 인정받은 것 같았다. 부탁이니까 손만은 대지 말아줘!

메캠은 여전히 표정 변화 없이 냉정하게 논평을 입에 담았다.

"맛에 관해서 개량의 여지는 있지만 상당한 완성도야. 희귀하기도 해서 나조차 처음 먹었네. 그건 인정하지."

"응!"

프란은 그 말에 만족스럽게 고개를 끄덕이면서도 이어서 나온 말을 듣고 고개를 갸웃거렸다.

"하지만 이 요리에서 요리사의 긍지가 느껴지지 않아!"

"긍지?"

"의기나 정열, 자부라고 해도 좋아. 요리사라면 당연히 가지고 있는 것. 그리고 요리에 담는 것. 하지만 이 접시에는 그것들이 없네. 정성스럽게 만들었네만 가정 요리 이상의 음식은 아닐세."

아니, 그건 어쩔 수 없다. 프란에게 좋은 음식을 먹여주고 싶어서 나름대로 노력했지만 어차피 대량으로 만든 대형 냄비 요리 중 하나다. 실패하지 않도록 정성스럽게 만들기는 했지만 '궁극의 요리를 만들겠어!'라고 전혀 생각하지 않았다. 말하자면 요리 스킬을 가졌을 뿐인 아마추어가 그럭저럭 맛있으면 된다고 생각하고 만든 요리다.

역시 이 영감님, 대단하네. 거기까지 꿰뚫어 볼 줄이야. 프란은 적대시하고 있지만 나는 그렇게까지 싫지 않았다. 정말로 만화 캐릭터가 눈앞에 있는 것 같아서 살짝 감동까지 하고 말았다.

"요리사의 긍지가 느껴지지 않는 음식을 세계 제일이라고 인정할 수는 없네."

"으그그."

나, 으그그 하고 신음한 사람 처음 봤어.

"합격은 합격이야. 그 스승 뭐라는 자의 길드 가입을 인정하지. 다만 기대한 정도는 아니었네."

"……인정 못 해."

"호오?"

"카레는 궁극! 반드시! 다음번엔 인정하게 만들겠어!"

"재미있군. 하나 이렇게 보여도 나는 바쁘네. 그냥 찾아와도 나를 만날 수 없네만."

"으으으."

『아니, 합격을 했으니 딱히 상관없지 않아?』

'안 돼!'

내 말에 프란이 즉시 반박했다.

『하지만 바쁘다잖아.』

'스승의 카레가 최강이야! 못 물러서!'

이거 절대 물러날 것 같지 않군.

"어떻게 하면 만날 수 있어?"

"그렇구먼……. 내게 요리를 먹이고 싶으면 여기에 출장해보는 것이 어떤가?"

"?"

메캠이 프란에게 건넨 것은 한 장의 전단지였다. 어디 보자. 바르보라 요리 길드 주최, 요리왕 콘테스트? 1차 예선은 지참한 음식 심사. 2차 예선이 포장마차 승부. 결승이 지고의 한 접시 승부?

"지금은 한창 1차 예선 중일세. 이 맛과 희귀함이라면 2차 예선에 나올 자격이 있어. 거기서 계속 이겨서 결승까지 오면 내게 요리를 먹일 수 있지. 나는 결승 심사원 중 한 명이니까."

"나갈래!"

『저기, 프란 씨? 그렇게 멋대로!』

나간다고 해도 카레를 만들어야 한다. 게다가 포장마차 승부다. 프란이 판매를 할 수 있을 것 같지 않다. 무엇보다 결승에 가면 역시 얼굴을 보이지 않을 수도 없을 것이다. 프란이 나 대신나가 요리를 한다? 이 영감을 속일 수 있을 것 같지도 않았다.

기세만으로 결정하면 반드시 후회한다. 하지만 프란은 완고했다.

'꼭 나갈 거야.'

『애초에 요리 실력자가 모일 거잖아? 결승에 갈 수 있을지 없을지도 모른다고.』

'괜찮아. 스승이라면 틀림없이 우승할 거야.'

『그렇게 말해주는 건 기쁘긴 한데..』

평범하게 생각하면 내가 결승에 길 수 있는 가능성은 낮을 것이다. 분명 몇 십 년이나 요리를 해온 엄청난 사람들이 나올 테니 말이다.

'이건 절대로 질 수 없는 싸움이야. 카레가 얕보인 채로 끝낼 수

없어.'

『하지만 말이야.』

솔직히 자신이 전혀 없었다.

'괜찮아. 스승을 믿어.'

『나는 그렇게 자신만만하게는 못 있겠어. 스킬이 있어도 어차 피 아마추어니까.』

'내 혀를 못 믿겠어?'

『아니, 프란의 미각은 믿지.』

먹는 것을 무척 좋아하는 데다 빈말도 하지 않는다. 요리 스킬 도 10이다. 프란이 맛있다고 해줬으니 맛있는 것은 틀림없다. 다 만 지고하다거나 궁극적이라고까지 생각하지 않는 것뿐이다.

'그럼 스승을 믿는 나를 믿어.'

『너, 그 대사.』

내가 죽을 때까지 말해보고 싶은 대사 랭킹 3위. "너를 믿는 나 를 믿어!"잖아! 부, 부럽다. 아무렇지 않게 그 대사가 나오다 니⋯⋯. 프란, 무서운 아이!

『큭, 그런 말을 들으면 거부할 수 없잖아!』

'그럼 나가도 돼?'

『휴우⋯⋯ 할 수 없지.』

나는 허락의 뜻을 프란에게 전달했다.

『그래, 해보자. 이왕 나가는 거 우승하자.』

'오오!'

애초에 프란이 이렇게까지 고집을 부리는 일은 드물다. 가능하 면 그 바람을 들어주고 싶다는 마음도 있었다.

"왜 그러나? 겁먹었나?"

"흐흥. 기합을 넣었을 뿐. 반드시 카레로 우승할 거야."

아, 카레는 이미 결정 사항이구나.

"그러면 출장한다고 봐도 되겠나?"

"응!"

"그렇다면 이쪽에서 출장 규약을 훑어보고 사인하게."

그 후 메캠에게 불려온 담당자에게 콘테스트에 대한 자세한 설명을 들었다.

1차 예선에 참가하는 인원은 2천 명 이상. 그중에서 스무 명이 선발돼 2차 예선에 진출한다. 상상 이상의 규모였다. 우리가 이렇게 쉽게 2차 예선에 나가도 괜찮을까?

2차 예선은 사흘 동안 벌어지는 포장마차 승부다. 그 이름 그대로 포장마차를 끌고 요리를 팔아서 이익을 경쟁한다고 한다. 이때 준비금으로 10만 골드를 받을 수 있다고 하니 콘테스트의 규모가 얼마나 큰지 헤아릴 수 있었다. 식재료 등의 지참도 가능하다. 스스로 준비한 식재료를 사전에 신고하기만 하면 사용해도 되는 것이다. 개중에는 희소한 식재료를 쓴 요리로 승부하는 사람도 있어서 10만 골드 정도의 준비금만으로는 부족한 경우도 있다고 한다.

하지만 개인적으로 준비한 식재료의 가치는 엄정하게 산출되어 이익에서 빠지게 되니 반드시 유리하다고는 할 수 없을 듯했다. 매상이 아니라 이익을 따지는 승부니까.

그리고 2차 예선의 성적 상위자 네 명이 결승에 진출해 거기서 최고의 한 그릇을 심사받는다.

우승자에게는 상금 10만 골드가 수여된다. 준비금과 액수가 같아서 조금 초라한 느낌도 들지만, 요리사에게는 우승했다는 명예 쪽이 몇 배나 중요하다고 한다. 어차피 우승한 요리사의 가게는 절대적인 번성이 보장되고 국내외로 이름이 알려진다. 개중에는 왕실의 요리사로 발탁된 사람까지 있는 모양이다.

"2차 심사는 사흘 뒤고, 결승은 4월 7일일세."

월연제는 내일, 3월 31일부터 일주일간 계속된다. 마지막 날에 결승전이 열린다는 소린가.

"준비는 안 늦겠나?"

메캠의 질문에 프란이 고개를 갸웃거렸다. 뭐, 그 부분은 전혀 고려하지 않았나 보다.

'스승?'

하지만 참가한다고 결정했다. 어떻게든 준비를 하는 게 내 임무일 것이다.

『괜찮아. 어떻게든 할게.』

"응. 문제없어."

"좋네. 그러면 이것이 준비금 10만 골드일세. 가지고 달아나지 않도록 하게."

메캠이 자루에 든 금화를 건넸다. 그렇게 간단히 주는 거야? 상대방이 가지고 도망친다고 생각하지 않는 건가? 아니, 사람을 보는 눈에 자신이 있다는 것일지도 모른다. 이 영감님이라면 그 안력으로 신용할 수 있는지 없는지를 파악할 수 있다고 해도 놀라지 않을 것이다.

"당연하지. 그쪽이야말로 목 씻고 기다려."

"흠. 실컷 기대해보겠네."

"응!"

그리하여 어째선지 요리 콘테스트에 출장하게 되고 말았다.

조리장은 이곳의 시설을 빌려준다고 했지만, 남에게 보일 테니 어딘가 비밀리에 조리할 수 있는 장소를 찾아야 한다. 그리고 어떤 카레를 만들까도 생각해야 하고, 거기에 맞춰 식재료도 조달해야 한다. 우선 향신료를 입수해야 할 것이다. 모험가 길드에 얼굴을 비추는 것도 잊어서는 안 되고, 월연제에도 참가하고 싶다.

아아, 어떻게든 한다고 큰소리를 쳐놨는데, 제시간에 맞출 수 있으려나…….

요리 콘테스트에 출장하기로 결정되고 30분 후.

『요리 길드에서 들은 바로는 이 앞인데.』

우리는 모험가 길드를 찾아 걷고 있었다. 사실은 좀 더 도시를 돌아보고 싶었지만 시간이 없다. 용건을 얼른 마치고 요리 콘테스트 준비를 시작해야 하기 때문이다.

『얼른 소재를 팔고 향신료를 사서 아무에게도 보이지 않고 요리할 수 있는 곳을 찾아야 해.』

"응."

이럭저럭하는 사이에 거리 끝에 유달리 큰 건물이 보이기 시작했다.

접수원이 한 번 보면 알 수 있다고 했는데, 과연 그랬다.

"저기가 길드야?"

『그런 거 같은데……. 크다!』

"커."

"워후."

알레사의 길드도 컸지만 바르보라의 길드는 차원이 달랐다. 건물 규모도 호화로움도 귀족 저택이라고 생각할 만한 수준이었다.

주위에도 나름대로 규모가 있는 상관 등이 늘어서 있었지만 모험가 길드의 위용은 압도적이었다.

"성이야?"

『진짜 성으로밖에 안 보이는군.』

거대한 입구의 위에는 모험가 길드의 간판이 달려 있었다. 틀림없는 것 같다. 하지만 안에 들어가 보니 그곳은 그럭저럭 호화로운 정도였다.

바깥과 비교하면 김이 좀 새는데? 호화로움은 요리 길드에 완패다. 뭐. 모험가는 무법자 같은 녀석밖에 없으니 섣불리 호화로운 장식을 놓아두면 도둑맞거나 부서질 것이다.

그래도 규모는 역시 상당했다. 카운터가 아홉 개나 있고 쉰 명 이상의 모험가가 모여 있었다. 모험가가 이렇게 많이 모여 있어서 무슨 사건이라도 일어났나 했는데, 이것이 보통인 모양이다. 얼마나 큰 거야, 바르보라 길드.

접수원의 수준도 높았다. 카운터 아홉 개에 미녀 아홉 명이 늘어서 있었다.

프란에게 말을 건 것은 입구에서 가장 가까운 카운터에 있던 여성이었다.

"어서 오십시오. 저희 길드에는 처음 오십니까?"

이곳은 종합 접수인 모양이다.

"응."

"그러면 설명을 드리겠습니다. 괜찮으십니까?"

"부탁해."

"네. 우선 카운터부터 설명 드리겠습니다. 이곳은 종합 접수입니다. 관내에 대한 연락 등도 이곳에서 할 수 있습니다."

마도구로 관내 방송 같은 것도 할 수 있나 보다.

옆에 있는 세 개가 의뢰 보고 카운터. 그리고 저쪽 세 개가 매입 카운터였다. 그 대부분이 의뢰자용 카운터나 상담 창구 등이었다.

위층에는 도서관이나 직원 사무실, 그리고 초보자용 훈련 시설이나 숙박 시설까지 있다고 한다. 길드에 병설된 본격적인 숙박 시설은 처음 들었다. 다만 설명을 들어보니 엄청나게 좁아서 쾌적하다고 하기는 어려웠다. 진짜 신참이나 의뢰 실패 위약금 등으로 빚더미에 오른 모험가밖에 숙박하지 않는다고 한다.

"그렇구나. 큰 이유를 알았어."

"그러면 저희 길드에는 어떤 용무로 오셨나요?"

"응. 소재를 팔고 싶어."

"모험가 카드는 가지고 계십니까?"

접수원은 프란이 모험가라는 사실에도 놀라지 않고 냉정하게 모험가 카드를 제시하라고 요구했다. 요리 길드에서도 생각했는데, 대형 조직의 접수원은 교육을 빈틈없이 받는구나.

"여기."

"확인하겠습니다."

하지만 이 뒤에는 어떻게 될까? 프란 같은 소녀가 랭크 D라는 사실에 놀랄까, 아니면 여전히 냉정하게 대응할 수 있을까——.

"랭크 D 모험가, 프란 님이시군요. 그러면 6번 창구로 가주십시오."

"응."

역시 대형 길드의 접수원이로군! 표정 하나 바뀌지 않고 아무렇지 않게 프란을 안내했다. 이렇게 반응이 없는 건 처음 아닌가? 평소였다면 "어? 랭크 D?"나 "말도 안 돼, 이런 소녀가?" 하고 놀라는 패턴인데. 그것은 매입 카운터의 누님도 마찬가지라서, 프란의 카드를 보고도 놀라는 기색을 보이지 않고 담담하게 수속을 밟아갔다. 아니, 이 누님들은 너무 냉정한 거 아냐? 상대방이 놀라는 것도 성가시지만 아무 일도 없는 것도 아쉽군.

하지만 주위에서 이쪽을 살피던 모험가들은 접수원만큼 냉정하지 않았던 것 같다. 거대한 함쇄 다랑어의 뿔이 나온 순간에는 등 뒤에서 커다란 함성이 일어났다.

"말도 안 돼! 저거 함쇄 다랑어야!"

"어, 어딘가에서 주워 온 거겠지?"

"그, 그렇겠지? 저런 꼬맹이가 잡을 리가 없겠지?"

믿을 수 없나 보다. 어쩔 수 없겠지.

사정 결과, 바다에서 잡은 마수의 소재는 20만 골드 정도로 책정됐다. 소재 대부분은 저렴했지만 역시 함쇄 다랑어의 뿔이 비쌌다. 창이나 병기 등 용도가 다양하다고 하니 말이다. 살이나 뼈도 팔아달라는 이야기를 들었지만 그쪽은 거절했다. 살은 프란이 마음에 들어 하고 뼈는 맛국물을 내거나 해서 요리에 쓸 수 있으니까. 그리고 호위 의뢰 성공 보수 등도 합치자 50만 골드 정도를 손에 넣게 됐다. 요리 콘테스트용 자금으로 쓰도록 하자.

프란이 접수대에서 대금을 받고 있는데 남자 한 명이 접근했다.

짧은 검은 머리에 날렵하게 생긴, 그야말로 모험가풍의 남자였다. 편한 움직임을 중시하여 품이 넉넉한 갈색 계열 옷에 두툼한 가죽 외투를 입고 있었다. 머리에 두른 검붉은 반다나 같은 물건은 마수 가죽으로 만든 거겠지. 키가 크면서 몸은 호리호리했다. 하지만 마른 게 아니라 군살이 없는 근육질이라는 것은 그 몸동작으로도 알 수 있었다.

접수대에 볼일이 있나 했지만 남자의 눈은 확실히 프란을 보고 있었다. 일단 감정을 해보자.

이름 : 코르베르트   나이 : 38세

종족 : 인간

직업 : 강권사(鋼拳士)

Lv : 41/99

생명 : 228 마력 : 152 완력 : 249 민첩 : 203

스킬 : 해체 4, 격투기 6, 격투술 6, 위험 감지 3, 권성술 2, 권투기 9, 권투술 10, 경기공 4, 강력(剛力) 6, 순발 7, 수영 4, 대해 내성 2, 투척 4, 생활 마술 3, 졸음 내성 3, 마비 내성 4, 요리 3, 매의 눈, 비스트 킬러, 기력 조작

고유 스킬 : 강권

칭호 : 곰잡이, 호랑이잡이

장비 : 수룡 가죽 글러브, 노수호(老水虎)의 권법복, 노수호의 권법화, 적두웅(赤兜熊)의 반다나, 적두웅의 외투, 통각 둔화 팔찌, 충격 내성 팔찌

상당히 강하군. 모험가 랭크는 C 이상은 확정일 것이다. 예전에 만난 사령술사 장에게는 미치지 못하지만, 종합적인 스테이터스는 알레사의 귀인 교관 드나드론드보다도 위였다.

무기를 가지고 있지 않다고 생각했는데, 아무래도 육체를 무기로 삼는 권법가 부류인 듯했다. 스킬이 권성술에까지 이르렀다. 다른 재미있어 보이는 스킬은 경기공이려나. 육체 일부에 마력을 집중시켜 강화할 수 있는 모양이다. 맨손으로 날붙이를 받아내는 것도 가능한, 공방에 사용할 수 있는 스킬이다.

그리고 눈길을 끈 것은 주먹이 강철처럼 단단해지는 강권이었다. 권법가에게 이 스킬은 상성이 상당히 좋을 터였다.

스킬 구성을 보아 맨손으로 마수를 쓰러뜨렸을 것이다. 부디 전투 장면을 보고 싶다. 만화처럼 맨손으로 마수를 날려버리는 광경을 볼 수 있을지도 모른다.

"여. 아가씨, 그 녀석은 스스로 잡은 건가?"

대사는 프란을 바보 취급하고 있는 것처럼도 들렸지만, 그 얼굴에 이쪽을 깔보는 표정은 없었다. 아무래도 자력으로 잡았는지 정말로 확인하고 싶은 듯했다.

"응. 낚았어."

"뭐라? 낚았다고?"

"배 위에서 외줄낚시로."

"그거 대단한데! 보통은 마술로 날려버리는데."

오? 이 녀석, 한 번에 믿었어. 좀 더 꼬치꼬치 캐물을 줄 알았는데.

"믿는 거야?"

"엉? 그래, 물론이지. 눈이 어지간히 옹이구멍이 아니라면 발놀림이나 몸놀림으로 실력을 어느 정도 측정할 수 있으니까."

즉, 프란의 실력을 간파해서 그 말이 거짓말이 아니라는 것을 이해할 수 있었다는 뜻이었다.

그 말을 들은 모험가들 중 몇 명인가가 얼굴을 돌렸다. 눈이 옹이구멍인 분들일 것이다.

"사실 나는 함쇄 다랑어를 엄청 좋아해. 하지만 좀처럼 만날 수 있는 사냥감도 아니라서 말이야. 아가씨가 잡았다면 살을 팔지 않겠어? 낚았다면 살을 대량으로 얻었을 텐데?"

보아하니 함쇄 다랑어의 살을 나누고 싶은 모양이다. 그야 10미터가 넘는 거구다. 일반적인 경우라면 내다팔 만큼의 양을 얻을 수 있을 것이다. 하지만 프란은 고개를 옆으로 붕붕 흔들었다.

"안 팔아."

"달리 도매 업체가 정해진 건가?"

남자가 그렇게 말하는 것도 당연할 것이다. 도저히 혼자서 먹어치울 양이 아니기 때문이다.

"? 혼자 먹을 거야."

일반적인 경우라면 말이다. 그러나 프란의 식욕은 일반적이지 않았다. 그리고 우리는 차원 수납으로 장기 보존도 가능하다. 초밥을 상당히 마음에 들어 하는 데다 먹보인 프란이 남에게 넘길 리가 없었다.

"뭐라고? 그 양을 말이야?"

"응."

"그런가……. 안 파는 건가……."

어깨를 축 늘어뜨리는 걸 보니 엄청나게 아쉽나 보군. 함쇄 다랑어의 살을 어지간히 원한 모양이다.

　조금 가엽다는 생각이 들었다. 게다가 실력자에게 은혜를 입힐 기회이기도 했다. 조금 나눠줘도 괜찮지 않을까? 하고 생각하는데 프란이 뭔가를 꺼내 코르베르트에게 내밀었다.

　"이거 줄게. 다랑어 쥠초밥이야."

　배 위에서 만든 초밥을 적당한 나무 접시에 담은 것이다. 이미 간장이 발라져 있어서 언제든지 먹을 수 있게 준비가 돼 있었다.

　『괜찮겠어? 초밥도 마음에 들어 했잖아?』

　'선전을 위해서는 어쩔 수 없어.'

　『선전?』

　무슨 선전이지? 그러나 프란은 그대로 이야기를 진행시켰다.

　"아가씨가 만든 거야?"

　"이건 내 스승이 만들었어."

　아니, 프란의 몸을 빌려 내가 만들었지만 일단 프란이 만든 것으로 알려져 있는데?

　남자는 프란이 내민 접시를 흥미진진하게 바라보고 있었다.

　"쥠초밥? 생선 살점을 올린 건가? 처음 보는군."

　"응."

　코르베르트가 프란이 내민 접시에서 조심스레 초밥을 집어 들었다. 냄새를 살짝 맡고 썩지 않았다는 것을 이해했을 것이다. 한순간 주저한 후 초밥을 입에 던져 넣었다.

　"우물우물우물."

　프란도 역시 초밥을 입 안 가득 넣었다. 초밥을 앞에 두고 참을 수 없어졌을 것이다. 게다가 두 개는 고사하고 세 개를 동시에 먹었다.

"우걱우걱우걱."

"…………."

남자는 묵묵히 입을 움직였다. 씹는 동안에 그 표정이 날카롭게 바뀌어갔다. 으음, 만족스럽지 않았나?

"마, 맛있어! 너무 맛있어! 이거 뭐야! 단순히 생선 살점을 밥에 올렸을 뿐인 엉터리 요리가 아니야! 단면이 달라! 예리한 날붙이로 재빨리 잘라서 살이 열을 품어 열화되는 일도, 섬유가 짓눌리는 일도 없이 함쇄 다랑어의 맛을 최대한 끌어냈어! 게다가 밥도 단순히 쥐어서 굳힌 게 아니야. 희미한 신맛으로 맛을 낸 밥이 섬세한 힘 조절로 입안에서 천천히 풀어졌어! 그것보다 입안에서 다랑어와 밥이 혼연일체가 되어 멋진 맛을 낳고 있어! 이건 요리야……. 쥠초밥이라고 했지? 그래, 그저 쥐는 행위가 조리 공정으로 승화된 거야!"

우와. 말이 줄줄 나왔어! 요리 스킬을 가지고 있어서 흥미가 있겠다고는 생각했지만……. 이 녀석도 그렇고 심사원인 메캠도 그렇고 바르보라에는 이런 녀석만 있나? 정들까봐 좀 걱정이 되는군.

"이, 이걸 아가씨의 스승님이 만들었다고?"

"응."

"지고의 요리사야……. 어디서 가게를 하고 계시는 거지?"

갑자기 경어를 썼어. 게다가 지고라는 말을 하다니!

"아니."

"어딘가에 소속되셨다거나?"

"아니."

"그럼 어디로 가면 스승님의 요리를 먹을 수 있는 거야!"

흥분한 남자가 프란을 추궁했다. 얼핏 보면 프란에게 시비를 걸고 있는 것처럼 보일 것이다. 남자는 그 정도로 박력 있었다.

"이번 요리 콘테스트에서 포장마차를 내."

"오오! 그럼 1차 예선은 통과한 건가! 이 실력이라면 당연하지. 그렇군, 반드시 가겠어! 매일 갈게! 뭐로 승부하는 거지?"

"카레."

"못 들어봤어. 그, 그것도 스승님의 오리지널 요리인가?"

"맞아."

"큭! 어떤 요리인지 지금부터 기대되는군!"

그렇군. 이게 프란의 노림수였구나. 확연히 랭크가 높은 모험 가이니 이 녀석이 주위에 선전해준다면 상당한 선전 효과를 기대할 수 있을 것이다. 책사구나, 프란.

"나는 랭크 B 모험가, 철조(鐵爪) 코르베르트야."

"철조?"

"내 이명이야. 그야 귀자모신 아만다나 백검 포룬드, 몰살 장 두비에 비하면 아직 지명도는 낮지만, 언젠가 온 대륙에 알려질 만큼 유명해질 거야!"

이명도 있는 건가. 아니, 프란도 마검 소녀라고 불린 적이 있기는 하지.

귀자모신 아만다는 안다. 이상할 정도로 어린아이를 좋아하는 아만다에게는 딱 맞는 이명이다. 그런데 장의 몰살은 뭐지? 상당히 요란스러운데. 그 사령술사 장, 맞지? 게다가 이명이 붙을 만큼 유명인이었다니. 단순히 괴짜가 아니었던 모양이다. 그쪽에 오히려 놀랐다.

"나는 랭크 D 모험가, 프란."

"호오? 랭크 D냐. 이거 장래가 유망하군. 오늘은 찜초밥 같은 터무니없는 것을 먹게 해줘서 정말 감사한다. 인생이 달라진 기분이 들어."

역시 야단스러운 사내다. 뭐, 요리를 칭찬받아서 기분이 나쁘지는 않지만.

"찜초밥의 좋은 점을 알다니, 가능성이 있어."

"헤헤. 이만큼 실력 좋은 스승님에게 배웠으니 프란도 상당한 요리사겠지? 그런 네게 칭찬받으니 부끄럽군."

의기투합한 모양이다. 마치 강가에서 주먹질을 주고받은 뒤의 소년들처럼 밝게 웃고 있는 두 사람. 그렇게 프란과 코르베르트가 굳게 악수를 나누고 있는데 또다시 로비가 술렁댔다. 프란이 함쇄 다랑어를 꺼냈을 때보다 클지도 모른다.

누군가가 다가오는군.

덥수룩한 흰 수염과 프란과 그다지 차이가 없을 정도의 키. 하지만 몸무게는 분명 세 배 이상 나갈 것이다. 바위 같은 근육과 물 대신 마시는 독한 술로 인해 쌓인 지방이 온몸을 뒤덮고 있기 때문이다.

드워프였다. 게다가 상당히 강했다. 무엇보다 그 발놀림에 군더더기가 전혀 없었다. 그 거구로 어떻게 하면 발소리를 전혀 내지 않고 걸을 수 있을까?

모험가들의 반응을 보아하니 상당한 유명인인 것 같았다.

"여어, 어쩐 일로 흥분을 다 하나, 코르베르트."

"아, 길드 마스터."

놀랍게도 길드 마스터였다.

"마스터는 원래 랭크 A 모험가였어. 용추(龍墜) 검드라고 하면 바르보라에서도 톱클래스 모험가였지."

감정해보니 엄청나게 강했다. 확실히 코르베르트 이상이로군. 추성술과 대지 마술을 익혀서 전위뿐만 아니라 후위도 소화할 수 있는 스킬 구성이었다. 솔직히 말해서 우리보다 강했다. 원래 랭크 A 모험가인 길드 마스터의 직함은 폼이 아니었다.

"호오, 그 나이에 상당히 단련했군…… 하지만 본 적이 없는 얼굴이야. 나는 검드. 이곳의 길드 마스터를 맡고 있다."

역시 길드 마스터, 모험가를 전부 기억하고 있는 건가? 아니, 프란은 눈에 띄니 본 적이 있으면 기억하고 있을 것이라는 뜻이려나.

"응. 랭크 D 모험가인 프란."

"호오? 들어본 기억이 있군. 분명 알레사에서 활약한 흑묘족. 마검 소녀라고 불린다지? 그렇군, 상당히 강해 보이는 마검이야."

이 아저씨, 프란의 급소를 정확히 찌르는군. 스스로 말하기는 뭣하지만, 나는 프란에게 사랑받고 있으니까. 내가 칭찬받자 프란은 상당히 기뻐 보였다. 뭐, 나와 울시밖에 모르겠지만.

"응. 최고의 검이야."

"그렇군, 그래! 월연제를 구경하러 온 건가?"

"그리고 요리 콘테스트에도 출장해."

"뭐라? 아가씨가 말인가?"

"스승이 출장해."

프란이 그렇게 말한 직후, 코르베르트가 검드에게 초밥을 내밀었다.

"이걸 먹어보슈."

"코르베르트, 이건 뭐지?"

"프란 아가씨의 스승님이 만든 요리야. 아무튼 먹으면 알 거요."

"아, 그러지."

검드가 코르베르트의 박력에 가볍게 눌리며 들은 대로 초밥을 입으로 옮겼다. 그리고 눈을 부릅뜨고 몸을 경직시켰다. 몇 초 정도 그렇게 있었을까? 한숨 돌린 길드 마스터가 큰 소리로 외쳤다.

"뭐, 뭐야 이건! 엄청나게 맛있어! 깔끔한데 포만감이 있는 데다 생선의 맛을 최대한 살리고 있어! 카하, 술을 마시고 싶어지는군!"

역시 바르보라는 이런 녀석만 있는 도시인가 보군.

"이거라면 콘테스트도 기대할 수 있겠군! 반드시 사먹으러 가도록 하지!"

"응. 가게 이름은 '검은 꼬리'야."

"알았다. 기억해두지. 올해는 즐거움이 하나 늘었군!"

길드 마스터의 보증이랄까, 응원의 말이었다. 주위의 모험가들이 "검은 꼬리인가" "나도 가봐야겠어" 등등 서로 속삭이고 있었다. 이거 적절한 시점이 와줬군.

그 후, 술을 가져 오려고 한 길드 마스터가 비서 같은 사람에게 끌려가는 일도 있었지만 뭐, 큰 문제 없이 선전을 마쳤을 것이다.

"그럼 뭔가 도울 일이 있으면 사양 말고 와줘. 이래 봬도 인맥도 조금은 있고 조력은 아끼지 않을 테니까. 스승님을 도울 수 있다니 오히려 영광일 정도야!"

나는 어느새 팬을 얻은 모양이다.

무슨 일이 있으면 사양 말고 부탁하자. 나쁜 녀석 같지 않으니 말이다.

그런데 몇 번을 생각해도 고 랭크 모험가는 괴짜뿐이구나. 프란에게 상식을 좀 더 쌓도록 할까……. 문제는 이 세계의 상식을 나도 아직 모른다는 거다.

모험가 길드를 나온 우리는 걸으면서 의논을 하고 있었다.

조리장을 빌리든 재료를 매입하든 포장마차에서 무엇을 팔지 결정하는 게 먼저라는 것을 깨달았기 때문이다. 길드에서 장소를 가르쳐준 시장으로 향하는 도중에 어떤 음식을 만들지 이야기를 나눴다.

옆에서 보면 혼자 중얼대는 소녀. 아니면 개와 대화를 나누는 소녀로 보이겠군. 주위가 시끄러워서 아무도 듣지 않겠지만.

『그러면 노점에서 뭘 팔지 의논하도록 하겠습니다.』

"카레."

"웡!"

프란도 울시도 카레를 정말 좋아하는구나.

『카레로 한다고 쳐도 재료나 매운 정도를 어떻게 할지 정해야 돼. 그에 따라 발주할 접시나 숟가락도 준비해야 하고.』

바르보라는 요리와 포장마차의 도시답게 잡화 도매상 몇 개가 존재했다. 종이 접시나 나무 숟가락 등은 연금술로 양산도 가능하니 상당히 저렴하게 입수할 수 있을 듯했다.

『고기도 사야 하나.』

수중에는 생고기가 거의 없다. 대부분 요리에 썼기 때문이다.
시장에서 찾아보자.

『그 밖의 재료는 어때? 감자, 당근, 양파는 빠질 수 없고 조미
료로 사과와 벌꿀. 초콜릿……. 애초에 향신료도 부족해.』

이쪽 세계에서는 좀처럼 입수할 수 없는 것도 있으니 시장을 돌
아보고 생각할까. 세세한 양념이나 걸쭉한 정도도 정해야 한다.
프란은 아삭아삭한 계열보다 야채가 푹 삭은 끈적끈적한 계열을
좋아한다. 울시는 아주 매운맛이 마음에 드는 모양이다.

『이봐, 일단 시장에 가보자. 돼지 계열 고기와 야채류를 찾아
보자.』

"응. 알았어."

"웡!"

한 시간 후. 바르보라 항만 시장에 왔습니다. 부려진 식료품이
죽 늘어서고 국내외에서 상인이 모이는, 크란젤 왕국에서도 첫째
둘째를 다투는 거대한 시장이라고 한다.

하지만 그런 시장에서도 우리가 구하는 식재료는 좀처럼 발견
할 수 없었다. 아니, 야채나 조미료 계열은 나름대로 모았다. 하
지만 메인이 될 고기, 그리고 맛을 결정할 향신료가 좀체 없었다.

『으음, 어느 정육점이든 마수 고기를 취급하는 데는 적구나.』

역시 마수의 소재는 유통되는 양이 적은 모양이다. 가장 필요
한 돼지 계열 마수의 고기는 가격이 비싼 데다 양도 별로 없었다.
눈이 튀어나올 만큼 비싼 건 아니지만 대량 생산에 쓰기에는 조

금 아까울 정도의 가격이 붙어 있었다.

포기하고 일반 돼지고기를 쓸 수밖에 없나? 카레는 희귀하다는 이점이 있으니 일반 돼지고기를 써도 이길 가능성은 충분이 있다고 생각한다.

야채류는 어떻게든 될 것 같았다. 야채를 취급하는 가게는 여기저기에 있고 종류도 풍부했다.

조미료로 쓸 수 있을 법한 사과, 벌꿀, 초콜릿, 커피 등도 갖추어질 것이다.

"우물우물."

"쩝쩝."

『너희들, 맛있어 보인다?』

내 고민은 안중에도 없이 프란과 울시는 완전히 식도락 모드였다. 요리 길드에 들어가기 전에 그만큼 먹었는데 먹는 페이스가 떨어질 기미도 보이지 않았다.

"이건 시장 조사야. 어떤 게 인기가 좋은지 조사하고 있어."

"웡웡."

『뭐, 상관은 없어.』

프란과 울시가 맛있게 먹는 덕분에 포장마차나 노점 사람들에게 이야기를 듣기 쉽고 말이다.

『그런데 시장 조사란 말이지. 그거 좋네. 적진 시찰을 해둬야 할지도 몰라.』

"적진 시찰?"

『아아, 전번 콘테스트 상위자의 요리를 먹어본다든가 말이야.』

유명한 요리사만 있을 테니 그 사람이 경영하는 가게에 가면 요리를 먹을 수 있을지도 모른다.

내가 그렇게 말하자 프란은 야무진 표정으로 고개를 끄덕였다.

"응. 알았어. 무슨 일이 있어도 가게가 있는 곳을 꼭 알아낼게!"

이봐, 입가에서 침이 떨어지고 있다고.

"웡웡!"

울시도 꼬리를 마구 흔들며 기뻐 보이는데, 가게에 들어갈 수 있는지 모르는데? 나중에 실망하지나 마라.

탐문을 해보니 놀랄 만큼 쉽게 정보가 모였다. 특히 포장마차에서 음식을 파는 아저씨 무리는 상품을 대량으로 구입해주는 고양이 귀 미소녀에게 맥을 추지 못했다. 물은 것 이상의 정보를 잇달아 가르쳐줬다.

우리는 그중에서도 시장에서 가장 가까운 장소에 있는 가게로 가보기로 했다.

"여기야?"

『그래, 간판도 '용선옥'이니까 틀림없어.』

가깝다고 해야 할까, 시장 바로 옆에 있었다. 게다가 점주가 작년 결승 진출자라고 한다. 생각보다 가게가 고급은 아닌 것 같다. 밖에 나와 있는 메뉴를 보니 가격도 평범했다.

『정말 여긴가?』

"비어 있는데?"

문을 열고 안을 들여다보니 안은 차분한 분위기의 레스토랑이었다. 꽤 붐비지만 자리는 비어 있는 건가?

"어서 오십시오. 한 분이십니까?"

"응. 한 사람과 한 마리."

"아, 저희 가게는 애완동물 동반은 조금 어렵습니다만……."

프란의 말에 점원 아가씨가 말을 흐렸다. 뭐, 당연하다.

"그렇대, 울시."

"끄응끄응."

『관둬, 일단 그림자 속에 들어가 있어.』

"끄으……."

늑대 주제에 눈물이나 흘리고! 어쩔 수 없군, 나중에 맛있는 것을 먹여줘야겠다.

"그럼 한 명으로 할게."

"지, 지금 개가 그림자로……."

"착각이야."

"어? 착각? 그, 그렇겠죠. 개가 그림자로 들어가는 일이 있을리 없겠죠. 피곤해서 그런가."

미안해요, 아가씨. 많이 시킬 테니 용서해주세요.

자리로 안내된 프란이 재빨리 메뉴를 펼쳤다. 다만 종류가 상당히 많아서 결정할 수 없는 듯했다. 거기서 전가의 보도가 등장할 차례다.

"추천 요리는?"

이러면 틀림없을 것이다.

"음, 이것입니다. 저희 용선옥의 간판 메뉴인 용뼈 수프입니다."

"용뼈? 용의 뼈로 국물을 낸 거야?"

"네. 일품이에요."

용의 뼈인가. 맛이 상상이 안 가는군. 다만 용의 고기나 뼈는 상당히 맛있다고 한다. 시장에 하위 용의 고기를 취급하는 가게가 있었는데, 돼지 계열 마수 고기의 백 배 정도 되는 가격이 붙어 있어서 놀랐다. 그 뼈쯤 되면 역시 상당히 비싼 식재료일 것이다.

"그럼 그거. 그리고 이거랑 이거랑 이거랑 이거."

"저, 저희 가게는 양이 상당히 많은데 괜찮으신가요?"

아가씨가 조심스레 물어왔지만 프란은 여느 때처럼 고개를 끄덕였다.

"괜찮아."

"하나하나가 일인분입니다만."

"여유 있어."

"그, 그러신가요……. 포장 준비를 해야겠네."

"응?"

"그러면 반복하겠습니다. 용뼈 수프, 폭풍매 스테이크, 늪돼지 꼬치구이, 위그드 감자 샐러드, 바르보라 게 필라프가 맞나요?"

"응."

뭐, 프란이라면 이 정도는 식은 죽 먹기다. 아가씨의 포장 준비는 허사가 되겠지. 왠지 이래저래 죄송합니다.

10분 후, 처음에 수프가 날라져 왔다. 건더기가 들어 있지 않은 맑은 황금색 수프였다. 얼핏 콩소메수프로도 보였다. 일단 나중에 연구할 용도로 절반은 몰래 수납해둘까.

'이제 먹어도 돼?'

『그래, 좋아.』

"그럼 잘 먹겠습니다."

후릅.

프란이 용뼈 수프를 입으로 가져갔다. 그리고 한입.

『어때?』

"……맛있어."

왠지 분해 보이는 얼굴을 하고 있군. 맛있지 않은 건가?

"스승의 콩소메수프보다 맛있을지도 몰라."

『그렇구나.』

그거 굉장하다. 음식에 대해서 내가 만든 것보다 대단하다는 소리는 프란에게 최고의 찬사이기 때문이다. 그것이 한 그릇에 20골드인가. 위험하군.

왜냐하면 내가 만든 콩소메수프는 마수 뼈나 고기로 맛국물을 낸 특제다. 시장을 돌아보고 알았는데, 마수 소재는 뼈라도 상당히 비싼 가격이 붙어 있었다. 아마 내 콩소메수프는 시장에서 재료를 구해 만들면 한 그릇에 50골드 정도는 될 것이다. 그것보다 맛있는데 20골드? 말도 안 된다.

다른 요리도 마수 소재를 썼는데 한 접시에 60골드 전후이니 엄청나게 싸다.

이거 얕보고 있었는지도 모르겠다. 적어도 어중간한 요리로는 상대할 수 없을 것이다.

『이거 진심으로 도전하지 않으면 최하위가 될 수도 있겠어.』

돼지고기가 어쩌고 할 때가 아니다. 반드시 마수 고기를 입수해야 한다. 다른 재료도 엄선하자. 원가 문제도 있으니 비싼 소재만 쓸 수는 없겠지만. 그리고 향신료도 아낌없이 쓰자.

판매법도 궁리해야 한다. 포장마차에서 팔기에 적당한 방법은 없을까? 단순히 카레라이스를 팔아서는 별로 팔리지 않을 것 같은 느낌이 든다.

『할 수 없지…… 거기에 가자.』

쓸 수 있을 만한 인맥은 최대한 써야 한다. 용선옥을 나온 우리는 어떤 건물 앞에 와 있었다.

『곤란한 일이 있으면 부탁해도 좋다고 했지만 설마 헤어진 그날 부탁하게 될 줄이야.』

그곳은 몇 시간 전에 헤어진 렌길 선장이 소속된 조직. 루실 상회의 본부였다.

바르보라에서 가장 큰 상회답게 그 건물은 다른 상회보다 엄청나게 컸다. 게다가 호화로워서 왠지 그 자리에 어울리지 않는다는 느낌이 무척 들었다.

하지만 프란은 신경 쓰지 않고 성큼성큼 안으로 들어갔다. 역시 대단하다.

우리는 입구 바로 옆에 있던 견습 점원 소년에게 말을 걸었다. 접수원도 있지만 몇 명이 줄을 서 있어서 기다려야 할 것 같았기 때문이다.

소년은 처음에는 프란과 같은 소녀가 방문한 것을 미심쩍게 여기는 기색이었지만, 프란이 렌길 선장의 이름을 밝히며 렌길 선장에게 받은 동전을 꺼내자 즉시 선장을 부르러 갔다.

내가 생각한 것 이상으로 렌길 선장은 영향력이 있는 모양이다.

로비의 소파에 앉아 선장을 기다렸다.

'스승…… 꼬치구이 꺼내줘.'

『또 먹으려고? 저녁 먹을 수 있겠어?』

'괜찮은데?'

『그러십니까.』

로비에는 상인뿐만 아니라 귀족 같은 사람의 모습도 있었다.

그 안에서 명백하게 모험가풍 차림을 하고 나이도 차지 않은 소녀가 섞여서 당당하게 소파 한가운데 버티고 앉아 태연히 꼬치구이를 먹고 있는 것이다. 눈에 띄지 않을 리가 없었다. 유심히는 아니지만 나름대로 뜨거운 시선으로 프란을 관찰하고 있는 것을 알 수 있었다.

그래도 시비를 거는 사람이 없는 것은 손님의 수준이 고상했기 때문이겠지. 그리고 옆에 앉은 울시가 두려울 가능성도 있나. 모험가 길드에서 아무도 시비를 걸지 않았던 건 코르베르트 덕분일 것이다.

그대로 꼬치구이를 우물우물 먹으며 기다리자 바로 렌길 선장이 찾아왔다.

"이거 어서 오십시오. 빨리 찾아주셔서 기쁩니다."

나타난 렌길 선장은 웃으며 악수를 청했다.

"응."

"웡!"

"하하하. 울시도 환영한다."

아무래도 렌길 선장은 나름대로 유명인인 모양이다. 소녀인 프란에게 선장이 예를 갖추는 모습을 보고 상인들이 눈을 동그랗게 뜨고 있었다.

기분이 좋은 렌길 선장이 안내해준 곳은 그의 집무실이었다. 수수하면서도 차분하고 취향 고상한 실내 장식이 렌길 선장다웠다. 선장이 프란에게 소파를 권하며 즉시 용건을 물었다.

"그런데 뭔가 용무라도 있으십니까?"

"응. 여기에 나가게 됐어."

"오오, 요리 콘테스트인가요! 프란 씨, 1차 예선에 통과하셨습니까?"

요리 콘테스트 전단지를 보여주자 렌길 선장이 달라붙었다. 바르보라에서는 유명한 콘테스트답게 렌길도 알고 있는 것 같았다.

"스승이 통과했어."

"스승? 그런 분이 계셨습니까? 배에는 타지 않으셨지요?"

"응, 스승은 신출귀몰해."

"그러면 여기에서 합류하셨습니까?"

이것은 미리 생각한 설정이다. 어린 프란을 두고 각지를 방랑하는 신출귀몰한 남자. 이미지가 약간 좋지 않은 기분도 들지만 그건 어쩔 수 없다.

"스승이 콘테스트에서 쓸 식재료가 필요해."

"그렇군요. 그래서 저희 상회에 오셨습니까. 어떤 요리로 승부하실 건가요? 콘테스트는 매번 수준이 상당히 높습니다."

"카레."

"카레, 입니까? 들어본 적이 없군요."

"스승의 오리지널 요리야. 이게 카레."

차원 수납에서 꺼낸 카레를 테이블 위에 놓았다.

"아아, 이 요리가 카레였습니까."

그러고 보니 배에서도 대접한 적이 있다. 이름은 몰라도 그 냄새는 잊지 않았나 보다. 렌길 선장이 표정을 풀고 눈앞의 카레를 바라봤다.

"그러면 잘 먹겠습니다."

그리고 한입 먹더니 다음부터는 속도가 빨라졌다. 스푼을 한시도 멈추지 않아서 순식간에 그릇을 비웠다. 입에 맞아서 다행이다. 렌길이 냅킨으로 입을 닦으며 흥분한 기색으로 소리쳤다.

"맛있고 희귀하고 향기도 좋아. 전에 먹었을 때도 생각했습니다만 이건 팔 수 있습니다. 레시피만이라도 상당한 가치가 있을 겁니다!"

상인의 관점에서도 상품이 된다고 판단한 듯했다.

"이걸 포장마차에서 파는 겁니까?"

"응."

"그렇습니까······."

고개를 끄덕인 프란과 반대로 뭔가 생각에 잠긴 선장.

"왜 그래?"

"웡?"

"아니, 요리로서는 훌륭하지만 포장마차에서 판매하기에는 조금 어려울지도 모릅니다."

"어째서? 카레는 맛있는데."

"제공에 걸리는 시간 때문입니다."

예년의 요리 콘테스트 결승 진출자의 메뉴는 꼬치구이나 수프 등 주문을 받으면 바로 제공할 수 있는 요리가 많았다고 한다. 이익을 경쟁하기 때문에 아무래도 많이 팔 수 있는 쪽이 유리해진다.

그 점을 생각하면 카레라이스는 상당히 어렵다. 밥을 담고 카레를 끼얹어 한 접시씩 건넨다. 손님 한 명이 포장용으로 잔뜩 사기는 어렵다.

『그렇군. 듣고 보니 확실히 카레라이스는 불리할지도 모르겠어.』

53

밥에 얹지 말고 수프처럼 만들어서 팔까? 아니, 그것으로 그 용뼈 수프를 이길 수 있을 것 같지는 않다.

그 이야기를 듣고 프란도 신음했다.

"카레를 쉽게 대량으로 팔아……?"

"네. 포장마차 승부에 이기려면 맛 외에도 다양한 요소가 필요합니다."

카레라이스는 어려운 건가……. 내가 고민하고 있는데 프란이 뭔가 떠오른 모양이다.

"앗. 좋은 생각이 났어! 반대로 하면 돼."

"반대라고요?"

"응. 밥 안에 카레를 넣는 거야. 주먹밥처럼."

"윙!"

간단히 먹을 수 있는 데다 재료가 다채로운 주먹밥은 프란이 마음에 들어 하는 요리 중 하나였다. 거기에서 힌트를 얻었을 것이다. 울시도 좋은 아이디어라고 말하듯 침을 흘리고 있었다.

카레풍 주먹밥이라. 나쁘지는 않지만……. 시간이 지나면 밥 사이에서 카레가 새어나올 것 같다. 틈이 없을 정도로 단단하게 쥐면 맛있지 않을 것 같고.

'튀김처럼 튀기면 안 돼?'

『카레 튀김 주먹밥?』

엄청나게 B급 냄새가 나는 이름이로군. 의외로 맛있을지도 모르겠는데……. 실은 프란의 말에서 떠오른 생각이 하나 있었다.

『프란, 좋은 아이디어가 있어.』

'응? 주먹밥 튀김?'

『아니, 그게 아냐.』

　만들어둘 수도 있고 단가가 싼 데다 운반하기도 쉬워서 대량 구입도 기대할 수 있다. 갓 만든 것을 제공할 수 있고, 또한 식어도 맛있다.

『그 이름은 카레빵이야!』

'카레빵!'

'웡웡!'

　프란과 울시의 눈이 알기 쉽게 반짝였다. 먹은 적은 없어도 이름에 카레가 붙어 있기 때문이겠지. 이거라면 여러 가지 맛도 준비할 수 있다. 내 설명에 프란의 눈은 빛을 더욱 늘려갔다.

"카레빵, 잘될 거 같아."

　프란의 중얼거림에 렌길 선장도 반응했다. 그 눈은 확실히 상인의 눈을 하고 있었다.

"카레빵? 그건 어떤 요리입니까?"

"카레를 빵 반죽에 싸서 튀기는 거야."

　카레를 먹어봐서 어느 정도는 맛을 상상할 수 있었을 것이다. 렌길 선장이 고개를 크게 끄덕였다.

"그렇군요. 그거 괜찮을지도 모르겠습니다. 향기로 손님도 끌어들일 수 있고 혼자서 몇 개나 사는 손님도 있겠죠."

"맛도 다양하게 준비할 거야."

"오오! 이거 외에도 다른 맛이 있는 겁니까?"

"응."

"멋지군요! 그거 잘될 것 같습니다!"

　좋아, 이로써 방향성이 결정됐다. 우리는 카레빵으로 승부다!

다만 문제도 잔뜩 있었다.

"향신료와 밀가루가 필요해. 입수할 수 있어?"

"그러네요……. 밀가루는 빵에 쓰는 것과 같아도 괜찮겠습니까?"

'스승?'

『응, 그거면 돼.』

"상관없어."

"그러면——."

밀가루는 톤 단위로 저장하고 있다고 하니 문제없이 입수할 수 있을 듯했다.

"밀가루는 즉시 준비하겠습니다."

"응, 부탁해."

"하지만 향신료 말입니다만……."

"무리야?"

"아니, 괜찮습니다. 사용할 종류는 정해져 있습니까?"

"응."

프란이 원하는 향신료를 렌길에게 전달했다.

"그것들이라면 괜찮습니다. 하지만 현재 향신료 가격이 급등하고 있어서 비용이 상당히 많이 들 것 같습니다만."

"그래?"

렌길의 이야기로는 시드런 해국의 혼란이 풀리지 않고 있다고 한다.

그 나라에서는 전왕이 높은 관세를 매겼기 때문에 갖가지 상품이 그 영향을 받아 가격이 급등했다. 향신료도 그런 물건 중 하나였다. 프란과 사람들의 활약으로 어리석은 왕은 쓰러졌지만 그래도 무역 항로가 정상화되려면 좀 더 시간이 걸릴 것이다. 적어도 가격이 진정될 때까지는 한 달 정도 걸릴 터였다.

"생명의 은인에게 폭리를 취하고 싶지는 않지만, 제게도 상인으로서 긍지와 상회의 간판을 짊어진 책임이 있습니다. 이익을 도외시할 수는 없습니다."

그것은 어쩔 수 없다. 아니, 그것이야말로 상인이라는 느낌이었다.

"하지만 한 가지 제안이 있습니다."

"제안?"

"네. 조금 전에 이야기한 카레라이스. 그 레시피를 저희 상회에 팔지 않으시겠습니까?"

레시피를 팔아? 레시피가 돈이 되는 건가? 하지만 렝길의 이야기로는 그리 이상한 일은 아닌 모양이다. 매년 콘테스트 상위자의 레시피는 비싸게 매매되는 경우도 많다고 한다.

"돈을 지불해도 상관없습니다만, 지불 대신 향신료를 원가에 양도하는 형태는 어떠십니까?"

나는 앞으로도 카레로 장사를 할 생각이 없으니 어느 쪽이든 손해는 없는 거래였다. 하지만 정말 카레에 그만한 가치가 있는 걸까? 자칫 잘못해서 렝길 선장의 책임 문제가 되지는 않겠지?

그러나 선장은 자신만만했다.

"아직 실적은 없지만 이 요리라면 확실히 본전을 찾을 겁니다. 반드시."

높이 평가해주는 것은 고맙다. 다만 약간 죄책감을 느끼는 것도 확실했다. 어쨌든 내가 생각한 것도 아니고 지구에 있던 요리를 재현한 것뿐이기 때문이다.

단, 그것이 프란을 위한 일이 되니 여기서는 감사히 그 제안에 편승하자.

"응. 알았어. 그거면 돼."

"즉시 결정해도 괜찮으십니까? 스승님께 확인은……."

아차, 내가 만든 것으로 돼 있었지. 하지만 여기서 가지고 돌아가 검토하는 척을 하기도 귀찮다. 나는 프란에게 살짝 변명을 시키기로 했다.

"스승은 자잘한 일은 신경 안 써. 그리고 이번 매입은 전부 내게 맡겼으니까 괜찮아."

"그렇다면 다행입니다만……. 그러면 향신료와 밀가루를 인도할 때 계약서를 준비해두겠습니다."

"알았어."

그 후 향신료의 분량 등을 세세하게 지시한 내용을 종이에 적어 렌길 선장에게 건넸다.

"분량이 분량인 만큼 오늘 즉시 인도할 수는 없는데, 괜찮으십니까?"

"괜찮아."

"최대한 빨리 준비할 테니 조금만 기다려주십시오."

렌길 선장이 옆에 있던 벨을 울리자 밖에서 바로 수인 소년이 들어왔다. 견습 상인일 것이다. 렌길이 옆의 종이에 무언가를 적어 소년에게 건넸다. 향신료의 확보를 지시한 듯했다. 이로써 카레를 만들 수 없는 사태만큼은 피할 수 있을 것 같다.

"달리 필요한 식재료는 있으십니까? 함께 준비하겠습니다."

"으음, 채소?"

"필요한 물건은 무엇입니까?"

"감자, 양파, 당근이 필요해. 그리고 사과도 조금."

"괜찮습니다. 바로 준비할 수 있습니다. 보존이 가능한 식재료뿐이니까요. 다만, 역시 갓 수확한 것은 무리입니다."

그건 할 수 없다. 입수하는 것만으로도 고마운 일이다. 일단 맛있다고 소문난 산지의 물건을 준비해달라고 부탁했다.

"남은 건 고기야."

"고기 말입니까? 소, 돼지, 닭, 도마뱀, 개구리와 다양한 재료가 갖춰져 있습니다만."

"마수 고기는 입수할 수 없어?"

밑져야 본전으로 물어봤지만 역시 어려운 모양이다. 애초에 마수 고기의 제공원은 거의 모두가 모험가 길드다. 그리고 길드는 요리 길드나 시장 조합 등에 직접 도매하고 있어서 상회에는 그렇게까지 많이 돌아오지 않는다나.

그렇겠지. 정육점에도 그 정도 양은 없는 것 같았으니 모험가 길드에서 평등하게 배분하도록 관리하고 있을 것이다. 어떻게 할까. 기껏 카레빵이라는 승부 가능한 아이디어를 떠올렸는데. 중요한 맛 때문에 대충 만들고 싶지 않았다.

"하지만 마수 고기를 입수하는 방법이 전혀 없는 것은 아닙니다."

렌길 선장이 그렇게 말하고 희미하게 긴장이 포함된 표정을 띠었다.

왜 그러지? 혹시 뭔가 구린 수단인가? 아니야, 아무리 그래도 나쁜 짓에 손댈 수는 없다. 하지만 렌길 선장이 꺼낸 말은 나쁜 짓이 전혀 아니었다.

"스스로 사냥을 가면 됩니다."

"스스로 사냥해?"

"네. 최적의 장소가 있습니다."

렌길이 가르쳐준 것은 바르보라 남쪽에 있는 마경의 정보였다. B급 마경 '수정 감옥'. 바르보라에 유통되는 마수 고기의 대다수가 이곳에서 사냥된 것이라고 한다. 위협도가 D를 넘는 마수도 많이 서식하는 위험한 마경이지만 이곳이라면 바르보라에서 가깝고 마수를 확실히 사냥할 수 있을 것이라는 말이었다.

미안해, 선장. 구린 짓을 시키려 한다고 생각해서. 단순히 위험한 장소를 추천해서 걱정해준 것뿐이었다.

다만 렌길 선장의 제안은 무척 매력적이었다. 없으면 사냥해 오면 된다. 으음, 진리다. 기한이 아직 며칠 남았으니 사냥감이 있는 장소만 알면 충분히 맞출 수 있을 터다.

"솔직히 위험하기는 하지만 프란 씨라면 문제없지 않을까요? 울시도 있고 말입니다."

"응. 괜찮아."

"웡!"

"남은 고기는 저희 상회에서 사겠습니다."

빈틈없군. 하지만 정보료 대신 마수를 넉넉하게 사냥해 오자. 앞으로도 신세를 지게 될 테니.

그렇지, 필요한 것은 식재료만이 아니었다.

"그리고 요리를 만들 장소를 찾고 있어."

넓고 남의 눈에 띄지 않는 조리장이 없는지 밑져야 본전 삼아 물어봤는데 그쪽에도 짐작 가는 곳이 있다고 한다. 렌길 선장은 사람을 불러 무언가를 조사했는데, 목적인 물건은 아직 비어 있는 듯했다.

"좋은 곳이 있습니다. 저희 상회에는 부동산 부문이 있는데, 그중에 폐업한 음식점이 있습니다. 그쪽이라면 주방도 넓고 타인이 들어올 수 없습니다."

게다가 장소가 시장이나 번화가에서 가까워서 콘테스트용으로도 쓰기 편한 모양이다. 어차피 임차인이 없는 빈 물건이니 자유롭게 써도 된다는 말이었다.

"응, 거기를 꼭 빌리고 싶어."

"그러면 준비하겠습니다. 향신료나 밀가루는 그곳에 들여놓죠. 교환 때 건물 열쇠를 드리겠습니다."

"응."

이야기가 척척 진행되는군. 전혀 신경 쓰지 않았지만, 실은 굉장한 사람이었을지도 모른다.

우리는 식재료 외에 판매용 봉투 등도 전부 렌길 선장에게 준비해달라고 하기로 했다. 아니, 렌길 선장이 말할 때까지 거기까지 생각하지 못했다.

그 후, 세부적인 부분도 검토하고 우리는 루실 상회를 뒤로했다.

상회 본부를 나오니 이미 해가 저물기 시작해 석양이 거리를 비추고 있었다.

영주관을 목표로 사람들의 긴 그림자 사이를 걸어갔다.

『마경까지는 말로 하루 거리인가.』

우리라면 당일치기도 불가능하지는 않을 것이다.

『가능하면 내일 아침 해가 뜨자마자 출발하고 싶어. 강행군이지만 프란도 울시도 부탁해.』

"응, 카레빵을 위해서 열심히 할게."

"웡웡!"

결국 식욕이 가장 큰 원동력인가 보다. 일단 영주관에서 카레빵의 구상이라도 다듬어볼까.

『뭐, 그 전에 할 일을 해야 하겠지만.』

"슬럼가에서 하는 실험은 어떻게 됐지?"

"순조로워."

"그 물건의 농도를 바꿔 백 명 정도에게 투여했을 텐데?"

"지금으로서는 거의 목표대로 효과가 나오고 있어."

"그거 더할 나위 없이 만족스럽군."

"하지만 희석시키면 효과가 나오는 시기에 개인차가 상당히 있는 것 같아."

"그건 곤란하지 않나?"

"응. 실전에서 쓸 때 농도를 조절하기가 상당히 어려워."

"진하게 할 수는 없는 겐가?"

"그러면 잠복 기간이 없이 효과가 바로 나타나버려."

"목표한 시기에 효과가 나타나도록 조절하기가 어렵다는 뜻인가."

"응. 실패하면 그 사람에게 의심의 눈길이 쏠릴 거잖아? 그렇게 되면 우리한테 다다르기도 쉽고."

"하지만 실행일은 이제 얼마 안 남았네."

"피험자의 숫자를 조금 늘릴까 생각하고 있어. 슬럼가뿐만 아니라 그 상회에 암노예를 발주하는 거야. 최악의 경우에는 요리에 섞을 때의 농도를 올릴 수밖에 없나."

"흐음. 뭐, 그거면 되겠지. 어차피 성사되면 그자는 끝일세. 빨리 버리느냐 늦게 버리느냐의 차이밖에 없어."

"뭐, 그런가. 하지만 우리의 목적을 위해서는 보다 많은 인간에게 섭취시켜야 하니까, 결국은 조정이 급선무야."

"그건 맡기겠네. 우리는 그 남자의 비위를 힘껏 맞추도록 하지."

"일단 출자자니까."

"크크크, 적어도 말이지."

"그건 그렇고 시기가 좋았어."

"음. 요리 콘테스트를 열심히 이용하도록 할까."

제2장 수정 감옥

우리는 붐비는 사람들을 지나 오늘의 숙소인 영주관을 향해 걷고 있었다.

필리어스의 왕자인 플루토 일행이 꼭 함께 묵고 싶다고 간청했기 때문이다.

참고로 울시는 그림자 속에 있다. 인파 속에서는 다른 사람의 방해가 되는 데다 주택가에서는 역시 사람들이 무서워하기 때문이다.

『아마 이 길을 곧장 가면 귀족가일 거야.』

"응."

바르보라는 알레사에 비해 몇 배나 넓은 대도시지만 구조는 기본적으로 똑같았다. 도시 중앙에 영주관이 있고 그 주위에 귀족의 저택이 늘어선 귀족가. 그 주위에 부유층이 살고 그보다 더 주위에 평민가나 상업 지구, 하층민가가 위치하고 있다.

지금 있는 곳은 부유층가의 한 구석이다. 성의 정문에서 마을 중앙으로 이어지는 대로는 아니지만 나름대로 붐비는 주요 거리 중 하나다. 넓이로는 마차가 아슬아슬하게 다닐 수 있는 정도려나?

하지만 귀족가로 들어가려고 하는 차에 제지를 당했다.

아무래도 귀족가 앞에서 병사가 검문 같은 것을 하고 있는 듯했다. 수상한 사람이 귀족가로 들어가지 못하도록 하고 있는 거겠지. 그리고 귀족가에 전혀 연줄이 없어 보이는 프란에게 어김없이 남성 병사 둘이 말을 걸었다. 아니, 어쩔 수 없다. 나 역시 병사라면 프란에게 말을 걸었을 것이다.

"이 앞은 귀족들께서 거주하고 계시는데 무슨 볼일이지?"

"길을 잃었다면 가르쳐줄까?"

그래도 말투가 정중한 건 프란이 나쁜 사람으로는 보이지 않기 때문일 것이다. 미아 취급을 받고 있는 듯했다.

"영주관에 가는 길이야."

"뭐라고?"

"무슨 볼일이지……."

남자들은 순간 성난 기색을 띠었지만, 바로 중년 병사가 뭔가를 눈치챈 듯했다. 파트너에게 뭔가 귀엣말을 했다.

"이봐, 잠깐만. 혹시 그……."

"아! 흑묘족 소녀! 키와 몸집도……."

"저기. 실례지만 성함을 가르쳐주시겠습니까?"

"프란."

"역시. 시, 실례했습니다, 들어가십시오."

"드, 들어가십시오!"

중년 병사는 조금 당황한 느낌이고, 젊은 쪽은 왠지 직립부동에 무척 긴장하고 있었다.

아무래도 병사에게 프란의 특징이 전달된 모양이다. 아마 왕자님과 공주님이 프란이 영주관으로 무사히 올 수 있도록 손을 써줬을 것이다. 병사들에게는 타국 왕족의 관계자다. 외모가 어떻든 자신을 낮추지 않을 수 없을 것이다.

"고마워."

"아닙니다! 조심해 가십시오!"

그 후, 순찰병들과 두 번 정도 똑같은 대화를 나누고 겨우 영주
관에 당도했다.

대도시답게 귀족가도 무척 크고 순찰 병사도 많았다. 관 앞이
라고 해도 저택 자체는 아직 멀리 보였다. 정확히는 관의 부지 앞
에 도착한 거겠지. 거대한 문과 그 문을 지키는 기사나 병사의 대
기소가 눈앞에 우뚝 솟아 있었다. 굳이 위압감이 발산되는 모습
으로 만든 듯했다. 그리고 문 앞에는 문지기처럼 기사 두 사람이
서 있었다.

프란은 그 두 사람에게 겁먹지 않고 평소 같은 상태로 말을 걸
었다.

"저기, 여기가 영주관이야?"

전혀 긴장감도 없이 소녀가 가볍게 말을 걸어올 줄 몰랐는지 프
란이 말을 건 기사가 잠깐 움직임을 멈췄다. 아마 놀랐을 것이다.

"음. 그런데…… 혹시 손님이 기다리는 분이십니까?"

"응."

"실례지만 신분증을 제시해주시겠습니까?"

"그래."

"잠시 확인하겠습니다."

이쪽에서 무슨 말을 하기 전에 깨달은 모양이다. 귀찮은 입씨
름도 없이 바로 대응해줬다.

모험가 카드를 받고 한 사람이 문 안에 있는 오두막으로 들어
갔다. 모험가 길드와 마찬가지로 진위를 판별하는 장치라도 설치
돼 있는 거겠지.

1분도 되지 않아서 돌아온 기사가 정중하게 카드를 돌려줬다.

"실례했습니다. 어서 들어가십시오. 그쪽 사람이 안내하겠습니다."

야단스럽게 안내까지 붙여줬다. 완전히 손님 대우로군. 다만 솔직히 거북하기도 했다.

애초에 프란이 계속 예의 바르게 있을 수 있을 리가 없다. 만약 예의 작법이 필요한 상태가 계속 이어진다면 억지를 써서라도 저택을 나오자. 프란과 울시의 몸이 버티지 못한다.

젊은 기사의 뒤를 따라가는데 이것 또한 길었다. 문에서 저택까지 얼마나 되는 거야. 아니, 평소라면 마차로 지나갈 길일 테고, 설마 걸어서 영주관에 오는 손님을 상정하지 않았을 것이다.

300미터 정도는 될 법한 저택의 정원을 빠져나가자 겨우 본 건물이 보였다.

범죄자를 위압하기 위해서 일부러 투박하게 만든 바깥문과 달리 이쪽은 외관이 무척 우아했다. 그거다, 유럽의 귀족이 사는 저택이라는 말을 듣고 상상하는 그대로의 모습이었다.

그리고 그 저택 앞에 몇 사람이 서 있었다. 저택의 집사와 시녀들이다.

"모험가 프란 님, 어서 오십시오."

"응."

"전 이 저택의 집사를 맡고 있는 세바스찬이라고 합니다. 앞으로 기억해주십시오."

우오오오오! 세, 세바스찬이라고? 집사 세바스찬! 고양이라고 하면 타마, 개라고 하면 포치, 집사라고 하면 세바스찬이지! 이런, 진짜야! 진짜 세바스찬이야! 이런 곳에서 만나게 될 줄이야…….

하지만 내 감동은 유감스럽게도 프란에게 전달되지 않았던 모양이다. 특별히 반응하지 않고 그의 안내에 따랐다. 뭐, 할 수 없지…….

아니, 그건 그렇고 좋은 만남을 가졌다. 바르보라의 영주에게 감사한다.

그런 식으로 감동하는 사이에 프란은 저택의 응접실 같은 장소로 안내됐다.

"프란! 왔나!"

"기다리고 있었어요."

거기에서 기다리고 있었던 것은 플루토 왕자와 사티아 왕녀였다.

그리고 엄숙한 얼굴의 시종 세리드와 왕족 남매가 보호하는 고아 세 명도 함께 있었다. 고아들은 시드런을 나올 때 제대로 된 옷으로 갈아입어서 마치 상류 계급의 자녀 같았다. 얼핏 보면 원래 부랑아라고 생각할 수 없겠군. 뭐, 대화를 하면 단번에 평민이라는 게 들통 나겠지만 말이다.

다들 제각기 손을 흔들고 있었다.

그 옆에 체격 좋은 남성이 있었다. 왕자님 남매 정도는 아니지만 박음질이 잘된 고급스러운 옷을 입고 있었다. 귀족이지만 몸은 제대로 단련돼 있다는 것을 알 수 있었다. 뒤에서 뽐내지 않고 유사시에는 자신이 선두에 서는 타입일 것이다.

"로더스 크라이스톤일세. 후작의 작위를 받았네."

"응. 랭크 D 모험가 프란."

딱히 악수는 하지 않고 그 자리에서 서로 인사했다. 아니, 상대는 인사조차 하지 않았다.

무척 거만하지만 귀족이니까 어쩔 수 없다. 후작이면 상당히 고위 귀족이니 모험가를 상대로 공손하게 굴 리가 없다. 그리고 불쾌한 느낌도 아니었다. 상위자로서의 행동이 몸에 뱄기 때문일 것이다. 프란을 깔보는 것이 아니라 후작으로서는 당연한 행동이 었다.

"두 전하의 손님을 맞이해서 기쁘네. 바르보라에 머무는 중에 는 이 집을 자기 집으로 생각하고 이용해주게."

"알았어."

그리고 너그럽기도 한 것 같았다. 아무튼 예의 하나 없는 프란 의 태도를 보고도 전혀 화난 기색을 보이지 않았다. 타국의 왕족 인 플루토 남매의 눈치를 본다고 하나 대귀족이 이런 매너 위반 을 못 본 척하고 호의적으로 대해줬다는 것을 알 수 있었다.

월연제 준비로 바쁜 영주가 총총히 떠나간 후, 왕족 남매의 방 으로 이동해 오늘 있었던 일을 서로 보고했다.

왕족 남매는 시드런 해국에서 포로가 된 암노예 상인이나 레이 도스 왕국의 사람들에게 알아낸 바르보라 암노예 상인들의 정보 를 영주에게 건네 단속을 의뢰했다고 한다.

정찰이 필요해서 바로 움직이기는 어렵지만 이미 기사단 등은 움직이기 시작했다고 한다.

"조금 무리하게 밀어붙였지만 말이야."

아무래도 왕족이라는 입장을 이용해 크라이스톤 후작을 재촉 한 듯했다. 그렇지 않아도 월연제 준비로 바쁘다고 했는데, 명복 을 빕니다. 다만 우리로서는 증오스러운 암노예 상인들을 몰아낼 기회다. 오히려 힘내라고 왕족 남매를 응원하고 싶다.

프란은 콘테스트 전단지를 사람들에게 보이고 여기에 참가하게 됐다고 보고했다.

"그렇구나. 바르보라의 요리 콘테스트는 유명하니까."

"확실히 우리나라 왕궁에도 과거 우승자가 일하고 있지 않았나요? 그렇지? 세리드."

"그렇습니다. 요리장은 10년 이상 전 콘테스트의 우승자였을 겁니다."

귀족에게 고용된다는 이야기는 진짜였던 모양이다.

"실력자만 모이는 콘테스트가 될 텐데, 어떤 요리로 참가하는 거지?"

플루토가 심각한 얼굴로 물어보았다. 사티아도 걱정스러워 보였다. 우승하는 것은 그만큼 어려울 것이다.

하지만 프란은 자신만만하게 대답했다.

"카레. 카레를 이용한 요리로 우승할 거야."

"카레라면 혹시 시드런에서 먹은 그건가?"

"응."

"그건 정말 맛있었어요. 분명 높은 순위까지 갈 수 있을 거예요."

"높은 순위는 안 돼. 우승할 거야."

"그런가, 우리도 응원하지."

"열심히 해요."

그렇게 이야기를 나누고 있는데 세바스찬이 부르러 왔다. 만찬 준비가 끝났다고 한다.

다만 프란과 아이들이 있는 것을 고려해선지, 이른바 매너를 요구받는 일 없이 무척 화기애애한 분위기였다. 크라이스톤 후작도 프란과 아이들의 무례를 나무라지 않았다. 애초에 플루토 남매에게 미리 프란은 딱딱한 자리에 약하다는 정보를 들은 듯했다.

기분이 좋지는 않겠지만 굳이 무시하는 느낌이었다. 애써 프란과 아이들에게 시선을 보내지 않고 플루토 일행과 대화를 나누고 있었다.

"이 자리에서 자식들을 소개할 생각이었습니다만, 시간이 조금 맞지 않아서 면목이 없습니다."

"그러고 보니 후작님께서는 자녀가 있으셨군요. 장남께서는 대단히 우수한 분이라고 하던데요?"

후작에게 대답한 것은 세리드였다. 말 뒤에 "이봐, 타국의 왕족에게 인사를 시키는 것 이상으로 중요한 일이 있는 거냐? 어엉? 적어도 장남 정도는 데려와"라는 뉘앙스가 배어 있었다.

거기에 후작도 대꾸했다.

"면목 없습니다. 어제는 모두 있었습니다만 아무래도 월연제 전이라서 말입니다. 대처해야 할 일도 늘어나서 책임자가 장기간 부서를 떠날 수 없습니다. 특히 장남 필립은 기사단장이어서요."

후작도 표면상으로는 웃고 있었지만 "예정대로 어제 도착했으면 제대로 대응할 수 있었어. 하지만 늦은 건 그쪽이잖아? 이렇게 엄청나게 바쁜 시기에 일거리를 늘리고 말이야. 기사단장이 놀고 있을 리가 없잖아. 뭐든 그쪽 마음대로 될 거라고 생각하지 마시지" 같은 기분이 담겨 있는 것처럼 보였다.

정치적인 기 싸움일 것이다. 아니, 그 이전에 야유의 응수이려나?

역시 귀족 사이는 만만치 않은 모양이다.

그건 그렇고 분위기를 파악 못 하는 세리드가 이런 귀족 같은 대화를 나눌 수 있는 데에 놀랐다. 뭐, 생각해보면 평상시의 세리드는 굳이 분위기를 파악하지 않음으로써 왕족 남매를 돋보이게 하려고 하는 느낌도 있으니 말이다. 귀족적인 자리라면 분위기를 읽을 수도 있을지도 모른다. 일단 시종이고.

"장남께서 기사단장이십니까."

"네. 그런데 올해는 빈민가에서 분쟁과 소동이 늘어나서 대처에 분주하다고 합니다."

"어머나. 그거 큰일이네요. 저희에게 인사는 언제 하든지 상관없어요."

세리드의 노력은 왕족 남매에게는 그다지 전해지지 않은 듯했다. 느긋하게 그런 대화를 나누고 있었다.

"그렇게 말씀해주시는 것만으로도 감사합니다. 이 시기는 도적도 늘어나니까요."

"도적이 늘어납니까?"

"네. 축제를 구경하러 각지에서 모이는 사람들을 노리는 거지요."

그렇군. 가도의 왕래가 늘면 도적에게는 사냥감이 늘어나는 시기라는 소린가.

그대로 후작의 자식 자랑이 이어졌다. 장남 필립은 기사단장, 차남 브룩은 대형 상회를 경영하고 있다고 한다. 상당히 커다란 상회라나. 상인 길드의 간부이기도 해서 어떤 의미에서는 기사단장보다도 바쁜 듯했다. 그리고 놀랍게도 삼남인 웨인트는 요리사라고 한다.

이번 콘테스트에도 출장한다나. 프란이 전단지를 꺼냈다.

"여기?"

"호오. 자네도 참가하는 건가?"

"응."

"그런가. 뭐, 열심히 하게나."

전혀 흥미 없잖아!

"웨인트에게도 이제 슬슬 장난은 그만두고 일을 도우라고 했습니다만 좀처럼 말을 듣지 않는군요."

참가하는 본인을 눈앞에 두고 장난이라니! 아니, 확실히 대귀족의 입장에서 보면 요리사는 변변한 직업이 아닐지도 모르지만······.

나쁜 사람은 아니겠지만 조금 무신경하다고 해야 할까, 자신의 상식이 타인의 상식이라고 생각하는 타입일지도 모른다. 프란은 평민이니까 미천한 직업도 허용된다, 하지만 자기 자식은 귀족이니까 고귀한 자로서 의무를 다하는 것이 당연하다. 그런 차별을 무의식중에 하고 있었다. 그리고 누구든지 그것을 이해하고 있다고 당연하게 생각했다.

『이봐 프란, 열 받지 마. 저쪽에 악의는 없으니까.』

'하지만······.'

여기서 반론해봐야 귀찮은 일만 생길 뿐이니 어떻게든 프란을 달래야 한다.

『요리로 갚아주면 되잖아.』

'웃. 확실히 그래.'

『그렇지? 콘테스트용으로 최고의 요리를 만들어서 먹이면 돼.』

'알았어. 이 녀석한테 최고의 카레를 먹여서 큰절을 받을게.'

음, 프란이 말수가 적은 타입이라서 다행이다. 후작을 이 녀석이라고 부르고 큰절을 받는다니……. 역시 상식은 필요할지도 모르겠다.

그 후, 식사를 마친 프란은 배정된 방으로 안내를 받았다. 손님용의 호화로운 방이었다.

사실은 사용인용의 작은 방으로도 괜찮지만, 왕족 남매의 손님을 초라한 방에 묵게 할 수 없나 보다.

"그쪽의 초인종을 울리시면 시녀가 올 겁니다."

『으음, 넓네……. 게다가 엄청 호화롭고…….』

"오오, 푹신푹신해."

"워웡!"

프란과 울시가 세바스찬이 설명하는 도중에 참을 수 없어졌는지 지붕 달린 침대로 뛰어들었다.

『다이빙하지 마!』

매번 주의를 주는데도 꼭 침대에 다이빙한다니까! 후작가의 침대는 역시 그냥 넘어가지 못할 거라고! 변상은 절대 못 한다. 어째서 침대 기둥에 이렇게 섬세한 조각이 필요한 거야. 묘하게 반짝반짝 빛나는 부분은 은으로 도금돼 있고, 리넨류도 최상급 소재였다.

『프란은 할 수 없지만 울시는 안 돼.』

"끄응."

『귀엽게 울어도 안 돼! 이번만큼은 절대 안 돼!』

내 결심이 변하지 않을 거라는 것을 깨달았는지, 프란과 울시의 화살이 세바스찬에게 향했다.

"저기, 울시도 함께 올라가도 돼?"

"워워웡."

울시가 아첨하는 느낌의 소리를 내며 세바스찬에게 다가섰다.

"사, 상관없습니다. 여분도 충분히 준비되어 있으니 마음껏 사용하십시오."

"고마워."

"웡!"

뭐, 상대가 상관없다고 했으니까 괜찮나…….

『단, 되도록 더럽히지 마.』

'응. 알고 있어.'

'웡웡!'

세바스찬이 물러난 뒤에도 프란과 울시는 여전히 들떠 있었다. 서랍을 마구 열어보거나 난로를 들여다보거나 했다.

『망가뜨리지 마.』

"응."

나는 그사이에 요리 콘테스트 준비를 하자.

처음에 할 일은 용선옥에서 가져온 요리의 시식이다. 분신을 만들어 수프를 먹었다.

"으음."

상당히 맛있었다. 혀가 둔한 분신이라도 맛을 제대로 느낄 수 있었다. 역시 적당한 요리로는 이길 수 없을 것이다. 카레빵의 맛을 여러 개 준비하고 판매법도 궁리하고 싶다.

『마경에 대해 조사해야 하니까 일단 모험가 길드에 가자.』

처음 가는 마경이다. 사전 준비는 절대로 게을리 할 수 없다.

세바스찬에게 외출한다고 알리고 우리는 저택을 나왔다. 돌아올 때는 사용인이 사용하는 뒷문으로 돌아오면 바로 저택에 들어올 수 있다고 한다. 생각해보면 그 넓은 정원을 지나 저택 밖으로 나올 리가 없었다.

『사람이 많네.』

귀족가는 조용했지만 번화가에 가까워지자 거리를 지나는 사람의 수가 점점 늘어났다.

"포장마차도 잔뜩 있어."

"윙!"

아무래도 내일 열리는 월연제의 전야제인 모양이다. 사람들이 즐겁게 술을 마시고 노래하고 춤추고 있었다.

지금까지 들른 도시에서는 밤이 되면 대부분의 사람이 집으로 돌아가서 장인이나 모험가 정도밖에 돌아다니지 않았다. 축제 전날 밤이라고는 하나 한밤중에 이렇게나 많은 사람이 시가지를 오가고 술을 마시며 떠드는 모습은 신선했다. 지구가 살짝 떠올랐다.

『자, 군것질은 적당히 하고 모험가 길드로 가자.』

"우물우물. 응."

다음 날. 나는 밤중에 준비를 시작해 일출과 동시에 프란과 함께 영주관을 출발했다.

어제 마경의 정보도 확실히 얻었으니 준비는 완벽하다. 아니, 프란은 졸았으니 확실히라고 말하기 어려울지도 모르지만……. 뭐, 내가 기억하고 있으니까 괜찮을 거다.

『도서실에 다른 이용자가 없으면 더 쉬웠을 텐데…….』

거 참, 염동으로 프란이 깨 있는 것처럼 보이며 도서실에서 정보를 얻기란 꽤나 힘들었다. 역시 큰 도시의 길드답게 밤에도 도서실의 이용자가 상당히 있었기 때문이다. 프란의 몸을 조종해 목표하는 책을 책장에서 꺼내기가 가장 힘들었다. 그렇게까지 하는데도 일어나지 않는 프란도 프란이지만.

아니, 오늘도 내가 잠에 취한 프란을 조종하고 있었다. 방금 전까지는 반쯤 졸고 있었고 말이다. 내가 염동으로 이동시키고 울시가 붙잡아 끌고 가는 콤비 기술이다.

그래도 아침의 소란 속을 걸으며 포장마차에서 감도는 음식 냄새를 맡는 동안에 생기가 돌기 시작한 모양이다. 월연제가 한창일 때는 24시간 영업이니 어떤 포장마차가 가게를 연 듯했다.

"웃. 수프 먹을래."

『그래그래, 울시 몫도 사줘.』

"응."

프란이 반응한 것은 숙취 손님을 노린 어패류가 듬뿍 들어가 시원한 수프였다.

포장마차 아주머니에게 두 그릇 분의 대금을 건네고 수프가 든 종이 그릇을 받았다. 이런 포장마차에까지 종이 그릇이 퍼졌다니, 역시 바르보라는 발전했다.

프란은 먼저 울시 앞에 수프를 놓아줬다.

"맛있어 보여."

"웡웡!"

프란이 눈을 빛내며 수프를 마시기 직전이었다.

"우아아아아! 비켜비켜비켜!"

"꺄아악!"

고함을 지르며 달려온 행색 초라한 남자가 프란의 뒤에 있던 여성의 등에 부딪쳤다. 그리고 밀려난 여성이 다시 프란에게 부딪쳤다.

"…………."

"아아! 죄송해요."

"……응."

프란의 시선이 직전까지 자신의 손 안에 있었던 수프 그릇으로 향했다. 지금은 땅에 엎어져 무참한 모습의 수프와 그릇이었다. 이어서 그 날카로운 눈은 달려가고 있는 남자에게 향했다.

"아가씨, 괜찮아?"

"응. 미안해. 엎질렀어."

"그런 건 괜찮아. 그보다 안 데었니?"

"괜찮아. 고마워."

걱정해주는 아주머니에게 가볍게 고개를 숙이고 프란은 달리기 시작했다. 진심이로군. 날카로운 몸놀림으로 사람들 사이를 빠져 나갔다. 그대로 단숨에 남자에게 따라붙어 말을 걸었다.

"멈춰."

"시끄러! 닥쳐! 죽여버린다!"

단순히 난폭한 게 아닌 듯했다. 눈에 핏발이 서 있고 말투도 수상쩍었다. 이상한 약이라도 하고 있는 거 아냐?

순순히 멈추지도 않을 것 같아서 프란은 남자의 발을 걸어 넘어뜨렸다. 균형을 성대하게 잃은 남자는 스핀을 돌며 날아가 땅을 데굴데굴 굴러갔다. 이봐, 음식의 원한은 이해하지만 너무 지나친 거 아냐? 하지만 그래도 프란의 분노는 풀리지 않은 모양이다.

땅에 넘어져 부들대고 있는 남자에게 힐을 건 후 멱살을 잡아 일으켜 세웠다.

"넌 절대로 용서받지 못할 짓을 했어."

"아앙?"

"대죄를 범했어."

아니, 그렇게까지는 안 했다고. 일반적인 경우라면 변상 받고 끝났을 테니까.

"닥쳐! 놔! 크아아!"

역시 어딘가 이상하다. 제정신이 아닌 것 같다. 하지만 일반인인 남자의 완력으로는 프란의 팔을 뿌리칠 수 없었다. 그대로 반대로 눌리고 말았다.

『잡은 건 좋지만 어떻게 할 거야?』

'지옥을 보여줄 거야.'

그렇게 대화를 나누고 있는데 순찰 병사가 소동을 듣고 달려왔다. 병사들에게 남자를 넘기는데 그들의 대화가 들렸다.

"또 슬럼 사람인가."

"올해는 많군. 역시 이상한 약이라도 돌고 있는 거 아냐?"

"확실히 그래."

크라이스톤 후작도 올해는 하층민가에서 소동이 많다고 했다. 아무래도 이 남자도 하층민가 사람인 모양이다.

『자, 언제까지 노려보고 있을 거야. 시간도 없으니 이만 가자.』

"……응."

『저 남자는 제대로 벌을 받을 테니까 그걸로 만족해.』

'알았어.'

전혀 납득하지 못한 것 같지만 여기서 시간을 낭비할 수는 없다.

오늘은 3월 31일. 월연제 당일이다. 밤에는 도시 전체에서 열리는 제사가 있다고 해서 그때까지는 마경에서 돌아오고 싶기 때문이다. 그 뒤로 몇 번쯤 포장마차에 들러서 시간을 쓰기는 했지만 그 외에는 특별히 문제도 일어나지 않아서 우리는 바르보라를 떠났다.

『좋아, 이제부터는 서둘러 가자. 울시, 부탁해.』

"워웡!"

목표하는 마경은 말로 하루 거리에 있지만 울시가 뛰어가면 편도 세 시간 정도면 도착할 수 있을 것이다. 게다가 모험가가 밟아 다진 좁은 길이 이어져 있기 때문에 헤맬 걱정도 없다.

"울시, 고!"

"웡웡!"

세 시간 후.

『거의 예정대로군.』

"여기가 마경?"

그곳은 거대한 나무가 늘어선 어둡고 깊은 수해였다. 입구에 섰을 뿐인데 다양한 마수의 소리와 기척을 감지할 수 있었다.

『그래. B급 마경 수정 감옥이야.』

"마수의 기척이 잔뜩 느껴져."

"웡."

프란과 울시도 심상치 않은 기척을 감지했을 것이다. 표정이 단숨에 굳어졌다.

『그럼 확인하자. 목표는 중층부. 식용육에 적합한 마수만 노릴 거야.』

"응. 고기를 손에 넣어야지."

"윙윙."

아무리 마력이 풍부한 마수라고는 하나 전부가 식용에 적합하지는 않다.

이번에는 시간도 없으니 목표하는 마수를 최대한 빨리 찾아내야 했다. 모험가 길드에서 조사한 정보대로라면 식용에 적합한 마수는 중층이라고 불리는, 수해의 다소 깊은 장소에 특히 많이 있다고 한다.

프란을 태운 울시는 공중 도약으로 단숨에 날아올랐다. 이대로 수해 위를 빠져나가 단숨에 중층으로 향할 예정이다. 가능하면 바깥층에서도 사냥을 해보고 싶지만, 지금은 시간이 우선이다.

"저게 수정나무야?"

수해 위를 달려가는 울시의 등에서 마수 이름의 유래가 된 수정나무의 위용을 볼 수 있었다. 높이는 300미터 이상일 것이다. 이름대로 가지와 잎은 수정과 비슷한 투명한 소재로 구성돼 있었고, 스스로 마력을 발산하고 태양빛을 반사해서 아름답게 빛나고 있었다.

지구에서는 거의 볼 수 없는 압도적으로 신비한 광경이로군.

『수령 3000년이 넘는 마수(魔樹)래.』

수정나무는 특수한 마력을 발산해 초식 계열 마수를 끌어당기는 마수의 일종이다. 수정나무 자체가 초식동물에게는 진수성찬이므로 나무를 지키기 위해서 마수가 외적과 싸워준다고 한다. 마수를 이용해 몸을 지키는 참으로 희귀한 식물인 것이다. 하지만 수정나무의 주위에 모이는 것은 초식 계열 마수뿐만이 아니다. 수정나무에 이끌린 초식 계열 마수를 노리고 육식 계열 마수도 모이기 때문이다. 그 때문에 수정나무 주위에는 다양한 마수가 생식하고 있는 듯했다.

그리고 이 마경의 중심에는 세계 최대급 수정나무가 자리하고 있다. 크면 클수록 마력이 강해져서 끌어당기는 마수의 힘도 강하고 크기도 커진다는 수정나무다. 수령 3000년이 넘는 대수정나무의 주위에는 상상도 할 수 없는 마수가 몰려들어 있었다.

즉, 이 나무가 마경을 만들었다고 해도 과언이 아닌 것이다.

"굉장해."

"윙."

프란과 울시도 거대한 수정나무의 모습에 압도된 모양이다. 눈을 빛내며 그 모습에 넋을 잃고 있었다. 프란이 이렇게까지 아이다운 표정을 보이는 것도 드문 일이다. 이 얼굴을 본 것만으로도 여기에 온 보람이 있을지도 모른다.

울시의 등에서 수정나무를 관찰하고 있는데 나무 주위를 나는 새 같은 그림자가 보였다. 거대한 수정나무와 비교하면 작은 새처럼 보이지만 실제 크기는 5미터가 넘을 것이다. 저 무리에게 공격을 받으면 성가시겠군.

『저 나무에 지나치게 접근하면 위협도 높은 마수와 마주칠 가능성이 있으니까 조심해.』

"알고 있어."

『슬슬 중층인가. 어디에 사냥감이 있을 거 같아?』

"음— 저기는?"

『오, 잘 찾았어. 울시, 저 마수 옆으로 내려가 줘.』

"웡!"

프란이 발견한 것은 늪에서 미역을 감고 있는 커다란 돼지 같은 마수였다.

『좋았어, 단숨에 해치운다.』

"오—."

"웡웡!"

울시가 마수 무리에게 급강하해서 가장 가까이 있던 개체에게 이빨을 박았다. 프란도 울시의 등에서 뛰어내려 울시가 노리는 것과는 다른 개체에게 달려들었다.

"꾸에에에엑!"

"울시, 그쪽으로 갔어."

"크르르라!"

우리는 짧은 시간에 돼지 다섯 마리를 해치우는 데 성공했다. 위협도 F 마수, 스웜프 피그다. 등딱지 같은 것을 짊어지고 진흙 속에 사는 돼지와 비슷한 마수다. 오늘 첫 사냥감인 데다 기분도 들떠서 신 나게 해치웠지만 솔직히 잘못 잡았다.

돼지 계열 마수이니 맛은 나쁘지 않다. 오히려 맛있다고 할 수 있을 것이다.

하지만 특별하게 기른 이른바 브랜드 돼지에 비하면 맛이 떨어지는 데다 진흙 냄새 탓에 냄새를 제거하는 데 수고도 든다. 신출

내기 모험가가 용돈 벌이로 노리는 사냥감인 것이다.

품종 개량도 특수한 사육도 하지 않은 야생 그대로 브랜드 돼지에 가까운 맛을 내는 것은 굉장할지도 모르지만 목표하던 마수는 아니었다. 다른 마수를 구하지 못했을 때를 위한 보험으로 삼자.

『울시, 마수를 또 찾아줘.』

"웡!"

"더 안쪽으로 갈 거야?"

『그러네, 수정나무에 좀 더 접근하자. 이 주변은 아직 바깥층과 중층의 경계 정도인가 봐.』

스웜프 피그는 원래 바깥층의 마수다. 그것이 무리를 이루고 있다는 것은 목적인 장소는 아직 아니라는 뜻이다.

그대로 수해 안으로 나무를 헤치고 들어가 마수를 계속 찾은 지 한 시간. 우리는 멧돼지 한 마리와 대치하고 있었다.

아아, 꽤나 고생했다. 목표하는 마수만 사냥하고 싶었지만 이럴 때 먹을 수 없는 마수 무리만 만났기 때문이다.

"이 녀석이 맛있는 놈이야?"

『그래, 커다란 엄니가 돋은 금색 멧돼지. 틀림없어.』

위협도 D 마수, 굴린브루스터다. 금색 털을 돋은 멧돼지 비슷한 마수로, 털은 무척 뻣뻣해서 일부 마술을 튕겨낸다고 한다. 또한 그 엄니는 큰 나무를 쓰러뜨리고, 때로는 자신의 두 배 이상 되는 적을 쓰러뜨릴 수도 있다고 한다. 후퇴를 모르고 우직하게 돌진만 하기 때문에 미친 멧돼지라고도 불리는 강력한 마물이었다.

그러나 그 사나움과는 반대로 육질은 부드럽고 지방은 놀랄 만큼 달콤하다고 한다. 모험가 길드에서는 늘 사냥 의뢰가 나오는, 바르보라에서도 인기 높은 마수 고기였다. 게다가 운 좋게도 그 럭저럭 커다란 개체. 몸높이가 5미터를 넘었다. 무게는 울시의 세 배 이상일 것이다.

『알았지. 고기가 목적이니까 너무 심하게 공격하면 안 돼.』

"알고 있어."

『울시는 발을 묶어.』

"그르르르르!"

상처를 입히면 그만큼 피가 흐른다. 전투 중에 피가 너무 많이 흐르면 맛도 떨어지고 몸이 경직된다. 상처를 내는 방식에 따라 서는 먹을 수 있는 부분이 줄어들기도 한다. 이상적인 방법은 일 격에 마석을 꿰뚫는 건데…….

염동 캐터펄트는 안 되겠지. 쓰러뜨릴 수 있어도 고기를 상당 량 못 쓰게 만들 것이다.

"꾸이이이이익!"

『쳇! 피해, 프란!』

망설이고 있는데 금멧돼지가 돌진해 왔다. 상상을 초월할 만큼 빨랐다. 정신을 차리자 이미 그 거구가 눈앞에 펼쳐지고 있었던 것이다. 염동으로 움직임을 둔하게 하려고 했지만 효과가 거의 없었다. 놀랄 만한 힘이었다.

"크윽!"

『프란! 괜찮아?!』

"어떻, 게든."

직격은 피했지만 스친 것만으로 10미터 가까이 날아갔다. 무

시무시한 위력이다. 공중 도약을 이용해 공중에서 태세를 정비
하고 연착륙에 성공한 프란은 정신을 다시 무장한 표정으로 나
를 잡았다.

굴린브루스티의 돌진은 그 자리에서 멈추지 않고 지구라면 신
목이라고 불릴 수준의 거목을 몇 그루나 통째로 쓰러뜨리며 숲
속으로 사라져갔다.

하지만 울시가 냄새를 기억하고 있으니 놓칠 일은 없다. 오히
려 함정을 팔 기회였다.

『내가 흙 마술로 함정을 팔 테니까 울시는 그쪽으로 유도해. 어
차피 바로 탈출하겠지만 몇 초는 발을 묶을 수 있을 거야. 프란은
그걸 노려.』

"알았어."

"웡."

나는 흙 마술을 연속으로 발동하여 아래에 커다란 구멍을 만들
었다. 위에 무거운 물건이 올라가면 땅이 무너져 아래에 있는 구
멍으로 떨어질 것이다. 간이 함정의 완성이다.

몇 십 초 정도 기다리고 있자 울시가 굴린브루스티를 딱 맞게
유도해 왔다.

울시는 도발하듯 굴린브루스티의 앞을 촐랑대며 돌아다녔다.
일부러 작아져서 보다 눈에 거슬리게 하는 듯했다.

"워웡!"

"꾸이이이이이이익!"

자신보다 훨씬 작은 늑대에게 바보 취급을 당한 굴린브루스티
는 콧김을 거칠게 내뿜으며 미친 듯이 화를 내고 있었다.

불손한 꼬마 늑대를 짓뭉개버리려고 나무들을 쓰러뜨리며 쏜살같이 돌진해 왔다. 대형 트럭이 연상되는 무시무시한 돌진력이었지만 그것이 화근이 됐다. 금색 털에 뒤덮인 억센 다리가 지면을 뚫자 그 거구가 반 정도 땅에 가라앉았다

"꾸익?!"

내가 감쪽같이 만든 함정에 빠졌어!

『지금이야! 프란!』

"응!"

프란은 함정에 빠져 발버둥치고 있는 금멧돼지를 향해 크게 도약했다.

"스승, 마석을 노릴 거야."

『알았어! 녀석의 마석은 심장에 있어.』

"응!"

나는 일격에 심장에 닿도록 형태 변형으로 도신을 가늘고 길게 늘였다. 지금의 내 모습은 도신이 이상하게 긴 에스톡 같은 느낌이다.

"하아아!"

"꾸이이이이이이이이이이이익!"

프란은 나를 거꾸로 쥐고 단숨에 날아올랐다.

"거기다!"

프란이 낙하하는 기세대로 Lv 8 검기 핀포인트 스터브를 발동시켜 나를 금멧돼지의 등에 찔렀다. 모든 힘이 한 점에 집중돼서 나는 희미한 저항만 느끼며 금멧돼지의 등뼈와 살을 관통해 정확히 심장과 마석을 꿰뚫었다. 급소 이외의 부분에 주는 대미지를

최대한 줄인 이상적인 일격이었다.

『됐다!』

"응. 고기가 잔뜩 생겼어."

『그래, 이로써 돼지고기는 확보 완료야.』

이만한 거구이니 필요한 양은 틀림없이 클리어했을 것이다.

쓰러뜨린 금멧돼지를 일단 수납했다. 가능하면 바로라도 해체하고 싶지만 여기서는 피 냄새가 다른 마수를 끌어들일 테니 모험가 길드의 해체 공간을 빌려야 할 것이다.

『좋았어, 다음으로 가자!』

"응."

"워우!"

우리는 그 후 두 시간 정도 들여 마수를 사냥해 갔다.

회복 마술을 사용하는 교활한 하얀 소 마수 아피스를 두 마리. 알아볼 수 없을 정도의 속도로 나무 사이를 빠져나가고 강철조차 꿰뚫는 부리로 급소를 노리는 황금닭 마수 굴린캄비를 다섯 마리. 그리고 굴린캄비의 둥지를 발견해서 타조 알보다 거대한 금색 알도 여덟 개나 입수했으니 대수확이다.

그러나 어떤 마수도 만만치 않아서 우리는 나름대로 소모한 상태였다. 던전 정도는 아니지만 마수와 마주칠 확률이 높아서 오래 머물고 싶은 장소도 아니었다. 얼른 돌아가자.

다만 수해의 분위기가 이상했다. 처음 온 곳이라서 어디가 이상하다고 확신을 가지고 단언할 수는 없지만……. 마수들이 묘하게 호전적인 느낌이 든다.

잔챙이 마수까지도 마치 무언가에 겁먹어 막다른 곳에 몰린 듯이 필사적인 형상으로 덤벼드는 일이 있었다. 게다가 묘하게 뒤숭숭하다고 해야 할까, 공기가 무거운 느낌이 들었다. 울시도 프란도 같은 느낌을 받았는지 어딘가 침착하지 못했다.

기척 감지 등을 써봐도 이상은 감지할 수 없었다. 기분 탓일까?

하지만 바로 우리가 느끼고 있던 위화감의 정체가 판명됐다.

쿠우우우우우우우우우우우우우우우우우웅!

"응?"

『어엉? 이 마력은 뭐야!』

"끄응……."

갑자기 굉음이 마경에 울려 퍼졌다. 동시에 대수정나무 근처에서 거대한 마력이 발산됐다.

이만큼 떨어진 곳에서도 감지할 수 있는 이상한 마력이었다.

"스승, 저거."

『뭔가 날아오고 있군.』

대수정나무 근처에 거대한 새가 날고 있는 모습이 보였다. 때때로 희푸르게 빛나고 있었다.

감정을 할 수 있는 거리가 아니지만 나는 바로 정체가 짐작이 갔다.

『선더 버드야. 게다가 스톰 이글도 세 마리 있어.』

선더 버드는 B급. 스톰 이글은 D급 마수다. 특히 선더 버드는 모험가 길드에서 마경의 정보를 조사할 때 가장 주의해야 한다고 적혀 있던 마수였다. 압도적인 속도로 다른 이를 접근시키지 않는 수정 감옥의 패자다.

하지만 우리가 느낀 이상한 마력은 선더 버드의 것이 아니었다.

"사람이 싸우고 있어?"

누군가 하늘을 날며 선더 버드를 비롯한 마수들과 대치하고 있었던 것이다. 우리를 한순간이나마 겁먹게 한 것은 그 인영에서 발산되는 마력이었다. 멀리 떨어진 이곳에서도 찌릿하게 도달해 왔다.

우리가 느끼고 있던 위화감의 정체도 이 인물의 기척이었을 것이다. 이만큼 떨어져 있지만 위기 감지나 기척 감지가 희미하게 반응했기 때문이다.

생김새까지는 알 수 없지만 긴 흑발을 상투처럼 뒤통수에서 묶고 있는 것과 진남색을 기조로 한 장비를 몸에 걸치고 있는 것은 알 수 있었다.

혼자서 싸우려는 걸까. 무모──하다고 말하고 싶지만, 저 인영이라면 간단히 이길 것 같은 느낌이 들었다.

"시작됐어."

"윙."

선더 버드가 입에서 번개를 토했다. 무시무시한 방전이 주위를 밝히고, 멀리서 울리는 천둥 같은 굉음이 울려 퍼졌다. 하지만 인영은 무난히 번개를 피했다.

우리가 보기에는 필살의 일격이라도 선더 버드의 입장에서는 단순한 견제였을 것이다. 선더 버드와 마수들이 무시무시한 속도로 인영에게 돌진해 갔다.

멀리서 보는 덕분에 움직임을 쫓을 수 있었지만 지근거리였다면 모습을 놓쳤을지도 모른다. 그만큼 빨랐다.

다만 인영에게는 해당되지 않았다. 반사 신경이 얼마나 좋은 거야.

이렇게 보고 있으니 선더 버드가 두려움을 받는 이유를 잘 알수 있었다. 하늘을 날 수 없는 자는 꼼짝 없이 속도와 번개에 일방적으로 사냥당할 것이다. 같은 싸움판에 선다 해도 선더 버드의 압도적인 속도를 따라잡지 못한다면 결국 마찬가지다.

위협도는 예전에 싸운 악마와 같지만 지금의 우리가 저 선더 버드에게 이길 수 있느냐고 묻는다면 어렵다고 대답할 것이다. 그때의 악마와 달리 선더 버드는 제한이 전혀 없이 능력을 완전히 발휘할 수 있기 때문이다. 게다가 부하인 스톰 이글을 거느리고 있다. 오히려 승기는 한없이 낮았다.

저 인영은 정말 정체가 뭘까.

아직도 새들의 공격은 스치지도 않았다. 집중되는 공격은 모두 허공을 갈랐다.

재정비를 하려는지 새들이 일단 거리를 벌렸다. 하지만 그 틈을 놓치지 않고 인영의 반격이 시작됐다. 시작됐다고 해야 할까, 한 번의 반격으로 전부 결착이 났지만 말이다.

"검이 잔뜩 있어."

『마술? 아니, 스킬인가?』

인영이 손을 내밀자 그 주위에 막대한 숫자의 검이 나타났다. 아니, 진짜 순간 이동한 듯이 갑자기 검이 솟아났다. 소환했을까, 마력을 구현화해 생성했을까, 다른 무언가일까. 한 자루 한 자루마다 강력한 마력이 느껴졌다. 감정하면 각각이 마검급의 힘을 품고 있으리라고 생각한다.

순식간에 생성된 대량의 검이 그대로 고속으로 새들에게 돌격해 갔다.

속도는 내 염동 캐터펄트보다 느리지만, 그 수는 위협적이었다. 백 자루 가까이는 될 것이다. 게다가 그저 일직선으로 돌진하는 것이 아니라 마치 춤을 추듯 복잡한 궤도를 그리며 새들을 놓치지 않으려는 양 몰아넣고 있었다.

검의 우리에 갇혀 도망칠 곳이 없어진 마수들은 쏟아지는 검에 꿰뚫려서 한 마리 또 한 마리씩 떨어져갔다.

마지막까지 저항하던 선더 버드도 덤벼드는 검의 폭풍에 날개가 구멍투성이가 되었고, 최후에는 특대 검에 목이 꿰뚫려 힘이 다한 듯했다. 회전하며 추락해갔다.

"굉장해."

『그래, 하지만 가능하면 엮이고 싶지 않아.』

저 인영이 선인일지 아닐지 알 수 없기 때문이다. 만약 도적 같은 패거리라면? 우리로서는 도저히 이길 것 같지 않은 선더 버드와 스톰 이글들을 일방적으로 쓰러뜨렸다. 절대로 적대하고 싶지 않다.

인영은 쓰러뜨린 마수를 회수하러 갔을 것이다. 수정나무 쪽으로 내려갔다.

『우리 목적은 달성했으니 얼른 바르보라로 돌아가자.』

"응."

"웡."

수수께끼의 인영에게서 도망치는 느낌으로 수정 감옥을 탈출한 우리는 곧장 바르보라를 향해 길을 서둘렀다. 마수를 해체하고 카레를 시험 제작해야 하기 때문이다.

"스승, 저기 사람이 잔뜩 있어."

『마차를 둘러싸고 있는 건 호위인가?』

"하지만…… 왠지 이상해."

우리는 가도 앞에서 마차 한 무리를 발견했다. 마차 다섯 대가 줄지어 있었다. 오늘은 월연제이고 이곳에서라면 바르보라까지는 한 시간 정도 걸린다. 근처 마을에서 바르보라로 향하는 사람들이 있어도 이상하지는 않을 것이다. 다만 아무래도 낌새가 이상했다.

마차 행렬은 멈춰 있고 미약하게 비명 같은 소리가 들렸다. 자세히 보니 선두 마차에는 화살 몇 개가 꽂혀 있었다.

『저거 도적한테 습격받는 거 아냐?』

주위에 있는 사람도 호위로는 보이지 않는 우락부락한 모습의 남자들뿐이었다. 게다가 마차 쪽을 향해 검을 치켜들고 있었다. 확실히 도적의 습격이었다. 아무래도 선두 마차의 바퀴가 부서져서 후속 마차가 도망칠 수도 없는 듯했다.

"도와줄래!"

『울시, 날려버려!』

"웡!"

공중에서 접근해보니 여성 모험가 몇 명이 최후미에서 마차를 지키듯 도적과 싸우고 있는 모습이 보였다.

"이봐! 너무 심하게 하지 마! 사지 멀쩡한 쪽이 비싸게 팔리니까!"

"햐하하! 나도 안다고!"

"여자 모험가는 팔기 전에 즐길 수 있고 말이야!"

도적들의 말을 들은 프란의 시선이 날카로워졌다. 도적들은 암노예 상인과 관련된 상대라서 프란의 사냥감이 되어버렸다.

"둘 다 힘내!"

"우리가 뚫리면 마을 사람들이 공격받아요!"

"죽을힘을 다해 막을게―."

여성 모험가들은 마을 사람들이 탄 마차를 지키기 위해 몸을 던져 도적들을 막고 있나 보다. 상당히 불리할 텐데 달아나려는 기색은 보이지 않았다. 좋은 근성이다. 싫지 않았다.

"갈게!"

『그래. 리더는…… 저건가.』

뒤에서 부하에게 지시를 내리고 있는 몸집 큰 사내. 혼자만 좋은 장비를 걸치고 있으니 저놈이 틀림없이 도적들의 리더일 것이다. 스테이터스도 조금 높았다.

"하아압!"

"크아악!"

공중을 나는 울시의 등에서 뛰어내린 프란은 가장 처음 도적의 리더를 베어버렸다. 다만 의식을 빼앗아 도망치지 못하게 했을 뿐이라서 죽이지는 않았다. 정보를 얻기 위해서다. 그러나 정보를 캐는 데는 이 녀석만 있으면 충분하다.

"나머지는 필요 없어."

"크르르!"

프란이 눈에 보이지 않는 속도로 양 측면에 있던 도적의 목을 날려버렸다.

"어?"

"누, 누구냐!"

"어째서 어린애가!"

도적도 모험가도 갑작스러운 사태에 혼란스러워하고 있군. 하지만 프란과 울시는 공격의 손길을 늦추지 않고 도적들의 목숨을 거둬갔다. 최후미에서 여성 모험가를 공격하고 있던 녀석들은 프란이, 우회해서 전방에 있는 마차를 공격하려 했던 녀석들은 울시가 정리했다. 마지막에는 도망치려고 한 도적들을 화염 마술로 단숨에 불살라 끝냈다. 이로써 살아남은 도적은 리더뿐일 것이다.

"괜찮아?"

프란이 말을 걸어도 모험가들은 넋이 나가 있었다.

"…………."

우리가 나타난 지 2분 만에 일어난 일이다. 정체불명의 어린아이가 늑대와 갑자기 내려와 자신들이 고전하고 있던 도적단을 유린했다. 사태 파악이 되지 않을 것이다.

"──에어리어 힐."

일단 부상을 당한 것 같으니 회복시켜주자. 그러자 겨우 정신이 돌아온 모양이다.

"회, 회복 마법이야?"

"사, 살았다──."

"죽는 줄 알았어……."

죽음과 유린의 공포에서 벗어난 여성 모험가 세 사람은 안도한 표정으로 그 자리에 풀썩 주저앉았다. 그러나 바로 표정을 굳히고 일어섰다. 아직 한창 호위 중이라는 생각을 떠올렸을 것이다. 마을 사람을 버리고 도망치지 않은 것도 그렇고 프로 의식을 확실히 가지고 있는 듯했다.

모험가들은 프란에게 악수를 청하며 입을 모아 감사 인사를 했다.

프란과 울시에게 공포를 느껴도 할 말 없는 상황이지만 목숨을 구해준 감사 쪽이 큰 모양이다.

"저희는 주홍 소녀라는 파티를 맺고 있습니다. 도와주셔서 감사합니다."

"나는 랭크 D 모험가 프란."

"그 나이에 랭크 D! 여간내기가 아니라고 생각했습니다만, 대단하시네요!"

그때는 마차에서 마을 사람들도 내려서 주위에 쓰러져 있는 도적들을 보고 얼굴을 굳히고 있었다. 평범한 마을 사람들에게는 자극적인 광경이겠군. 그래도 소녀들에게 프란이 목숨을 구해줬다는 설명을 받고 제각기 머리를 숙였다. 그중에는 안도해서 울음을 터뜨리는 자도 있었다. 도적에게 공격받은 공포는 무시무시했을 것이다. 뭐, 도적이 참살된 시체에 겁을 먹었을 가능성도 있지만 말이다.

다만 우리의 목적은 그들을 구하는 것만이 아니었다.

"이봐."

"크르르."

힐로 상처를 막은 도적 리더를 두들겨 깨워서 신문을 시작했다.

"히, 히이이익! 목숨만은 살려줘!"

"질문에 대답하면 죽이지 않을게."

"뭐, 뭐든 대답할게! 대답할 테니까 죽이지 말아줘!"

프란의 차가운 시선과 울시의 낮은 울음소리가 어지간히 무서 웠을까. 동료의 참상을 본 탓일까. 도적의 리더는 무척 고분고분 했다. 아지트가 있는 장소나 동료가 그 밖에도 있다는 등의 정보 를 술술 불었다. 역시 이미 도적에게 잡힌 사람들이 있나 보다. 죽이지 않고 잡아둔 것은 바르보라에서 암약하고 있는 암노예상 에게 팔아치우기 위해서라고 한다.

프란의 목적은 그 암노예로 전락하게 될 사람들을 구출하는 것 이었다. 정의감이라기보다 암노예 상인들에 대한 적의에서 나오 는 행동이지만.

신문이 끝날 무렵, 촌장이 모험가의 리더 격인 여성을 동반해 다가왔다.

"저기, 이제부터 어떻게 하실 겁니까?"

"이 녀석들의 아지트로 안내시킬 거야."

"그, 그러십니까……."

마차를 수리하기 위해 잠시 이곳에 머물러야 하는 모양이다. 구 해준 직후에 마수나 도적에게 공격이라도 받아 전멸하면 꿈자리 가 사나우니 우리는 어떤 것과 교환해 울시를 두고 가기로 했다.

수리하는 사이의 호위라면 울시로 충분할 터다.

"이제부터 도적의 아지트로 가서 잡혀 있는 사람들을 구해올 게. 그 사람들을 마차에 태워줬으면 좋겠어. 그 대신 울시를 여기 에 두고 갈게."

생각해보니 도적의 아지트로 가서 사람들을 구출한다고 해도 데려올 수단이 없다. 최악의 경우, 구출한 사람들이 걷게 될 것이 다. 그렇다면 그 다리를 제공받으면 된다.

"이 늑대 말인가요……."

촌장은 조금 불안한 것 같았다. 울시 자체가 무서운 것도 있고 프란에게 직접 호위받고 싶었던 거겠지. 그래도 더 중요한 일이 있다는 것을 깨달았는지 촌장은 미소 지으며 고개를 깊숙이 숙여 감사 인사를 했다.

"잘 부탁드립니다."

"울시, 사람들을 지켜줘."

"웡!"

마을 사람들은 아직 불안해 보이는 표정이지만 여기는 울시에게 맡겨두면 괜찮을 것이다.

『그럼 가볼까.』

"응. 걸어."

"아, 알았으니까 너무 잡아끌지 마!"

도적의 리더를 데리고 출발한 나와 프란은 바로 녀석들의 아지트에 도착했다.

뭐, 도중에는 특필할 만한 일도 없었으니 생략하겠다. 중요한 아지트는 습격 장소에서 걸어서 15분 정도 걸리는 작은 산의 기슭에 뚫린 동굴이었다. 그야말로 아지트라는 느낌이로군.

의외로 동굴 입구에는 마술로 은폐가 걸려 있었다. 감지 계열 스킬을 쓸 수 있는 우리라도 처음부터 안내받지 않았다면 발견하느라 고생했을 것이다. 도적단이라고는 하나 의외로 얕볼 수 없을지도 모른다.

우리는 정신을 다시 무장하고 신중하게 제압에 들어갔다. 이것이 꽤나 고생이었다. 밖에서 보기에 평범한 동굴 같았는데 안은 정비돼 요새화가 되어 있었기 때문이다. 도적도 스무 명 이상 남아 있었고 저항도 심했다. 활을 쏘는 위치도 계산되어 있어서 방심은 할 수 없었다.

또한 각자의 역량도 도적단이라고는 생각할 수 없을 만큼, 검기를 사용하는 나름 실력자도 몇 명 있는 데다 마술사까지 있었다. 용병단이라고 하는 편이 딱 들어맞을 것이다.

참고로 도주용 뒷문도 당연히 있었지만 그쪽은 도적 리더에게 출구까지 먼저 안내를 받아서 화염 마술을 쏟아 부어 무너뜨려뒀다. 양동도 되니 일석이조였다.

그리고 아무래도 좋을 일이지만 리더는 보스가 아니었다. 아마 부대장급이었는지 더 강하고 대단해 보이는 녀석들이 아지트에 득실댔던 것이다. 귀찮아서 마음속으로 리더라고 불렀을 뿐이지만 말이다. 그 리더도 싸움 도중에 죽었으니 이로써 도적단은 전멸했다.

리더는 우리가 죽이지 않았다. 도적들이 반격하기 위해 쏜 화살이 우연히 리더에게 맞은 것이다. 뭐, 선두에 세운 것도, 부상을 치료해주지 않았던 것도 확실하기는 하다. 도적 리더는 "야, 약속이 다르잖아! 죽이지 않는다며!" 하고 부르짖었지만.

하지만 약속은 지켰다. 우리는 손대지 않았다. 도적끼리 싸웠을 뿐이다.

아지트의 감옥에는 남성 일곱 명이 잡혀 있었다. 전사 느낌의 남자가 세 명에 아마추어 같은 남자가 네 명이다.

구하기 전에 일단 감정해봤는데, 일반 모험가와 농민들이었다. 프란이 감옥을 부수고 밧줄을 풀어줬다. 모두 여기에 며칠 전에 붙잡혔는지 심각하게 쇠약해진 사람은 없었다. 회복 마술을 걸어주면 문제없이 움직일 수 있을 것 같았다.

"이거 고맙군!"

"설마 아가씨 같은 어린아이가 구해줄 줄이야……."

"아니지, 방금 본 몸놀림에 감옥을 부순 솜씨. 우리보다 강할 거야!"

모험가들은 서로 아는 사이기는 하지만 파티를 맺지는 않은 모양이다. 각자 다른 곳에서 도적에게 잡혀 끌려왔다고 했다. 농민들은 같은 마을의 지인들로, 함께 바르보라로 가는 도중에 도적의 공격을 받았다고 한다. 돈이 없어서 호위를 고용하지 못했다고 한다.

"도적은 상당한 숫자였을 텐데, 밖은 어떻게 됐지?"

"전부 정리했어."

"뭐어? 저, 전부라면 그 전부를 말하는 거야?"

"어? 응."

"아니, 확실히 기척이 없어. 정말일 거야."

"강하다고는 생각했지만 그 정도인가……. 여기 도적단, 붙잡히고 알았지만 이상할 정도로 인원이 많고 실력자도 있었는데."

역시 평범한 도적단이 아니었나. 붙잡힌 세 사람은 바르보라의 모험가이기 때문에 이 주변 도적단의 정보는 가지고 있었다. 하지만 50명 규모의 도적단은 과거에도 들은 적이 없었다고 한다. 외부에서 흘러들어온 퇴물 용병단이었을지도 모르겠군.

"이봐, 이제부터 어떻게 할 거지?"

"응? 이제 볼일은 없으니까 사람들이 있는 데로 돌아갈 거야."

"동료가 있는 건가?"

"동료가 아니야. 하지만 기다리고 있어."

"뭐, 뭐어. 그 밖에도 사람이 있다는 건 알았어. 다만 이런 규모의 도적단이라면 재물을 상당히 쌓아놨을 거 같은데……."

"응?"

모험가 중 한 사람이 설명해줬다. 도적단을 토벌한 경우, 그 아지트의 재물은 토벌자의 것이 된다고 한다. 돈이나 무구에 이름이 적혀 있는 것도 아니니 말이다.

그래서 그들을 데리고 아지트 안을 탐색해보기로 했다. 그리고 지하에서 창고를 발견했다. 보물은 아니지만 무기 등과 함께 식료품이나 의류가 있었다. 팔면 조금은 돈이 될까?

그중에서 우리의 눈길을 특히 끈 것은 열화 방지 효과가 있는 마법 자루에 든 더러운 나무뿌리 같은 것이었다. 감정해보니 큐어 터메릭이라고 적혀 있었다. 이것은 얼핏 보기에 두꺼운 우엉 같지만 실은 마법 식물의 뿌리다. 제대로 처리하면 상태 이상을 회복시키는 효과를 발휘하는 데다 향신료도 쓸 수 있는 고급품이었다. 그것이 대량으로 쌓여 있었다.

『이봐, 엄청 좋은 걸 찾았어!』

요리 스킬 덕분에 이것의 맛이 어떤지도 이해할 수 있었다. 알기 쉽게 설명하자면 강황에 가까운 맛이다. 게다가 맛도 충분히 좋다. 카레에 넣으면 맛에 깊이와 감칠맛이 한층 더해질 터였다. 치유 효과보다도 그쪽이 지금의 내게는 기뻤다. 구한다고 해서 바로 얻을 수 있는 것이 아니기 때문이다. 정말 운이 좋다. 본래 주인에게는 미안하지만 이것은 우리가 유익하게 이용하자.

몹시 좋아하는 우리의 뒤에서 모험가들이 뭔가 이야기하고 있었다. 아무래도 이 창고 안에 그들의 장비품이 들어가 있는 듯했다. 그것을 어떻게 돌려받을 수 없을까 의논하고 있던 것이다. 일단 이 창고 안에 있는 무구는 현재 프란에게 소유권이 있으니 말이다.

말을 꺼낸 것은 가장 나이가 많은 남자였다.

"이, 이봐. 의논할 게 좀 있는데……."

"뭔데?"

"그거야. 이 안에 우리 장비품이 있는데 돌려줄 수 없을까?"

"무, 물론 공짜로 달라는 건 아냐."

"그래 맞아. 무기를 돌려주면 짐꾼이든 뭐든 하지."

"우리 셋이서 나르면 절반 이상은 가져갈 수 있을 거야."

그렇군. 일반적으로 생각하면 이곳의 전리품을 프란 혼자서 전부 들고 갈 수 없다. 짐꾼으로서 전리품 나르기를 거드는 보수로 장비품을 돌려받고 싶다는 건가.

"그러니까——어?"

"응?"

아, 이 녀석아! 모험가들이 아직 얘기하는 도중이잖아! 향신료를 차원 수납에 넣으면 어떡해!

"시, 시공 마술을 쓸 수 있는 건가. 그렇군……."

"역시 대단해……."

"우리 따위는 필요 없겠어……."

모두 필사의 어필이 수포로 끝나서 구슬픈 얼굴이었다.

'스승, 돌려줘도 돼?'

이런, 얘기를 제대로 듣고 있었구나.

『뭐, 괜찮지 않을까?』

엄청난 마력이 담긴 최고급 무구는 있지 않으니 말이다. 애초에 마법 무구를 갖추는 수준의 모험가라면 도적에게 잡히지도 않을 것이다.

"자기 물건이 있다면 가져가도 돼."

"어? 괜찮겠어?"

"응. 나한테는 필요 없어. 그 대신 부탁이 있어."

"하, 할 수 있는 일이라면 뭐든 말해줘!"

"우리는 요리 콘테스트에 나갈 거야. 그때 사먹으러 오고, 다른 사람한테도 선전해줘. 그쪽 사람들도 약속해준다면 소유물을 전부 돌려줄게."

"그런 걸로 괜찮겠어? 물론이지!"

"잔뜩 사먹을게! 그렇게 고급은 아니겠지?"

"잔뜩 선전할게요!"

모험가들도 농민들도 프란에게 감사하고 감격했다. 포장마차 선전을 하는 것만으로 소지품이 되돌아온다니, 보통은 있을 수 없을 것이다. 그들에게 돌려줄 장비품과 짐을 제외한 물건들을 부지런히 수납하고 있는데 척후 타입의 모험가가 벽을 톡톡 두드리기 시작했다.

"이봐, 이 반대편에 방이 있는 거 같은데?"

아무래도 비밀의 방으로 꾸며져 있는 듯했다. 벽을 만지며 입구를 찾기 시작한 모험가. 하지만 그런 굼뜬 행동을 프란이 기다리고 있을 리가 없었다.

"비켜."

"아, 그래. 하지만 문도 없는데 어떻게 할──."

콰앙!

프란이 검성기를 쏴 벽을 일격에 파괴했다. 검을 한 번 휘둘러 돌벽에 구멍을 낸 프란을 모험가들이 멍하니 바라봤다. 새삼 실력 차이를 실감한 거겠지.

『오호라. 보물고로군.』

금은보화가 그득하지는 않았지만 나름대로 금화나 은화가 쌓여 있었다. 그리고 이상한 상자가 소중하게 놓여 있었다. 쇠로 만들어 튼튼해 보이는 상자다. 뚜껑을 열어보니 의문의 액체가 채워진 수상한 유리병이 한 개 들어 있었다. 푸른 용액 안에 어슴푸레하게 빛나는 구슬이 흔들거리고 있었다. 얼핏 포션으로밖에 보이지 않지만 단순한 포션은 아닐 것이다. 상당히 강한 마력을 감지할 수 있었다. 또한 상자 안쪽에는 쿠션이 깔려 있어서 명백하게 이 병을 보호하려는 것이라는 사실을 알 수 있었다.

『감정해볼까.』

하지만 뭔가 마술적인 효과가 있는지 감정이 통하지 않았다. 가까스로 이름만을 알 수 있었다. 마혼의 기원이라고 한다. 어떤 효과가 있는지도 알 수 없으니 개봉하기가 무섭다. 그리고 귀금속류보다도 엄중하게 안치되어 있는 것을 보아 상당한 귀중품일 가능성이 있었다. 일단 차원 수납에 넣어두자.

『받을 것도 받았으니 슬슬 돌아갈까.』

"응."

시간을 상당히 잡아먹고 말았다. 예정대로라면 이미 바르보라에 돌아갔을 터였다.

프란은 구출한 남성들을 데리고 마차까지 돌아갔다.

도중에 배가 고프다는 남성들에게 꼬치구이와 샌드위치를 대접하자 농민 남자들이 울면서 먹었다. 이래저래 불안했을 것이다. 거기에 이끌리듯이 모험가들도 눈물을 글썽이며 감사의 말을 입에 담았다. 이 정도라면 선전도 빈틈없이 해줄 것 같다.

"아, 돌아왔다!"

"이봐! 이쪽이야 이쪽!"

마차도 무사히 수리가 끝난 듯했다. 도적들의 시체는 정리돼 있었는데, 그와는 별개로 명백하게 큰 짐승에게 물려죽었다는 것을 알 수 있는 고블린의 시체가 몇 구나 쓰러져 있었다. 역시 기다리는 동안에 공격을 받은 모양이다. 울시를 남기고 가서 다행이다.

"무사했군요. 뭐, 당신이 도적 따위에게 당한다고는 생각하지 않았지만요."

"응. 낙승에 대어야."

"마차 쪽은 완벽해요. 그런데 그쪽 사람들이 도적에게 붙잡혀 있던 사람들인가요?"

"그래. 프란 아가씨가 목숨을 구해줬지."

도적의 아지트에서 벌어진 전투를 간단히 설명하면서 재빨리 출발 준비를 갖췄다.

마차는 다섯 대나 있으므로 구출해온 남성들도 아슬아슬하게 탈 수 있었다. 뭐, 꽉꽉 밀어 넣어서 어떻게든 됐다는 느낌이었지만.

선두 마차에는 프란도 올라탔다. 앞으로 한 시간 정도면 바르보라에 도착하기도 해서 우리는 그들을 호위하며 바르보라로 돌아가기로 한 것이다. 뭐, 콘테스트에 관한 여러 가지 정보도 들을 수 있었고 검은 꼬리의 선전도 할 수 있었으니 꽤나 유의미한 시간이었다.

한 시간 후. 무사히 바르보라에 도착한 우리는 마을 사람들이나 모험가들과 헤어져 그 길로 모험가 길드에 찾아갔다. 수정 감옥에서 입수한 마수를 해체하기 위해서다.

해체실 사용을 신청하자 바로 지하실로 안내해줬다.

『알레사보다 상당히 넓네.』

여기라면 꽤 큰 사냥감이라도 해체할 수 있을 것이다. 물을 생성하는 마도구도 완비되어 있어서 시설 면에서도 알레사 이상이었다.

『그럼 우선은 굴린브루스티부터 하자.』

"알았어."

나는 차원 수납에서 금멧돼지를 꺼냈다.

『좋아, 피부터 뺀다.』

"응."

신선한 마수의 피는 약이나 식재료로도 쓸 수 있는 경우가 있다. 그러므로 빼낸 피를 염동으로 받아내어 그대로 차원 수납에 넣어놓았다. 식용에 적합하지 않은 내장 따위도 버리지 않고 확보해뒀다.

"어금니, 엄청 두꺼워."

『모피도 비싸게 팔 수 있나봐.』

고기가 필요했을 뿐이지만 소재도 나름대로 얻었다. 아피스, 굴린감비도 순조롭게 해체할 수 있었다. 이로써 돼지, 소, 닭 카레를 만들 수 있을 것이다. 뭐, 카레에 맞는 부위와 맞지 않는 부위도 있으니까 얻은 고기를 전부 쓰지는 못하겠지만.

『고기 이외의 소재는 팔자.』

"응. 그 뒤에는 어떻게 할 거야? 루실 상회?"

『아니, 아직 조사하고 싶은 게 있어.』

도적의 아지트에서 입수한 의문의 유리병의 정체를 알고 싶다. 이만큼 큰 도시라면 연금술사도 많이 있을 테니 누군가에게 이야기를 들을 수 있지 않을까?

그런 것을 프란과 의논하고 30분 후. 매각한 마수 소재의 대금을 받은 우리는 모험가 길드의 3층에 있었다. 접수대에서 연금술사를 소개해달라고 부탁하자 그쪽에서 바르보라 모험가 길드의 전속 연금술사를 추천했기 때문이다. 접수원 누님 왈, 상당히 솜씨가 뛰어나다고 한다.

길드 전속이라니까 정말 실력이 좋을 게 틀림없다. 우리는 그 연금술사에게 의문의 유리병에 대한 감정을 의뢰하기로 했다.

똑똑. 안내역인 엘프 누님(50세)이 문을 한 번 노크했다. 문에는 '유진 연구실'이라고 적혀 있었다. 이 부근은 생산 계열 시설이 모여 있는 구획 같군. 다른 문에는 의무실이나 공방이라는 글자가 새겨져 있었다.

"들어오세요."

"실례합니다."

방 안에 있었던 것은 넉넉한 로브를 입은 장년 남성이었다. 등까지 기른 백발 섞인 장발을 올백하고 있었다. 온화한 미소에 지적인 이미지를 주는 동그란 안경. 그야말로 학자나 연구자라는 분위기를 휘감고 있었다. 여위었지만 키는 그럭저럭 크려나?

다만 눈이 상당히 별났다. 흑백 부분이 먹을 떨어뜨린 듯이 검었고 홍채가 아름다운 에메랄드 색이던 것이다. 게다가 눈을 한 번도 깜빡이지 않아서 약간 기분 나쁘기조차 했다.

그리고 머리 아래 부근에 뭔가 기다란 것이 돋아 있었다. 촉각일까? 눈도 그렇고 촉각도 그렇고 상당히 무서운 모습이었다. 프란이나 엘프 누님이 아무렇지 않게 대해서 가볍게 놀라기만 하며 넘어갔지만 도시 밖에서 맞닥뜨렸다면 상당히 경계했을 것이다.

"유진 선생님. 이 아이가 이야기를 듣고 싶다고 합니다."

"오호? 상당히 귀여운 아가씨인데 모험가니?"

"응. 랭크 D 모험가인 프란."

"랭크 D? 그거 굉장하구나."

반충인(半蟲人)이라는 종족이라고 한다. 수인의 벌레 버전인 건가. 게다가 반이라는 말은 하프라는 뜻이겠지.

눈과 촉각은 충인의 특성을 이어 받은 모양이다. 그런데 하프가 이 정도라면 일반적인 충인은 좀 더 벌레 같으려나. 조금 흥미가 생겼다.

그리고 실력이 뛰어나다는 말은 진짜일 것이다. 감정해보니 연금술이 카운터 스톱해서 상위 스킬인 연성술도 가지고 있었다. 칭호에도 아이템 엑스퍼트, 포이즌 마스터, 포션 마스터, 연금의 달인과 같이 연금술에 관계된 칭호가 모여 있었다. 이거 기대할 수 있을 것 같다.

연금술사가 권한 의자에 앉자 연금술사는 정중히 자기소개를 했다.

"그럼 다시 자기소개를 하지. 나는 유진. 모험가 길드의 전속 연금술사로 일하고 있다."

이만한 실력을 가지고 있는데 연금술 길드에는 소속돼 있지 않은 걸까?

"연금술 길드에는 안 들어갔어?"

"하하하. 그래. 옛날에는 소속돼 있었는데 제자의 불상사로 책임을 져서 말이야. 그걸 모험가 길드에서 주워간 거지."

"하지만 유진 선생님은 전혀 잘못하지 않으셨잖아요. 이미 독립한 제자의 불상사를 책임지다니, 트집도 정도껏 잡아야죠."

엘프 누님이 차를 내오며 유진을 옹호했다. 이런저런 정보가 나올 것 같군.

"그래도 그가 악행을 저질렀고, 거기에 내게 배운 기술이 쓰인 건 확실하니까 말일세."

"그래도 추방 처분은 지나쳤다고 생각해요!"

누님은 조금 화가 난 말투여서 연금술 길드에 대해 좋은 인상을 가지고 있지 않다는 것을 알 수 있었다. 그만큼 유진을 우러르고 있는 걸지도 모르지만.

"유진이 모험가 길드에 들어오고 연금술 길드와의 사이는 나빠지지 않았어?"

프란의 의문도 지당했다. 추방 처분을 받은 상대를 다른 조직에서 냉큼 주워가면 연금술 길드도 기분이 좋지는 않을 것이다.

"나빠졌지. 그야말로 연금술 길드의 길드 마스터가 바뀔 때까지는 일상적으로 원망받았어."

"그래도 5년 전까지가 아닌가. 지금의 길드 마스터는 온건파야."

"하지만 아직도 비꼬는 사람은 있어요. 모험가를 적대시하는 연금술사도 있고요."

길드의 사이에까지 영향이 미친 모양이다. 그러면 유진은 모험가 길드에서 입장이 난처하지 않을까? 연금술 길드와 사이가 나빠지면 모험에 필요한 도구 중 태반을 입수하기 곤란해질 거라고 생각하는데. 원한이 유진에게 향할 것 같다.

"유진은 모험가한테 미움받지 않아?"

"그렇지는 않아. 오히려 감사하는 모험가가 많지 않을까?"

"어째서?"

"선생님이 후학 연금술사를 길러주신 덕분에 우리 길드에서 독자적으로 아이템을 생산할 수 있게 됐어. 그 덕분에 연금술 길드가 독점하지 못하고 가격 경쟁이 일어났지. 결과적으로 여러 아이템의 가격이 내려가서 모험가에게는 도움이 됐다는 말씀."

"뭐, 그 일을 아직껏 담아두고 비난하는 연금술사가 있지만 말이야."

그렇구나. 연금술 길드에서 추방된 유진에게는 안 됐지만 그 덕분에 우리는 실력 좋은 연금술사를 쉽게 소개받을 수 있었으니 운이 좋군.

"하지만 지금은 연금술 길드와 제휴도 하고 인재 교류 역시 시작하지 않았나."

"뭐, 그렇긴 하죠. 하지만 연금술 길드에서 파견되는 연금술사는 의욕이 전혀 느껴지지 않아요. 그런 주제에 몰래 이쪽을 조사하는 느낌도 들고요."

연금술 길드에 대한 불만을 중얼대는 여성이 떠나간 방에서 다시 유진이 의자를 권했다.

"그러면 이야기를 듣기 전에 이걸 들렴."

"고마워."

차인가? 검은 게 우롱차 같은 생김새였다.

"응."

프란이 차를 후룩 마셨다. 프란은 뜨거운 것을 잘 못 마셔서 조금씩밖에 마시지 못했다. 그 점은 고양이 같군.

"어라? 아무렇지도 않니?"

유진이 차를 마신 프란을 신기하게 바라봤다. 왜 그러지? 설마 독? 하지만 감정을 해봐도 오보차라는 평범한 차였다. 프란의 상태에도 문제는 없고……

"그게 말이야, 나는 정말 좋아하지만 처음 마신 사람은 너무 써서 도로 뱉거든. 지금은 그걸 보는 게 즐거워서 말이지. 아가씨는 괜찮니?"

"응. 맛있어."

"그거 기쁜데! 이 차의 장점을 알아주다니!"

월년초차 같은 건가? 좋아하는 사람은 좋아하지만 다른 사람에게는 맞지 않는다고 한다.

"쓰지만 충분히 맛있어."

프란은 미각이 꽤나 예리하니까. 단순히 씁쓸하다는 것뿐만 아니라 그 안에 포함된 참맛이나 단맛도 제대로 느낄 만한 혀를 가지고 있는 것이다. 그래서 싸구려든 뭐든 맛있으면 먹을 수 있는 거지만.

"음음. 그렇지! 동지가 생겨서 기쁘구나. 찻잎은 있니?"

"전혀."

프란이 고개를 끄덕이자 유진은 찻잎이 든 봉지를 가져왔다. 그것을 건넬 때도 기분이 좋았다. 자신이 좋아하는 차의 맛을 알아주는 상대가 생겨서 정말 기쁜가 보다.

"이 찻잎을 쓰면 이렇게 맛있는 차가 돼?"

"실은 또 하나 비밀이 있지. 마력수를 썼어. 뭐, 특수한 효과가 없는, 미약하게 마력을 띨 뿐인 물이지만."

"마력이 들어 있으면 맛있어?"

"어라, 모르니? 인간의 혀에는 마력을 느끼는 부분이 있어. 그래서 마수 고기를 맛있게 느끼는 거라서 마력수도 마찬가지야. 마력이 깃든 물로 차를 타거나 수프를 만들면 그것만으로 맛이 상당히 달라지는 거지."

"마력으로 맛있게 느낀다면 요리에 마력을 실으면? 어떤 요리라도 맛있어지겠네."

과연. 그야 그럴 것이다. 맛을 촉진하는 것이니까.

하지만 유진은 유감스럽다는 얼굴로 고개를 가로저었다.

"아니, 그건 무리야. 마력에도 종류가 있어서 원래 소재가 가지고 있는 마력이 아니면 오히려 맛이 없어지는 모양이야. 이 마력수도 솟아나올 때부터 마력을 품은 자연의 마력수니까 말이야. 만들어진 요리에 마력을 주입해서 맛있게 만드는 건 무리가 아닐까 해."

으음, 아쉽군. 콘테스트의 비책이 될까 했는데. 그렇게 잘 풀리지는 않는군.

"그리고 마력이 지나치게 강한 것도 좋지 않아."

"그래?"

"그래, 마력이 지나치게 강한 것을 너무 먹으면 조만간 마력의 자극만을 추구하게 되어서 다른 맛을 잘 모르게 되는 모양이야."

사람 중에도 아주 맵지 않으면 만족하지 못하게 되거나 무엇이든 설탕을 뿌려 먹는 등 미각이 이상해진 사람이 있다. 마력도 마찬가지일지도 모른다.

"예를 들어, 마족은 선천적으로 마력이 높고 마력을 감지하는 능력도 강해. 그들은 마력이 높은 식사를 즐긴다더군. 하지만 어릴 때부터 마력이 높은 식사를 계속한 탓에 다른 미각이 우리와는 상당히 다르다더군. 아니, 마력만 담겨 있으면 다른 것은 아무래도 좋은가 봐. 옛날에 마족 지인이 손수 만든 요리를 대접한 적이 있는데 다 먹을 때까지 지옥을 봤지."

그렇구나……. 그러고 보니 예전에 마족 사령술사인 장의 연구소에서 식사를 대접받았을 때, 프란이 상당히 고생했었지. 프란이 밥을 남기는 모습은 그때밖에 본 적이 없다. 그것도 장의 혀가 마력 때문에 이상해진 탓일 것이다.

나도 프란의 식사에 신경을 써야겠군. 마력에 의지하지 말고 조미료 하나 정도는 생각해두자. 내가 이후의 식사에 관해 결의를 새롭게 다지고 있는데, 프란이 차를 다 마신 듯했다. 컵을 돌려주고 고개를 꾸벅 숙였다.

"맛있었어. 잘 먹었습니다."

"아니 뭘, 변변치 않았습니다. 그럼 다시 이야기를 들어볼까."

"이 병을 봐줬으면 해."

"호오?"

프란이 쇠 상자를 꺼내고는 안에서 마혼의 기원을 유진에게 건넸다.

역시 실력 뛰어난 연금술사답게 바로 그 정체를 간파한 듯했다.

"마혼의 기원인가. 재미있는 것을 가지고 있구나."

유진은 턱에 손을 대고 놀란 표정을 띠고 있었다. 아무래도 희귀한 물건인가 보다.

"도적의 아지트에 있었어. 뭐에 쓰는 물건이야? 마법약?"

"흠, 마법약의 범주에 들어갈지도 모르겠지만……. 이건 인공마석을 만드는 데 쓰는 거야."

"인공마석?"

"사역마 등을 만들 때 쓰는 거지. 이건 그 마석의 근본이 되는 물건이야. 감정하기 어려운 건 그만큼 격이 높고 강력한 마석이 된다는 뜻이기 때문이지."

"가치는."

"으음, 최소 10만. 최대 1억."

1, 1억? 엄청 비싸잖아! 하지만 생성할 수 있는 마석에 따라서는 그 정도 가치가 있다는 뜻인가! 게다가 격이 높은 마석을 만들 수 있을 것 같다고 했고…….

"어떤 마석이 만들어지는지 알 수 없어?"

"유감이지만. 보통은 감정해서 판별하는데 이 마혼의 혼에는 감정이 통하지 않아. 그렇다면 제작원에 알아볼 수밖에 없는데……."

유진이 유리병이나 쇠 상자를 구석구석까지 확인했다.

"각인도 아무것도 없군……. 어디서 만들어진 건지도 알 수 없겠어……."

"하지만 그 외에는 아무것도 없었어."

"그런가. 그렇다면 현재 상태에서는 시간을 들여 조사할 수밖에 없어."

"……마석으로는 못 바꿔?"

확실히 그렇다. 알 수 없어도 마석으로 바꾸면 상관없다. 하지만 그렇게 간단한 물건은 아닌 모양이다.

"마혼의 기원을 마석으로 바꾸기 위해서 필요한 기재나 마법약이 그 마석에 따라 다르거든. 일단 이 마혼의 기원이 어떤 마석의 것인지를 조사하지 않고서는 마석으로 바꿀 수도 없을 거야."

대충 만들 수도 없는 모양이다. 마석으로 바꿀 수 있다면 내가 흡수할 수도 있는데 말이다. 그렇다면 솔직히 쓸 방법도 없으니 이것은 한동안 차원 수납의 거름이 될 것 같다.

"어떤 마혼인지 조사하는 데는 얼마나 걸려?"

"빠르면 사흘. 길면 열흘 정도려나?"

어라, 의외로 빠르잖아. 몇 개월은 걸릴 줄 알았다. 프란도 그렇게 생각했을 것이다. 조금 놀라고 있었다.

'스승?'

『으음, 맡겨도 되려나…….』

유진은 신용할 수 있을 것 같으니 들고 도망치거나 하지도 않을 것이다. 애초에 그런 짓을 하면 모험가 길드에 쫓기게 되니까.

"그건 그렇고……."

유진이 쇠 상자를 심각한 표정으로 쏘아보고 있었다.

"왜 그래?"

"이건 각인이 없지만 연금술 길드의 약 수송용과 빼닮았어. 틀림없이 제작과 수송에 국내외 어딘가의 길드가 관련됐을 거야."

"하지만 나는 도적의 아지트에서 손에 넣었어."

"그랬지…… 하지만……."

뭔가 고민하기 시작했군.

"왜 그래?"

"아니, 미안하다. 조금 의문이 생겨서."

"의문?"

"너는 모험가이고 발견자이기도 해. 이야기해도 괜찮을까. 보통은 말이야, 이만큼 강력한 마력을 내뿜는 마혼의 기원을 분실하는 건 상당한 사건이야. 반드시 모험가 길드 등에 연락이 있을 테고, 탈환 희망을 의뢰할 거야."

"그게 없다?"

"그래. 못 들었어. 마혼의 기원은 국가에 따라서는 제조 자체가 제한돼 있고 분실한 사실을 숨기고 있다가 들키는 경우에는 문제가 될 가능성도 있어. 애초에 이런 물건을 어디서 사용할 예정이었는지 연금술 길드에 문의할 필요가 있겠군."

그건 상관없지만 우리에 대해서는 말하지 않았으면 하는데.

"그건 물론이야. 프란 씨의 이름은 꺼내지 않겠다고 맹세하지."

거짓말이 아니군. 그럼 어쩔 수 없나. 나름대로 중요한 이야기이니. 뭐, 그래서 우리 이름이 나오지 않았으면 하는 거지만.

"알았어."

"고맙다."

"그리고 마혼의 기원도 맡기고 싶어. 어떤 마혼인지 조사해줄래?"

"괜찮겠니? 상당히 귀중한 물건인데?"

"응. 신용할 수 있어."

프란이 올곧은 눈으로 바라보며 고개를 끄덕이자 유진은 부끄러운 기색으로 머리를 긁적였다. 어린아이가 이렇게까지 솔직하게 신뢰의 말을 던지면 확실히 부끄러울지도 모르겠다.

하지만 유진은 바로 진지한 얼굴로 돌아와 마혼의 기원을 소중히 손에 들었다.

"알았다. 이건 맡도록 하지."

"응. 부탁해."

이로써 마혼 쪽은 문제없을 것이다. 조만간에 정체가 판명될 터다. 그 후 프란은 유진과 굳세게 악수를 나누고 연구실을 뒤로 했다.

"계획에 차질이 생겼다면서?"

"암노예상이 적발됐어."

"뭐라? 레이도스 왕국과의 접선에 쓰던 노예상도 말인가?"

"응, 어째서 이렇게 바쁜 시기에 그런 짓을 했는지는 모르지만 영주가 직접 지시했나 봐."

"영주가? 그쪽은 손을 써났을 텐데?"

"아무래도 월연제에 맞춰 찾아온 타국 내빈의 강한 요망이 있었던 듯해. 덕분이 이용하려 했던 암노예 대다수가 기사단의 보호를 받게 됐어."

"그거 곤란하구먼."

"게다가 그 아지트가 누군가에게 공격받아서 준비했던 소재를 강탈당한 모양이야."

"큐어 터메릭도인가?"

"응, 당했어."

"쯧. 누구지?"

"아무래도 모험가와 충돌한 것 같아……."

"그건 도적단 흉내를 내고 있어도 그 상회에서 모은 용병들이 주체였을 텐데? 기껏해야 모험가에게 그리 쉽게 당했다고?"

"운 나쁘게 고위 모험가가 발견하면 있을 수도 있잖아. 어차피 퇴역 용병들이고."

"흐음…… 성가시군. 어긋난 계획은 수정 가능한가?"

"그건 좀……. 그 물건을 만드는데 큐어 터메릭이 필수니까."

"다른 물건으로 대용할 수 있는 건가?"

"무리야. 아니, 연구할 시간이 있으면 가능하겠지만 이미 계획은 움직이기 시작하고 있잖아."

"그렇지. 비축분으로 어떻게든 메꿀 수밖에 없나."

"응. 나머지는 의식으로 어떻게든 하면 될 것 같은데."

"그쪽은 맡기지. 준비가 조금 어려워지기는 했지만 망가지지는 않았으니 말일세."

"부탁해."

"으음. 그렇다면 그 소녀의 신병이 반드시 필요해졌군."

"그거 말인데. 그쪽도 조금 성가셔졌나 봐."

"고아원에 빚을 지우는 데는 성공했을 텐데?"

"그런데 그 사람의 동생이 조금 폭주한 듯해. 제멋대로 행동해서 계획이 어긋났나 봐."

"본래는 빚 대신 그 소녀를 노예로 입수할 예정이었잖나."

"응. 하지만 소녀가 아니라 비전의 수프 레시핀가 뭔가를 요구하는 바람에 소녀의 신병을 아직 확보하지 못한 거 같아."

"뭔가 그건? 하여간에, 이놈이든 저놈이든……."

"뭐, 계획에 대해서 모르는 광대니까. 사안의 중대함도 모르고 있을 거야."

"뭐 아직 며칠이 남았네. 그동안에 어떻게든 할 수밖에 없겠지."

"응. 이쪽에서도 쓸 수 있는 방법은 쓸게."

제3장 **월연제의 밤**

모험가 길드를 나온 우리는 앞으로 어떻게 할까 의논하고 있었다.

『루실 상회에 가서 재료를 매입하자. 그리고 그 조리장으로 안내받자.』

"응."

『그리고 가는 도중에 고아원이 있을 테니까 잠시 보고 가자.』

"고아원?"

『우승 후보라잖아.』

"하지만 가도 딱히 밥을 먹을 수 있을 리 없어."

『뭐, 그렇겠지.』

들은 이야기로는 포장마차 대부분은 거점이 되는 장소 앞에서 움직일 수 없다고 한다. 용선옥의 포장마차라면 용선옥의 점포 앞. 고아원 포장마차라면 고아원 건물 앞이다. 그편이 보급도 원활하게 할 수 있고 지명도도 이용할 수 있으니 말이다. 그렇다면 라이벌이 있을 장소를 파악해두는 정도는 해도 괜찮을 것이다. 어차피 상회로 가는 도중이고.

그런 이유로 소문의 고아원이 어떤 곳인지 잠시 구경하러 갔을 뿐이었는데…….

"꺄아아악!

"으아앙!"

"이봐! 책임자 나와!"

어린아이의 비명과 천박한 남자의 고함이 귀에 뛰어든 것이었다.

고아원 부지를 빙글 둘러싼 돌벽 반대편에서 들려오는 듯했다. 이거 예사롭지 않군.

무시할 수도 없어서 우리는 입구에서 부지를 슬쩍 들여다봤다.

"이 레시피, 본 적이 없다고는 못하겠지?"

그야말로 똘마니 같은 모히칸 남자가 작은 종잇조각을 내밀며 고함을 지르고 있었다. 반면에 아이들을 등 뒤로 감싸고 남자와 대치하고 있는 것은 수도복과 비슷한 수수한 옷을 입은 살짝 마른 중년 여성이었다. 말랐다고 해야 할까, 여윈 느낌이로군.

"본 적은 있어요. 하지만 그걸 넘기면 이제 손을 뗀다고 약속했잖아요."

"나는 댁들이 콘테스트에서 판매할 수프의 레시피를 건네라고 했을 텐데?"

"그, 그래서 건넸잖아요."

단순한 금전 트러블이나 땅 투기가 아닌 모양이다. 레시피가 어쩌고 이야기하고 있으니 요리 콘테스트에 관한 시비인가?

"이렇게, 조금이라든가 적당량이라고만 적힌 불완전한 레시피로 넘어갈 수 있다고 진심으로 생각한 거냐?"

"아니요, 하지만 평소부터 계량 따위는 하지 않는데……."

"뭐야? 그딴 게 어디 있어! 조미료를 적당히 때려 넣기만 한 쓰레기 같은 야채수프로 예선을 돌파할 수 있겠냐!"

"하지만 정말로 평소부터 조미료의 양은 재지 않았어요!"

남자가 손에 들고 있는 작은 종잇조각에는 소문이 자자한 고아원 특제 수프의 레시피가 적혀 있는 듯했다. 어떤 수단——뭐, 그다지 온건한 느낌은 아니지만——을 써서 손에 넣은 레시피가 불완전하다고 화를 내고 있는 것 같았다. 남자의 말대로 적당량이나 조금이라고만 적혀 있다면 불완전하다고 말하는 것도 이해가 갔다.

다만 문제는 변명을 하고 있는 여성이 전혀 거짓말을 하고 있지 않는다는 것이었다.

정말로 평소부터 계량을 하지 않는 모양이다. 그렇게 해서 작년도 4위의 맛을 낼 수 있는 건가? 흥미롭군.

감정해보니 이 여성——이오 씨는 굉장했다. 무려 요리 9, 예민 미각, 식신의 가호라는 스킬까지 보유하고 있었다. 정말로 요리의 신에게 사랑받고 있구나.

이 사람에게 적당량이라든가 조금이라는 말은 그때그때 최적의 분량이라는 의미가 아닐까? 그것을 무의식중에 느낌으로 할 수 있기 때문에 그렇게 적당량이나 조금이라는 말이 나왔을 것이다. 그 결과, 그 재료로 낼 수 있는 최고의 맛을 낼 수 있어서 값싼 재료로도 엄청나게 맛있어지는 것이다.

하지만 남자는 그런 것을 이해하지 못했다.

"알아먹지도 못할 소리 지껄이지 마!"

"히이이이익!"

뭐, 이렇게 되겠지.

'스승, 도와줄래.'

『너무 거칠게 하지 마.』

경우에 따라서는 고아원에 폐를 끼친다.

'응, 알았어.'

그리고 프란이 뛰쳐나갔다. 소리를 죽이고 순식간에 남자와의 거리를 좁혔다. 남자는 뒤에서 소리 없이 다가온 프란을 전혀 눈치채지 못했다.

"알았어? 이제 레시피만으로 안 넘어가! 다른 걸 내놔! 그 샤를로——컥!"

프란의 발차기가 똘마니의 뒤통수를 후려갈겼다. 한 방에 의식을 잃은 남자가 눈을 까뒤집고 앞으로 고꾸라졌다.

어라? 거칠게 하지 말라고 하니까 알았다고 하지 않았나? 그랬지?

『프란 씨? 거칠었는데요?』

'? 안 죽었어. 베지도 않았는데?'

거칠다의 정의는 뭐였더라? 뭐, 저지른 일은 어쩔 수 없다. 일단 남자는 눕혀둘까.

"어? 어라?"

"괜찮아?"

사태를 납득하지 못하고 당황하고 있는 이오 씨에게 프란이 다가가 말을 걸었다.

"아, 네. 저기, 뭔가 뭔지…… 아아, 괜찮으신가요?"

이오 씨가 직전까지 자신을 협박하던 남자를 걱정하며 달려갔다. 으음, 온몸에서 배어 나오는 선량함은 폼이 아니구나. 하지만 남자의 우락부락한 얼굴에 겁을 먹어서 다가갈 수 없는 것 같았다. 소심한 모양이다.

"어, 어어, 어떡하지. 어, 얼굴이 무서워……."

"죽지는 않았으니까 내버려 둬도 돼."

패닉 상태의 이오 씨를 달래서 무슨 일이 있었는지 사정을 들어봤다.

그사이 울시는 아이들을 상대했다. 처음에는 무서워서, 울던 아이가 더욱 울음을 터뜨렸지만 울시가 배를 내밀고 벌렁 누워서 귀여움을 떨자 점점 마음을 연 모양이다. 순식간에 아이들과 사이가 좋아져 있었다.

이오 씨가 너무 혼란스러워서 대화가 잘되지는 않았지만 그래도 참을성 있게 이야기를 들어서 어떻게든 일의 경과를 이해할 수 있었다.

바르보라 고아원은 최근 몇 년 동안 영주의 원조가 중단돼서 돈을 마련하느라 분주했던 모양이다.

원래 돈이 있을 리가 없었지만 그 이후부터는 매일 식사를 할 수 있는 것만으로도 감사한 상황. 사후 보고처럼 영주의 도장이 찍힌 정식 서류가 날아왔기에 납득하지 못하고 관헌에게 호소했지만 받아들여주지 않았다고 한다. 하지만 버리는 신이 있으면 구해주는 신도 있는 법. 거기서 손을 내밀어주는 상인이 나타났다. 저렴한 금리로 돈을 빌려주겠다고 해서 돈을 빌렸다고 하는데…….

"변제 기일이 이상하게 빡빡했어요. 두 달에 30만 골드는 당연히 무리잖아요. 하지만 기다려달라고 부탁하러 가도 어디에 있는지 알 수 없다고 해서요."

"? 어디에 있는지 몰라?"

"네, 원장님이 갖은 수를 다 써서 행방을 찾아도 찾을 수 없대요. 아무래도 바르보라에 등록한 상인이 아닌 것 같아요."

그렇게 찾는 사이에도 시간은 흘러서 이자는 더욱 늘어났다.

으음. 냄새가 나. 아니, 완전히 유죄 아냐? 돈이 곤란한 상대에게 선인인 척 접근해 속여서 높은 이자로 돈을 빌리게 한다. 그리고 바로 변제를 재촉한다. 어쩌면 신용서의 내용을 고치는 정도는 했을지도 모르겠다. 그리고 갚지 못하면 다른 물건을 받아간다.

조금 이상한 건 요구가 수프 레시피라는 건가. 보통은 땅 아닌가?

"저 똘마니는 그 상인의 부하야?"

"네. 변제를 기다려주는 대신 레시피를 내놓으라고요."

역시 콘테스트에 얽힌 부정인가? 그렇다면 상당히 미리 준비하지 않으면 안 될 텐데. 게다가 30만 골드나 써서. 아니, 들어간 경비는 더 많을 것이다.

그렇게까지 해서 얻는 것이 레시피뿐이라고는 생각할 수 없었다. 하지만 출장을 그만두라는 요구도 없는 것 같았다.

역시 이해가 가지 않았다. 남자에게 이야기를 듣고 싶지만 자칫 폭력 사태가 생기면 고아원에도 폐를 끼칠 것이다. 게다가 우리가 직접 무슨 일을 당한 것도 아니었다. 스스로 끼어들어서 이상한 뒷세계 조직과 적대하게 되는 것도 재미없었다.

'스승, 이 남자 어떡해?'

『으음. 할 수 없지, 이대로 내버려 두면 뒷맛이 개운치 않으니 잔꾀 좀 부려볼까.』

'응!'

이렇게 된 이상 똘마니에게 프란의 모습을 보이지 않은 것은 호재일지도 몰랐다. 쓸 만한 방법이 다양하게 있으니 말이다. 나는

이 뒤로 어떻게 할지 프란과 가볍게 대화를 나누며 연기 계획을
가르쳤다.

『──이런 느낌이야. 할 수 있겠어?』

"응!"

『좋았어, 그럼 잘해봐.』

"알았어──힐."

"으?"

프란이 똘마니에게 힐을 걸자 그가 계획대로 눈을 떴다. 좋았
어, 제1단계는 통과다.

아직 머리가 아픈지 뒤통수를 누르고 있었다.

"일어났어?"

"어? 나는 대체……."

게다가 운 좋게도 전후 상황이 납득이 가지 않는 듯했다. 이거
라면 구슬릴 수 있을 것 같다.

"이야기 도중에 갑자기 쓰러졌어."

"내가?"

"응. 나는 우연히 지나가던 모험가. 때마침 회복 마술을 쓸 수
있어서 구했어."

그렇다, 남자가 쓰러진 일에 우리는 관계가 없다는 작전이다.
오히려 구해줬다며 은혜를 입히는 것이다.

"뒤통수에 뭔가……."

"쓰러질 때 뒤통수를 부딪쳤나 봐."

"그, 런가? 어라? 그랬나? 으, 으음 신세를 졌군."

"갑자기 쓰러진 건 위험한 병의 증거야. 대화 중에 쓰러져서 의

식을 잃었으니 말기일지도 몰라. 죽을지도 모르고."

"뭐라고?"

"온몸에서 피를 뿜고 격통에 절규하며 몸부림치게 돼."

아니, 불안을 부채질하라고 했지만 말이 좀 지나치지 않아? 아무리 그래도 아마추어의 그런 말을 믿을까?

"뭐, 뭐야? 사실이야? 어, 어떻게 하면 되지?"

믿었다. 회복 마술을 쓸 수 있으니 전문가라고 생각했을지도 모르겠군.

"오늘은 이만 돌아가서 쉬는 게 좋아."

"그, 그거면 돼?"

"응. 바로 자면 대부분은 어떻게든 돼."

"그, 그렇구나! 이, 이봐. 오늘은 이만 돌아갈게. 다, 다음에 와 주지!"

기절했다 깨어난 혼란과 어우러져서 남자는 프란의 발연기를 그대로 믿은 듯했다. 고아원 사람들에게 큰소리 치고 허둥지둥 물러났다.

『울시, 뒤를 밟아.』

'크릉.'

이로써 정체불명의 빚쟁이 상대를 알아내면 러키. 잘 안 돼도 울시가 남자나 그 동료의 냄새를 기억하면 콘테스트 중에는 경계할 수 있으니 어느 쪽이든 손해는 없다. 콘테스트에 관련된 위협이라면 우리에게 무슨 짓을 할 가능성도 있으니까.

5분 후.

"오늘은 감사합니다. 저기, 정말 이런 물건으로 괜찮으신가요?"

"응."

프란은 고아원 안에서 대접을 받고 있었다. 아무것도 드릴 게 없다며 면목 없어하는 이오 씨에게 수프를 먹을 수 없냐고 부탁해보니 간단히 승낙이 떨어진 것이다.

"잘 먹겠습니다."

"아, 네. 정말 변변찮은 겁니다만……."

본인들 입장에서는 자투리 야채로 만든 소박한 수프밖에 되지 않는지 자꾸 죄송스러워하는군. 하지만 맛이 좋다는 사실은 프란의 반응을 보면 알 수 있었다.

"으…… 후룩…… 으으…… 후룩."

『어때?』

분한 듯 신음하면서도 먹는 손이 멈추지 않는 프란에게 물었다.

'맛있어.'

『내 수프보다도?』

'응……. 야채 맛국물이 절묘해. 기적이야.'

그거 굉장하군. 다른 가게와 달리 이 수프의 재료는 우물물, 자투리 야채, 소금이 끝이다. 후추조차 쓰지 않았다. 프란이 물어봤으니 틀림없다. 그런데 내 수프 이상의 맛을 내다니, 정말 굉장하다. 어쩌면 바르보라에서 요리 솜씨가 가장 뛰어난 건 이 사람이…….

"콘테스트에 나가?"

"네. 나가요."

"이 수프로?"

"네. 다들 다정한 분뿐이고, 저희의 어려운 상태를 알고 있어서

10골드나 되는데도 사러 와주셨어요. 감사한 일이에요. 매년 이 콘테스트 덕분에 한 해를 살아갈 수 있으니까요."

자기 평가가 낮은 탓에 모두가 동정으로 수프를 사러 와준다고 생각하는 것 같군. 아니, 실제로 동정표도 있겠지만 프란이 놀랄 수준의 맛이 나는 수프가 10골드라면 그런 사정이 없어도 충분히 팔릴 것이다.

그런데 그렇군, 10골드구나. 우리 카레빵과 같은 가격이지만 이쪽 수프가 이익률이 훨씬 좋다. 한 그릇에 재료비가 1골드나 될 지 미심쩍기 때문이다.

『강적이로군⋯⋯⋯.』

작년 4위는 폼이 아니다. 그렇게 특제 수프를 먹고 있는데 고 아원으로 누군가가 뛰어들어 왔다.

"다들 괜찮아?"

"누나!"

"어서와!"

열대여섯 살 정도일까? 은색 생머리가 어깨 정도 길이에 청초 함과 허무함이 느껴지는 미소녀였다.

아무래도 고아원 관계자인 모양이다. 아이들이 반가운 얼굴로 소녀에게 모여들었다.

몸에 걸친 옷이 조금 별났다. 속이 비치는 길고 하얀 천 한 장의 중앙에 목이 들어갈 구멍을 뚫어서 머리부터 걸치고 허리 부분에 두른 벨트로 조이기만 한 의상이었다. 그 아래에는 비키니풍의 속 바지를 입었지만 허벅지나 두 팔이 드러나 있어서 아슬아슬한 것 은 변함없었다. 보기에 따라서는 선정적으로도 보이는 차림이지만, 소녀의 청초함 덕분에 무녀나 신관풍 복장으로 보였다.

뛰어들어 왔을 때의 유연한 움직임을 보아 단순한 마을 소녀는 아닐 것이다. 그렇다고 모험가풍의 옷차림도 아니었지만.

더욱 눈길을 끄는 것은 허리에 찬 금속 고리였다. 훌라후프의 절반 정도 크기였다. 장비품으로도 보이지 않는데……. 축제용 의상인가?

일단 감정해보자.

이름 : 샤를로트 나이 : 16세

종족 : 인간

직업 : 전무사(戰舞士)

Lv : 30/99

생명 : 106 마력 : 198 완력 :68 민첩 : 141

스킬 : 회피 6, 가창 5, 바람 마술 3, 순발 3, 전무 7, 전무기 6, 체기 3, 체술 4, 무용 8, 물 마술 3, 기력 조작, 마력 조작

유니크 스킬 : 파사

고유 스킬 : 매혹의 춤

칭호 : 전무녀(戰巫女), 불사사(祓邪師)

장비 : 마강철로 만든 전환(戰環), 눈원숭이의 연무복, 진주늑대의 샌들, 매혹 내성의 팔찌, 미용의 발찌

감정해보니 재미있는 정보가 여럿 보였다. 전무사? 재미있는 직업이군. 이 전무라는 스킬이 메인 스킬인가?

전무 : 춤추며 싸우기 위한 체술 스킬

전무기 : 보는 상대를 매료시키거나 동료에게 활력을 주는 춤

파사 : 사신의 권속에게 주는 대미지를 두 배로 늘림. 사기(邪氣) 봉인 효
과 있음

매혹의 춤 : 춤의 효과를 강화한다

이른바 RPG라면 흔히 나오는 무희인 건가? 게다가 지원뿐만이
아니라 직접 싸움에 가담할 수도 있다. 허리에 찬 금속 고리는 장
비품이 아니라 무기인가 보다.

"샤를로트, 대체 어떻게 알고?"

"엠마가 부르러 왔어요. 그 녀석들이 또 왔다고요."

아무래도 고아원 아이가 도움을 요청하러 간 듯했다. 이 소녀
의 스테이터스라면 그 똘마니 정도는 어떻게든 될 것이다. 그건
그렇고 대체 누구지? 다만 그 생각은 저쪽도 마찬가지였던 모양
이다.

"저기, 그 여자아이는요?"

"이 사람은 모험가인 프란 씨야. 위험했을 때 도와줬단다."

이오 씨가 샤를로트에게 프란이 똘마니를 무찌른 이야기를 했
다. 그것을 들은 샤를로트는 놀란 표정을 지었다.

"네에? 모험가인가요?"

"응. 랭크 D 모험가인 프란."

"괴, 굉장해. 나보다 어린데 랭크가 위인가요?"

다만 거기에 의심이나 분한 감정의 빛은 없었다. 프란이 중견
모험가라는 이야기도 그대로 믿은 듯했다. 뭐, 고아원의 위기를

구해서 호의적으로 봐주는 것도 있겠지만…….

이오 씨도 샤를로트도 사람이 너무 좋은 거 아냐? 조금 걱정됐다.

"프란, 고마워요. 저는 샤를로트라고 해요."

"별거 아냐."

뒤에서 발로 차고 거짓말로 돌려보냈을 뿐이니 말이다. 오히려 수프를 얻어먹을 수 있어서 운이 좋았을지도 모른다.

"샤를로트는 모험가야?"

"네. 랭크는 아직 E이지만요."

레벨은 높지만 전투 직업이 아니라서 랭크 D에는 도달하지 못했을 것이다.

"이 고아원의 호위야?"

"아아, 아니에요. 단지 이곳 출신이어서 이오 선생님을 돕고 있을 뿐이에요."

"샤를로트는 모험가로 번 돈 대부분을 고아원에 기부해주고 있어요. 다른 졸업생도 어려운 생활을 하는 중에 기부를 해주고……. 사실은 걱정 끼치고 싶지 않은데."

면목 없는 얼굴의 이오 씨. 하지만 샤를로트는 그 말에 웃으며 고개를 저었다.

"무슨 말씀 하시는 거예요. 제가 이렇게까지 큰 건 이 고아원과 선생님들께서 거둬주셨기 때문이에요. 그 은혜를 조금이라도 갚는 것뿐이에요."

"샤를로트…… 미안해. 우리가 좀 더 똑바로 처신했다면……."

"사과하지 마세요. 하고 싶어서 하는 일이니까요. 그리고 조금만 더 힘내면 요리 콘테스트예요. 열심히 수프를 팔자고요."

"응, 그러네. 열심히 할게."

난 사실 이런 전개에 상당히 약하다. 겉치레로 했다면 냉소적이었겠지만, 이 두 사람은 진심으로 서로를 걱정해주고 있는 것이 전해져 와서 눈물샘이 있다면 울컥할 자신이 있었다.

내가 두 사람의 대화에 살짝 감동하고 있는데 작은 여자아이가 테이블로 다가왔다. 아무래도 다 먹은 수프 그릇을 치워주려는 것 같았다. 상당히 마르고 주근깨가 난 소녀였다.

그때 소녀가 작은 접시를 프란에게 내밀었다. 위에는 쿠키가 한 개 올라가 있었다.

"이건?"

"내 간식. 하지만 언니한테 줄게. 선생님을 구해준 답례야."

주근깨 소녀는 부끄러워하며 쿠키를 권했다. 자기도 먹고 싶을 텐데⋯⋯.

착한 아이구나! 우리 프란이 가장 착하지만 이 소녀도 착해!

"그럼 반만."

"응."

프란이 쿠키를 반으로 잘라 건네주자 여자아이는 미소 지으며 그것을 받았다. 귀엽구나. 프란도 고개를 가볍게 끄덕이며 머리를 쓰다듬어주고 있었다.

"맛있어?"

"응. 맛있어."

평상시에는 어린아이 취급만 받으니 자신보다 어린 아이를 상대로 언니 대접을 받는 게 기쁜 듯했다.

이오 씨와 샤를로트도 두 사람을 미소 지으며 바라보고 있었다.

그건 그렇고 영주 녀석, 용서 못 하겠군. 이렇게 착한 사람들만 있는 고아원을 버리고 자금 원조를 끊다니! 영주관에서 만났을 때는 그런 짓을 할 인간으로 보이지 않았는데……. 아니, 귀족인 체 하는 인물이었으니 평민은 숫자로밖에 보지 않을지도. 세금만 확실히 걷으면 천민의 생활은 신경 쓰지 않을지도 모른다.

우리가 직접 진정하는 건 간단하다. 플루토 왕족 남매의 조력이 있으면 고아원의 대우를 개선할 수 있을지도 모른다. 하지만 그 비호가 계속 이어진다고는 생각할 수 없었다. 우리가 떠나고 왕자 일행이 자기 나라로 돌아간 후 다시 같은 상황이 되지 않을까?

물론 영주에게 호소할 수는 있다. 하지만 그 외에도 구제 방법이 필요했다.

'그 사람.'

『그래. 그 사람한테 연락하자.』

'응.'

길드를 통하면 다른 지부에 메시지를 보낼 수 있다. 그것을 이용하면 알레사에 메시지를 날릴 수 있을 터였다.

"아만다라면 분명 가만히 있지 않을 거야."

랭크 A 모험가, 귀자모신 아만다. 어린이의 수호자라는 칭호를 가지고 아이를 좋아하기로 유명한 하프 엘프 모험가다. 알레사에서도 고아원을 경영하고 있고, 각지에서 어린이에게 지원을 계속하고 있다고 한다. 그녀라면 분명 도와줄 테다.

우리는 아만다에게 연락을 하기로 했다. 그렇다 하더라도 그밖에도 할 수 있는 일은 있다.

『우리는 우리가 할 수 있는 일을 할까.』

"응."

일단 고아원을 떠나기 전에 이전에 알레사에서 사들인 식재료를 놓고 가기로 했다. 곡물이나 덩이줄기, 말린 생선이나 말린 고기 등 오래 저장되는 것뿐이었다. 그리고 요리 콘테스트에 쓰지 않는 식재료고 말이다. 그리 많은 양은 아니지만 식사가 조금은 개선되면 좋겠다.

"이, 이렇게 많은 식재료를? 괘, 괜찮으신가요?"

"감사합니다. 이 은혜는 반드시 갚을게요."

이오 씨와 샤를로트는 마지막까지 깊숙이 고개를 숙였다. 두 사람과 아이들의 전송을 받으며 고아원을 떠나자 프란이 입을 열었다.

"스승, 모험가 길드로 가자."

『아아, 그러자.』

고아원을 나온 우리는 바로 모험가 길드로 향했다. 그리고 접수대에서 메시지 발송을 부탁했다.

"알레사까지면 되나요?"

"응."

"마침 날 수 있는 새가 있으니 문제없습니다."

원거리 통화용 마도구라도 있나 했는데, 놀랍게도 전서구를 쓴다고 한다. 아니, 매 마수를 사역해서 쓰니까 전서응인가?

같은 나라라고는 하나 육로라면 한 달은 걸릴 알레사까지면 하루에 도착한다고 하니까 무시무시한 속도다. 이야기를 들어보니 위협도 E의 윈드 이글이라는 고속 비행이 가능한 마수를 특수한 스킬로 길들여서 쓰고 있다나.

다만 길드 전체에서도 숫자가 적어서 바르보라에도 두 마리밖에 없는 모양이다. 지금은 마침 한 마리를 쓸 수 있다고 하니 운이 좋았다. 그만큼 요금도 비쌌지만. 무려 편도에 1만 골드나 했다.

너무 비싸지 않나? 이렇다면 이 돈을 고아원에 기부하는 편이 낫지 않을지 망설이고 말았다.

예전에 들은 이야기대로라면 아만다는 알레사에서 벗어날 수 없을 터다. 북쪽의 레이도스 왕국에 대한 억지력으로 알레사에 상주할 의무가 있다고 했다.

아니, 그래도 아만다의 도움은 필요하다. 갖가지 연줄도 있을 테니 우리 이상으로 영향력이 있을 것이다. 여기서는 1만 골드를 지불하고 편지를 보내기로 했다.

편지에는 우리의 근황과 고아원의 괴로운 처지에 대해 썼다. '아이들이 곤란에 처했으니 어떻게든 도와줄 수 없을까' 하고 마지막에 적었다. 비록 남의 힘을 빌리지만 아만다가 할 수 있는 일이 압도적으로 많으므로 여기서는 의지하기로 했다. 우리만의 문제가 아니다. 고아원의 미래와 내일의 식사가 걸려 있는 것이다. 쓸 수 있는 연줄은 전부 써야 한다.

"잘 받았습니다. 바로 새를 보낼 테니 맡겨주세요."

"부탁해."

편지는 이로써 어떻게든 될 것이다. 그럼 다음은──.

"웡웡."

『오, 울시 돌아왔냐.』

모험가 길드를 나온 차에 마침 돌아온 울시와 합류할 수 있었다.

아무래도 똘마니가 도망쳐 돌아간 곳은 루실 상회와는 반대 방향인 것 같았다. 사실은 요리 콘테스트 준비를 하고 싶었지만……. 이미 시작한 일이다. 할 수 없지.

프란은 울시의 선도를 따라 바르보라를 나아갔다.

하층민가로 향하나 했는데 아무래도 평범한 주택가로 향하고 있는 듯했다.

『여기야?』

"웡."

안내된 곳은 주택가 한 구석에 있는 넓은 저택이었다. 5미터가 넘는 높은 담에 둘러싸여서 주택가의 경관에 어울리지 않는 요란스러운 저택이었다. 상당히 넓은 걸 보니 귀족이나 뭔가의 저택인가? 아니, 그렇다면 귀족가에 저택을 지었을 것이다. 대체 어떤 건물일까?

일단 문 앞까지 가봤지만 당연히 문패 따위는 없었다. 우리는 주변에서 탐문을 해보기로 했다. 이럴 때 어린아이는 의심을 받지 않아서 좋구나.

저택의 주인이 누군지 묻고 다니는 모험가라니, 일반적으로는 엄청나게 수상쩍을 터다. 하지만 프란의 외모 덕분에 어떤 사람이든 경계심이 희박했다. 거의 모든 사람이 쉽게 이야기를 들어줬다. 울시가 좀 더 작아질 수 있다면 귀여운 강아지 작전도 펼칠 수 있었을 텐데.

일단 상대가 남자면 가볍게 고개를 갸웃거리며 눈을 올려 뜨고 말을 걸도록 시켰다. 대부분의 남자는 그거라면 꼼짝 못 한다.

"저기, 아저씨?"

"왜, 왜, 왜 그러니 아가씨?"

"물어보고 싶은 게 있어."

"그래그래, 뭘 알고 싶니? 아저씨가 뭐든 가르쳐주마."

남성 제군이여, 이상한 문을 열어서 미안하다.

여성에게는 원래 상태로 갔다. 어설픈 잔재주를 부리는 것보다 무표정하고 아첨하지 않는 느낌이 반대로 호감도를 올려주는 듯했다.

"저기, 아줌마."

"응, 왜 그러니?"

"그 저택은 엄청 큰데, 귀족님이 사는 저택이야?"

"아아, 거기? 확실히 이 부근에서 제일 클지도 몰라."

"그리고 취향도 안 좋아."

"아하하. 그렇지. 확실히 취향이 고약해. 그런데 어디의 누구 저택인지 모르겠어."

"몰라?"

의외의 말이었다. 아줌마들의 우물가 커넥션으로도 알아낼 수 없는 정보가 있을 줄이야.

"다만 여기서만 하는 얘긴데, 위험한 녀석들이 살고 있는 게 아닌가 하는 소문이 돌고 있어. 사람 출입도 거의 밤에 하고."

역시 건실한 저택이 아닌 듯했다. 똘마니가 출입하고 있는 점에서도 이곳이 유죄라는 건 확실할 것이다.

"뒷세계 조직이라든가?"

"아하하. 뒷세계 조직이라니 재미있는 말을 하는구나! 설마 이런 주택가에 아지트를 만들지는 않을 거야. 소문으로는 영주님의 마차가 들어가는 모습을 봤다는 이야기도 있어."

"영주가 연관돼 있어?"

"글쎄, 영주님의 문장에 달려 있는 것만으로 타고 있는 사람이 영주님이라고는 할 수 없으니까."

그런 식으로 몇 사람에게 이야기를 들었지만 명확하게 누구의 저택이라는 정보는 얻을 수 없었다. 다만 역시 품성이 좋지 못한 녀석들이 이용하고 있다는 소문은 퍼져 있는지, 누군가가 목소리를 낮추고 다가가지 말라고 경고했다.

『울시, 안에 사람이 꽤 있었지?』

'웡. 워웡.'

고개를 꾸벅꾸벅 끄덕이는 울시. 상당한 숫자의 사람이 있었던 듯했다.

『으음, 뛰어드는 건 역시 무모하고…….』

상대의 전투력이 어느 정도인지 모른다. 그리고 수상하다는 점만으로 범죄의 증거가 되는 것도 아니다. 여기서 멋대로 행동했다가는 오히려 이쪽이 범죄자로 몰릴지도 모른다.

할 수 없다, 오늘은 이곳을 알아낸 것만으로 됐다고 칠까.

『울시, 냄새는 기억했어?』

'웡.'

『좋아, 경계를 부탁해.』

'웡웡!'

그 똘마니나 그놈의 고용주가 우리에게 간섭을 해올지 알 수 없지만 경계하는 것보다 좋은 것은 없다. 이 뒤에 겨우 루실 상회로 갈 수 있을 테니 거기서도 이야기를 들어보자.

한 시간 후.

"그러면 이것이 전부로군요."

"응, 고마워."

"아닙니다. 콘테스트 열심히 준비하세요."

우리는 루실 상회에서 준비해준 음식점이었던 빈 건물로 안내받았다.

안내받은 곳은 이야기를 듣던 대로 폐업한 레스토랑이었다. 가마나 풍로는 그대로 남아 있었고 뒤에는 취수장도 있었다. 루실 상회 사람이 정기적으로 청소했는지 먼지가 쌓여 있지도 않았다.

그리고 넓은 점포 부분에는 우리가 발주한 향신료나 야채, 밀가루, 기름이 쌓여 있었다.

그 양은 어마어마했다. 점포였던 장소가 꽉 찰 정도였다. 체크해보니 부탁했던 물건이 문제없이 갖춰져 있었다. 이 양을 하루만에 준비하다니, 역시 대상회다. 일처리가 빨랐다.

'넣을까?'

『그래, 일단 수납해둘까.』

차원 수납에 넣어두는 편이 꺼내기 쉽고 열화도 막을 수 있으니 말이다.

프란이 식재료를 차원 수납에 차례차례 넣어갔다. 그것을 렌길 선장이 데려온 짐꾼들이 멍한 얼굴로 보고 있었다. 자신들이 필사적으로 날라 온 무거운 밀가루 포대나 야채 통 등을 작은 소녀가 차례차례 지워갔으니 당연할지도 모른다.

렌길 선장에게는 진심으로 루실 상회 전속으로 고용되지 않겠냐고 권유를 받았다.

차원 수납에 대해서는 알고 있었지만 눈앞에서 보고 다시 그 유용함을 깨달은 모양이다. 또한 우리의 차원 수납은 일반 시공 마술사보다도 수납력이 큰 듯했다.

"일반 시공 마술로는 이걸 못 넣어?"

"제가 아는 마술사라면 이것의 3분의 1이라도 넣으면 감지덕지일 겁니다."

우리의 경우에는 시공 마술이 아니라 차원 수납이라는 스킬이라 일반 시공 마술사보다 특화되어 있는 만큼 수납력이 클지도모른다. 상인의 입장에서 보면 갖고 싶은 마음이 굴뚝같은 스킬일 것이다.

또한 식재료와 함께 판매할 때 쓸 종이봉투도 받았다. 바르보라는 놀랄 만큼 종이가 유통돼서 일반 시민도 아무렇지 않게 종이를 사용하고 있었다. 이 세계에서는 양피지는 마술 계열에 쓰고, 일반 종이는 일반용이라는 식인 듯했다.

보기에는 지구에서도 쓰이던 갈색 종이봉투와 똑같았다. 두께가 일정치 않은 데다 표면이 까칠까칠해서 품질은 지구산 종이봉투에 비해 몇 단계 나쁘지만 말이다.

크기는 두 종류. 카레빵이 두 개 들어갈 사이즈와 여섯 개 들어갈 사이즈가 있었다. 두 개 들어갈 사이즈의 봉투를 세로로 자르면 하나씩 먹으며 걷는 용도의 주문에도 사용할 수 있다. 반으로자른 종이봉투에 카레빵을 끼우면 오히려 세련되게 보일 정도다.아니, 세련돼 보이면 좋겠다.

그리고 들고 가기 쉽도록 봉투 윗부분에는 구멍을 뚫어서 손잡이를 만들 셈이다.

"이 종이봉투는 아직 재고가 있으니 부족하면 추가 주문도 받겠습니다."

"응, 알았어."

마지막으로 울시가 도착한 수수께끼의 저택에 대해서도 물어보니 짚이는 데가 있는 듯했다.

"아마 이슬라 상회가 소유한 저택일 겁니다."

"이슬라 상회?"

"전 용병이나 도적이었던 노예를 여럿 고용해 상당히 악독한 방법으로 돈을 벌고 있는 상회입니다."

이슬라 상회라, 기억했어.

"귀족과의 연줄이나 뒷세계 조직과의 관계도 소문이 나 있으니 접근하지 않는 것을 추천합니다. 저희 루실 상회도 최대한 관련되지 않도록 주의하고 있는 상대니까요."

상회라고 해도 그 실태는 폭력 조직에 가까울지도 모르겠군.

마지막으로 렌길 선장은 이 임대 건물의 열쇠를 프란에게 내밀었다. 임대 계약이 완료됐다는 증거인가 보다.

"그러면 이것을 받으십시오."

"고마워."

조리장은 확보했다. 식재료도 전부 모였다. 이로써 준비는 끝났군.

아니, 요리 길드에 해야 하는 신청이 남아 있었나. 어떤 재료로 어떤 요리를 만들겠다는 것을 사전에 받은 서류에 자세하게 기입해서 요리 길드에 제출해야 한다. 동시에 시작품과 레시피도 제출해야 한다.

『그러면 시작품을 만들면 요리 길드로 가자.』

"응. 드디어야."

프란은 주먹을 꼭 쥐고 의욕을 보였다. 어지간히 카레를 인정받고 싶은 모양이다.

그 후, 우리는 즉시 카레빵의 시험 제작에 착수했다. 뭐, 카레는 원래 만든 경험이 있어서 의외로 간단했다. 재료나 물의 양을 조절해서 단맛, 중간 매운맛, 매운맛 카레를 완성시켰다. 위에서부터 순서대로 돼지, 소, 닭을 썼다. 아니, 마수 고기를 썼으니 정확히는 돼지풍, 소풍, 닭풍이지만.

오히려 카레빵용으로 쓸 것을 만들어야 하는 빵 쪽이 고생이었다. 다만 시행착오를 반복해 납득이 가는 게 완성됐다. 겉보기로 맛을 알 수 있도록 각각 조금씩 손을 봤으니 완벽한 마무리다.

『좋아, 이거면 되겠지.』

튀겨진 카레빵을 체크했다. 음, 잘 만들어졌는데? 겉모습은 지구의 빵집에서 파는 것과 비교해도 손색이 없어 보였다.

"스승, 시식은 맡겨줘."

"웡웡웡웡!"

카레빵을 망에 놓고 기름을 빼고 있는데 간식을 먹고 있을 터인 둘이 꼬리를 붕붕 휘두르며 다가왔다.

『조금만 더 기다려. 아직 기름투성이니까.』

"에이."

"워우……."

참을 수 없는지 걸신 콤비는 카레빵 앞에 달라붙어 기다리기 시작했다. 그렇게 빤히 바라본다고 완성이 빨라지지는 않아.

노르스름하게 연갈색으로 튀겨진, 돼지를 사용한 플레인 타입. 반죽에 고추를 조금 이겨 넣어서 붉게 만든, 소를 사용한 중간 매운맛 타입. 겉에 파슬리 같은 허브를 묻혀서 악센트를 더한, 닭을 사용한 아주 매운맛 타입. 각각 여섯 개씩 만들어봤다.

튀겨진 카레빵은 망 위에 15분 정도 놓아서 열이 가볍게 식으면 완성이다.

절반은 요리 길드에 견본으로 제출해야 하기 때문에 차원 수납에 넣었다. 나머지는 침을 흘리며 바라보고 있는 프란과 울시의 간식이다.

『자. 먹어도 돼.』

"응!"

"웡웡!"

대기 상태의 둘에게 "좋아" 하고 말을 하자 일제히 카레빵에 뛰어들었다.

"우물우물."

"우걱우걱."

프란은 플레인 타입 카레빵을 세 입에 다 먹었다. 입을 오물오물 움직이는 프란에게 카레빵의 감상을 물었다.

『어때?』

"이건 이거대로 최강이야. 카레라이스는 지고의 맛이지만 카레빵은 궁극의 맛."

"웡!"

이게 무슨 미식가 만화냐! 뭐, 맛있다면 다행이다.

"이쪽도 맛있어."

"윙윙윙!"

울시의 반응이 플레인보다 좋군. 역시 울시는 매운 쪽이 좋나.

『프란은 어때.』

"우열을 가리기 힘들어."

중간 매운맛은 프란도 괜찮구나. 그럼 아주 매운맛은 어떻지?

"매워. 하지만 맛있어. 하지만 매워."

"윙워워윙!"

프란은 역시 중간 매운맛 정도까지가 좋나. 울시는 아주 매운맛이 가장 마음에 들었나 보다.

판매하는 경우에는 어떨까. 아주 매운맛은 역시 취향을 타니……. 첫날은 플레인 40퍼센트, 중간 매운맛 40퍼센트, 아주 매운맛은 20퍼센트로 할까.

『큐어 터메릭의 효과는 어때?』

"응…… 모르겠어."

"윙."

모든 카레에는 도적의 아지트에서 입수한 큐어 터메릭이 쓰였다. 카레의 깊은 맛을 늘리기 위해 넣었는데, 부차적 작용으로 치유 효과가 있다. 사전 준비를 제대로 했으니 상태 이상 회복 포션에 버금가는 치유 효과가 있을 터였다.

내게 마법약 지식은 없지만 큐어 터메릭은 식재료 취급을 받는지 요리 스킬 덕분에 사전 준비도 완벽했다. 성공했다면 몸속을 정화해줄 터였다.

다만 아무런 이상도 없는 상태로는 특별히 그 효과는 실감할 수 없는 모양이다. 치유 효과를 노린 것은 아니니 효과가 없으면 없는 대로 상관없지만 말이다.

『맛에 문제는 없는 것 같으니 요리 길드로 가자.』

"응. 알았어."

30분 후. 우리는 무사히 견본품 제출을 마쳤다. 요리 길드에서 시식하고 레시피를 제출하는 것뿐이니 문제가 일어날 리 없지만.

『그럼 돌아가서 준비하자.』

"응."

이제부터 밤새서 카레빵을 만든다. 대량으로 만들어 차원 수납에 넣어두는 계획이다. 가게 앞에서 튀기는 건 어디까지나 손님을 끌기 위해서다. 팔 물건의 대부분은 사전에 완성시켜둘 것이다. 그렇게 하면 보충도 신경 쓰지 않고 계속 팔 수 있기 때문이다. 최악의 경우, 남아도 프란과 울시의 간식이 될 뿐이다.

"오, 프란 아가씨가 아닌가!"

"코르베르트? 뭐하고 있어?"

요리 길드 로비에서 말을 걸어온 것은 코르베르트였다.

"아니, 실은 아가씨를 찾고 있었어! 오늘 여기에 왔다고 해서 기다리고 있었지. 이제 곧 콘테스트잖아? 뭔가 도울 일이 없나 해서."

코르베르트가 기세등등하게 다가왔다. 의욕이 엄청나군.

"아니, 정말 돕고 싶을 뿐이야. 결코 스승님의 요리를 우연히 얻어먹을지도 모른다고 생각하지 않았어!"

그렇군, 그런 건가. 아니, 그걸로 도와준다면 얼마든지 대접하겠다.

'스승? 어떻게 해?'

『기왕이니 판매원을 구해줄 수 없는지 물어볼까?』

렌길에게 소개해달라고 할까 했지만 모험가라면 호위 대신으로도 쓸 수 있으니 편리하다.

"당일에 쓸 판매원을 찾고 있어. 계산을 할 수 있고 요리도 할 수 있으면 더욱 좋아. 가능하면 세 명."

"맡겨줘! 내일에는 모아오지!"

"품삯은 많이 줄게."

"알았어. 그러면 분명 괜찮을 거야. 최고의 인재를 준비하지!"

이로써 판매원 수배도 오케이다. 콘테스트 개시까지 앞으로 이틀. 문제없이 참가할 수 있을 것 같다.

『프란, 나 좀 도와줘.』

"응, 열심히 할게."

『울시도 보초 좀 부탁해.』

"웡웡!"

요리 길드에서 조리장으로 돌아온 우리는 묵묵히 준비를 진행했다.

우선 양념의 조합이다. 카레빵의 맛별로 양념을 나누고 각각을 배합해갔다. 이것이 맛을 결정짓는다고 해도 과언이 아니라서 차분히 주의 깊게 섞었다.

야 울시, 냄새 맡으면 안 돼. 콧김에 양념이 날아가잖아! 아아, 프란도 재채기를 하면 양념이!

『일단 양념 조합은 검 상태인 내가 할게.』

"응."

"끄응……."

프란에게는 식재료의 사전 준비를 부탁하자.

"맡겨줘."

"웡?"

『으음, 울시는 할 수 있는 일이 없네.』

"끼잉끼잉……."

『아니, 그렇게 매달려봐야.』

"웡웡웡!"

의욕은 높이 사지만 말이다.

"웡……!"

『그렇게 뒷다리로 일어서도 말이야!』

뒷다리가 부들부들 떨리고 있는데, 괜찮은가? 하지만 울시도 도울 수 있는 일이 뭐가 있을까?

울시를 쓸 수 있다면 앞다리나 입이잖아? 으음. 입으로 물어서 뭔가…….

『아, 그렇지. 버터라도 만들게 할까.』

"워우?"

『잠깐 기다려.』

차원 수납에서 꺼낸 것은 마수유가 든 물통이었다. 이것도 렌 길에서 몇 통만 사들였다. 상당히 비쌌지만 그 값어치는 할 것이다. 물론 그냥 마셔도 맛있지만 그것뿐만이 아니다. 성분적인 이유 때문인지 힘차게 흔들기만 해도 우유보다 훨씬 간단히 버터를 만들 수 있는 것이다.

본래는 마술로 시간 단축을 하며 이 마수유에서 버터를 만들 셈이었지만, 이건 울시가 애쓰게 해볼까. 나는 울시를 본래 크기로 돌아오게 했다.

『울시, 아 해봐.』

"워── 워후?"

크게 벌어진 울시의 입에 우유가 든 통을 물렸다.

『알았지, 절대로 깨물어 부수지 마. 나무통이니까.』

"워후."

『그럼 나머지는 그 통을 흔드는 거야. 계속 힘껏 흔들어.』

"워, 워후……?"

『돕고 싶다고 한 건 너잖아? 됐으니까 해.』

"워, 워후!"

내 말을 신호로 울시는 힘차게 헤드뱅잉을 하기 시작했다. 이 기세라면 한 시간만 흔들면 대량의 버터가 완성될 것이다.

그 후, 조리에 집중했더니 어느새 저녁이었다. 거 참, 집중하니 순식간이네.

참고로 한 시간 동안 머리를 계속 흔든 울시는 지금도 방구석에서 웅크리고 있었다. 아무리 울시라도 한 시간 동안 뇌가 계속 흔들리면 대미지가 큰 모양이다.

슬슬 해가 완전히 질 시간이군.

『프란, 준비는 일단 그만하고 월연제 구경 가자.』

그리고 해가 진 뒤부터가 축제의 본 행사다.

"응. 포장마차."

『아니, 퍼레이드 같은 것도 있다는데?』

"응, 맛있는 게 잔뜩 있어."

『뭐, 상관은 없어.』

프란이 즐거우면 그걸로 된다.

"울시, 가자."

"워, 워웅……."

뒷문에서 밖으로 나온 프란의 뒤를 울시가 비틀대는 발걸음으로 따라갔다. 이 상태로도 명령을 따르려 하는 울시에게는 충견의 칭호를 주자. 뭐, 내가 마음속으로 그렇게 부를 뿐이지만.

"사람이 잔뜩 있어."

"웡."

밖으로 나와 보니 길은 이미 사람들로 붐비고 있었다.

하늘에는 별이 떠 있었지만 마치 한낮인 양—— 아니, 그 이상의 인파였다. 지상으로 완전히 떨어진 밤의 장막 아래, 거리마다 밝혀진 크고 작은 등불과 사람들의 소란스러움으로 인해 오늘만큼은 밤의 정숙이 숨죽이고 있었다.

노점도 늘어서 있어서 정말 지구의 잿날 같다. 야키소바도 프랑크 소시지도 초코 바나나도 팔고 있지 않지만 말이다.

그 대신 꼬치에 꽂은 말린 생선이나 뭔지 모를 고기 꼬치구이, 수수께끼 생물의 혀 찜 등, 지구에서는 절대로 볼 수 없는 음식이 팔리고 있었다.

『활기 넘치네.』

"응, 우물우물."

『어? 벌써 뭐 먹는 거야?』

"응, 오징어 닮은 생선 구이."

"으적으적."

『울시는 뼈 붙은 고기냐? 밖으로 나온 지 1분 정도밖에 안 지났는데. 빠르네?』

울시는 조금 전까지 그로기 상태 아니었나?

"맛있는 음식이 불렀어."

"웡."

역시 식욕이 전부 이기는구나. 저쪽으로 흐느적흐느적, 이쪽으로 흐느적흐느적거리며 프란과 울시는 나아갔다.

광장 옆까지 다가가자 음악이 들려왔다. 잿날에 들리는 음악처럼 삑삑대는 소리가 아니라 좀 더 이국적인 음악이었다. 라틴과 에스닉의 중간이라고 하면 되려나.

소리가 들리는 쪽으로 향하니, 다섯 명 정도의 악단이 길거리에서 연주를 하고 있었다. 바이올린풍의 악기나 백파이프 같은 악기 등 이세계에서도 악기의 형태는 비슷해지는 모양이다.

"축제, 즐거워."

"웡!"

거리를 돌아다니며 축제를 즐기고 있는데 유달리 큰 환성이 들렸다.

『워, 뭔가 왔는데.』

"크다."

대로 저편에서 사람 무리를 가르며 뭔가 커다란 것이 천천히 다가왔다.

『수레로군. 위에 누군가 타고 있는데?』

"무녀야."

『호오, 듣고 보니 신비스러운 의상을 입고 있군.』

153

감정해보니 직업이 신탁자라고 적혀 있었다. 진짜로 신의 목소리가 들리는 건가? 역시 신이 실재하는 세계로군.

그 후, 신전 앞 광장에 축사와 춤을 봉납한다고 해서 뒤를 따라갔지만 인파에 막혀서 앞으로 나아갈 수 없게 되고 말았다. 모두 생각이 똑같았군. 이대로는 봉납 의식에 늦을지도 모른다.

『프란, 위에서 보자.』

"응."

조금 치사하지만 특등석에서 구경하도록 하자.

우리는 인파를 빠져나가 가옥의 지붕으로 뛰어 올라갔다. 그대로 지붕을 타고 광장을 목표로 했다.

때로는 공중 도약을 사용하고 때로는 나무들을 발판 삼아 어두운 밤을 뛰어넘어 도착한 곳은 높은 첨탑이 달린 지붕의 위였다. 봉납의 제사가 실시되는 신전 앞 광장의 옆에 서 있으니 여기서 광장이 잘 보일 것이다.

거대한 광장은 1만 명이 넘는 사람들이 와시글거리며 서로 밀고 밀리는 만원 전철 상태였다. 평범하게 아래쪽으로 갔다면 저기에 휘말려서 키가 작은 프란은 앞이 전혀 보이지 않았을 것이다. 이쪽으로 와서 정말 다행이다.

대로로 시선을 돌리니 마침 수레가 광장에 도착했다. 굿 타이밍이다.

광장에는 이날을 위해 전용 제단과 무대가 세워져 있어서 준비는 완벽했다.

잠시 첨탑 위에서 광장을 바라보고 있으니 수레가 신전 앞에 정지했다.

『왔다.』

"응."

수레에서 내린 무녀가 신에게 바칠 축사를 낭랑하게 낭독하기 시작했다.

관객들의 웅성거림도 그쳐서 정숙한 가운데 축사와 악단이 연주하는 신비한 음악만이 울려 퍼지고 있었다. 이번 음악은 어딘가 평화스럽군. 생황이나 금의 음색에 가깝게 느껴졌다.

축사도 최고조에 접어들었을 무렵, 무녀와는 다른 여성이 광장 한가운데로 나와 춤추기 시작했다. 프란보다 조금 연상으로 보이는 날씬한 체격의 미소녀였다. 어깨에서 가지런히 자른 은발을 밤바람에 나부끼며 느긋하게 온몸을 써서 춤췄다.

"샤를로트?"

『설마 이런 곳에서 재회할 줄이야…….』

낮에 고아원에서 만난 소녀, 샤를로트였다.

그때의 서글서글한 표정과는 달리 지금은 진지한 표정을 그 얼굴에 띄우고 일사불란하게 계속 춤추고 있었다.

"예뻐."

『그러네.』

이대로 계속 보고 싶었지만 우리의 의식은 광장과는 다른 곳으로 향해 있었다.

'……불길한 기척이 나.'

『그래, 단순한 구경꾼이 아닌가 봐.』

우리가 보고 있던 것은 광장으로 통하는 좁은 골목이었다. 축제의 메인이벤트를 실시할 정도로 커다란 광장이어서 큰 길만이 아니라 크고 작은 여러 골목이 뻗어 있었다.

그 골목 중에서도 하층민가 방면으로 뻗어 있는 특히 좁은 골목 중 하나에서 불온한 기척이 느껴졌다. 명백하게 전투태세를 갖춘 전사의 기척이 난 것이다. 더 자세히 기척을 탐색해보니 강한 악의와 적의가 샤를로트에게 향해 있는 것을 알 수 있었다.

이 골목은 신전의 뒤편으로 나 있어서 비교적 사람이 적다. 그대로 신전 부지를 통해 무대로 올라가면 의외로 간단히 샤를로트에게 갈 수 있을지도 몰랐다.

'스승.'

『응, 내버려 둘 수는 없겠어.』

'응! 갈게!'

작전을 의논하기 전에 프란이 뛰쳐나갔다.

『아, 잠깐만! 축제 중이니까 너무 요란한 소동은 일으키지 마!』

'알았어.'

프란은 공중 도약을 써서 전사풍 남자 다섯 명의 배후로 돌아 들어가 소리도 없이 내려섰다.

감정해보니 한가운데 있는 리더격 남자──보란은 상당히 강했다. 모험가로 치면 랭크 D 상당. 검기와 마술을 쓰는 실력자였다. 칭호에는 학살자가 있었다. 착실한 인간은 아닌 것 같았다.

다른 남자들도 나름대로 실력이 있었다. 스킬이나 칭호를 본 느낌으로는 뒷세계 인간이라는 건 틀림없는 듯했다.

"저기. 뭐해?"

"큭! 어, 어느새!"

프란이 말을 걸자 남자들이 움찔하며 몸을 돌렸다. 하지만 말을 건 상대가 소녀 한 명이라는 것을 알고 안도한 표정으로 숨을 내쉬었다.

"어이, 꼬마야. 꺼져라."

"안 그러면 울게 해준다?"

"급해? 왜? 축제에 무슨 볼일이야?"

"쳇."

잇따라 질문하는 프란에게 남자 중 한 사람이 화가 치미는 듯한 얼굴로 돌아섰다. 그리고 소리 죽인 목소리로 호통 쳤다.

"입 닥쳐! 그 이상 입 열면 죽여버린다."

"나쁜 짓이라도 하려는 거야? 나쁜 사람이야?"

하지만 프란이 그 정도로 기가 죽을 리가 없었다. 눈 하나 깜짝하지 않고 질문을 계속하는 프란을 보고 남자는 얼굴에 핏대를 올리며 프란을 노려봤다. 그대로 경고조차 하지 않고 양손으로 프란을 움켜쥐려 했다. 프란이 백스텝을 손쉽게 피했는데, 평범한 아이라면 멱살을 잡혀 들려 올라갔을 것이다.

"아니……! 이 꼬맹이!"

스킬을 더욱 쓰려고 자세를 취한 남자를 제지한 것은 보란이었다.

"이봐! 시간이 없어! 내버려 둬! 이제 연무가 끝난다!"

"죄, 죄송합다."

"우리가 잡는 건 그 꼬마가 아니야. 시간 낭비하지 마!"

"네!"

이런, 누구를 붙잡는다고 했다. 뭐, 그것도 질문해보면 알 수 있을 것이다.

"컥!"

"크아악!"

남자들이 프란을 무시하고 걷기 시작했는데, 선두 두 사람이 갑자기 쓰러졌다. 다리를 누르고 고통스러운 신음 소리를 내고 있었다.

"무, 무슨 일이 있었지? 이봐——컥!"

"뭐, 뭔가 있다!"

울시였다. 축제 덕분에 확실히 도시 전체에 등불이 밝혀져 있지만 역시 낮과는 비교할 수 없었다. 지금 우리가 있는 좁은 골목쯤 되면 평상시 밤과 거의 다르지 않은 어둠이 깔려 있었다. 당연히 암시 스킬을 가지고 있지 않은 남자들에게 발밑이 보일 리도 없다.

울시가 그림자 속에서 기습을 하는 모습도 보일 리 없을 터였다.

실제로 무슨 일을 당했는지 알지 못했을 것이다. 맨 먼저 쓰러진 보란이 땅바닥에 누운 채로 프란을 노려봤다. 프란이 공격했는지 의심하는 눈이다. 그러나 바로 있을 수 없는 일이라고 이해한 모양이다. 프란에게서 시선을 떼고 주위를 두리번거리기 시작했다.

프란이 선 위치가 처음과 거의 달라지지 않은 데다 움직인 기미도 없었기 때문일 것이다.

이 상태로도 냉정하게 사태를 파악하려고 하다니, 역시 나름 실력자다웠다.

"뛰어서 빠져나가, 컥!"

"쿠헥!"

결국 남자 다섯 명은 아무것도 하지 못하고 울시에게 움직임을 봉쇄당했다. 전원이 그림자 속에서 발목을 물려 골목에 쓰러져 있었다. 밤에 그림자를 조종하는 늑대를 상대하다니 운이 너무 나빴다. 버터를 만드느라 욕구 불만이 상당히 심한 것 같아서 울시에게 공격하게 했는데, 내 예상 이상의 성과였다.

『그러면 이 녀석들에게 질문을── 아니, 잠깐만.』

남은 건 남자들에게 이런저런 정보를 캐묻는 것뿐이지만…….

새롭게 다가오는 기척을 감지하고 우리는 발걸음을 멈췄다.

하지만 그 긴장은 바로 풀렸다. 골목으로 병사 세 명이 뛰어 들어왔기 때문이다.

아무래도 남자들의 비명이 골목 밖으로 들린 모양이고, 그것이 순찰하던 병사의 귀에 우연히 들어간 듯했다.

"어이! 무슨 일이야!"

"얘, 괜찮니?"

"이건 뭐야!"

으음, 이래저래 성가신 일이 될 것 같다. 우선 남자들에 대한 심문은 이로써 불가능해졌다. 명백하게 건실하지 않은 똘마니 용병풍 남자들이 큰 부상을 입고 쓰러져 있으니 구호할 겸 병사들은 확실히 남자들을 연행할 것이다. 더 성가신 점이 우리까지 연행되리라는 것이었다. 쓰러진 남자들과 관계없다고 우겨봐야 순순히 풀어줄 것 같지 않았다. 조사에 어울릴 틈 따위는 없는데 말이다.

"대체 무슨 일이 있었던 거야……. 꼬, 꼬마야, 아는 것 좀 있니?"

역시 하수인이라고 생각하지는 않은 모양이지만 병사의 눈은 의심도 살짝 품고 있는 게 확실했다.

"축제를 보러 왔어. 그랬는데 이 녀석들이 누군가를 붙잡는다고 의논하고 있었어."

"호오? 그렇군. 그래서 이 상황은 어떻게 된 거니?"

"몰라. 멋대로 쓰러졌어."

"……너는 관계가 없다고?"

"응."

역시 그런 소리로 납득할 리가 없나. 오히려 의심의 눈빛이 강해진 느낌이 든다.

병사의 음색이 구경꾼에 대한 사정청취에서 관계자에 대한 신문으로 바뀌었군. 눈빛도 예리해졌다.

"눈앞에서 보고 있었을 텐데?"

"어두워서 잘 안 보였어."

"너 말이야──."

"이봐!"

하지만 프란에게 질문을 계속하려고 한 병사의 말을 옆에 있던 동료 병사가 막았다.

응? 어디서 본 적이 있는 느낌이 든다. 그 병사가 동료들에게 진지한 표정으로 귀엣말했다.

"이 소녀는 그──."

"뭐라고? 영주님의──."

"타국의 왕족이──."

아아, 생각났다. 영주관으로 갈 때 말을 건 검문 병사다.

"시, 시간을 빼앗아서 죄송합니다!"

"도적 체포에 협력해주셔서 감사합니다!"

태도가 급변했군. 뭐, 그들의 입장에서 보면 대귀족의 지인에, 사전에 실수가 없도록 통지를 받을 정도로 거물이니 어쩔 수 없겠지만. 프란을 신문하려고 했던 병사는 창백한 얼굴로 떨고 있었다. 조금 불쌍해졌다.

"나는 아무 짓도 안 했어."

"넷! 그렇습니다!"

무슨 말을 해도 소용없겠군. 일단 소동이 커지기 전에 여기를 떠나자.

"이제 가도 돼?"

"살펴 가십시오!"

"응."

이로써 시간 낭비는 피할 수 있을 듯했다. 다만 돌아가기 전에 충고는 해놔야겠다.

"그 녀석들 꽤 강해. 지원을 부르는 게 좋아."

"충고해주셔서 감사합니다!"

"이봐, 피리 불어."

이로써 놓칠 일도 없을 것이다. 병사들도 단련돼 있지만 저 습격자들에 비하면 약하기 때문이다. 다리 한쪽을 쓰지 못한다고 방심하고 있으면 반대로 당할 수도 있을 만큼 힘이 차이 났다.

그건 그렇고 남자들의 목적은 뭐였을까. 단순히 축제를 방해하는 것뿐인가? 아니면 달리 뭔가 있었을까? 뭐, 나머지는 이 도시의 병사나 기사가 어떻게든 하려나.

"아직 하고 있어."

『끝나기 전에는 온 거 같네.』

첨탑 위로 돌아오니 샤를로트의 춤은 아직 계속되고 있었다. 아까보다 훨씬 격렬하고 템포도 빨라져서 끝이 가깝다는 것을 상상하게 했다.

"……샤를로트 대단해."

『그러게.』

그건 그렇고 아름다운 춤이다. 보고 있으니 어느새 그 움직임에 빨려 들어가 말없이 바라봤다. 게다가 온몸이 희미하게 빛나 보였다.

아무래도 마력을 휘감고 있는 듯했다. 의식의 효과일까? 희푸르고 아름다운 마력의 인광과 어우러져서 샤를로트를 휘감은 신성한 분위기가 몇 배나 높아졌다. 마치 여신이 강림해 춤추고 있는 듯했다.

그녀의 머리카락에서 흩날리는 땀조차도 아름답게 보였다.

프란은 옆에 앉은 울시의 털에 몸을 묻은 채 샤를로트의 연무를 가만히 바라보고 있었다.

그리고 나도 프란도 한 마디도 하지 않은 채 몇 분이 지났을까.

눈 아래서 펼쳐지는 환상적인 의식도 마침내 끝을 맞이했다.

찌링 하고 한층 큰 방울 소리와 함께 샤를로트가 한 손을 치켜들고 다른 한 손으로 얼굴을 덮는 듯한 포즈로 움직임을 멈췄다.

그 직후, 샤를로트의 몸과 무대 전체에서 발산됐던 푸른빛이 지면을 빠져나갔고, 회장 전체의 지면이 비슷한 희푸른 빛을 한순간 방출했다. 신비스러운 광경이었다.

그것만이 아니었다.

희푸른 빛이 빠져나간 직후, 그 자리에는 대단히 신성한 힘이 가득 차 있었다. 그야말로 보통 사람인 일반 시민들이 눈물을 흘리고 후련한 표정을 띨 정도였다.

아무래도 단순히 신에게 바치는 춤이기만 한 것이 아니라 마력의 정화 같은 역할도 하나 보다. 저급령 정도라면 성불하지 않을까? 이 의식을 방해하려고 한 남자들의 정체가 새삼 신경 쓰였다.

"끝났어."

『아름다웠어.』

"샤를로트, 예뻤어."

프란의 얼굴에는 그 아름다운 춤이 끝난 것에 대한 허전함과 그 아름다운 춤을 본 것에 대한 만족감이 섞인 표정이 떠 있었다. 즐거웠다니 다행이다.

『그럼 슬슬 돌아가서 준비를 재개해야지.』

"응! 열심히 할게."

좋은 기분 전환이 된 듯하다. 이로써 다시 힘낼 수 있을 것 같다. 그 후, 우리는 노점을 둘러보며 임대 건물로 돌아왔다.

『그럼 이제부터는 속도를 올려서 가볼까. 프란과 울시는 이제 쉬어도 돼. 나머지는 내가 할 테니까.』

오늘은 철야다. 세바스찬에게 오늘은 늦거나 안 돌아올지도 모른다고 전해뒀으니 괜찮을 것이다. 애초에 이 임대 건물에서 묵어도 프란과 울시라면 전혀 문제없다. 차원 수납에 침구도 있고, 지붕이 있기만 해도 노숙보다는 나으니 말이다.

"괜찮아. 도울게."

"웡."

『그래? 그럼 조금만 더 도와줘.』

"응! 맡겨줘."

의식을 보고 재충전했는지 프란도 울시도 의욕이 가득하군.

『그럼 프란은 야채 준비 작업을 계속해.』

"알았어."

『울시는…… 또 이거야.』

"워, 워웡……."

마수유가 든 통을 다시 울시에게 건넸다. 또다시 헤드뱅잉 시간이다. 이로써 이번 카레빵에 쓸 양은 충분히 확보할 수 있을 것이다. 애초에 버터는 상당히 고급품이라서 시판되는 물건을 사면 우유로 만든 버터라도 상당히 비싸다. 이거라면 마수유 대금밖에 들지 않는다. 맛도 짜지 않은 데다 신선하고 상당히 맛있으니 일석이조다.

『자, 힘내.』

"워웅……."

울시는 각오한 듯이 통을 물고 천장이 높은 과거 점포 부분으로 이동했다. 그리고 다시 고개를 위아래로 흔들기 시작했다.

『그러면 나는 반죽 준비를 해볼까.』

으응……?

뭐지. 머리가 멍하다.

나는 카레빵 준비를 하고 있었고—— 그리고 어떻게 했더라?

왠지 기억에 안개가 낀 것처럼 바로 전 일이 떠오르지 않는다.

주위는 깜깜하다. 한 줄기 빛조차 들어오지 않는다. 새까맣게 칠해진 어둠이 나를 감싸고 있었다.

어? 시각 계열 기능이 오작동을 일으켰나? 고장인가? 애초에 내 시각은 어떤 원리로 돌아가는지 모른다. 어느 날 갑자기 고장 나는 일은 절대로 없다고 단언할 수 있을까?

자신의 몸에 무슨 일이 일어났는지 알지 못한 채 이런저런 생각을 하고 있는데 어둠에 새어 들어오는 빛이 보였다. 아무래도 시각에 이상이 있었던 것이 아닌 듯했다. 다행이다. 아니, 좋지 않다. 대체 이곳은 어디일까?

주위를 둘러봤지만 역시 본 적이 없었다.

그곳은 돌과도 나무와도 다른, 잿빛 도는 신비한 무언가에 둘러싸인 10미터 사방의 공간이었다.

그런데 이런 입구도 없는 장소에 내가 어떻게 왔지?

그렇게 주위를 두리번거리고 있는데 10미터 정도 떨어진 벽에 갑자기 인영이 떠올랐다.

아저씨로군. 아니, 중년 신사라고 부르는 편이 와닿으려나.

빛나는 듯한 은발을 올백하고 기모노풍의 로브를 걸친 장년 남자였다. 말랐지만 그 몸은 근육으로 뒤덮여서 탄탄하다는 것을 알 수 있었다. 눈은 가늘고 날카롭지만 입가에 떠 있는 허무한 웃음으로 인해 그 무서움이 누그러졌다. 또한 입가에서 엿보이는 기다란 송곳니 때문에 남성에게서 야성적인 냄새도 맡을 수 있었다. 신사 같으면서 야성적. 상반된 두 가지 인상이 공존하는 신기한 남자였다.

다만 이렇게 존재감 있는 모습인데도 기척 자체를 전혀 느낄 수 없었다. 마치 환영을 보고 있는 것 같았다. 더 다가가 관찰하려고 했지만……

『안 움직여.』

내 몸은 꼼짝도 할 수 없었다. 상대방도 다가오지 않았다.

『누구야?』

남자는 내 의문에 대답하지도 않고 어떤 제스처를 취하기 시작했다.

입 앞에서 손을 접었다 펼쳤다.

『왜 제스처를 취하는 거지?』

"_____."

『어? 뭐? 안 들려.』

"_____."

『아, 혹시 말 못 해?』

아무래도 정답이었던 모양이다. "그래!" 하고 말하듯이 나를 휙 손가락질했다. 하지만 그래도 내게 전하고 싶은 것이 있는지 다시 제스처를 취하기 시작했다.

아무래도 전생 전개가 아닌가 보다. 살짝 안심하며 나는 남자의 움직임을 지긋이 관찰했다.

남자는 양손을 써서 공중에 역삼각형을 그렸다. 뭐지? 남자는 역삼각형을 그리며 그것을 앞뒤로 움직였다.

『역피라미드?』

"_____."

틀렸나. 남자가 고개를 저었다. 거 참, 전혀 모르겠네.

그런 나의 낌새가 전해졌는지 남자는 새로운 제스처를 취하기 시작했다. 갑자기 공허한 표정을 짓고 입을 반쯤 벌린 후 양손을 앞으로 내밀었다. 그대로 천천히 앞으로 걷는 동작을 했다.

이건 알겠다.

『좀비야?』

남자가 엄지손가락을 척 들었다. 정답인 듯했다.

남자는 좀비와 하늘을 움직이는 역삼각형을 반복했다. 좀비란 말이지. 내게 좀비라면 부유도의 던전이 떠오른다.

아니, 잠깐만.

『이봐, 그 역삼각형, 혹시 부유도야?』

"_____."

아무래도 맞은 모양이다. 다시 엄지손가락을 치켜 올렸다.

『다음은 뭐지?』

남자가 양손을 적당히 들고 가볍게 허리를 낮추더니 온몸에 힘을 주듯 부들부들 떨기 시작했다. 그리고 남자의 몸에서 마력 같은 빛이 어렴풋이 떠올랐다.

『계왕○?』

"_____."

뭐, 아닌가 보네. 남자가 다시 같은 제스처를 반복했다.

『으음. 뭐랄까, 엄청난 힘을 발휘하는 것 같은데?』

오, 아무래도 나쁘지 않은 답인 모양이다. 다만 정답은 아닌가 보다. 소리가 들리지 않는 손가락 튕기기를 하며 "아깝다!"와 같은 기색을 보였다.

『숨겨진 힘을 해방한다거나?』

그 대답에 남자가 나를 휙 가리켰다. 이게 정답인가? 부유도에서 숨겨진 힘을 해방한다?

『아, 잠재 능력 해방!』

네, 최상의 답이 나왔습니다. 남자가 기쁜 듯이 양손의 엄지손가락을 세웠다. 그 다음은 입 앞으로 가져온 오른손을 벌려서 말하는 제스처를 취했다.

잠재 능력 해방으로 말한다?

『리치?』

남자는 양손으로 가위표를 만들었다. 틀렸나 보다.

『으음…… 잠재 능력 해방 중에 말한 상대? 리치 이외라면……
알림?』

또다시 가위표다.

『아, 그리고 보니 의문의 남자의 목소리가 들렸어. 알림에 대해
여러 가지를 가르쳐준 사람이야!』

이게 정답이었나. 남자가 고개를 꾸벅꾸벅 끄덕였다. 하지만
곧바로 비는 듯한 포즈로 머리를 숙이기 시작했다. 뭔가 사과하
고 있는 것 같다. 말하는 제스처에서 나오는 가위표. 그리고 사
과. 그것을 반복했다.

아마 그때의 대화에 관해서 무언가를 사과하고 있다고 생각하
는데……. 그때 무슨 말을 했더라? 나는 대화를 다시 생각해봤다.

『이봐, 당신 누구야?』

『으음, 내 정체는 사실 좀 더 뒤에 밝힐 생각이었는데……. 실
제로 앞으로 한 달도 안 돼서 만날 예정이었어. 뭐, 정신체이긴
하지만.』

『저기, 뜸 들이지 말고 가르쳐줘. 지금 가르쳐줘도 상관없잖아.』

『뭐라고 해야 할까, 너 가볍구나…….』

『아니, 왠지 남 같은 느낌이 안 들어서 말이야~.』

『뭐, 됐어. 가르쳐주지, 내 이름은──.』

거기서 대화가 끊어졌을 것이다. 사과를 받는다면…….

『곧바로 만날 수 있다고 했는데 그러지 못한 걸 말하는 거야?』

끄덕끄덕.

『정체를 밝힌다고 약속했는데 말을 못해서 어려워?』

끄덕끄덕끄덕.

역시 이 남성은 때때로 목소리만 들리는 그 남성인 모양이다. 하지만 어째서 오늘은 대화를 할 수 없는 거지?

남자는 잠재 능력 해방 포즈에서 자신을 가리키고, 이번에는 양 무릎을 꿇고 혀를 내밀고는 숨을 헐떡이는 듯한 얼굴을 했다.

『잠재 능력 해방의 영향이야?』

아무래도 알림과 마찬가지로 내가 발동시킨 잠재 능력 해방이 이 남자에게도 영향을 미친 듯했다. 남자는 더 나아가 어떤 제스 처를 계속 취했다.

검을 휘두르는 듯한 동작. 그리고…… 뭐지. 사권? 손을 뱀처럼 구부리고 양손을 앞으로 내밀었다. 뱀이 입을 크게 벌려서 무언가를 토하는 듯한 제스처로군.

『검, 뱀, 뭔가를 토했다……?』

"──────."

남자가 새로운 동작을 했다. 검의 뿌리──자루인가? 자루에서 뱀이 생겨나 검에 휘감겨?

『알았다! 발더와의 싸움이다! 내 안의 봉인 뭐시기가 폭주할 뻔한 때에 당신이 그 힘을 발산시킨다고 해서……!』

"————."

아무래도 잠재 능력 해방과 그 폭주. 그 두 가지 때문에 남성의 힘이 감소해 대화를 할 수 없게 된 듯했다.

『당신이 내 안에 있는 거야?』

끄덕.

『당신은 전생 첫날 말을 걸어온 사람이야?』

끄덕.

역시 그런가. 그렇다면 물어야 할 것이 있다.

『당신은 누구지?』

나는 가장 신경 쓰였던 의문을 입에 담았다.

하지만 남자는 곤란한 얼굴로 고개를 가로저었다. 뭐, 물어는 봤지만 말할 수 없으면 무리인가.

『다시 만날 수 있어?』

그러자 남자가 바로 위를 가리켰다. 거기에 이끌려 위를 보니 어느새 천장이 사라지고 달이 얼굴을 내밀고 있었다.

『달……?』

하지만 어째서 지금 이 타이밍에 달?

아니, 잠재 능력 해방의 영향을 제외하면 내가 이 남자와 대화한 것은 처음 이 세계로 전생한 날. 즉, 저번 월연제 때였을 것이다. 그리고 오늘도 월연제.

『월연제가 관계 있는 거야?』

끄덕끄덕.

맞나 보다. 그렇구나. 그렇다는 말은──.

『다음 월연제 때는 다시 만날 수 있는 거야?』

남자는 싱긋 웃었다. 그리고 엄지손가락을 척 치켜세웠다.

그대로 남자의 모습이 흐려져 갔다. 어라? 벌써 끝?

『잠깐, 아직 묻고 싶은 게 여러 가지 있어!』

하지만 내가 고함을 지르자 남자가 다시 사죄 포즈를 취했고, 그 모습은 순식간에 사라졌다. 타임아웃인가…….

『늘 중요한 타이밍에 사라진다니까!』

그렇게 소리친 직후였다.

『……헉.』

어? 무슨 일이 있었지? 시야가 갑자기 깨끗해졌다. 동시에 생각도 깨끗해졌다.

황급히 주위를 둘러봐도 내가 있는 곳은 임대 건물의 주방이었다.

눈앞에는 만들다 만 카레빵이 놓여 있었다.

뭐지? 꿈? 꿈을 꾼 건가? 검인 내가?

잠 따위는 필요하지 않을 텐데……. 아니, 자고 싶어도 잘 수 없다.

그런데 작업 중에 졸아서 꿈을 꿨다고?

전에도 비슷한 일이 있었던 것 같은데…….

시계를 확인하니 시간은 전혀 흐르지 않았다. 왠지 여우에라도 홀린 듯한 기분이다.

『지금 건 진짜 꿈……이었나?』

그런 생각이 들면서도 내게는 왠지 확신이 있었다. 지금 광경은 꿈이 아니다. 그 남성도 실제로 존재해서 내게 이야기를 하러 온 것이다.

『다음 월연제는 세 달 뒤구나. 아저씨, 다음에는 여러 가지를 가르쳐줘야겠어.』

　내 안에 있다고 했으니 들리겠지?

　"또 계획이 어그러졌다고 들었는데, 어떻게 되고 있나?"

　"그건 이쪽이 할 말이야. 처음에는 이슬라 상회의 말단을 고아원에 보냈는데 영문 모를 소리를 하며 도망쳐 왔다던데."

　"영문 모를 소리?"

　"자기는 병에 걸렸을지도 모른다나 뭐라나 하며 끝까지 떠들었어. 뭐, 병 걱정을 할 수 없도록 해줬지."

　"그 뒤에는 어떻게 됐나? 설마 그대로 중지한 건 아니겠지?"

　"물론. 그 소녀의 확보와 의식의 방해. 양쪽을 노리고 용병을 보냈는데 안 돌아왔어."

　"용병? 혹시 내 부하들인가?"

　"그래 맞아. 마음대로 써도 된다고 했잖아. 사양 않고 썼지. 보란이라는 남자와 몇 명을."

　"보란인가. 전투력뿐만이 아니라 냉정함과 상황 판단력까지 갖췄지. 임무 달성률이라면 내 부하 중에서도 상위에 들어갈 걸세. 그 녀석이 돌아오지 않았다고?"

　"응."

"무슨 일이 생겼군."

"그건 이쪽이 물어보고 싶어."

"애초에 보란이라면 순찰 병사나 하급 기사 정도는 어떻게든 될 걸세. 그렇다면 불의의 사태가 일어났나……."

"뭐, 그것밖에 없다. 하지만 그 바람에 샤를로트의 신병은 확보하지 못한 데다 파사의 의식이 실시됐어. 덕분에 하층민가에 뿌려둔 사신수의 영향이 대폭 억제돼버렸지."

"쳇. 최악이구먼."

"하여간에. 큐어 터메릭은 누군가에게 빼앗겨, 샤를로트는 도망쳐, 사들인 사신수의 사기는 정화돼……."

"마치 이쪽의 수를 읽고 있는 것 같구먼…… 우연인가?"

"모르겠어. 확실히 우리의 계획을 사전에 알고 있는 듯한 행동으로도 보여……. 실은 내가 이슬라 상회에 수송을 부탁했던 키메라의 마혼도 누군가에게 빼앗겼나 봐."

"그거 정말인가?"

"좀처럼 안 와서 담당자를 신문했어. 그랬더니 실토하더군. 그 집적소에 큐어 터메릭과 같이 보관하고 있었대."

"그러면 빼앗아간 건 같은 패인가?"

"아마도. 이슬라 상회 사람은 지금 대신할 마혼의 기원을 찾고 있다고 변명했지만……."

"키메라의 마혼을 대신해? 그런 게 있을 리가 없지. 만금의 가치—— 아니, 그래도 부족한가. 자네가 레이도스 왕국의 연금술 길드에서 유출시킨 그 마혼의 기원 이외에 다른 것은 모두 파기됐을 테니 말일세."

"맞아. 그것의 가치가 어느 정도인지 모르는 무지몽매한 무리는 이래서 곤란해. 수색을 명령했지만 찾을 수 있을지 모르겠어."

"그쪽 계획도 재조정할 필요가 있을 것 같구면."

"할 수 없지."

"이거 참, 예상치도 못한 사태가 이어지는군."

제4장 준동하는 존재들

4월 1일.

월연제의 메인이벤트이기도 한 봉납이 끝난 다음 날이다.

하지만 축제는 아직 계속되고 있었다. 그렇지만 신에게 바치는 제사로서의 월연제는 어제로 끝나고 오늘부터는 진짜로 즐기기 위한 축제다. 다양한 이벤트가 줄지어 있었다.

프란이 흥미를 보이지 않아서 열리는 장소도 전혀 조사하지 않았지만 미남미녀 콘테스트도 개최됐다고 한다. 밤새 요리를 줄곧 만든 우리——뭐, 프란과 울시는 상당히 일찍 잠들었지만——는 모험가 길드에 와 있었다. 목적은 어떤 사람을 만나는 것이다.

"여, 아가씨. 판매원 후보를 데려왔어."

그렇다, 코르베르트에게 판매원을 소개받을 예정이 있었던 것이다. 코르베르트가 여성 모험가 세 명을 데리고 걸어왔다. 그녀들이 판매원 후보인 모양이다.

"안녕하십니까."

"안녕하세요——."

"안녕."

프란이 어린아이라고 해서 얕잡아 보는 태도는 아니었다. 자신들의 고용주로 인정하고 제대로 머리를 숙였다. 그런데 본 기억이 있군.

"이 녀석들은 랭크 D 파티, 주홍 소녀야."

"또 만났군요."

고기를 구하고 돌아가는 길에 도적에게서 구한 마차를 호위했던 3인조 여성 모험가들이었다.

랭크 D 파티였나. 모험가에게는 솔로 랭크와 파티 랭크가 있다. 솔로는 프란 등이 가지고 있는, 개인에 대한 랭크를 나타내는 것.

반면에 파티 랭크는 여럿이 맺은 파티의 전력을 나타내는 것이다. 그녀들의 경우에는 세 명이 모이면 랭크 D 상당의 실력이 있다고 인정받은 것이다. 전위와 후위의 균형이 좋고 나름대로 실적이 있는 듯했다.

그리고 전원이 장사나 산술을 가지고 있었다. 모험가로서는 드문 일이군.

"다시 자기소개를 하겠습니다. 리더인 주디스입니다."

푸른 긴 머리 여성이 프란에게 악수를 청했다.

"아버지가 행상인이어서 어릴 때는 아버지를 따라 경험을 쌓았습니다. 장사, 요리 스킬은 일단 가지고 있습니다."

그렇군. 철이 들 때부터 행상인인 아버지의 일을 옆에서 봤다면 장사 스킬을 입수할지도 모르겠다. 그리고 여행을 하면 요리를 할 기회도 있을 것이다. 무엇보다 미인에 예의도 바르다. 이거 판매원으로는 충분하지 않을까?

"마이아예요―. 파티의 잡무를 도맡고 있습니다―."

붉은 쇼트 보브컷 여성이 머리를 숙였다. 말투는 왠지 느긋하지만 가진 스킬은 인상과 정반대로 도적 계열이었다. 이야기를 들어보니 식재료의 매입과 비품이나 장비의 관리, 던전에서 요리 등도 모두 담당하고 있다고 한다. 스킬은 뛰어난 건 없는 느낌이지만 교섭에 산술, 요리 등 요구했던 스킬은 완벽했다. 얼굴도 괜찮고. 판매원으로는 합격이다.

"리디아."

마지막 소녀는 프란과 약간 비슷할지도 모르겠다. 흑발, 하얀 피부, 변화 없는 표정. 머리카락이 허리에 닿을 정도로 길지만 그 외의 외모적인 특징은 프란과 비슷했다. 뭐, 프란 쪽이 귀엽지만 말이야!

"…………."

"…………."

잠시 서로 바라보는 리디아와 프란. 각자 표정이 전혀 변하지 않은 채 묘한 시간이 흘렀다.

"…………."

하지만 프란이 고개를 살짝 갸웃거린 순간이었다.

"……졌어!"

갑자기 리디아가 양손과 양 무릎을 땅바닥에 대고 고개를 푹 숙였다.

"잠깐, 리디아? 뭐하는 거야?"

동료의 갑작스러운 행동에 주디스도 놀라고 있었다.

"졌습니다. 이 사람은 나처럼 캐릭터 설정용 가짜 무표정이 아니라 진짜 무표정 캐릭터예요."

"아, 그래……."

"게다가 마검 소녀의 소문이 진짜라면 나보다 나이가 어린데 검의 달인에 화염 마술까지 구사한대요."

호오, 거기까지 알려진 건가. 우리가 생각하는 것 이상으로 유명해졌을지도 모르겠다. 좋은 건지 나쁜 건지…….

"나는 완전히 하위 호환 여자. 나의 아이덴티티는 이제 머리 길이뿐."

"키, 키도 이기지 않아?"

"마검 소녀가 성장하면 순식간에 따라잡을 차이예요."

"하, 하지만 생각해봐. 네게는 지혜의 신님의 가호가 있잖아! 이 아이는 지혜의 신의 가호라는 스킬을 가지고 있어요."

그 스킬은 마술이나 지식 계열 스킬의 숙련도가 오르기 쉬워지는 가호여서 모험가들에게는 상당히 유용한 스킬인 듯했다.

이 리더도 고생이구나. 프란에게 설명을 하며 리디아를 추켜세우고 있었다.

그리고 리디아는 마법진이라는 흥미로운 스킬도 소지하고 있었다. 부적 따위를 만들 수 있는 스킬이라고 한다. 재미있어 보이는 스킬이다.

"마법진에는 산술이 필수여서 계산은 할 수 있어요. 요리는 못하지만 조합은 할 수 있고요."

"아, 아무튼 열심히 하겠습니다!"

"저도요─."

뭐, 마차를 구조했을 때 그녀들의 인성은 확인한 데다 코르베르트의 추천도 있다. 능력도 있으니 오히려 이쪽에서 부탁하고 싶을 정도였다.

고용할 뜻을 전달하고 즉시 보수 교섭에 들어갔다. 시세는 몰랐지만 그 부분은 코르베르트가 빈틈없이 처리해줬다. 폼으로 랭크 B 모험가를 달고 있는 건 아니군.

그 결과, 보수는 축제 기간 중의 식사와 한 명당 1만 골드가 됐다. 세 명에 3만 골드는 아무리 그래도 너무 저렴하다는 생각이 들었지만, 판매원 등 위험이 적은 임무에서 이 정도라면 나쁘지 않은 보수라고 했다.

우리도 랭크 D이지만 나름대로 상위 마수를 사냥해서 평범한 랭크 D 모험가에 비해 금전 감각이 마비되었다는 느낌은 부정할 수 없었다. 그리고 그녀들은 사흘 동안의 식사가 목적인 듯했다. 코르베르트가 내 요리 솜씨를 실컷 떠벌린 모양이다. 뭐, 그래서 의욕적으로 일해준다면 이쪽도 고맙지만.

"저 코르베르트 씨가 극찬한 식사니까요."

"분명히 맛있을 거예요—."

"지금부터 기대돼."

"크으. 부럽다……."

코르베르트가 엄청나게 부러운 듯이 세 사람을 보고 있었다.

"이, 이봐. 판매원은 못 하지만 달리 도울 일 없어?"

그런 말을 꺼냈다. 아니, 그거 참. 이제 와서 해줬으면 하는 일은 특별히 없는데…….

"내가 도와주고 싶다고 했으니까 보수는 필요 없어. 시, 식사만 있으면 돼."

식탐을 얼마나 부리는 거야. 우리 쪽 둘과 좀 닮았다고 생각했다고. 랭크 B 모험가를 식사만으로 고용할 수 있는 건 파격적이니 이런저런 잡무를 시키면 되나.

"알았어, 잡무 담당이라도 괜찮다면 고용할게."

"지, 진짜야? 됐다!"

"저희도 내일부터 잘 부탁드립니다!"

""부탁드립니다!""

그렇게 우리는 판매원도 포함된 심부름꾼 네 명을 얻었다.

모험가 길드에서 임대 가게로 이동한 우리는 콘테스트 준비를 재개했다. 이미 최종 단계다. 반죽은 완성되고 안에 넣을 속도 완벽하다. 나머지는 속을 싸서 튀기는 것뿐이다. 뭐, 이렇게 싸서 튀기는 게 가장 고생스럽기는 하다.

오랜 시간 같은 작업을 집중해서 계속하는 것은 프란에게는 무리다. 그래서 내가 계속할 수밖에 없다. 지글지글 빠직빠직 기름 튀는 소리가 울리고 황금색 카레빵이 차례차례 튀겨져갔다.

『으음, 이미 어두워졌잖아. 집중해서 전혀 몰랐어.』

오후부터 작업을 시작했는데 이미 해가 져 있었다.

『생각 이상으로 시간이 걸렸네.』

프란은 점포 부분에서 울시와 수행 중이다. 격렬하게 날뛸 수 없어서 방출한 마력으로 입체적인 그림을 그리는 반쯤 놀이 같은 수행이지만. 아니, 프란에게는 수행이라는 감각은 없을지도 모르겠다. 그렇다면 완벽하게 놀이다. 간식이라도 넣어줄까.

『응?』

프란을 위해서 쿠키와 주스를 준비하고 있는데 갑자기 기척이 느껴졌다. 프란과 울시도 느꼈는지 수행을 멈추고 주변의 기척을 탐색하고 있었다.

『손님이네.』

그것도 불청객이다. 여러 명의 인간이 기척을 죽이고 이 집을 둘러싸듯 다가오고 있었다. 그것과는 별개로 평범하게 걸어오는 기척도 있었다.

"잡아?"

『으음, 하지만 이쪽에 무슨 짓을 한 것도 아니고 말이야.』

목적도 모른다. 혼자 다가오는 기척은 뒷문으로 향하고 있었다. 일단 이 녀석에게 접촉해볼까. 그렇게 생각하고 있는데 뒷문에서 평범하게 노크 소리가 들렸다. 그럼 어떤 녀석일까. 프란이 경계하며 말을 걸었다.

"누구야?"

"밤늦게 죄송합니다. 부탁드릴 것이 있어서 찾아왔습니다."

"부탁?"

"네, 이야기를 들려드리고 싶습니다만."

흐음. 음색만으로는 신사적이라고 해도 좋은 느낌이군. 뭐, 음색만, 이지만. 문 너머로도 악의가 찌릿찌릿하게 느껴졌다. 이 부드러운 태도는 꾸민 것이라는 사실을 알 수 있었다.

일단 투시창으로 상대의 모습을 확인해봤다. 너무나도 상인 같은 훈남이 서 있었다. 보기에 악인으로는 도저히 보이지 않았다. 악의 감지가 반응하지 않았다면 우리도 속았을지도 모르겠다.

하지만 감정해보고 그 안이 겉모습과는 전혀 다르다는 것을 알수 있었다. 직업이 무려 사기꾼이다. 공갈에 허언, 위조 스킬까지 있었다. 완전히 유죄다. 전투력은 낮지만 다른 의미로 싫은 상대였다.

"무슨 볼일이야?"

"가능하면 안으로 들어가고 싶습니다만."

"거기서는 안 돼?"

"조금 복잡한 이야기라서요."

프란이 적당히 대응하는 사이에 나는 창문으로 밖을 살폈다. 어둠에 섞여 숨어 있을 셈이겠지만 암시에 기척 감지를 가진 내게는 훤히 보였다.

뭐, 대부분 잔챙이로군. 직업은 도적. 역시 강탈이나 절도 스킬을 가지고 있었다. 레벨 높은 암살자가 딱 한 명 있으니 주의할 건 이 녀석 정도일 것이다. 이 암살자도 제대로 된 전투력은 별로이니 기습만 주의하면 문제는 없다.

어떻게 할까. 아직 무슨 일을 당한 건 아니지만……. 아니, 도적에게 집을 포위당하고 있으니 적대 행위로 봐도 상관없지 않을까? 선제공격한다고 해서 문제가 있을까? 오히려 이미 공격받았다고 해도 과언이 아니라는 느낌이 들기 시작했다. 솔직히 말해서 상대는 악인이니 정당방위라고 할 수 없는 것도 아니지 않을까?

『프란, 그 녀석을 놓치지 않도록 안으로 들여보내. 그사이에 바깥 청소를 할 테니까.』

"응. 알았어."

"오오, 알아주셨군요!"

프란의 대답을 긍정의 말이라고 착각한 사기꾼이 기쁨의 소리를 질렀다.

"들어와도 돼."

"그러면 실례하겠습니다."

사기꾼이 안으로 들어왔다. 그러자 즉시 울시가 그 뒤로 돌아가 입구 앞에 엎드렸다. 완전히 출구를 막은 형태였다. 소형화됐다고 해도 울시는 늑대. 전투력이 없는 사기꾼에게는 무시무시한 위협일 것이다. 아무리 그래도 표정이 변하지는 않았지만 울시를 힐끗 본 것을 놓치지 않았다.

"하, 하하, 귀여운 강아지로군요."

"응? 울시는 늑대야."

"오, 늑대인가요."

"늑대형 마수."

"마, 마수?"

"종마. 무척 강해. 사람도 간단히 죽여."

그렇게 말하며 프란이 한술 더 떠 문을 잠갔다. 사기꾼에게 가하는 압력이 배가 되었다. 완전히 표정이 무너지고 입가가 굳어진 것이 보였다.

나는 사기꾼이 보기 전에 얼른 밖으로 향하기로 했다. 시공 마술인 쇼트 점프로 강도들의 뒤로 이동해 상황을 살폈다. 아직 실제로 공격을 받지는 않았으니까 의식을 빼앗아 붙잡기만 할까? 아니면 정보를 가지고 있을 법한 암살자를 남기고 죽일까…….

"이봐, 계집애 하나한테 이만한 사람이 필요해?"

"확실을 기하기 위해서래."

"쳇. 귀찮게. 교섭하기 전에 얼른 죽여 빼앗으면 될걸."

"위에서 내려온 명령이니 어쩔 수 없잖아. 뭐, 얼른 죽여버리는 편이 뒤탈 없는 건 확실하겠지만."

"저기, 죽이기 전에 즐겨도 되지?"

"히히히, 너도 좋아하는구나."

응. 그렇겠지. 죽이는 게 뒤탈 없겠지? 어차피 살아봐야 남에게 폐만 끼치는 쓰레기들이고. 애초에 프란을 어쩐다고? 죽여?

즐겨?

『야.』

"어——?"

『죽어.』

나는 얼빠진 얼굴로 돌아본 강도의 목을 단숨에 베었다. 그리고 즉시 수납했다. 자신들이 기습당했다고 생각하지 못했을 것이다. 위기 감지를 가지고 있었는데도 반응조차 하지 못했다. 생각이상으로 잔챙이였군.

그러면 좀 서두를까. 암살자 외에는 잔챙이뿐이라고 하나 기척 감지는 가지고 있다. 동료의 기척이 사라진 것을 바로 눈치챌 것이다.

나는 첫 번째 사람을 해치운 절차를 반복해 습격자들을 슥슥 지워갔다. 너무 간단했다.

역시 네 번째 시체를 수납한 시점에서 암살자를 포함한 생존자 두 명 이상을 알아차린 듯했다. 미세하게 기척에 혼란이 있었다. 하지만 도망칠까 말까 망설이는 사이에 나의 먹이가 됐다.

강도는 베어버리고, 암살자는 뇌명 마술로 마비시켰다. 의식이 미묘하게 남았지만 염동으로 머리를 후려갈겨 의식을 끊었다.

『좋아, 일단 돌아가자.』

나는 염동으로 암살자를 들어 사기꾼에게 보이지 않도록 사각인 점포 부분을 통해 안으로 들어갔다.

"——를 양보해주셨으면 합니다."

아무래도 사기꾼이 본제로 들어간 모양이다.

"마혼의 기원?"

"네. 당신이 도적 아지트에서 마혼의 기원을 입수한 것은 알고 있습니다. 그것을 양보해주셨으면 합니다."

"무슨 소리야?"

"시치미를 떼도 소용없습니다. 당신에 대해서는 조사했습니다. 어떠십니까? 1만 골드를 내겠습니다."

이봐, 쩨쩨하게 굴지 좀 마. 최저 10만 골드. 어쩌면 억이 나가는 보물이라고. 그걸 1만? 프란을 우습게 보는 건지, 진지하게 교섭할 생각이 없는 건지…….

아마 후자겠지. 암살자들을 숨겨두고 있는 점에서도 명백하다. 여차하면 힘으로 해보려고 할 것이다. 애초에 마혼의 기원을 입수한 걸 어디서 알았지?

우리가 그것을 가지고 있는 건 유진밖에 모를 텐데……. 그 사람이 퍼뜨린 건가? 아니, 그렇다면 우리에게 올 리가 없다. 마혼의 기원은 유진에게 맡겼으니까. 정보의 출처를 조사해야겠다.

"무슨 소린지 모르겠어."

"방금도 말씀드렸지만 조사는 했습니다. 얼버무려도 소용없습니다."

"몰라."

"휴우, 고집을 부리시는군요. 얌전히 파는 편이 당신을 위한 일이라고 생각합니다만."

오? 분위기가 좀 바뀌었다. 살짝 위압감을 내기 시작했다.

"이 이상은 얘기할 것도 없어. 돌아가."

프란에게는 전혀 의미가 없겠지만. 오히려 목소리가 커진 정도로밖에 생각하지 않을 것이다.

"자자, 그렇게 말씀하지 마십시오. 저로서는 마흔의 기원을 돌려받지 않으면 돌아갈 수 없습니다."

이건 이미 협박 아닌가? 프란이 평범한 소녀였다면 상당한 공포를 느꼈을 것이다.

그러나 프란은 조금 불쾌한 듯이 미간을 찌푸렸을 뿐 겁먹은 기색은 전혀 보이지 않았다.

"모른다고 했어. 바보야?"

오히려 조금 화가 났다. 놀이──같은 수행을 방해받아서 살짝 부아가 치민 거겠지.

"……건방 떨지 마라 계집애. 고작 모험가 주제에 우리한테 거역하면 다치는 걸로 안 끝날 거다."

드디어 본성이 나왔군.

"그건 내가 할 말이야. 사기꾼 따위가 건방 떨지 마. 스승의 작업을 방해한 너희는 만 번 죽어 마땅해."

아, 나를 위해 화내주고 있구나. 조금 기쁘다.

"좋아. 그 말 저세상에서 후회하게 해주마!"

그렇게 내뱉고 남자는 발뒤꿈치를 돌렸다. 밖에 있는 남자들을 쓸 생각일 것이다.

"크르르……."

하지만 울시가 벌떡 일어서 남자의 앞길을 막듯이 이를 드러냈다.

"이봐, 무슨 속셈이지?"

"애초에 이 집에서 나갈 수 있을 거라고 생각했어?"

"뭐라고! 내가 돌아가지 않으면 부하들이 가만히 있지 않을 거다."

진부하기 그지없군. 뭐, 기껏해야 계집애라며 깔보고 무방비하게 집으로 들어온 이 녀석의 패배다. 사기꾼 축에도 낄 수 없는 무방비함. 이류로군.

"부를 수 있으면 불러도 돼."

"좋다. 어이! 일이다!"

설령 집 안에서 소리쳤다고 해도 이렇게 소리가 크면 문제없이 바깥에 들렸을 것이다. 남자는 부하들이 밀려들어 오는 광경을 상상했을 것이다. 천박한 웃음을 띠며 프란을 봤다.

하지만 아무리 기다려도 아무 일도 일어나지 않았다.

"어, 어째서냐……."

"밖에 있는 녀석들은 스승이 정리했어."

"도, 동료가 있었던 거냐! 말도 안 돼, 그런 얘기는 들은 적이 없어!"

프란이 그대로 간단히, 부하를 계속해서 부르고 있는 사기꾼을 깔아 눌렀다. 아무리 프란이 모험가라고는 하나 저 가느다란 팔 하나에 자신이 눌린 것을 믿을 수 없을 것이다. 강한 혼란과 희미한 공포가 뒤섞인 표정으로 프란을 올려다보고 있었다.

그럼 정보를 뽑아보자. 일반적으로 사기꾼을 상대로 신문은 어렵겠지만 내게는 허언의 이치가 있으니 거짓말은 소용없다.

"무, 무슨 짓을 할 셈이냐! 이런 짓을 하고 그냥 넘어갈 거라고 생각하지 마라!"

"내 정보를 어떻게 입수했어?"

"글쎄? 어떻게 알았을——까아아악!"

프란이 넘어져 있는 사기꾼에게 약한 전격을 흘렸다. 무방비한 상태로 뇌명 마술을 맞은 사기꾼은 비명을 지르며 몇 초 동안 경련했다. 주방에서 피를 흘리고 싶지 않으니 맨손이나 전격이 유효한 것이다.

"허억허억."

"다시 한 번 물을게. 어떻게 내가 마혼의 기원을 가지고 있다는 걸 알았어?"

"말할 거라고 생각하──는 거아아아아아아악!"

꽤나 뻗대는군. 할 수 없이 암살자도 함께 신문하기로 했다.

『울시, 암살자를 데려와.』

"웡."

한쪽이 고통받는 모습을 보여줘서 공포심을 부채질하는 방법이다.

"어……어떻게."

울시가 식당에서 끌고 온 암살자를 보고 사기꾼이 소리를 냈다. 설마 이 암살자 정도 되는 실력자가 쉽게 잡혔을 줄은 몰랐을 것이다. 아니면 어느새 잡혔나 싶어서 놀랐나?

30분 후, 초췌한 남자들은 눈물을 흘리며 아는 것을 전부 불었다.

피가 흐르지 않도록 조심했는데 결국 눈물과 침과 오줌으로 바닥이 더러워졌군. 나중에 정화해두자.

"그럼 너는 이슬라 상회 사람이야?"

"네에에."

알아낸 것을 종합하면 이 녀석들은 이슬라 상회에 소속되어 있다고 한다. 고아원에 똘마니를 보냈을 가능성이 있는 상회의 이름이 여기에서도 나올 줄이야.

마혼의 기원을 구하고 있는 것은 그 이슬라 상회에 소속된 별종 연금술사인 모양이다. 모험가 길드에 잠입해 있는 연금술사 중에 이슬라 상회의 입김이 닿는 자가 있고, 마혼의 기원에 대한 정보는 그 녀석이 유진을 도청해 얻은 듯했다.

우리가 입수한 마혼의 기원은 애초에 별종 연금술사가 멀리서 주문한 물건으로, 비합법적 수송 루트를 경유해 오는 중이었다. 그 도적단은 장비나 아지트가 무척 충실했는데, 역시 단순한 도적단이 아니라 배후에 이슬라 상회가 있었던 것이다. 갖은 비합법적 활동을 도적의 짓으로 보이기 위한 외부 조직이었던 거겠지. 좋았어, 이로써 큐어 터메릭은 아무런 문제없이 쓸 수 있다는 걸 알았다.

프란은 연금술사가 있는 곳을 알아내려고 했지만 사기꾼은 정확한 위치를 알지 못했다. 다만 거점으로 삼은 곳 하나를 알아내는 데는 성공했다.

역시 전에 울시가 발견한 이슬라 상회의 저택이었다.

암살자도 이슬라 상회에 소속된 건 틀림없지만 사기꾼과는 사정이 조금 다른 듯했다. 암살자는 이슬라 상회에 고용되어 있지만, 그것은 표면상의 신분이고 실제로는 린포드라는 마술사를 섬기고 있었다. 린포드는 다른 대륙에서 온 뛰어난 마술사로, 범죄자나 외톨이 용병을 다수 산하에 거느리고 있다고 한다.

그리고 현재는 바르보라에서 활동하기 위한 거점을 얻기 위해 이슬라 상회와 손을 잡고 있었다.

이쪽도 역시 이슬라 상회와 관계가 있나. 렌길 선장은 가까이

하지 않는 편이 좋다고 충고했는데 저쪽에서 접근해왔군.

하지만 사기꾼과 암살자의 사이는 미묘한 느낌이었다. 원래 소속된 조직이 다르니 완전히 신용하지 않는 건 당연하겠지만, 그 이상으로 반목이 심했다.

암살자의 입장에서 보면 돈을 낸 것만으로 린포드 일파를 부하로 거뒀다고 생각하는 이슬라 상회는 대단한 실력도 없는 주제에 거만하게 구는 잔챙이라는 인상을 가지고 있는 듯했다.

이슬라 상회는 린포드 일파에 대해 큰소리를 친 주제에 일도 제대로 못하는 돈벌레라는 이미지를 가지고 있는 듯했다. 아무래도 암살자의 동료들이 커다란 실수를 저질렀는지 이슬라 상회는 그것을 은폐하느라 매우 바쁘다고 한다.

단결력이 부실하다고는 하나 상대는 나름대로 커다란 조직이다. 저쪽에서 이쪽으로 손을 뻗은 이상 상대에 대해 조사할 필요가 있을 것이다. 하지만 귀족이 관계되어 있을지도 모르는 곳에 들어가는 건 위험이 너무 큰데…….

그렇게 고민하고 있는데 남자들이 한심한 목소리로 간청하기 시작했다.

"이, 이제 아는 건 전부 말했습니다!"

"이 이상은 정말 아무것도 몰라!"

"응."

"푸, 풀어줘……."

뭐, 넘어갈 수는 없다. 다만 이 녀석들은 귀중한 증언자다. 죽이지 않고 의식을 빼앗기만 했다. 쓰러진 두 사람의 손발을 마법 실 생성으로 뽑은 실을 사용해 구속했다.

『그런데 이래저래 귀찮은 일이 됐어.』

이슬라 상회에서 주목하게 되면 앞으로도 시비를 걸 가능성이 높을 것이다.

렌길 선장이 이슬라 상회 이야기를 했었는데, 그가 알고 있다는 건 루실 상회 이외의 상회도 이슬라 상회의 정보를 쥐고 있다는 것일 테다. 그런데도 바르보라에서 활동을 이어가고 있다는 건 나름대로 확실한 뒷배가 있다는 뜻이다. 귀족과의 연줄이 있다는 소문도 진짜일 것이다. 그 저택에 영주의 마차가 들어가는 것을 봤다는 소문이 진짜라면 그 뒷배가 크라이스톤 후작일 가능성마저 있다.

그런데 이래서는 고아원 일을 영주에게 의논하기 어렵게 됐다. 이슬라 상회가 영주의 입김이 닿는 조직인 경우, 흑막에게 보호를 요청하는 정말 멍청한 꼴이 된다.

콘테스트도 있고 이슬라 상회에 대한 대처도 생각해야 한다. 이래저래 바빠지고 말았다. 가장 안전한 방법은 콘테스트를 사퇴하고 도시를 떠나는 건데……. 프란이 여러모로 의욕을 보이고 있는 이상 그 선택지는 절대로 고를 수 없다. 고아원 일도 있고 말이다.

『할 수 없지. 최대한 경계할 수밖에 없나.』

일단 영주인 로더스가 진짜 흑막인지 아닌지 확인하러 가자. 아직 소문 단계라서 분명히 해두고 싶었다. 할 일은 단순하다. 아무렇지 않게 만나러 가서 속을 떠봐 허언의 이치로 판별하면 된다. 다행히 우리는 영주관에 머물고 있으니까 만나러 가기 쉽다.

『그럼 일단 저택으로 돌아갈까.』

"응."

콘테스트를 위해 준비한 물품을 모두 차원 수납에 넣고 붙잡은 두 명을 원래 채소가 들어 있던 큼직한 자루에 넣어 울시의 등에 동여맸다. 이로써 눈을 떠도 도망칠 수 없을 것이다.

도중에 습격이 있을지도 모른다고 생각해 일부러 천천히 이동했지만 공격해 오는 녀석들은 딱히 없었다.

병사에게 한 번 제지를 받았지만 이름을 대니 즉시 통과됐다. 완전히 영주의 관계자로 이름이 병사들 사이에 전달된 모양이다.

뒷문으로 영주관에 들어가니 어떻게 알았는지 세바스찬이 맞이해줬다. 역시 집사. 빈틈이 없군.

"어서 오십시오."

그건 그렇고 집사가 맞이해주니 약간 들뜨는군.

게다가 울시가 짊어진 자루가 확연하게 꿈틀대고 안에서 사람의 것으로 짐작되는 신음소리가 들리는데도 동요하는 기색이 없었다. 시선은 그쪽으로 향해 있었지만.

"전하들께서 기다리고 계시니 바로 방으로 모시겠습니다."

왕족 남매를 만나는 건 강제인가. 뭐, 영주관 안에서 플루토 왕족 남매의 사정이 우선되는 건 당연하다.

"그 자루는…… 제가 맡아도 될까요?"

수상한 물건을 가진 채로 왕족 남매의 방에 들여보내고 싶지 않을 것이다. 아니, 애초에 영주가 뒤에 있는 경우 세바스찬도 적이 된다. 여기서 맡기면 입막음을 당할 가능성도 있었다.

"필요 없어."

"아니, 하지만……."

"응. 문제없어."

"그렇지만……."

무슨 일이 있어도 맡고 싶은 듯했다. 하지만 프란도 양보하지 않았다.

"알았어."

"알아주셨습니까."

"응. 이대로 안 된다면 얌전히 시킬게."

"네?"

프란은 울시의 등에서 자루를 내려 연속으로 스턴 볼트를 먹였다. 자루가 경련하듯 몇 번쯤 떨리더니 바로 움직이지 않게 됐다.

"이제 괜찮아."

"아, 네에."

세바스찬의 눈에 확연히 공포가 어려 있군. 결국 세바스찬이 굽혀서 울시가 등에 짐을 진 채 왕족 남매의 방으로 안내됐다.

플루토 왕자와 사티아 왕녀, 세리드가 일제히 맞이해줬다.

"여, 겨우 돌아왔구나."

"어서 오세요."

왕자도 왕녀도 진심으로 기쁜 기색으로 프란에게 말을 걸었다. 둘 다 프란이 너무 좋을 것이다.

"콘테스트 준비는 순조롭나?"

"응. 완벽해."

프란은 고개를 끄덕이고 엄지손가락을 치켜들며 대답했다.

"분명 카레를 사용한 요리를 낸다고 했지요? 결국 어떤 요리가 됐나요?"

"그건 나도 신경 쓰이는군."

"이거야."

흥미진진한 기색의 플루토 남매에게 프란이 카레빵을 테이블 위에 잔뜩 꺼냈다.

물론 모든 종류다. 나로서도 시식해주면 고맙다. 어차피 프란과 울시는 무엇을 먹여도 맛있다는 말밖에 안 해줘서 시식에는 부적합하기 때문이다.

"오오! 빵인가?"

"안에 카레가 들어 있는 건가요?"

"응. 카레빵. 이건 지고의 요리야."

"그, 그렇게까지?"

"응."

"꼭 먹을게요."

카레빵으로 손을 뻗는 두 사람. 당연히 독은 확인하지 않았지만 새삼스러운 일이다. 시드런에서도 프란이 내놓은 요리를 마구 먹었으니 말이다. 시종인 세리드도 두 사람을 저지하는 짓은 하지 않았다. 저 세리드가 가만히 보고만 있다니, 상당히 신뢰받고 있구나.

"맛있어!"

"맛있군. 이렇게 맵고 맛있는 건 먹은 적이 없어!"

호평이라 다행이다. 카레빵은 왕족에게도 통하는 건가.

"역시 카레가 최강이야."

"응, 프란이 그렇게 말하는 것도 이해가 가."

"정말이에요."

카레빵을 먹는 왕족 남매를 프란이 의기양양한 얼굴로 바라봤다. 맛있다는 말이 나올 때마다 고개를 꾸벅꾸벅 끄덕였다.

"포장마차 요리를 먹기는 어려우니까 여기서 먹어서 다행이야."

왕족이 포장마차에 갈 수는 없을 것이다. 하지만 누군가가 사다주면 되지 않을까?

"사오면 돼."

"그럴 수도 없는 게 왕족이야. 영주가 준비한 요리가 불만이냐는 말이 나올 테고, 독을 확인한다 뭐다 번거로울 테니까."

왕족쯤 되면 어떤 행동도 정치적인 의미가 생기는 모양이다.

그때 어린아이들이 찾아왔다. 그러고 보니 모습이 보이지 않았다. 게다가 그 얼굴에는 미묘하게 그늘이 져 있는 듯했다. 무슨일이 있었나? 여기는 귀족의 저택이니 뭔가 험담이라도 들었나?

"다들 왜 그래?"

프란이 걱정스러운 목소리로 물었다. 하지만 플루토 왕자가 가르쳐준 답은 하찮은 것이었다.

"아아, 그게 몸 상태가 별로 좋지 않은 모양이야."

"그, 배탈이 났나 봐요."

아이들은 어젯밤부터 상태가 안 좋아져서 아까까지 자고 있었다고 한다. 그래도 프란이 돌아오자 찾아와준 것이다. 귀족 저택에서 고급 식사를 하니 위가 깜짝 놀랐나?

"괜찮아?"

"그렇게 심하지는 않으니까 괜찮아. 그보다 그 빵 나도 먹어도 돼?"

"응."

야, 배탈 났잖아. 그 상태로 먹는 거야? 프란은 대부분의 사태는 맛있는 음식을 먹으면 어떻게든 된다는 맛있는 음식 지상주의자라서 의문스럽게 생각하지 않는 듯한데, 나라면 배의 상태가 나쁠 때 기름진 카레빵 따위는 절대 먹고 싶지 않을 것이다.

하지만 원래 부랑아인 소년들은 프란 뺨치게 식욕이 왕성한 모양이다. 눈앞에 있는 진귀한 음식을 받지 않는다는 선택지는 없는 듯했다. 가장 키가 큰 소프가 카레빵을 손에 들자, 키가 작은 테닐도 카레빵으로 손을 뻗었다. 가장 나이가 어린 소녀 아르티만은 망설이고 있었었다.

"마, 맛있어!"

소프가 즉시 카레빵을 물어뜯었다.

"이거라면 얼마든지 먹을 수 있을 거 같아!"

테닐도 세 입에 카레빵을 먹어치웠다. 그 후 두 사람은 경쟁하듯이 놓여 있는 카레빵을 먹으러 갔다. 엄청난 식욕이다. 그리고 기분 탓인지 안색도 좋아진 느낌이 들었다. 혹시 치유 효과가 있었던 걸까.

상태 이상을 치유하는 효과는 있는데 설사에도 효과가 있는 건가? 뭐, 몸이 치유된다고 하니 체내의 나쁜 것이 정화돼 설사가 낫는 일도 있을지도 모른다. 남아 있던 아르티도 두 사람이 너무나도 맛있다는 말을 연호해서 카레빵을 먹고 싶어진 듯했다. 결국 손을 뻗었다.

『프란, 슬슬 본제로 들어가자.』

"?"

아, 이거 카레빵을 칭찬받아서 만족했군. 본래 목적을 잊어버린 얼굴이었다.

『영주가 적인지 아닌지 확인하러 왔잖아?』

"그랬지. 완전히 까먹었어."

"왜 그러지? 프란."

"실은 부탁이 있어서 왔어."

"어머나, 뭔가요? 프란 씨의 부탁이라면 최대한 들어줄게요."

플루토 왕자의 의문에 프란이 대답하자 사티아 왕녀가 의욕 넘치는 얼굴로 프란의 손을 잡았다.

"응. 영주를 만나고 싶어."

"로더스 님을? 왜지?"

거기서 우선 두 사람에게 요 며칠 동안 있었던 일을 이야기하기로 했다.

고아원을 도운 일이나 도적의 아지트에서 이런저런 물건을 입수한 일. 그것들을 계기로 생긴 이슬라 상회와의 인연. 그리고 이슬라 상회의 뒤에 영주가 있을지도 모른다는 것도 솔직히 전했다.

"프란 씨, 파란만장하네요."

"어디를 가도 프란은 프란인가……."

왕족 남매는 조금 어이없어했다.

"그래서 영주를 만나서 적인지 아닌지를 확인하고 싶어."

"그렇군. 하지만 상대는 산전수전 다 겪은 귀족이야. 솔직히 이야기한다고는 생각할 수 없는데?"

"그건 괜찮아. 이 녀석들이 있어."

"이 녀석들?"

"응."

프란이 울시의 등에서 자루를 풀어 내용물을 그 자리에 내던졌다.

"꺅!"

미안. 둘둘 말린 성인 남성 둘의 모습은 사티아 왕녀에게는 자극이 너무 강했을지도 모른다.

"나를 습격한 이슬라 상회의 구성원이야. 영주관에서 자백을 받아 반응을 볼게."

"그렇군……. 알았다. 세리드, 바로 로더스 님과 면회할 준비를 해!"

"넷."

그리하여 세리드가 면회 약속을 잡아줬다. 역시 왕족. 5분도 지나지 않아서 영주가 스스로 찾아왔다.

"무슨 일이십니까?"

"바쁘신데 불러내서 미안합니다, 로더스 님."

"아닙니다. 전하께서 부르시는 것보다 우선할 일은 없습니다."

그렇게 말하면서도 그 눈은 약간 불안해 보였다. 밤에 중요한 이야기가 있다는 이야기를 듣고 불려왔기 때문일 것이다. 뭐든 좋으니 정보를 얻으려고 방 안을 눈으로 이리저리 둘러보고 있었다. 그리고 바닥에 쓰러져 있는 이슬라 상회의 두 사람을 보고 눈을 동그랗게 떴다.

"뭐, 뭡니까 그건!"

진심으로 놀란 것처럼 보이는군. 연기라면 대단하다.

"몰라?"

"무슨 소리지? 알 리가 없잖나."

"이 녀석들은 이슬라 상회의 구성원. 날 공격했어."

"무슨 소리지?"

역시 아무것도 모르는 것처럼 보이지만 여기서는 좀 더 공격해 보자.

"고아원은 알아?"

"고아원이라면 번화가의 고아원을 말하는 건가?"

"응. 지원이 끊겨서 비명을 지르고 있었어."

"뭐라고?"

모르는 건가? 아니, 작은 고아원으로 보내는 보조금에 대해서 영주가 일일이 파악하고 있을 리가 없나. 그래도 프란은 일의 경과를 영주에게 이야기했다.

어째선지 전조도 없이 고아원에 대한 지원이 끊겨서 관청에 호소해도 아무런 보상도 받을 수 없다는 것. 그 탓에 자금 융통이 힘들어져서 사기꾼에게 속았을 가능성이 있다는 것. 그리고 그 사기꾼은 이슬라 상회의 사람이라는 것.

더 나아가 영주와 이슬라 상회가 한패인 듯한 인상을 받았다는 뜻을 넌지시 풍겼다.

"우연히 보조금이 끊긴 타이밍에 사기꾼이 나타난 건 너무 아귀가 딱 맞아."

"내, 내가 그런 사기 같은 행위에 가담했다는 거냐!"

"그렇게는 말 안했어. 하지만 영주의 정식 인가 도장이 찍힌 서류가 와 있었어. 그걸 이슬라 상회에서 어떻게 알았는지 의문이야."

"마, 말도 안 돼! 나는 그런 서류에 도장을 찍지 않았다!"

"기억해?"

"물론이다! 그 정도도 기억하지 못하면 대도시의 영주를 할 수 없다!"

오오, 단언하는군. 하지만 이것은 거짓말이 아니다. 크라이스 톤 후작은 정말로 고아원에 대해 모르는 듯했다. 즉, 후작이 범인이 아니라 그 이름을 이용해 상회와 함께 악행을 저지른 관리가 있다는 뜻일까?

"하지만 결제 도장을 무단으로 쓸 수 있는 사람은……."

후작이 심각한 얼굴로 중얼거렸다. 아무래도 후작에게 상당히 가까운 사람이 배신한 것 같았다.

"그러면 당신은 이슬라 상회와 관계없어?"

"당연하다!"

화를 버럭 내며 그렇게 외치는 로더스. 그 말에 거짓은 없었다. 즉, 녀석들의 배후에 있는 것은 영주가 아니었다는 건가. 위험하다, 여기서는 순순히 사과하자.

"……의심해서 미안합니다."

"아니, 이쪽이야말로 사과하지. 이거 집안에 완전히 터무니없는 짓을 저지른 자가 있군……."

여기서 프란에게 머리를 숙이고 사과하다니, 이 후작님을 조금 얕봤는지도 모르겠다. 생각 이상으로 공명정대한 사람인 모양이다.

"로더스 님, 저도 사죄드립니다."

"조금 의심하고 말았습니다."

"지금 이야기를 들으면 당연할 겁니다. 저라도 의심하겠죠……. 그런데 그 이슬라 상회의 구성원이라는 남자들은 이쪽으로 넘겨

줄 수 있겠나?"

"응. 상관없어."

시치미 떼는 크라이스톤 후작의 거짓말을 이 녀석들의 증언으로 무너뜨릴 셈이었지만 후작은 흑막이 아닌 것으로 판명됐으니 완전히 쓸모가 없어졌다. 오히려 떠맡아줬으면 할 정도다.

"그런가. 잠시 기다려주게. 이봐, 들어와."

로더스가 방 밖으로 소리 쳤다. 그러자 체격 좋은 청년이 방으로 들어왔다.

어딘가 로더스를 닮은 금발 벽안의 귀공자 같은 외모지만 그 몸은 두꺼운 근육으로 둘러싸여 있었다. 키도 190센티미터 이상 될 것이다. 명백하게 전투를 생업으로 삼는 인간의 분위기를 몸에 휘감고 있었다.

"이쪽은 제 장남인 필립입니다."

"필립 크라이스톤이라고 합니다. 기억해주십시오."

상당히 강하군. 감정에서 표시되는 스테이터스가 코르베르트에 달했다.

"필립은 현재 기사단장을 맡고 있어서 월연제 중에는 좀처럼 시간이 나지 않지만, 겨우 집으로 돌아왔습니다. 전하들께 인사를 시킬 생각이었습니다만……."

후작은 필립에게 이슬라 상회의 두 사람을 데려가 신문하도록 명령했다. 당연히 무슨 일이 있었는지도 설명했는데, 그에 대해 필립이 한 말이 조금 예상 밖의 것이었다.

"아버님, 이슬라 상회의 부하라면 어제도 포박에 성공했습니다."

놀랍게도 그 녀석들 이외에도 잡힌 구성원이 있다고 한다.

201

"죄상은 뭐지?"

"어제 봉납 의식 중에 무용수를 유괴해 의식을 방해하려고 한 혐의를 받고 있습니다. 분명 포박에는 전하의 친구 분께서 관련 돼 있다고 생각합니다만."

그 말에 플루토가 고개를 갸웃했다. 그리고 바로 프란을 봤다.

"내 친구라고?"

"네. 프란이라는 이름의 모험가 친구 분께서 계시다고 하셨죠?"

"응? 나?"

프란이 포박에 관련되다니, 혹시 골목에서 울시가 쓰러뜨린 그 오인조를 말하는 건가? 병사에게 맡겼는데, 제대로 감옥에 가둔 모양이군. 다만 프란이 포박에 손을 빌려줬다는 이야기가 된 듯 하지만.

"저기, 아가씨가 프란 님이십니까?"

"응."

"실력이 굉장한 모험가라고 들어서 어떤 몸집 큰 여자라고 생 각했습니다만, 설마 이렇게 가련한 아가씨였을 줄이야. 놀랐습 니다."

무골로 보여도 역시 대귀족의 장남. 경박한 말이 쉽게 나오는 모양이다. 다만 거기에 나쁜 감정은 보이지 않았다. 솔직하게 생 각한 것을 입에 올렸을 뿐인 듯했다. 대귀족의 장남으로서는 조 금 지나치게 솔직하다는 느낌도 들지만, 적어도 악인은 아닌 것 같았다.

"그런데 어제 붙잡은 그 도둑들 역시 이슬라 상회의 부하였습 니다. 의식이 실시되기 전에 무용수인 샤를로트 양을 납치하라는 명령을 받았다고 합니다."

여기도 저기도 이슬라 상회로군.

"어째서 샤를로트를 노렸지?"

"거기까지는 모르지만 의식을 방해할 목적이 있었던 것은 확실한 것 같습니다. 그리고 그녀는 외모가 예쁘니 죽이기보다 납치하는 편이 좋다고 생각해도 이상하지는 않다고 추측하더군요."

필립이 남자에게서 신문으로 얻은 정보를 이야기했다. 그렇게까지 새로운 정보는 없었지만, 이슬라 상회 전체가 활발하게 움직이고 있다는 사실은 알 수 있었다. 우리가 잡아온 두 사람은 필립에게 연행됐고 로더스도 사실 관계를 급히 밝혀야겠다고 말하고 떠나갔다. 영주의 결제 도장이 부정하게 사용된 일은 상당한 사건이니 당연할 것이다.

필립이 물러나기 전에 질문을 몇 개 던졌지만 그 대답은 전혀 거짓이 아니었다. 역시 보이는 대로 우직하고 꾸밈없는 기사단장인가 보다.

영주와 장남은 무죄인가. 그것을 안 것만으로도 커다란 수확이었다.

"이거 이 도시가 조금 흔들릴지도 모르겠군……."

"그러네요. 우리도 조금 주의해요."

"응. 그게 좋겠어."

"프란은 이제 뭘 할 거지?"

"주방으로 돌아가 내일 준비를 계속할 거야."

"괜찮나요? 오늘 청도는 저택에서 묵는 편이 좋지 않을까요?"

"울시도 있으니까 괜찮아."

결국 우리를 말리는 왕자님 남매의 말을 거절하고 저택을 나왔다. 두 사람 모두 프란과 울시의 힘을 알고 있으니 어떻게든 허락해줬다.

그리고 저택을 나오기 전에 사용인들에게 카레빵을 대량으로 주고 왔다. 이래저래 시끄럽게 했으니 말이다. 아무리 주인인 귀족과 친분이 있다고 해도 저택 업무의 태반은 사용인이 하고 있다. 그들에게 뇌물을 줘서 손해는 없는 것이다. 며칠은 한밤중에 드나들 것 같으니.

『내일을 향해 라스트 스퍼트로군.』

"응!"

다음 날 아침. 우리는 요리 길드에서 콘테스트 최종 주의 사항을 듣고 있었다.

어젯밤에는 다시 이슬라 상회의 습격이 있을 것이라고 생각했지만 전혀 없었다. 다만 그것으로 끝이라고는 생각할 수 없으니 마음을 놓을 수는 없다. 공격해 오면 반격해주지.

"그러면 최종 확인입니다. 예선 개시는 12시부터이고 요리 길드를 출발하는 것은 10시. 두 시간 동안 노점을 열 장소를 결정해 주십시오. 항만 지구, 상업 지구, 일반 거주 지구라면 어디든 상관없습니다. 다만 부지의 소유자가 거절한 경우에는 장소를 이동해주십시오. 또한 12시보다 전에 장사를 개시하는 것은 인정할수 없습니다. 위반한 경우에는 실격이 되니 주의해주십시오."

주위에는 우리와 마찬가지로 2차 예선 참가자들이 모여 있었다. 이 자리에 있는 것은 각 점포의 주인과 그 조수가 각각 한 명

씩이다. 그 이상이 되면 다 들어올 수 없기 때문일 것이다.

이 자리에 프란과 함께 있는 것은 코르베르트다. 판매원 세 명은 밖에서 포장마차 준비를 하고 있다.

"이봐, 스승님은 아직 안 오신 거야?"

"응. 어디서 지켜보고 있어."

어디라고 해야 할까, 프란의 등에서 보고 있지만. 그건 그렇고 프란이 상당히 주목받고 있군.

"저게 소문의――."

"그 메캠 옹의 입에서 맛있다는 말이 나오게 한――."

"아직 어린애인데――."

어린아이라서 우습게 보는 것은 아닌 듯했다.

아무래도 그 메캠 심사원은 유명인인 모양이다. 요리사의 긍지 어쩌고는 둘째 치고 맛은 맛있다고 했다. 그 이야기가 퍼져서 경계를 받고 있는 것 같았다. 함께 있는 코르베르트가 놀란 얼굴로 물었다.

"프란, 스승님은 혹시 메캠 옹의 추천으로 예선을 통과한 거야?"

"응? 누구야?"

"메캠 옹 말이야! 요리 길드의 간부이자 미식가인!"

듣자하니 요리 길드의 대간부 몇 명에게는 자신이 인정한 가게나 요리사를 2차 예선에 추천할 권리가 있다고 한다. 다만 메캠은 평가가 무척 박하기로 유명한 인물이라 누구도 추천한 적이 없는 편이 많았다나. 그 메캠의 추천을 받은 검은 꼬리가 주목받는 것은 당연한 일이었다. 1차 심사가 상당히 간단하다고 생각했는데, 추천이었군.

"녀석의 코를 반드시 눌러줄 거야."

"오오, 굉장한 기백이야⋯⋯!"

"꼭 결승전에 갈래."

"그래! 그러기 위해서라도 힘내자고!"

그리고 모든 설명이 끝나고 2차 예선 참가자들은 요리 길드 밖으로 나왔다. 길드 앞 광장에는 참가자들의 포장마차가 늘어서 있었다. 물론 우리 포장마차도 있다. 주문대로 간판이 달리고 조리 설비가 적은 타입의 포장마차다. 겉보기는 이른바 일본인이 포장마차라는 말을 듣고 상상하는 것이 아니라 지붕에 선루프 같은 컬러풀한 천을 댄 서양식 형태에 가깝다. 꿈나라에서 팝콘을 팔 법하다고 하면 이해할 수 있을까.

상당히 눈에 띄는군. 아무튼 미소녀 메이드가 세 명이나 붙어 있다.

"오늘은 저희도 열심히 할게요."

"잘 부탁드려요—."

"후후. 귀엽죠?"

그렇다, 판매원 세 명과 프란은 코르베르트가 준비한 고스 로리타 메이드복으로 몸을 감싸고 있었다. 하늘하늘하고 고딕틱해서 엄청나게 귀여운 메이드복이다. 코르베르트, 어디서 빌려온 거야. 나이스! 방어력이 전무한 데다 작업에는 전혀 적합하지 않지만 귀여우니 허락하지!

다른 참가자들도 판매원으로는 예쁘장한 여자를 세웠다. 귀여운 여자아이가 판매하면 매상이 올라가는 것은 어느 세계나 마찬가지로군. 뭐, 프란 수준의 미소녀는 없지만.

"어제 준 카레빵은 맛있었어! 정말로! 하지만 그것만으로 예선을 통과할 수 있을지는 모르니 이 옷이 비밀 병기야."

"거기다 저와 코르베르트 씨가 다양한 판매법을 생각했으니까 프란 씨는 마음 푹 놓고 계세요."

주디스도 의욕 가득한 모습으로 가슴을 탕 두드렸다. 아무래도 어제 먹인 카레빵과 카레라이스, 다른 식사가 충격이었던 모양이다. 예선을 돌파하면 더 화려한 요리를 먹여준다고 하자 터무니없이 의욕을 보였다.

"저도 열심히 팔게요―."

"내 색기로 남자들을 끌어들일게요."

마이아가 양손을 꼭 쥐고 기합을 넣었고, 리디아가 자신의 치마를 살짝 들어 올리며 우흥 하고 섹시 포즈를 취했다. 의욕이 있는 건 좋은 일이다. 하지만 그 포즈는 상스러우니까 관둬!

그 후, 우리는 다른 포장마차에 섞여 목적지로 이동을 개시했다. 검은 꼬리의 포장마차를 끌고 있는 것은 코르베르트다. 처음에는 울시에게 끌게 할 생각이었지만 조금 나쁜 의미로 눈길을 끌지도 몰라서 그만뒀다.

사전에 정해둔 판매 예정 장소 후보로 향하는 도중에 뒤를 따라오는 녀석들이 있어서 방해나 뭔가로 생각했는데, 아무래도 손님인 듯했다. 관심 가는 포장마차를 따라가 예선 개시와 동시에 줄을 서서 사먹는다나. 그들은 경쟁률이 낮아 보이는 신규 출장 포장마차를 노리는 손님이라고 한다.

그 수는 차츰 늘어나 우리를 졸졸 따라오는 인원은 50명이 넘었다. 처음 참가하는 우리는 이 정도로 그쳤지만 유명한 참가자는 300명 정도를 이끄는 대이동이 된다고 한다.

이 콘테스트를 조금 얕봤을지도 모르겠다. 예상 이상의 규모였다.

포장마차 뒤를 졸졸 따라오는 손님을 바라보며 프란도 놀라고 있었다.

"굉장한 인파야."

"하하하, 바르보라의 삼월제는 크란젤 왕국 3대 축제 중 하나야. 그 축제 도중에 실시되는 다양한 이벤트 중에서도 봉납의 의식, 음유시인 콘테스트와 함께 요리 콘테스트는 유명한 이벤트니까. 이 정도로 놀라면 몸이 못 견뎌."

"다른 3대 축제는 뭐야?"

"왕도의 신년제, 울무토의 던전제야."

"신년제는 바르보라의 월연제와 비슷해요—."

작년 마지막 월연제와 신년제는 동시에 실시되는 일대 행사라고 한다. 다만 축제의 내용을 들어보니 확실히 바르보라의 월연제와 비슷했다. 봉납의 의식에 늘어서는 노점. 다른 건 자잘한 이벤트의 내용과 국왕의 인사 정도일까.

던전제는 어떤 축제지? 월연제는 아닌 것 같은데.

"던전제는 피가 끓고 살이 튀며 뼈가 부서지는 모험가의 축제."

어? 뭐야, 그 위험한 축제는.

"뭐, 리디아의 말대로 상당히 격렬한 축제인 건 확실해요."

"뭘 해?"

"던전제라는 이름이 붙어 있지만 내막은 무도 대회야."

"크란젤에서, 모험가의 숫자가 가장 많은 도시에서 실시되는 무도 대회예요—."

무도 대회구나. 그거 재미있겠군. 참가하든 안 하든 가볼 가치는 있지 않을까?

"언제 있어?"

"4월 말. 지금부터 한 달 뒤로군. 울무토에서 던전이 발견된 날을 기념해 실시되지."

시간도 딱 좋군. 이 뒤에는 울무토로 갈 생각이니 좋은 이야기를 들었다.

그런 이야기를 나누다 보니 바로 목적지에 도착했다.

"좋아, 도착했군."

확실히 무도 대회는 신경 쓰이지만 지금은 콘테스트에 집중하자. 우리가 온 곳은 모험가 길드 등이 늘어선 광장이다. 일단 사람이 많아서 행렬이 생길 법한 장소로 온 것이다. 바로 노점 앞에는 50명이 넘는 줄이 생겼고 말이다. 주민들도 규칙을 알고 있는지 줄은 질서정연하게 생겼고, 12시 전에 팔라고 말을 하는 손님은 한 명도 없었다.

우리는 광장 북쪽이 있는 시계탑 앞에 자리 잡기로 했다. 그리고 프란의 차원 수납에서 카레빵을 꺼내 진열해갔다. 하나에 10골드라 적힌 간판도 달고, 기름을 담은 냄비도 풍로에 설치했다.

"이거 굉장하네요—. 프란 씨가 생각하신 건가요—?"

"스승이."

"오오, 역시 스승님. 이런 데까지 정통했을 줄이야."

"상인도 비슷한 것을 가지고 있지만 이렇게 크고 모든 동전을 쓸 수 있는 건 처음 봤어요. 노점에서 사용할 용도로 일부러 설계

한 건가요?"

"응, 맞아."

"마검 소녀의 스승님은 재주가 많으시네요."

"응. 스승은 대단해."

판매원들이 입을 모아 칭찬하고 있는 것은 내가 준비한 금전등록기 대용 목제 동전 계수기다. 지구에도 있던 동전 계수기를 나무로 재현했을 뿐인데, 이것이 상당히 희귀한 모양이다. 동전마다 홈의 크기를 맞추고 눈금까지 달려 있으니 말이다. 주디스는 상인의 딸답게 상당히 관심을 보였다.

사용하기에도 문제없는 듯하니 속도가 한층 더 올라가기를 기대할 수 있을 것이다. 세 계산대에서 대량 판매를 실시하는 것이 내가 세운 작전이다.

준비도 대강 끝나서 프란과 사람들은 점심을 먹기 위해 포장마차에서 조금 떨어진 곳에 앉았다. 콘테스트가 개시되면 바빠질 게 확실하고 어쩌면 이 뒤로는 쉴 여유도 없어질지도 모르기 때문이다. 아니, 그렇게 되면 좋겠다.

"자, 이게 점심밥이야."

프란이 꺼낸 점심을 보고 코르베르트와 판매원들이 환성을 질렀다.

"기다렸어!"

"이것을 위해서 의뢰를 받았다고 해도 과언이 아니니까요."

"아침도 훌륭했어요—."

"그 계란 샌드위치…… 주륵."

간단히 만든 특제 계란 샌드위치가 호평이어서 점심도 샌드위치로 했다. 계란 샌드위치 외에도 돼지고기 구이, 치킨 데리야키, 참치가스를 준비해봤는데…….

"맛있어——!"

"아, 잡지 마, 리디아! 프란 씨도!"

"후후후."

"약육강식."

"그럼 이것도 가져갈게—."

"아아! 마이아까지!"

"이 주스도 진하군! 엄청 맛있어!"

그것은 점심식사라는 이름의 전장이었다. 50개나 준비한 샌드위치가 다섯 명의 위장으로 순식간에 들어가고 말았다. 오히려 부족할 정도였다. 아직도 누가 누구 거를 옆에서 훔쳤다든가 자기는 어떤 맛을 전혀 먹지 못했다든가로 옥신각신하고 있었다. 이 뒤에 판매를 맡아줘야 하는데 사이가 나빠지지는 않겠지?

참고로 포장마차는 요리 길드의 감시원이 보고 있어줬다. 부정이 없는지 감시하기 위한 직원은 모든 포장마차에 한 명씩 있다고 한다. 또한 팔린 양을 집계하고 사전에 신청한 소재를 속이지 않았는지 등을 감시한다. 회유하거나 속이려고 하면 즉시 실격된다나. 감시원에게도 샌드위치를 건네려고 했지만 거절당했다.

다만 그 눈은 마지막까지 샌드위치에 고정돼 있었다. 가련한 역할이로군.

"맛있어! 하지만 포장마차의 상품은 이거보다 맛있단 말이지!"

"저희가 사재기하고 싶을 정도예요."

코르베르트와 리디아가 과장되게 외쳤다. 그러자 그 말을 들은 구경꾼 중 몇 사람이 줄을 서기 위해 행렬로 달려갔다. 이제 백 명은 족히 넘겠군. 이거 바빠지겠어.

그리고 나의 예감은 적중했다.

"네, 플레인 세 개, 중간 매운맛 두 개입니다."

"아주 매운맛 네 개입니다—."

"30골드입니다."

오후 3시가 넘어도 손님이 끊이지 않았다. 늘 백 명 정도의 줄이 생겨 있었다. 이미 네 번이나 차원 수납에서 보충했다. 판매는 리디아를 비롯한 주홍 소녀에게 맡기고, 프란은 카레빵을 튀기는 냄새를 풍기고 코르베르트는 행렬 정리를 하고 있었다.

"여, 아가씨. 우리 왔어."

"응."

"선전도 해놨어."

도적에게서 구해준 농민들과 모험가들도 착실히 와줬다. 게다가 빈틈없이 선전해준 모양이다.

"한 개에 10골드입니다! 어린아이라도 먹을 수 있는 플레인, 향신료가 매콤한 중간 매운맛, 입에서 불이 나는 아주 매운맛의 세 종류가 있습니다!"

코르베르트는 줄을 선 사람들에게 설명해 사전에 무엇을 살지 생각하도록 유도하고 있었다. 우리 가게는 속도가 승부니 말이다. 주디스도 말했지만 절반 이상의 사람은 사전에 살 가게를 결정했다. 하지만 그렇지 않은 사람도 많다. 그런 사람들의 입장에서 보면 줄이 짧은 검은 꼬리는 선뜻 줄서기가 쉽다냐. 좋은 정보다.

아니, 이게 짧은 건가. 다른 가게의 줄은 얼마나 되는 거지? 나라면 절대로 줄서고 싶지 않다. 생전에 맛있다고 소문난 팬케이크를 먹으러 갔는데도 불구하고 줄이 너무 긴 바람에 질려서 옆에 있는 라면 가게에서 만두 정식을 먹고 돌아온 적이 있기 때문이다.

"귀중한 마법 식물을 사용한 치유의 요리! 여기서만 먹을 수 있습니다! 땀이 나고 피부도 젊어지는 데다 몸속부터 아름다워질 수 있는 최강의 요리입니다!"

코르베르트가 큐어 터메릭을 전면으로 내세워 호객 행위를 실시했다. 일반인에게는 고급품인 마법 식물이 들어간 사실이 상당한 어필 포인트라고 한다.

하지만 순조롭던 포장마차에 찬물을 끼얹는 녀석들이 나타났다.

"우에에에엑! 맛없어 보이는 걸 팔고 있잖아!"

"이런 허접한 빵 같은 걸 누가 사먹겠냐!"

우와아. 세기말 주민이 왔다. 모히칸에 징 박힌 가죽 재킷. 판타지 느낌이 전혀 없는 차림을 하고 있군. 뻔히 보이는 방해다. 다른 참가자가 고용한 똘마니겠지.

스테이터스를 확인해보니 엄청나게 약했다. 외모가 험상궂으니 일반인을 상대로는 위협할 수 있겠지만 모험가가 상대라면 햇병아리 수준이다. 아니, 평범한 요리사가 상대라면 이래도 충분한가?

"어이, 얼른 꺼져!"

"어차피 맛도 없는 게! 보기만 해도 토가 나온다고!"

"뭣하면 우리가 가게 닫는 걸 도와주지! 물리적으로 말이야!"

그렇게 말하고 곤봉 같은 것을 꺼내는 똘마니들. 손님에게서

꺄악 하는 비명이 나왔다.

하지만 다음 순간에 똘마니 전원이 땅바닥에 쓰러졌다.

카레빵을 튀기고 있었을 프란이 어느새 똘마니들의 뒤에 서 있었다. 뭐, 녀석들이 카레빵을 맛없다고 한 순간부터 움직이기 시작했지만 말이다.

뇌명 마술에 마비된 세 똘마니는 움직이지 못했다.

판매를 얼른 재개하고 싶지만 정보도 얻고 싶군.

『프란, 일단 이러면 돼. 나머지는 내게 맡겨.』

'응. 알았어.'

『울시, 모두 이쪽으로 데려와.』

"윙."

나는 울시에게 명령해 똘마니를 포장마차 뒤쪽에 있는 골목으로 끌고 오게 했다. 포장마차 앞에 계속 쓰러져 있으면 보기에도 좋지 않고 일반 손님이 무서워하니까.

나는 울시가 옮겨온 똘마니들을 분신을 생성해 골목 안쪽으로 더 옮긴 다음 스톤 월의 벽으로 둘러쌌다. 그리고 사일런스 술법도 써서 비명 대책도 만전을 기했다. 이로써 이 벽 안에서 무슨 일이 벌어지든 밖으로 참극의 내용이 전해질 일은 없다.

『뭐가 나오려나…… 큭큭큭.』

그렇게 기분을 냈지만 참극은 전혀 일어나지 않았다. 피 한 방울도 흐르지 않았다.

옆에서 대기하고 있는 거대 늑대 버전 울시가 어지간히 무서웠던 듯했다. 가볍게 으르렁거리기만 해도 겁먹은 표정으로 비명을 질렀다. 순순히 이야기해줄 것 같군. 창조한 분신으로 남자들에게 질문을 던졌다.

"묻고 싶은 게 있어. 얘기하면 아무 짓도 안 한다고 약속하지."

"뭐, 뭐든 얘기할게! 얘기할 테니까!"

"그 괴물을 치워줘!"

눈물을 흘리며 애원하는 똘마니들. 왠지 내가 악당 같은데? 열받아서 한 방 정도 먹여줄까 했지만 지금은 이야기를 듣는 게 먼저라는 것을 떠올렸다.

"그럼 우선은——."

그 뒤로는 순조로웠다. 무엇을 물어도 거짓말 한 번 하지 않고 모두가 순순히 대답해줬다.

이 녀석들은 모험가나 용병이 될 용기도 기개도 없이 도시에서 일반인에게 돈을 빼앗는 정도밖에 능력이 없는 똘마니 미만의 불량소년들이라고 한다. 외모가 험상궂어서 몰랐지만 전원이 아직 스무 살 미만이었다.

"그런 불량소년이 왜 검은 꼬리에 해코지를 하지? 돈이 목적이냐?"

"고, 고용됐습니다!"

어젯밤, 잘 모르는 남자에게 고용됐다고 한다. 한 사람에 1만 골드를 흔쾌히 낸 상대였다고 했다.

의뢰 내용은 지정한 포장마차에 해코지를 해 포장마차를 파괴하는 것. 아무래도 여러 불량 그룹이 고용돼 움직이고 있는 듯했다. 이 녀석들은 평소 여섯 명 정도가 같이 다니는데, 오늘은 반으로 나뉘어 행동하고 있다고 한다. 사내가 이 녀석들에게 공격하도록 지정한 곳은 검은 꼬리와 바르보라 고아원이었다.

고용주의 정체를 물어봤지만 아무것도 몰랐다. 정말 쓰고 버리는 심부름꾼이었나 보다. 얼른 위병에게 넘기자.

"이봐."

"네, 네."

"너희는 이제 위병에게 넘길 거야. 그쪽에서 묻는 말에 전부 대답해."

"아, 알겠습니다!"

"단, 우리에 대해서는 절대 떠들지 마. 떠들면 죽여버린다."

　내 협박을 듣고 소년들이 창백한 얼굴로 부들대며 고개를 끄덕였다.

"저, 절대로 말 안 하겠습니다!"

"정말입니다!"

　하지만 위험만 넘기면 똑같은 짓을 하는 것이 불량소년이라는, 침팬지 이하의 지능밖에 없는 단세포 생물의 생태다. 못을 박아두어야 한다. 나는 손가락을 마력으로 빛나게 해 소년들의 볼에 순서대로 내밀었다.

"왜, 왜 이러십니까……?"

"너희들한테 저주를 걸었다. 나에 대해 누군가에게 얘기하면 내게 전달돼."

"힉!"

　딱히 아무 짓도 하지 않았다. 그저 허세다. 하지만 소년들은 믿은 듯했다.

"앞으로는 되도록 개심해라. 다음에 만났을 때 멍청한 짓을 하고 있으면 이 마랑이 땅 끝까지 쫓아가 너희를 산 채로 물어죽일 테니까."

"개, 개심하겠습니다!"

"이제 나쁜 짓은 절대 안 하겠습니다!"

"그러니까 목숨만은 살려주십시오오!"

그리하여 불량소년들은 코르베르트가 불러온 위병에게 연행돼 갔다.

내내 겁먹은 표정의 그들을 보고 코르베르트가 의아한 표정을 지었지만 딱히 질문을 하지는 않았다. 프란이 뭔가를 했다고 생각했는지, 그뿐이었다. 이 세계에서는 보복이나 복수가 정당한 권리로 인식되고 있으니까 불량소년에게 뜨거운 맛을 보여주는 정도는 당연한 범주에 들어갈 것이다.

『프란, 고아원이 위험해.』

그들에게서 알아낸 해코지에 대한 정보를 재빨리 프란에게 전했다. 그러자 프란이 심각한 표정으로 고개를 끄덕였다.

'스승, 가줘.'

『내가?』

'나는 여기에 없으면 안 돼. 그러니까 스승이 가줘.'

그랬다. 이 포장마차의 책임자는 프란이었다. 출장자는 나로 되어 있지만 대리로 프란이 등록되어 있었다. 길드의 감시원도 있으니 프란은 이곳을 떠날 수 없다.

나로서는 프란을 남겨두고 가기가 불안하지만, 고아원을 내버려 두면 프란도 진정하지 못할 것이다. 사실은 울시만 보낼 셈이었는데…….

『그러면 나랑 울시만 갈게.』

'응! 부탁해. 가게는 맡겨줘.'

얼른 고아원을 구하고 돌아오자.

『무슨 일이 있으면 코르베르트를 의지해.』

'알았어.'

『울시, 부탁한다.』

"워후!"

울시가 나를 그림자에 넣었다. 이럴 때 검인 몸은 편리하다. 생물이 아니라서 도구로 수납될 수 있다. 게다가 그림자 안에서 밖을 볼 수도 있다.

『가자!』

"웡웡!"

울시는 최대한 눈에 띄지 않도록 하며, 동시에 전속력으로 도시를 달렸다. 도중에 순찰병이 쫓아오는 일도 있었지만 사람의 다리로 울시를 따라올 리가 없었다. 또한 눈에 띄도록 매단 종마 증 덕분인지 생각보다 혼란은 적은 것 같았다. 전혀 없지는 않았지만 말이다. 도중에 놀라게 만들거나 울리고 만 소년 소녀들에게는 마음속으로 사과하자.

『보인다.』

"웡."

고아원의 포장마차는 특별히 혼란도 없이 사람들이 줄서 있었다. 300명 이상 되지 않을까? 역시 인기 가게다. 울시는 사람들의 머리 위를 공중 도약으로 달려 나가 고아원의 부지에 내려섰다. 바로 아이들이 제각기 다가왔다.

"아! 울시다!"

"울시!"

"무슨 일이야?"

어제 잠시 접촉했을 뿐이지만 고아원 아이들은 울시를 기억해 준 모양이다.

얘들아, 일은 안 도와도 되니? 그렇게 생각했지만, 포장마차 심부름은 주로 나이 많은 아이들이 하고 작은 아이들은 단순한 분위기 메이커인가 보다.

아이들에게 쓰다듬을 받으며 울시는 한껏 만족스러워했다. 보통 사람은 대개 기가 죽으니 말이다. 아이들은 고아원을 구한 프란이 키우는 개인 울시에게 호의적이어서 무서워하는 아이는 전혀 없었다.

다만 소동은 일어나고 있지 않았다. 똘마니들은 어떻게 된 거지?

울시도 즐거워하고 있으니 잠시 기다려보자. 아무 일도 없으면 그건 그것대로 좋다. 그런 생각을 한 직후였다.

"이봐, 이 수프는 뭐야! 이쪽은 돈을 냈는데 쓰레기 같은 야채가 들어가 있잖아!"

"죄, 죄송합니다."

"닥쳐! 지금 당장 가게 접어! 그러면 용서해주지!"

"하, 하지만……."

"반항하는 거냐?"

"으으……."

기시감이 드는군. 아까 우리 포장마차에 온 불량배와 똑같은 남자들이 이오 씨와 판매하는 아이들에게 시비를 걸고 있었다.

"요, 용서해주세요."

"으아앙!"

"히잉!"

"닥쳐!"

"우릴 짜증나게 한 벌이다! 무릎 꿇어!"

불량배들에게 협박당해 얼굴이 창백한 이오 씨와 울음을 터뜨리는 아이들. 이거 심한데.

『울시.』

"크르르르."

울시가 고아원에서 뛰쳐나와 불량배들을 위압했다. 이걸로 겁먹고 도망치면 약간의 처벌 정도로 끝내주겠지만——.

"어엉? 이 개는 뭐야?"

"이 몸에게 뭘 으르렁대고 있어!"

명백하게 겁먹었지만 도망치는 건 자존심이 막는 거겠지. 곤봉을 땅바닥에 내리치며 울시를 위협했다. 커다란 모습으로 나가는 게 나았나? 하지만 이 주변은 사람이 너무 많아서 울시가 본래 크기로 날뛰면 확실히 패닉이 일어날 것이다. 불량배들과 비교할 수 없을 만큼 고아원에 폐를 끼치게 된다.

『할 수 없지. 울시.』

"죽여버——크아악!"

내 지시에 따라 울시가 불량배에게 돌진했다. 그대로 몸통박치기로 한 명을 날려버렸다. 덩치 좋은 불량배가 10미터 이상 날아가 움직이지 않게 됐다. 다리가 꺾이면 안 되는 쪽으로 살짝 꺾인 느낌도 들지만 이 녀석들에게는 좋은 벌이다. 남은 두 명에게도 차례차례 울시의 몸통박치기가 작렬했다. 울시의 탄환 같은 돌격에 의해 불량배들은 하늘로 날아올랐다.

"워웡!"

"와아!"

"울시 멋있어!"

"웡웡!"

울시는 길에 쓰러진 불량배들을 물어 끌고 와 한곳에 모았다. 그리고 포개지듯 쓰러진 불량배들의 위로 뛰어올라 승리의 포효를 내질렀다. 아이들이 웃으며 꺄악꺄악 성원을 보내고 있군. 이 아이들에게 트라우마가 남지 않은 것 같아서 무엇보다 다행이다.

그 후, 불량배들은 아이가 불러온 위병에게 연행돼갔다. 다만 우리가 오지 않았다면 상당히 위험했던 거 아닐까? 어디의 어떤 놈인지 모르지만 더러운 짓을 했겠다.

『앞으로 어떻게 할까.』

해코지를 할 똘마니라도 또 왔다간 구한 의미가 없어진다. 하지만 남기고 온 프란도 여러 가지 의미로 걱정된다. 어떻게 할까. 고민하고 있는데 낯익은 얼굴이 달려오는 것을 알 수 있었다.

"다들 괜찮아?!"

"아, 샤를로트 누나!"

"울시가 구해줬어!"

그러고 보니 샤를로트가 있었다. 모험가인 그녀라면 불량배 다섯 명이나 열 명은 간단히 상대할 것이다. 어디에 갔나 했더니 이슬라 상회가 벌인 사기의 청취에 불려갔다고 한다. 아무래도 크라이스톤 후작이 본격적으로 조사에 나서준 모양이다. 하지만 샤를로트는 곤란한 얼굴이었다.

"모두가 무사해서 다행이야. 하여간에, 바쁜 때 부르지 않았으면 좋겠어."

샤를로트가 투덜댔다. 우리에게도 책임이 전혀 없는 것은 아니라서 살짝 미안해졌다. 하지만 샤를로트가 돌아왔으니 고아원은 문제없을 것이다.

게다가 기사 몇 명이 함께 있었다. 샤를로트가 유괴의 표적이 된 일도 있어서 그녀 자신에게도 호위가 붙은 듯했다.

『좋아, 우리는 돌아가자.』

"웡."

해코지의 흑막도 역시 하루에 몇 번이나 똘마니를 보내는 짓은 하지 않은 모양이다. 우리가 포장마차로 돌아온 뒤에도 특별히 문제는 일어나지 않은 채 종료 시간을 맞이했다.

『그럼 일단 요리 길드로 돌아가자.』

"응."

첫날이 종료해 포장마차를 맡기기 위해서 각 포장마차가 요리 길드로 돌아왔다. 여기에 포장마차를 맡기고 다시 내일 아침에 집합하는 것이다.

코르베르트가 다른 포장마차에도 방해가 있었는지 재치 있게 정보를 수집해줬다. 아무래도 검은 꼬리, 바르보라 고아원 외에도 용선옥, 노블디슈 두 가게에 방해가 있었던 모양이다.

검은 꼬리는 메캠의 보장이 있고 다른 세 점포는 유명 가게다. 어디든 우승후보라고 해도 좋을 참가자들이라고 한다.

"괜찮았대?"

"그래, 용선옥의 점주는 원래 랭크 A 모험가였으니까."

"그럼 강해?"

"지금도 똘마니 정도는 문제없어. 아무튼 옛날에는 가게에서 쓸 용 고기를 스스로 해치워 손에 넣었다더군."

호오. 전 랭크 A 모험가? 게다가 드래곤 슬레이어? 나는 요리 길드의 직원과 이야기하고 있는 용선옥의 점주를 감정해봤다.

『어? 저런데 60살?』

틀림없이 40대 중반 정도라고 생각했다. 굉장한 동안이다. 게다가 강했다. 제일선에서 물러난 지 오래된 탓인지 전투 계열 스킬이나 스테이터스는 내려가 있었다. 수치적으로 보면 코르베르트와 같으려나. 시드런 해국에서 격투를 벌였던 검은 옷의 발터보다는 강할지도 모른다. 하지만 싸우고 싶지 않은 쪽이 누구냐고 묻는다면, 이 용선옥의 점주였다. 수치로 나타나지 않는 전투 경험과 노련함. 그건 단순한 수치보다 골치 아프기 때문이다. 저 사람과는 절대로 적대하고 싶지 않다.

노블디슈의 대표는 수행원을 잔뜩 데리고 다니는 거만한 남자였다. 영주의 차남이 대표를 맡은 상회의 전속 요리사라고 한다. 게다가 이 남자 자신도 영주의 삼남이었다. 영주가 삼남은 요리사라고 했는데, 이 녀석이었나. 형인 필립과 달리 전혀 전투력이 없는데 어떻게 습격을 막은 거지? 아니, 영주의 자식이라 돈은 있어 보였다. 빈틈없이 호위를 고용했을 것이다.

하지만 그렇지 않았나 보다.

"자기는 어떻게 돼도 상관없으니까 손님에게 손을 대지 말라고 무릎을 꿇었다더군. 그랬더니 그 기개를 봐서 오늘은 봐주겠다며 돌아갔대."

그 이야기가 미담이 되어 바르보라 전체에 퍼졌다고 한다. 내일 이후로 노블디슈에 인기가 몰릴지도 모르겠군.

그러면 결국 습격당한 네 점포에서 피해는 나오지 않았다는 건가.

정말 이런저런 일이 있었지만 일단 첫날은 종료됐다. 코르베르트 일행과 헤어지기 전에 약속한 식사를 건네야 한다. 일단 커다란 바구니 몇 개에 고기나 수프 등을 냄비째로 넣어뒀다.

"자, 이게 저녁식사 분."

"오오, 일부러 바구니에 넣어준 건가? 고맙군."

"모두 사이좋게 나눠."

"물론이에요."

"다 같이 먹을게요—."

아침에도 점심에도 쟁탈전을 벌인 것처럼 보였는데……. 뭐, 본인들 마음대로 하면 된다.

"내일도 잘 부탁해."

"그래. 맡겨줘!"

코르베르트 일행과 헤어진 우리는 다시 임대 건물로 돌아와 있었다. 내일의 준비 작업을 위해서다. 오늘 생각보다 매상이 좋아서 만들어놓은 카레빵을 보충하지 않으면 위험했던 것이다. 첫날에 이렇게 팔릴 줄은 몰랐다.

『프란과 울시는 그쪽에서 밥이라도 먹고 있어.』

"응."

"웡!"

그사이에 카레빵을 튀기자. 기름의 온도를 확인하며 나는 습격에 대해 생각했다.

참가자 중 누군가가 라이벌을 밀어내기 위해 고용한 것은 틀림없다고 생각한다. 다만 스무 명이나 참가하고 있으니 그 녀석들의 스폰서나 동료도 포함하면 용의자는 백 명이 넘을 것이다. 제외할 수 있는 것은 오늘 공격받은 네 점포뿐이다.

『아니, 잠깐만? 생각해보면 이상하지 않아?』

노블디슈다. 무릎을 꿇으니 돌아갔다? 지나치다. 고아원의 이오 씨 역시 사과했지만 포장마차가 부서질 뻔했다.

『수상해.』

애초에 영주의 자식이 호위도 고용하지 않았던 건가? 의심하기 시작하자 점점 수상하다는 생각이 들었다. 조금 감시해볼까? 이래서 무죄면 용의자가 줄어드는 거니 말이다.

『울시.』

"웡."

『영주의 삼남이라는 남자의 냄새는 기억하고 있어?』

"웡."

『좋아, 오늘 밤부터 그 녀석을 감시해.』

"워우!"

그러니 울시에게 힘내게 하자. 나는 카레빵을 만들어야 하고 프란은 성장기니까 자야 한다. 내일도 포장마차에 있어야 하고.

『울시, 부탁한다.』

"워후!"

다음 날, 검은 꼬리는 아침부터 대성황이었다. 아무래도 어제 카레빵 소문이 퍼졌는지 200명 이상의 행렬이 끊이지 않았다. 카레빵의 비축분을 늘려서 다행이다.

다만 프란은 이제 메이드복을 입고 있지 않다. 이런저런 방해가 있을 가능성을 생각해 움직이기 쉬운 평소 장비로 돌아온 것이다. 찰나의 메이드복이었다. 그런데 현재 방해도 없어서 무척 순조롭다. 아니, 무슨 일이 일어나라고 꺼낸 말은 아니다.

참고로 노블디슈에는 오늘은 모험가 호위가 붙어 있었다. 어제 방해를 받고 서둘러 고용한 모양이다. 손님을 생각하는 훌륭한 점주라는 소문이 흘렀다.

우리 줄에도 노블디슈의 대응을 묘하게 큰 목소리로 극찬하는 남자들이 있었다. 엄청나게 수상해서 그 소문을 떠들고 있는 사람을 감정해봤는데…….

『허언에 연기, 그리고 공갈이로군.』

완전히 바람잡이잖아? 스테이터스 구성은 어떻게 봐도 피라미였다. 스킬에 공갈도 있고, 이 녀석들이 자발적으로 누군가를 칭찬하는 것도 생각할 수 없었다. 이것으로 더욱더 수상해졌다. 나머지는 울시가 돌아오면 확실해질 것이다.

그런 생각을 하고 있는데 행렬에서 뭔가 문제가 일어났다. 보아하니 새치기하려 했던 남자가 줄에 서 있던 손님과 다툼이 생긴 모양이다. 코르베르트와 프란이 서둘러 향했다.

한데 날뛰던 남자가 이미 누군가에게 붙들려 있었다. 아무래도 모험가가 줄을 서 있다가 대처해준 듯했다.

그런데 그 남자가 이상했다. 붙잡혔는데 영문 모를 소리를 지르며 계속 버둥댄 것이다. 위험한 약이라도 먹었나?

감정해보니 상태가 사심(邪心)으로 되어 있었다. 이거 상태 이상인가? 그리고 사심? 악인과는 다른가? 다만 위험한 약을 먹고 환각 상태에 빠져 있다는 설의 신빙성은 높아졌다.

일단 프란이 날뛰는 남자의 입에 카레빵을 쑤셔 넣었다. 혹시 진짜 상태 이상이라면 이로써 치유될 가능성이 있기 때문이다. 그리고 예상대로 카레빵을 먹은 직후에 남자의 상태가 평상으로 돌아가 얌전해졌다.

코르베르트가 어째서 날뛰었는지 이야기를 들어봤지만 종잡을 수 없었다. 위험한 약이라고 생각했는데 단순히 술에 취했을 뿐인 것 같았다. 하층민가에 배분된 술을 마신 뒤의 기억이 없다고 한다.

"어제에 이어서 수고하십니다."

"응. 이 녀석을 부탁해."

"네. 자, 얼른 걸어."

"네, 네이……."

아무래도 이 소동은 의도된 것이 아니라 우연인 듯했다. 그건 그렇고 오늘은 그다지 문제가 일어나지 않았다. 방해는 없는 건가?

아니, 문제가 없다는 말은 거짓이었다. 딱 하나 있었다. 행렬에 묘하게 험상궂은 남자들이 섞이기 시작한 것이다.

모험가나 용병으로 보였다. 딱히 다른 손님을 위협하지는 않았지만 서 있는 것만으로 위압감을 느끼는 것 같았다. 미묘하게 서 있기 거북해 보이는 손님도 많았다. 그렇다고 얼굴이 무서우니 돌아가 달라고 할 수도 없었다.

아무래도 치유 효과가 있는 카레빵의 소문이 모험가들 사이에 퍼진 듯했다. 큐어 포션은 귀중하다. 그런데 그것과 비슷한 효과가 있는 음식이 10골드다. 그야 사들일 것이다. 뭐, 유통 기한은 짧으니 결국 큐어 포션을 사는 편이 낫다고 생각하지만 말이다.

"으음, 너무 과장되게 떠들었나?"

너였냐 코르베르트! 랭크 B 모험가인 코르베르트가 추천하는, 맛있는 데다 마법 효과까지 있는 음식. 모험가들의 입장에서 보면 꼭 손에 넣고 싶은 일품이 된 것 같았다.

미묘하게 폐가 되지만 문제를 일으킨 것도 아니고 매상에도 공헌해주고 있다. 그리고 방해꾼에 대한 억지력도 될 것이다. 포기하고 내버려 두는 게 낫겠다.

결국 이날은 또 한 번 주정뱅이가 소동을 일으킨 정도지, 정말로 큰 문제는 일어나지 않았다. 그대로 진짜 아무 일도 없이 둘째 날이 끝났고, 오늘도 다시 요리 길드로 돌아갈 시간이었다.

계속 긴장하고 있었더니 피곤하군……. 방해꾼도 이슬라 상회도 포기한 건가?

요리 길드로 가는 길에도 경계했지만 역시 아무 일도 일어나지 않았다. 코르베르트 일행도 있으니 정면에서 방해하는 것은 포기했을지도 모른다.

요리 길드로 돌아오니 이미 다른 포장마차 대부분이 돌아와 있었다. 점주들 대부분은 원래 이 도시에 사니까 서로 안면이 있을 것이다. 요리 길드 로비에서는 점주들이 지인끼리 뭉쳐서 정보를 교환하고 있었다.

거기에 새로운 인영이 나타났다. 영주의 삼남이다. 여전히 수행원을 거느리고 있었다.

울시는 없군. 다른 곳을 감시하고 있나? 뭐, 울시는 똑똑하니까 그 판단에 맡겨두면 틀림없을 것이다.

"오늘도 성황이었군요."

"우승은 틀림없을 겁니다!"

보아하니 가게 직원뿐만이 아니라 상회의 매입 담당자나 호위도 함께 데려온 듯했다. 그리고 귀족 같은 녀석들도 있었다. 역시 영주의 자식이니 아첨하는 녀석들도 있는 거겠지. 삼남의 태도는 엄청나게 거만했다. 건방진 태도로 으스대고 있었다. 이 녀석은 절대로 평민 손님을 위해서 무릎은 꿇지 않을 거다.

영주의 삼남이 뭔가 허점을 드러내지 않을까 관찰하고 있는데 프란에게 말을 걸어오는 사람이 있었다. 놀랍게도 기척이 느껴지지 않았다. 아무리 전투 때처럼 긴장하고 있지 않았다고 해도 나와도 프란에게 들키지 않고 접근하다니……. 보통내기가 아니다.

하지만 그 사람을 보고 납득했다.

"안녕하세요."

"응. 안녕."

"저는 용선옥라는 가게의 주인을 맡고 있습니다. 펠무스라고 합니다."

말을 걸어온 것이 전 랭크 A 모험가이자 우승 후보인 용선옥의 주인, 펠무스였기 때문이다.

구불거리는 금발, 눈초리가 가느다란 눈. 옷 위로도 알 수 있는 탄탄한 몸에 180에 가까운 키와 미끈하게 긴 팔다리. 그 부드러운 웃음은 필시 많은 여성을 사로잡아왔을 것이다. 얼굴에 새겨진 주름조차 이 남자의 매력을 늘리는 요인밖에 되지 않았다. 어떻게 봐도 40대 중반으로밖에 보이지 않았다.

어제에 이어 오늘도 감정을 해봤다. 역시 60세였다. 게다가 종족은 인간이었다. 어떤 안티 에이징을 하면 이렇게 젊어 보일 수 있을까? 뭐, 지금의 우리에게는 필요 없지만 동안의 비결을 귀족 부인에게 팔면 그것만으로도 거금을 벌 수 있을 것 같았다.

"응. 나는 프란."

"실은 검은 꼬리의 카레빵을 먹어봤습니다."

오, 뭐야? 뭔가 트집이라도 잡으러 왔나?

"아니, 정말로 감동했습니다. 아직도 모르는 음식이 있군요. 당신의 스승님이 만드셨다고 들었습니다만."

"응, 스승이 생각했어."

"대단하군요. 스승님께 감동했다고 전해주세요."

그렇게 말하고 프란에게 악수를 청했다. 저 수준의 요리사에게 칭찬을 받으니 솔직히 기쁘다.

『기쁘다고 전해줘.』

"응. 스승도 기뻐할 거야."

"당신의 스승님과 함께 제 가게에 꼭 와주세요. 그러면."

일단 인사만 하러 온 것 같다. 그렇게만 말하고 떠나갔다. 거참, 마지막까지 산뜻한 신사였어. 좀 부럽군.

그러자 다른 요리사도 프란에게 다가왔다. 그들도 프란에게 말을 걸 타이밍을 보고 있던 모양이다. 뭐, 얼핏 보기에 무표정한 소녀이고 접근하기 어려운 분위기도 좀 있으니까. 모두 카레빵을 '참신하다' '맛있다'고 진심으로 칭찬해줬다. 나쁜 기분은 아니었다. 커다란 검을 메고 있어서 좀 무섭다는 소리도 있었다. 어라? 다른 요리사가 프란을 무서워하는 건 내 탓인가? 내 존재에 대해서 살짝 고민하고 있는데 영주의 삼남도 다가왔다. 다른 요리사들이 순식간에 떨어졌다.

"재수 없는 놈이 왔군."

"낙하산이."

"얼굴만 반반한 주제에."

"이런저런 나쁜 소문이 들리는 녀석이야. 조심해."

요리사들이 중얼거리는 소리가 귀에 들어왔다. 이 녀석 미움받고 있군.

"노블디슈의 웨인트입니다. 저도 카레빵인가를 먹어봤습니다."

"응."

"참신하고 강렬했습니다. 훌륭한 요리입니다."

"응."

"서로 열심히 합시다."

완전히 거짓말이었다. 저 자식, 프란과 악수한 손을 몰래 닦았어. 게다가 엄청 박박 닦고 난리야! 나한테는 다 보였다고!

"친히 꾀죄죄한 수인에게도 인사를 하느라 수고하셨습니다."

"뭘, 열심히 비위를 맞춰주면 돼. 그 편이 편하거든."

들리지 않는 줄 알고 멋대로 떠들고 있어! 그렇게 더러워졌으면 차라리 내가 잘라줄까! 젠장, 울시는 뭐하고 있는 거야! 얼른 증거를 갖고 돌아와 주어야 저 빌어먹을 자식을 단죄해줄 텐데!

"어차피 신기하기만 한 천한 요리사입니다."

지금은 넘어가지만 목을 씻고 기다려라……!

요리 길드에서 있었던 사태 후, 우리는 형편없이 기분이 나쁜 채 임대 건물로 돌아왔다. 아니, 프란은 전혀 신경 쓰지 않는 것 같으니 나만 화가 났지만.

"스승."

『그래, 알고 있어.』

프란이 경계를 드러내며 자세를 취했다. 그 시선은 임대 건물 안으로 향해 있었다.

아무도 없을 터인 임대 건물 안에 여러 사람의 기척이 있었기 때문이다. 불도 켜져 있지 않고 희미한 적의도 느껴졌다. 지인일 가능성이 완전히 사라졌다. 이 시점에서 완벽하게 초대받지 않은 손님. 불법 침입자다. 섬멸 확정이다. 다만 임대 건물이라서 부수고 싶지 않은 데다 피로 더럽혀도 안 된다.

『몰래 다가가서 무력화시킬 수밖에 없나.』

"알았어."

우리는 기척을 죽이고 주방 입구로 몰래 다가갔다. 침입자의 기척은 점포에 두 명. 주방에 두 명이었다.

사일런스 술법으로 소리를 지우고 문을 열었다. 흐음, 문은 잠겨 있지 않았다. 창문으로 침입한 걸까? 그것도 붙잡고 나서 알아내면 되려나. 살짝 열린 문 사이로 안을 들여다봤다. 인영은 보이지 않았다. 아무래도 그늘에 숨어 있는 모양이다. 매복하고 프란을 기다리는 건가?

하지만 우리의 기척 감지 능력 앞에는 소용없었다.

『그럼 내가 오른쪽 녀석을 해치울게. 프란은 왼쪽을 부탁해.』

'응.'

사일런트를 방 전체에 걸고 우선 내가 돌입했다. 뇌명 마술을 문 뒤에 있던 남자에게 쐈다. 무음의 공간 속에서 전격을 맞은 남자는 입을 뻐끔대며 정신을 잃었다.

등 뒤에서 프란이 다른 한 명을 처리했다. 이쪽도 스턴 볼트를 맞아 마비 상태였다. 남자들을 마법 실로 재빨리 구속했다. 남은 녀석들도 바로 붙잡을 수 있었다.

의외로 전원의 레벨이 20이 넘었고 실력도 그럭저럭 있었다. 프란이 평범한 랭크 D 모험가였다면 기습에 죽었을 것이다. 우리는 네 남자를 늘어놓고 신문을 개시했다.

일단 가장 레벨이 높은 리더 격인 남자를 깨웠다. 기절해 있다가 배에 펀치를 먹은 남자가 당황한 기색으로 몸을 비틀었다.

"일어났어?"

"커, 헉, 뭐야 이건……. 이봐, 이 끈을 풀어!"

"그건 대답에 달렸어. 왜 여기 있었어?"

"아앙? 알게 뭐야! 우리한테 이런 짓을 하고 그냥 넘어갈 거라고 생각하지 마라!"

10분 후.

침입자들은 부들부들 떨면서 얌전히 정좌해 있었다. 전원의 얼굴이 볼썽사납게 변해버린 건 애교다.

"그럼 내일 예선 참가를 막기 위해 나를 공격하려 했어?"

"하, 네헤, 마쑴니다."

가게에 숨어서 프란이 오면 공격할 생각이었던 모양이다. 습격 이벤트가 너무 많은 거 아냐? 적당히 했으면 좋겠는데. 배후에 누가 있는지 신문하자 남자들은 들은 적이 있는 이름을 말했다.

"린포드? 그게 흑막의 이름이야?"

"네헤."

이슬라 상회에 몸을 의탁하고 있다는, 다른 대륙에서 온 범죄자 집단 수괴의 이름이다. 외모는 마술사처럼 자그마한 노인이라고 한다. 그 의문의 저택에 부하 몇 명과 함께 머물고 있는 듯했다. 이 남자들은 그 린포드의 부하였다.

『으음, 어떻게 된 거지?』

우리는 이슬라 상회를 방해했고, 이슬라 상회 쪽에서는 우리가 정체불명의 마혼의 기원도 가지고 있다고 생각한다. 그것이 이유가 되어 공격받는 건 이해한다. 하지만 요리 콘테스트에 참가하지 못하게 하기 위해서? 갑자기 배후 관계를 이해할 수 없어졌다.

역시 이슬라 상회의 간부급을 붙잡아 이야기를 차분히 들어 보아야겠군…….

『결국 울시를 기다려야 하나…….』

"응."

"에잇! 어떻게 되고 있는 거야!"

어째서 생각대로 안 되는 거냐! 난 대도시 바르보라의 영주, 크라이스톤 후작의 차남인 브룩 크라이스톤이다! 이 도시에서 내 생각대로 되지 않는 일은 있어서는 안 된단 말이다!

"제라이세! 네 말대로라면 지금쯤 더 큰 혼란이 일어났어야 했다!"

나는 눈앞에 서 있는 남자를 노려봤다. 여전히 싱글거리는 웃음이 사라지지 않은 기분 나쁜 남자다. 하지만 쓸 만한 남자인 건 틀림없다.

이 남자는 연금술사 제라이세. 모험가 길드의 전속으로 유명한 유진의 제자이자 녀석이 연금술 길드에서 쫓겨나는 원인을 제공한 사내다. 지금은 바르보라의 뒷세계로 들어가 비합법적인 의뢰를 받고 있다. 인간에게 마석을 박아 넣어 마인을 만드는, 신도 두려워하지 않는 연구에 손을 댄 광인이지만, 실력은 나쁘지 않아서 그 방면에서는 무척 애용되고 있다. 나도 몇 번쯤 의뢰를 한 적이 있다.

내가 첩으로 삼아준다는 제안을 거절한 데다 아버지에게 밀고한 평민들의 입을 막을 때도 제라이세의 특제 독약이 도움이 됐다.

그 인연으로 지금은 내 전속 같은 입장이 되었다.

"네. 아무래도 방해하는 자가 있는 모양이어서 말입니다."

"어떻게 된 거냐."

내 계획이 새어 나간 건가……?

"검은 꼬리라는 이름을 아시는지?"

"……모른다."

이름에서 추측하건대 식당인가? 그게 내 계획과 무슨 관계가 있지?

"콘테스트에 출장하고 있는 포장마차 중 하나입니다."

"그게 어쨌다는 거냐!"

"그 포장마차에서 판매하고 있는 요리에는 마법 식물이 쓰이고 있다는 이야기입니다. 그 이름은 큐어 터메릭. 먹은 존재를 정화하고 치유해주는 효과가 있습니다."

"그게 정말이냐?"

마법 식물은 단순한 포장마차에서 대량으로 쓸 수 있는 물건이 아니라고 생각하는데.

"사실입니다. 부하에게 그 요리를 입수하라고 지시했는데, 확실히 정화 효과가 있었습니다."

"쳇. 그렇다면 계획이 늦어지는 건 그 녀석 탓인가."

"네. 하나에 10골드인 빵을 파는 포장마차라서요."

"대량으로 나돌고 있다는 뜻인가?"

"하루에 5000개 이상은 나오고 있다고 추측합니다."

"노블디슈의 요리를 먹은 사람이 그 빵을 먹었을 가능성도 높겠군."

내 계획을 알고 한 행동이라고는 생각할 수 없다. 하지만 방해가 된다면 배제하면 될 뿐이다.

"그 노점을 없애."

"이미 고용한 자들을 보냈지만 격퇴당했습니다."

"호위라도 고용한 건가?"

"네, 랭크 B 모험가, 철조 코르베르트가 하루 종일 붙어 있습니다. 게다가 점주 소녀 자신도 랭크 D 모험가입니다."

"린포드의 부하는 어떤가. 이런 때를 위해 숨겨주고 있는 거잖나."

린포드는 제라이세의 공동 연구자인 남자다. 두 달 정도 전에 제라이세가 소개했는데, 떠돌이 용병 같은 짓도 하는지 그 부하 중에는 전투에 뛰어난 자가 많다. 다만 대부분이 전과가 있어서 내 연줄이 없었다면 바르보라로 들어오기는 어려웠을 것이다. 지금은 이 저택에 숨어 있다. 제라이세보다 한층 더 기분 나쁜 녀석들이지만 힘쓰는 일에 도움이 된 적이 많다.

형태로는 이슬라 상회의 소속이지만 현재 상태로는 내 직속 같은 취급이다.

"솜씨 좋은 자들을 보냈습니다만……."

"안 된 건가? 점주는 기껏해야 랭크 D 모험가잖아!"

"한 명도 돌아오지 않았습니다. 실은 저도 이슬라 상회 사람을 보내 접촉을 시도했습니다만, 보낸 자들의 소식이 끊겼습니다. 생사불명입니다."

"……뭐냐 그건? 그림자 속에서 지키는 호위라도 있는 거냐?"

"모르겠습니다. 조사시킨 정보로는 랭크 D 모험가라는 것, 아무래도 필리어스의 왕족과 사이가 좋다는 것밖에 알 수 없었습니다."

"필리어스의 왕족과 친분이 있는 건가?"

"그런 것 같습니다."

"그렇다면 호위가 붙어 있어도 이상하지는 않은데……. 그 계집애에 대해서 좀 더 조사시켜."

"물론 조사하고 있습니다. 하지만 바르보라에 온 것이 최근인지 자세한 정보를 가진 사람이 없습니다. 루실 상회와 관계가 있는 것 같지만 그 상회 사람은 입이 무거운 자가 많아서 효율 좋게 정보를 수집할 수 없습니다."

그래서는 약점을 잡아 협박도 할 수 없잖아! 그런 천박한 모험가에게 내 계획이 방해받고 있다고? 젠장!

"용병이나 상회 사람을 좀 더 많이 쓸까? 아무리 강해도 서른 명 정도 투입하면 죽일 수 있잖아?"

"너무 요란하게 움직이면 아버님이 아시지 않을까요?"

"쳇."

확실히 아버지의 부하는 바르보라 전체에 깔려 있으니까 섣부른 짓을 하면 내 쿠데타를 알아차릴 가능성도 있다. 지긋지긋한 아버지! 애초에 내가 이렇게 계획을 세운 것도 그 빌어먹을 아버지의 부실한 안목이 원인이니까.

뭐가 "브룩, 넌 영주의 그릇이 아니다"야! 형님은 성실한 것 말고는 쓸모도 없는 꽉 막힌 인간인데! 나처럼 지혜를 굴릴 만한 머리도, 귀족으로서의 자존심도 없어! 평민에게 빌빌대는 그 모습을 보는 것만으로도 죽여버리고 싶다고. 그렇게 유약한 남자보다 나야말로 크라이스톤 후작의 후계자로 어울려! 그걸 모른다면 힘으로라도 알려주지.

내 계획은 바르보라에 혼란을 일으키고 그 책임을 아버지에게 뒤집어씌우는 것이다. 그 혼란 중에 형을 말살하고 내가 크라이스톤가의 당주가 된다.

그 혼란을 일으키는 것이 제라이세의 역할이다. 처음에는 이 남자에게 독약을 만들게 해 우물에라도 풀 생각이었다. 하지만 그래서는 고작 수십 명이 죽는 정도에 그친다고 한다.

그 대신 제라이세가 제안한 것이 이번 계획이었다. 확실히 그 계획이라면 바르보라 전체를 끌어들여 파괴와 혼란을 퍼뜨릴 수 있을 것이다.

나는 그 계획에 편승했다. 사람이 잔뜩 죽을 것이다. 하지만 그 대부분은 평민들이다. 내가 크라이스톤가를 계승하기 위한 희생으로는 가벼울 것이다.

그리고 계획의 중요한 요소 중 하나가 웨인트 크라이스톤. 내

멍청한 동생이다.

웨인트는 형인 내가 봐도 무능한 놈이다. 후작가의 삼남이라는 입장으로 태어났으면서 어릴 적에 먹은 왕궁 요리에 감동했다는 영문 모를 이유로 요리사라는 천박한 직업을 택한 멍청이다.

나처럼 부하에게 상회를 경영시키는 부업이 아니라 정말로 요리사가 되고 말았다. 그러면서 자력으로 가게를 번성시킬 재치도 없다. 동생의 요리를 한 번 먹은 적이 있는데 솔직히 말해서 대단한 맛은 아니었다. 지금은 당초의 뜻도 잃고 명성을 얻기 위해서 쓸데없이 비싼 하찮은 요리를 양산하기만 하는 하찮은 요리사로 전락했다.

그래도 이번 계획에 이용할 수 있기 때문에 녀석의 가게에 출자해 전속 요리사로 삼았다. 1차 예선을 돌파했다고 보고해온 녀석의 얼굴로 말하자면……. 자력으로 돌파했다고 진심으로 생각하는 건가? 내가 거액의 기부금을 요리 길드에 내서 1차 예선 면제로 2차 예선에 진출한 데 지나지 않는 주제에 어지간히 거들먹댔다.

웨인트의 가게 노블디슈에는 아버지나 나를 소개받고 싶은 귀족들이 매일 찾아온다. 게다가 그 녀석들이 아부를 잔뜩 늘어놓기 때문에 웨인트는 자기가 훌륭한 요리사라고 착각하고 있는 듯했다. 하지만 원래는 콘테스트 2차 예선에 올라갈 실력이 아니다.

그런데 그 녀석의 멍청함을 얕보고 있었다. 설마 입 가벼운 똘마니를 고용해 다른 가게를 방해할 줄이야. 더구나 자기 가게까지 습격을 받게 해 미담을 연출해? 멍청한 놈. 요리 길드에서는 이미 조사를 시작했다. 뭐, 내 참견이 있으면 바로 실격될 일은 없을 것이다.

요리 길드는 융통성 없는 인간이 모여 있지만 전원이 고결하고 공정한 것은 아니다. 안에는 내가 주는 뇌물을 기꺼이 받는 인간도 있으니 말이다.

그래서 이번 계획을 실행할 수 있었다.

내 계획은 웨인트의 포장마차에서 파는 요리에 특수한 마력수를 써서 저주를 퍼뜨리는 것이다. 요리에 섞인 마력수는 제라이세와 린포드가 개발한 특수한 마력수라고 한다.

나는 자세한 원리를 모르지만, 이 사신수라는 마력수를 섭취한 자에게는 저주가 걸려서 사심이 싹튼다고 한다. 대량으로 섭취하면 완전히 폭주하는 위험한 물이다. 사신수의 대단한 점은 마력이 융합할 때까지 시간이 걸려서 주민들이 바르보라 전역으로 흩어진 다음에 효과가 발휘되는 점일 것이다.

뭐, 웨인트는 맛을 향상시키기 위한 마력수로밖에 생각하지 않는 듯하지만, 나를 위해 열심히 저주의 요리를 퍼뜨리면 된다.

콘테스트 기간 중 노블디슈의 손님은 하루에 3000명 정도. 사흘이면 1만 명에 가깝다. 이만한 수의 인간이 날뛰기 시작하면 바르보라는 큰 혼란에 빠진다. 거기에 제라이세와 린포드가 연구한 사역마를 대량으로 풀어서 도시 기능을 완전히 마비시킨다.

그렇게 되면 영주는 책임을 지지 않을 수 없다. 잘해야 은거, 나쁘면 처벌받을 가능성마저 있다. 크란젤의 바다의 현관인 바르보라를 혼란에 빠뜨리는 것은 그 정도로 무거운 죄이기 때문이다.

크크크, 아버지가 재판에 회부되는 꼴을 상상하는 것만으로도 웃음이 멈추지 않는군.

하지만 이제 와서 내 계획에 균열이 생겼다. 먹기만 해도 저주를 없애는 빵이라고? 되도 않는 걸 만들고 앉았어! 제라이세의 보고에 따르면 예년에 비해 범죄자 수는 증가했지만 순찰병으로 대처할 수 있는 범위밖에 되지 않는다고 한다. 어떻게든 검은 꼬리인가 뭔가를 배제해야 한다.

"녀석을 써."

"괜찮으십니까? 조금 큰 소동이 일어날 거라고 생각합니다만."

"어쩔 수 없잖아!"

"알겠습니다. 그러면 불러오겠습니다."

10분 후.

내 앞에는 한 남자가 서 있었다. 2미터가 넘는 거한이다. 적동색 피부와 온몸에 새겨진 무시무시한 숫자의 흉터. 갑옷이 필요 없지 않을까 하는 생각이 들 만큼 엄청난 근육. 오우거의 혈통이라는 소리를 들어도 납득할 것 같다.

이 녀석은 린포드의 부하 중에서도 최강의 사내다. 원래 랭크 C 모험가다. 게다가 행실이 너무 좋지 않아서 C에 그쳤지만 그 실력은 랭크 B에도 뒤지지 않는다고 한다. 실제로 내 부하 중에 랭크 C였던 사내와 모의전을 시켜봤는데 순식간에 결판이 났다.

거한의 이름은 제로스리드. 이름하야 광전사 제로스리드다. 자신의 힘을 높이는 데만 흥미가 있고, 그러기 위해서 오로지 강자와의 전투를 바라는 전투광이다. 아군이나 동료와의 싸움은 일상다반사. 그 결과, 상대를 죽이는 일도 적지 않다.

극치는 제로스리드가 모험가 길드에서 쫓겨나고 인접한 크롬 대륙 전체에서 지명수배를 받은 사건일 것이다. 어느 국가에 고용돼 전쟁에 끌려갔을 때, 전장임에도 불구하고 마음에 들지 않은 아군에게 싸움을 걸어서 끝내 죽이고 말았는데…….

그것이 하필이면 고용주인 국가의 왕자였다. 지휘가 혼란스러워진 왕국군은 괴멸되고 영토를 대폭 잃게 된다. 그 결과, 제로스리드에게는 막대한 현상금이 걸려서 현상범으로 쫓기게 됐는데…….

제로스리드 왈, 강자가 알아서 찾아와주니까 고마운 일이라 한다.

뇌까지 근육이 들어찬 멍청이의 생각은 내게 이해가 가지 않지만, 전투력이 무시무시하다는 것만은 알 수 있다.

"네게 임무를 주마."

"한동안 못 날뛰었으니까 오랜만에 날뛸 수 있는 일이면 좋겠는데."

"그건 문제없다. 애초에 네가 그거 이외의 일을 할 수 있는 거냐?"

"하하하! 그것도 그렇군!"

뭐가 재미있는지 제로스리드는 배를 잡고 웃기 시작했다. 쳇. 이런 부분을 읽을 수 없어서 쓰고 싶지 않았던 거다. 하지만 그럴 수도 없다. 최대한 쓰고 버려주마.

'웡!'

"응? 지금 무슨 소리가 들렸는데……."

제로스리드와 제라이세가 나간 직후, 방에서 웬 울음소리 같은 소리가 들린 느낌이 들었다. 당연하지만 이 방에 동물은 없다.

"조금 피곤한 걸지도 모르겠군."

분명히 개의 울음소리가 들린 것 같았는데……. 뭐, 기분 탓인가.

제5장 사인으로의 변이

임대 건물에 숨어 있던 자객들을 배제한 후, 우리는 보충용 카레빵을 만들고 있었다.

그러다 임대 건물로 다가오는 여러 기척을 감지했다. 하지만 나도 프란도 경계는 하지 않았다.

"스승."

『그래, 울시가 돌아왔나 봐. 다만 그 외에도 기척이 있군.』

"네 명이야."

아무래도 울시가 그 네 명을 이끌고 오는 모양이다. 대체 누구지? 그리고 이런 시간에 무슨 볼일일까? 울시가 데려오는 이상 적은 아닐 텐데…….

"웡웡웡!"

"응. 지금 열게."

문을 열어보니 들어온 것은 포장마차에 고용한 네 명이었다.

하지만 코르베르트는 주디스의 부축을 받고 다리를 질질 끌며 걷고 있었다. 아무래도 오른다리를 베인 듯했다. 지혈용으로 감은 헝겊이 새빨갛게 젖어 있었다. 이봐, 무슨 일이 있던 거야?

"다쳤어?"

프란도 놀란 얼굴로 코르베르트에게 다가갔다. 그도 그럴 것이다. 코르베르트는 강하다. 스테이터스적으로도 기능적으로도 이미 랭크 B에 상응하는 힘이 있을 터였다. 솔직히 말해서 우리 역시 반드시 이긴다고는 장담할 수 없었다. 그 코르베르트가 도시에서 이 정도 중상을 입는 상황을 상상할 수 없었다.

"꼴사나운 모습을 보이고 말았군. 좀 실수했어."

"저희를 보호하다 베인 거예요!"

"코르베르트 씨 혼자였다면 이겼을 거예요—."

"짐이 되어버리다니, 불찰이야."

천을 벗겨보니 오른쪽 허벅다리 중간부터 장딴지 근처까지 예리한 날붙이에 베인 것으로 짐작되는 깊은 상처가 나 있었다. 살이 벌어져 뼈가 보였다. 거참, 지구에 있었던 무렵에 이걸 직접 봤다면 기절했을지도 모르겠어.

주홍 소녀 세 명을 감쌌다고는 하나 코르베르트가 이 정도 상처를 입다니……. 상대가 상당한 실력자인 것은 틀림없겠군.

"가지고 있던 포션만으로는 다 못 고쳤어."

"처음에는 다리가 떨어졌어요!"

게다가 우리가 느낀 것 이상의 큰 부상이었던 모양이다.

"울시가 구해줬어요."

"위험할 때 울시가 달려와서 공격해 온 상대를 격퇴해줬어요—."

"그림자 속에서 한 기습은 훌륭했어. 마치 암살자 같아."

그렇군. 그래서 함께 돌아온 건가.

"우선 상처를 고칠게. ——그레이터 힐."

"오오, 엄청나군. 상처가 순식간에……."

프란이 영창한 그레이터 힐로 코르베르트의 상처를 막는 데 성공했다. 부상을 당하고 아직 시간이 얼마 지나지 않아서 다행이다. 흘린 피는 돌아오지 않지만 후유증은 남지 않을 것이다.

"서, 설마 회복 마술까지 이 레벨일 줄이야……. 무서운 마검 소녀. 내게 얼마만큼 패배감을 심어줄 생각이지?"

이상한 소리를 중얼대는 리디아는 내버려 두고 일단 코르베르트와 다른 두 명에게 의자를 권했다.

코르베르트는 아직 다리가 마비돼 있을 것이다. 혼자서는 제대로 일어서지 못해서 결국 세 사람의 손을 빌리며 의자에 앉았다.

식사를 할 분위기는 아니어서 따뜻한 차를 냈다. 네 사람은 감사 인사를 하고 차를 받아들었다. 그리고 겨우 제정신이 들었는지 코르베르트도 몸에서 힘을 빼고 깊게 숨을 토했다.

"무슨 일이 있었어?"

"요리 길드에서 프란 씨와 헤어진 후, 저희는 주신 식사를 요리 길드에서 먹은 후 숙소로 향하고 있었어요."

"나는 이 녀석들을 바래다주고 돌아갈 생각이었어."

그 도중에 키가 2미터가 넘는 거한이 길을 막았다고 한다.

게다가 단순한 행인이 아니라 그녀들이라는 것을 알고 말을 건 듯했다.

"명백하게 이 세 사람을 노리고 있었어."

"그건 확실해?"

"네. 검은 꼬리의 판매원이냐고 확인했으니까요."

"게다가 이쪽이 맞다 아니다를 말하기 전에 느닷없이 달려들었어요—."

"살짝 지릴 뻔한 건 비밀로 해주세요."

세 사람의 얼굴과 이름을 상대가 완전히 인식하고 있다는 뜻이겠지. 더 나아가 묵고 있는 숙소의 정보도 들켰을 가능성이 높다. 그러니 돌아오는 길에 매복할 수 있었던 것일 테고 말이다.

"상대는 어디의 누군지 알아?"

"그래, 어차피 이름을 댔으니까."

"이름을 댔어?"

암살자가?

"광전사 제로스리드. 소문은 반만 사실이라고 생각했어. 오늘까지는."

"오히려 소문 이상인가요—?"

"제로——누구야?"

"네에? 마검 소녀는 모르시나요?"

"응."

아무래도 유명인인가 보다. 모른다며 고개를 끄덕이는 프란에게 전원이 놀라고 있었다.

"흐음. 그럼 가르쳐줄게요."

리디아가 설명해줬다. 그건 그렇고 그 제로스리드라는 현상범, 들으면 들을수록 터무니없군. 지독한 전투광에 적, 아군 가리지 않고 점찍은 상대에게 덤벼들어? 게다가 고용된 국가의 왕자를 살해해 현상범이 돼? 엄청나게 위험한 녀석이잖아. 원래 랭크는 C지만 실력은 그 이상이라는 소리를 듣는다고 한다. 리디아 일행도 과장이라고 생각했던 모양이지만…….

"사실이었던 거예요."

"울시가 구해줬어. 어지간한 녀석도 다크니스 울프의 기습에는 대응하기 어려웠던 모양이야. 부상을 입고 도망갔어."

"울시, 잘했어."

"웡……."

다만 반대로 말하면 울시의 기습으로도 쓰러뜨리지 못하고 놓쳤다는 뜻이기도 했다. 울시가 칭찬을 받아 기뻐하는 것 같으면서도 어딘가 분해 보이는 건 그 탓이겠지.

주디스를 필두로 세 소녀는 어두운 표정을 짓고 있었다. 늘 웃음이 끊이지 않고 둥실둥실한 분위기의 마이아도 웃음에 어딘가 그늘이 졌고, 자칭 무표정한 리디아의 눈동자에도 불안의 빛이 있는 것 같았다. 격이 다른 상대의 습격을 받았으니 당연한가……. 판매원을 그만둔다고 하면 어쩌지.

하지만 그것은 기우인 듯했다. 주디스와 두 소녀는 오히려 화가 났는지, 내일도 반드시 하고 싶다고까지 말했다. 모험가로서의 긍지일 것이다. 코르베르트의 의욕도 갑자기 올라갔는지 다음에는 지지 않겠다고 기염을 토했다.

"그럼 내일도 부탁해도 돼?"

"맡겨줘!"

"저야말로 부탁드려요."

"힘내자―."

"다음에는 그 고릴라에게 본때를 보여줄 거예요."

새삼 모험가인 그녀들에게 판매원을 부탁해서 다행이라는 생각이 들었다. 일반인이라면 도망쳤을 것이다. 아니, 그 전에 제로스리드라는 남자에게 죽었겠지.

그 후, 우리는 코르베르트와 함께 기사단 대기소에 가기로 했다. 거기 가서 제로스리드에게 공격받았다고 고소하는 것이다. 믿어줄지 믿어주지 않을지 알 수 없다고 생각했는데――.

"정말입니까? 코르베르트 님."

"그래, 확실히 당했소."

"그 코르베르트 님이……. 통보해주셔서 감사합니다!"

코르베르트가 유명인이었던 덕분에 쉽게 믿어줬다.

게다가 내가 필립 크라이스톤에게 넘긴 암살자들의 입에서 제로스리드의 정보를 알아냈다고 한다. 그 정도 거물이 바르보라에 있다는 이야기가 사실인지 아닌지 기사단도 의심했지만 이번 일로 사실이라고 인식했다고 한다.

이로써 기사단의 순찰도 강화될 테니 결과적으로 저쪽의 움직임을 견제할 수 있겠군.

주디스 파티는 오늘은 모험가 길드에 병설된 숙소에 묵기로 한 모양이다. 모험가 길드라면 다른 모험가도 있어서 암살자도 경솔하게 손을 대지 않을 테니 좋은 판단이다.

"마검 소녀는 어떻게 할 건가요? 저희와 함께 묵으실래요?"

"응? 괜찮아."

"하지만…….."

"그리고 오늘 밤은 이런저런 볼일이 생겼어."

이렇게까지 당하고 가만히 있을 수 없으니 말이다. 울시도 뭔가 정보를 가지고 돌아온 듯하니 성가신 일은 얼른 정리하는 게 제일이다.

"기다려! 녀석을 찾을 셈이야?"

"아니야, 달리 갈 데가 생겼을 뿐이야."

"그럼 상관없지만…… 혼자는 위험해."

"혼자가 아니야. 울시도 함께."

"웡!"

프란의 얼굴을 보고 자신의 말로는 제지할 수 없다는 것을 깨달은 코르베르트는 가볍게 고개를 젓고 프란에게 격려의 말을 해줬다.

"……알았다. 다만 콘테스트 부전패만큼은 봐줘. 내일 아침까지는 반드시 돌아와."

"응, 괜찮아."

프란은 코르베르트에게 고개를 크게 끄덕이고 원래 크기로 돌아간 울시의 등에 훌쩍 올라탔다.

『울시, 뭔가 발견했겠지?』

"웡!"

힘차게 고개를 끄덕이는 울시.

"그럼 거기로 가자."

"웡웡!"

『전속력으로!』

"워웡!"

커다랗게 울부짖은 울시가 온몸을 구부려 단숨에 달려나갔다. 공중 도약을 구사해 집들 위를 날듯이 빠져나갔다.

"기분 좋아."

밤바람을 맞으며 프란이 눈을 가늘게 떴다. 밤바람은 차갑지만 대한 능력이 있는 흑묘 시리즈를 입고 있는 프란에게는 기분 좋은 바람이었다.

『밤이라서 다행이야.』

"웡?"

그야 전속력이라고 했지만 설마 도시 안을 당당하게 달려 나갈 줄이야. 낮이었다면 엄청나게 눈에 띄었을 것이다. 그래도 목격자가 전혀 없는 건 아니었다. 창문으로 별을 바라보던 주민이 비명을 질렀다. 상쾌한 밤을 방해해서 정말 미안하군.

『혹시 그 저택이야?』

울시가 향하고 있는 방향에는 이슬라 상회가 소유한 그 저택이 있었다.

하지만 내 예상은 빗나갔다. 울시가 도착한 곳은 이슬라 상회의 소유물인 그 저택의 옆에 있는 작은 저택이었다. 옆 저택이 커서 작게 보이지만, 이쪽도 주택가 안에서는 눈에 띌 만큼 크고 넓었다.

원래 우리는 기척을 지우고 있었지만 울시가 더 나아가 어둠 마술을 실행해서 기척을 완전히 죽였다. 울시가 그렇게까지 신경을 써야 하는 장소라는 뜻인가. 나와 프란도 스킬을 최대한 기동해 기척을 완전히 지웠다. 지금 우리가 할 수 있는 최대한의 은형이다.

기척이 지워진 것을 확인하자 울시는 한달음에 저택 지붕으로 뛰어 올라갔다. 그래도 전혀 소리를 내지 않았으니 역시 대단하다.

'웡.'

『그쪽이야?』

울시는 몸을 소형화시키고 저택의 넓은 지붕 위를 종종 걷기 시작했다.

그 뒤를 따라가자 울시가 어느 곳에서 발걸음을 멈췄다. 그대로 지붕에서 가볍게 몸을 내밀고 아래를 들여다봤다.

『이 아래 방이야?』

'웡!'

나는 창문으로 안을 들여다봤다. 방 안에는 두 남자가 있었다. 감정해보니 놀랍게도 한 사람은 브룩 크라이스톤이라고 적혀 있었다.

『크라이스톤? 혹시 영주의 차남인가?』

'웡!'

다른 한 사람은 파시나스 토르마이오라는 이름이었다. 누구지? 아니, 이대로 보고 있으면 알려나. 잠시 들여다보자.

"제로스리드가 실패하고 돌아왔다고? 쓸모없는 놈들!"

"하지만 코르베르트에게는 부상을 입혔다고 합니다. 그렇다면 남은 건 그 계집애들뿐 아닐까요?

제로스리드의 이야기를 하고 있었다. 역시 이 녀석들이 흑막인 듯했다.

"그렇다면 얼른 새로운 용병들을 보내! 그 포장마차의 카레빵인가 뭔가의 판매를 반드시 저지해야 한단 말이다! 그거 때문에 웨인트의 요리에 섞은 사신수의 효과가 정화돼 계획이 늦어지고 있잖아!"

"즈, 즉시 수배하겠습니다!"

"서둘러. 이제 계획은 되돌릴 수 없는 곳까지 와 있다. 약간 소동이 일어나도 상관없어. 판매원들은 아무래도 좋아. 그 프란인가 뭔가 하는 계집애를 오늘 밤중에 확실히 처리해!"

그 프란인가 뭔가 하는 계집애는 지금 여기 있는데요?

이야기의 상세한 내용은 잘 모르겠지만, 아무래도 노블디슈의 요리에 독이나 뭔가를 섞은 것 같다. 그것이 카레빵을 먹음으로써 무효화된다고.

『모르는 사이에 이 녀석들의 음모를 방해하고 있었다니, 몰랐어.』

"놀랐어."

『그 탓에 찍혔지만…….』

영주 양반, 자식 교육이 안 됐잖아! 장남은 그렇다 치고 차남은 어둠의 조직을 움직여 뭔가를 꾀하고 있고, 삼남은 거기에 협력하고 있는 거 같고 말이야!

"젠장. 설마 빼앗긴 큐어 터메릭이 이쪽의 목을 조르게 될 줄이야……!"

"그 사신수인가 뭔가는 큐어 터메릭이 없으면 만들 수 없는 겁니까?"

"제라이세 녀석은 그렇게 말했다. 듣자하니 속성을 뒤집어 독으로 변화시킨다고 하더군. 그건 그렇고 귀중한 마법 식물을 10골드밖에 안 되는 쓰레기 요리에 쓰다니, 머리가 이상한 거 아니야!"

'쓰레기 요리?'

아, 이 녀석 프란! 살기가 흘러나오고 있잖아! 브룩 일행이 몸을 부르르 떨며 가볍게 문질렀다. 프란의 살기가 미친 모양이다. 다만 바로 기분 탓이라고 생각했는지 다시 이야기를 시작했다. 방 안에 실력자가 없어서 다행이다.

『프란, 참아야 돼.』

'응…….'

"최근 이슬라 상회의 실수가 계속되고 있습니다. 솔직히 말해서 이대로 계속 활동하는 것은 위험하지 않을까 합니다만."

"그럼 일단 해체했다 다른 상회라도 시작해. 서류는 이쪽에서 어떻게든 하지."

"알겠습니다."

아무래도 이슬라 상회는 브룩의 부하로 있는 것 같다. 범죄를 저지르기 위해 만든 이름뿐인 상회일 것이다.

그럼 이제부터 우리는 어떻게 움직일까. 아무리 직접 봤다고 해도 증거가 없으면 아무도 믿어주지 않을 것이다. 여기서 브룩을 붙잡을까? 다만 영주의 차남에게 아무런 증거도 없이 손을 댔다가는 자칫하면 범죄자가 된다.

토르마이오라는 남자를 붙잡아도 되겠지만……. 간부 같은 녀석이 저택 안에서 모습을 감추면 경계할지도 모른다. 내가 고민하고 있는데 갑자기 울시가 모습을 감췄다.

『아, 울시?』

울시가 향한 곳은 브룩이 있던 방에서 나간 토르마이오가 있는 곳이었다. 그림자 속에서 토르마이오에게 덤벼들어 소리도 없이 의식을 빼앗았다.

아, 저질렀구나!

하지만 저지른 일은 어쩔 수 없다. 나는 사일런스를 써서 소리를 지우고 울시에게 가장 가까운 창문을 염동으로 열어젖혔다. 울시가 기절한 토르마이오의 목덜미를 문 상태로 이쪽으로 달려왔다.

뭐, 생각해보면 이 정도로 막 나가지 않으면 증거는 모으지 못할지도 모른다. 녀석들은 사신수라는 것을 퍼뜨리고 있는 것 같으니 되도록 오늘 밤 안에 증거가 필요하다.

『……일단 잘했어.』

"워후."

『하지만 다음부터는 우리의 허가를 제대로 받고 움직여.』

교육의 의미도 담아서 꼬리를 세게 잡아당겨줬다. 울시도 멋대로 나선 것을 알고 있는지 얌전한 얼굴로 고개를 끄덕였다.

"워, 워후."

울시로서는 증거를 모으는 게 자신의 임무라고 생각한 거겠지. 그래서 가장 효율이 좋아 보이는 수단을 취한 듯했다. 프란도 그렇고 울시도 그렇고 좀 더 생각하는 버릇을 들여주어야 하나……

『일단 도망치자!』

'웡!'

'응!'

10분 후. 우리는 영주관으로 향하고 있었다.

토르마이오를 넘기기 위해서다. 이 녀석에게 정보를 알아내는 것은 간단했다. 아무래도 전투에는 아마추어인지 울시의 모습을 보기만 해도 겁을 먹고 줄줄 불었기 때문이다. 뭐, 겁먹은 모습은 절반이 연기고 거짓말만 늘어놓아 이쪽을 속이려고는 했지만. 그건 허언의 이치로 판별하면 문제없다.

이 도시에 온 뒤로 사람들이 무서워하기만 해서 울시는 조금 시무룩해했다. 고아원에서 아이들이 따르지 않았다면 더 시무룩해졌을 것이다. 조만간 위로해주자.

토르마이오는 프란을 속이려 했지만 우리는 정보를 정확히 얻는 데 성공했다. 우쭐해 하는 것 같아서 이쪽이 토르마이오의 거짓말을 모두 간파했다는 것을 확실히 가르쳐주니 얼굴이 창백해졌다.

서로 속고 속이는 설전에서 프란 같은 소녀의 의도대로 넘어간 것을 깨달았기 때문이다. 속이는 데 자신이 있었던 토르마이오가 자신감을 상실하기에는 충분한 충격이었을 것이다. 찬물을 뒤집어쓴 듯한 얼굴로 멍하니 있었다.

　그건 그렇고 이 토르마이오라는 인텔리 조폭풍 남자가 이슬라 상회의 간부라고 생각했는데, 상상 이상의 거물이어서 조금 움츠러들었다. 놀랍게도 이슬라 상회를 산하에 두고 있는 대상회, 토르마이오 상회의 회장이던 것이다. 스킬은 상인이나 산술보다 허언이나 공갈 스킬 쪽이 레벨이 높으니 착실한 상인은 아니겠지만 말이다.

　영주의 차남인 브룩이 출자해서 만든 귀족 등을 상대로 한 미술품 판매를 도맡아 관리하는, 바르보라에서도 나름대로 커다란 상회인 듯했다.

　뭐, 그래도 브룩의 계획을 알았을 때의 충격에는 미치지 못했다. 사람을 폭주시키는 마력수를 노블디슈의 요리에 섞어 쿠데타를 일으킨다니……. 내버려 두면 많은 사람이 희생될 것이다. 알았으니 그대로 둘 수 없다.

　놀랍게도 이 사신수는 모험가 길드 전속인 유진이 연금술사 길드에서 쫓겨난 원인이 된 제라이세라는 제자가 린포드와의 공동 연구로 만들었다고 한다. 바르보라에서 도망치지 않고 이슬라 상회의 산하에서 비합법적인 연구를 계속한 듯했다. 다만, 토르마이오를 붙잡았으니 잘하면 브룩의 악행이나 제라이세의 관련성을 증명할 수 있을 것이다.

　자루 안에서 날뛰는 토르마이오를 물리적으로 얌전하게 만들며 영주관으로 돌아가니 역시 세바스찬이 맞이해줬지만…….

"또입니까…….."

"응."

그 시선은 울시의 등에 매여 있는 자루로 향해 있었다. 다만 이번만큼은 포기해줄 수밖에 없을 것이다. 세바스찬도 프란이 절대로 굽히지 않는다는 것을 알았는지 그 이상은 아무 말도 하지 않았다.

"그러면 전하들께 알리겠습니다."

영주를 불러줄 줄 알았는데, 처음에 왕족 남매에게 의논하는 편이 나으려나? 영주와 면회하는 것도 우리가 부탁하는 것보다 왕족 남매가 부탁하는 편이 빨리 만날 수 있을 테고 말이다.

"프란…… 또 그 자루인가?"

어라? 맞이해준 플루토 왕자도 자루를 보고 기막힌 얼굴을 하고 있었다. 사티아 왕녀도 미묘한 얼굴이었다. 저번 경험으로 자루의 내용물이 무엇인지는 알고 있는 모양이다.

"일단 확인하겠는데, 그 안에는 뭐가 있나요?"

"이거."

"꺅. 정말, 역시 그랬네요……."

"우읍!"

재갈이 물린 남자를 보고 사티아 왕녀가 귀여운 비명을 질렀다. 하지만 저번만큼 놀라지 않았다. 아마 내성이 생긴 거겠지.

"이건 어디의 누구지?"

"나쁜 놈."

"프란이 이렇게까지 했으니까 그건 알아."

"영주의 차남의 부하야."

아이들은 잠들었는지 이곳에는 플루토, 사티아, 세리드밖에 없으니 전부 설명하자.

프란은 내게 도움을 받아가며 사태의 경과를 들려줬다. 야아, 왕자 일행이 도중에 포기하지 않고 프란의 이야기를 이해하려고 노력해줘서 다행이다. 일단 그들에게도 브룩과 토르마이오가 공모해 무슨 악행을 꾀하고 있다는 뜻은 전달된 모양이다.

"이건…… 큰일이 아닌가!"

"그건 그렇고 브룩 님 말입니다만……. 그분은 상회의 경영뿐만이 아니라 바르보라의 통치도 보좌하고 있습니다. 이거 뒤에서는 하고 싶은 대로 움직인 것 아니겠습니까?"

세리드의 말대로다. 고아원의 원조금을 끊은 것도 녀석의 소행일 것이다. 콘테스트 문제로 시비를 걸어 고아원을 없애려고 했을 가능성이 높기 때문이다.

"로더스 님께 알려야겠어요."

"그래. 하지만 과연 믿어줄지……."

플루토의 말대로다. 토르마이오라는 상인이 있다고 해도 자신의 아들이 쿠데타를 일으키려 한다는 이야기는 믿지 않을지도 모른다.

"그 경우에는 우리가 움직일 수밖에 없겠지."

"그러네요."

두 왕족은 결의에 찬 표정으로 마주 고개를 끄덕였다. 그들에게 타국이기는 하나 시민의 안전이 위협받는 사태를 방치할 수 없는 듯했다. 이 부분에는 역시 왕족으로서의 긍지 같은 것이 있을 것이다.

그것을 보고 세리드가 못마땅한 얼굴을 하고 있었다. 이 녀석의 입장에서 보면 타국의 집안일에 관여해 위험한 일을 당하고 싶지 않기 때문일 것이다. 시드런 해국에서도 이런저런 위험이 있었고 말이다.

말려도 말릴 수 없는 건 이해하면서도 잔소리를 하지 않고는 기분이 풀리지 않은 듯했다.

"아시겠습니까, 두 분. 힘을 쓴다고 경솔하게 말씀하셨는데, 경우에 따라서는 외교 문제가 되는 일도 있습니다. 타국의 일은 타국에 맡겨야 합니다."

"하지만 그래서는 늦을지도 몰라."

"그래요."

내 생각에 플루토 남매가 정의감이 강한 것은 세리드 탓인 것 같다. 반면교사라고 해야 할까, 세리드에 대한 반발심에서 정의감이 더 강해지는 것처럼 느껴졌다. 어떤 의미에서 정의의 엘리트를 교육한다고 해야 할까? 뭐, 세리드가 그런 생각을 절대 할 리 없다는 것은 알지만 말이다.

"아무튼 일단 로더스 님에게 이야기를 해보지."

"응."

"하지만 그 전에 못을 박아둬야겠군."

그렇게 중얼거린 플루토가 토르마이오에게 다가가 그 얼굴을 빤히 들여다봤다. 단정한 외모의 귀공자가 무표정하게 위에서 내려다보는 것은 나름대로 박력이 있는 듯했다.

"큭……."

토르마이오가 완전히 동요하고 있다는 것이 전해져왔다. 그대로 한동안 토르마이오를 위압하던 플루토는 서서히 그 귀에 입을 가져갔다. 그리고 속삭였다.

"우리는 필리어스의 왕족이다."

"우읍?"

"이 의미를 알겠나? 너희는 이미 신검의 저주에 걸렸다."

"우으읍!"

필리어스 왕가에 해를 끼치는 자에게는 신검의 저주가 내린다. 토르마이오도 그 소문을 알고 있나 보다. 두려움에 지배당한 눈으로 왕자를 바라봤다.

"이제 영주에게 넘기려 하는데, 묻는 말에는 모두 솔직히 대답해라. 그렇지 않으면──."

플루토가 한순간 악마의 능력으로 토르마이오를 위압한 것을 알 수 있었다. 살기에 가까운 마력을 받았으니 전투 능력이 낮은 토르마이오에게도 확실히 전해졌을 것이다. 왕자에게는 뭔가 눈에 보이지 않는 초현실적인 힘이 있다고. 재갈이 풀린 토르마이오는 공포에 질린 목소리로 외쳤다.

"알겠습니다! 대답하겠습니다! 그러니 저주는──."

"안다. 네가 우리의 적으로 돌아서지 않는 한 저주가 네게 내리는 일은 없을 것이다."

완전히 저주의 존재를 믿고 있군. 이로써 토르마이오가 이상한 짓을 할 가능성은 사라졌을 것이다.

"그러면 로더스 님을 호출하겠습니다."

"부탁해요."

세리드가 한숨을 참으며 포기한 표정으로 방을 나갔다.

그러자 그렇게 기다리는 일도 없이 후작이 찾아왔다.

저번에는 불만이 가득한 느낌으로 왕족 남매의 호출에 응한 크라이스톤 후작이었지만, 이번에는 심각한 표정으로 방에 들어왔다. 아마 세바스찬에게 울시가 등에 진 자루 이야기를 들었을 것이다. 오히려 뭔가를 기대하는 표정으로마저 보였다.

하지만 바닥에 쓰러진 토르마이오를 보고 놀란 표정을 지었다.

"이건…… 어째서 토르마이오가?"

"아는 상대입니까?"

"그야 물론입니다. 저희 바르보라에서도 특히 귀족을 상대로 한 미술품 매매를 하는 상회의 주인이니까요."

"그리고 아드님과도 친하다고 하는데요?"

"네. 차남인 브룩이 토르마이오 상회의 소유자라서요."

플루토의 말투에서 뭔가 불온한 느낌을 감지했을 것이다. 크라이스톤 후작은 그 자리에서 가볍게 자세를 바로 했다.

"설명을 들을 수 있을까요?"

"네. 토르마이오라고 했지? 모든 것을 밝혀라. 알고 있겠지?"

"네, 네에에!"

이러니저러니 해도 역시 왕족, 명령에 익숙했다. 그 명령에 토르마이오도 거역할 여지가 없었다. 그리고 토르마이오의 입에서 나온 브룩의 계획을 듣고 크라이스톤 후작의 안색이 단숨에 변했다.

처음에는 되지도 않는 소리를 하지 말라는 분노로. 다음에는 거짓말이 아니라고 이해해서 창백하게. 이제는 안쓰러울 정도였다. 아들에게 무른 부분이 있다고는 하나 역시 대귀족. 토르마이오의 말에 거짓이 없다는 것을 간파했을 것이다.

"단순히 내게 반항하는 것만이 아니라 백성까지 말려들게 하다니…… 대체, 대체 무슨 짓을…….."

창백한 얼굴로 중얼거렸다. 그래도 의심의 말을 입에 담을 수밖에 없는 것이 아버지라는 존재일까.

"그래, 그렇지. 뭔가 근거, 근거는 있는 겁니까……?"

"그런 말씀을 하셔도 말입니다. 브룩 님과 가장 가까운 남자가 그 입으로 전모를 밝혔습니다. 그 이상의 증거가 있겠습니까?"

"그런 건 얼마든지――."

토르마이오를 위협해 거짓말을 하게 할 수 있다. 그런 말을 꺼내다 크라이스톤 후작은 입을 다물었다. 그 말을 입에 담는 건 눈앞에 있는 필리어스의 왕족 남매가 거짓말을 해 자신을 함정에 빠뜨리려 한다고 소리 높여 주장하는 것이기 때문이다.

"죄송합니다. 잠시 정신이 흐트러졌습니다."

"사과를 받아들이겠습니다."

"하……. 저도, 알고 있었습니다……. 제 결제 도장을 멋대로 쓸 수 있는 자는 필립이나 브룩밖에 없다는 사실을…….."

그러고 보니 그 문제도 있었다. 관리는 상당히 엄중했다고 한다. 그야말로 자신이나 아들밖에 손댈 수 없도록 조치하고 있었던 듯했다.

"필립은 보신 대로 우직한 녀석입니다. 뒤에서 몰래 움직이는 짓은 하지 않습니다. 그렇다면 범인은 자연히 확정됩니다…….."

크라이스톤 후작은 고개를 살짝 숙이고 생각에 잠겼다.

갖가지 갈등이 있을 것이다. 쿠데타를 꾀하는 아들들을 처벌해야 하지만 최대한 드러내고 싶지는 않을 것이다. 가문의 이름에 흠이 갈 수 있는 사태이기 때문이다. 하지만 왕족 남매가 사이에 있는 이상 완전히 은폐하기도 어렵다. 그리고 즉시 움직이지 않으면 필리어스 왕족을 업신여겼다는 말을 들을 가능성도 있다. 또한 많은 백성이 다칠 우려도 있다.

다양한 사항을 저울에 올리고 무엇이 최선인지 생각하고 있는 것이 틀림없었다.

그리고 후작이 결단을 내렸다.

"알겠습니다. 야경 병사들을 움직여 아들들을 구속하겠습니다. 협력자라는 용병과 연금술사도 마찬가지로요."

"움직여주시는 겁니까."

"네. 하지만 정식 제전이 끝났다고는 하나 아직껏 바르보라에는 많은 사람이 머물고 있고 소동도 빈발하고 있습니다. 기사나 병사를 전부 투입하기는 어려울 겁니다."

좀 더 전군을 동원해 브룩 패거리를 체포하기를 바랐지만, 지금은 움직여주는 것만으로도 좋다고 해둘까. 약간의 망설임은 있는 듯했지만 결단을 내리니 영주의 행동은 빨랐다.

한 시간도 지나지 않아 도시 전체에서 모인 병사들을 이끌고 출발했다. 병사들에게는 로더스의 아들인 브룩과 웨인트를 보호한다고만 전달했다.

플루토와 사티아 일행은 저택에 머물렀다. 당연하다. 범인을 체포하는 자리에 타국의 왕족을 데리고 가서 상처라도 입히면 아무리 후작이라고 해도 물리적으로 목이 날아갈 것이다. 세리드도 두 사람을 강하게 말려서 결국 플루토 남매는 남는 것을 마지못해 승낙했다.

우리는 당연히 후작군을 따라가고 있었다. 안내도 필요할 테고 말이다.

『울시, 차남의 기척은 어디에 있어?』

'웡!'

『그러냐.』

브룩은 지금은 아까 그 저택 쪽이 아니라 이슬라 상회가 소유한 저택 쪽에 있는 듯했다. 울시가 저택 쪽을 코끝으로 가리켰다.

"브룩이 있는 곳은 저쪽이야."

"저 저택인가……."

크라이스톤 후작은 저택이 시야에 들어오는 위치에서 병사들을 일시 정지시켰다. 역시 주저가 되는 듯했다. 지금으로서는 물증도 없고 수상한 계집애가 데리고 온, 명백하게 협박당한 듯한 사람의 증언만 있으니 말이다. 누구의 소유물인지도 모르는 저택에 병사를 이끌고 들어갔다가 잘못되기라도 하면 책임 문제로 발전할 가능성도 있었다. 여기는 우리가 선두에 서야 할 것이다.

『프란.』

"응."

"이, 이봐! 어디 가는 거냐!"

후작의 말을 무시하고 프란이 달려나갔다. 목표는 문 앞에 서 있는 문지기였다. 여기서 입씨름을 벌여서 안에 알려지는 것도 성가시니 얼른 붙잡기로 했다. 이 녀석에게 브룩이 있다는 정보를 얻으면 영주도 움직이기 쉬워질 것이다.

"어——?"

문지기는 말할 새도 없이 프란의 주먹에 쓰러졌다. 공격하기 전에 감정을 사용해 범죄자&사심 상태라는 것은 확인이 끝났다. 우리는 쓰러지는 문지기를 들고 즉시 크라이스톤 후작군에게 돌아갔다.

일단 재갈을 물리고 손을 묶었다. 그리고 힐을 걸어서 남자가 깨어나게 했다.

"으으읍!"

"조용히 해."

"으읍!"

허리를 걷어차인 남자가 몸을 기역자로 구부리며 괴로워했다. 그런 과정을 몇 번 반복하자 남자는 완전히 온순해졌다.

그때 영주가 조심스레 말을 걸어왔다.

"이, 이봐. 느닷없이 무슨 짓을 하는 건가."

"응? 신문."

"고문으로밖에 안 보이는데……. 애초에 이 남자는 누군가."

"글쎄? 하지만 적의 일당이야."

"증거는?"

"보면 알아."

"즉, 증거는 없다는 뜻인가?"

후작은 머리를 감싸 쥐었다. 감정을 가진 우리와 달리 확신이 있는 것도 아니니 이러다 잘못되면 어떻게 하느냐고 생각하고 있는 것이 틀림없었다.

"지금부터 질문할게. 순순히 대답하면 이제 아프게 하지 않겠어. 하지만 소동을 피우면 죽일 거야."

프란의 말에 문지기는 창백한 얼굴로 몇 번이고 고개를 끄덕였다. 재갈을 풀자 얌전한 얼굴로 스스로 정좌했다.

"이 저택의 주인은?"

"이슬라 상회야! 나, 나는 단순한 말단이야. 자세한 건 몰라!"

흐음, 거짓말이 아니군.

"이슬라 상회?"

크라이스톤 후작의 중얼거림에 대답한 것은 영주의 측근 중 한 명이었다. 다난이라는 나이 든 병사장이다. 지휘 능력이 높은 데다 개인의 전투 능력도 랭크 D 모험가 정도여서 상당히 우수한 인물이었다.

"이슬라 상회는 브룩 님 산하인 토르마이오 상회의 산하에 있는 상회입니다. 악독한 장사로 이름이 알려져 있습니다."

"그런가…… 브룩의…….."

크라이스톤 후작은 몰랐지만 병사들의 입장에서 보면 이슬라 상회는 아주 건드리기 힘든 상대인 모양이다. 교활하고 악독한 데다 대상회나 귀족의 비호가 있다. 몇 번이고 사찰을 계획했지만 사방에서 들어오는 간섭으로 인해 실현된 적은 없었다.

어떻게 생각해도 브룩의 짓이겠군. 다만 증거는 없다. 브룩에게 부탁해도 유의하겠다고만 하고 일시적으로 얌전해질 뿐이었다고 한다.

"안에 브룩이라는 남자는 있어?"

"응, 있어! 이슬라 상회의 회장이 머리를 조아리는 녀석이야. 몇 시간인가 전에 들어갔어! 자주 와서 잘못 보지 않았어!"

"마지막 질문. 너희는 나쁜 짓을 이것저것 하고 있어?"

"아, 그, 그건……."

"흐음."

퍼억!

프란의 킥이 남자의 등에 작렬했다. 그 통증에 눈물을 흘리며 남자가 간청했다.

"커헉! 미, 미안해! 대답할게! 대답할 테니까 이제 좀 봐줘!"

"처음부터 순순히 대답해."

"나쁜 짓은 얼마든지 하고 있어! 금제품을 밀수해 귀족에게 팔거나, 여자를 납치해 오거나, 적대하는 상회에 불을 지르고 말이야!"

이슬라 상회는 밀수나 암노예 매매 등 비합법적인 장사 외에도 토르마이오 상회가 드러낼 수 없는 거친 일도 맡고 있었다. 그 수법은 그야말로 조폭 그 자체였다. 이름은 달라도 실질적으로 토르마이오 상회의 암부일 것이다.

죄가 드러나도 이슬라 상회를 떼어놓으면 되고, 브룩의 권력이 있으면 모든 죄를 이슬라 상회에 뒤집어씌우는 것도 가능할 것이다.

"그건 브룩도 알고 있는가?"

"이곳을 자주 이용하고 계시고 토르마이오 상회와의 관계를 생각하면 당연히 알고 계실 겁니다."

"설마 브룩이 그런 짓을 하고 있었을 줄이야……."

아직도 그런 소리를 하는 건가.

"나는 브룩이라는 녀석이 너무 거칠게 다루다 죽이고 만 암성 노예의 처분을 맡은 일이 있어!"

267

"터, 터무니없는 소리 하지 마라…… 브룩은 그런……."

입으로는 그렇게 말하면서도 말투는 약하기 그지없었다. 알고는 있지만 믿고 싶지 않다, 그런 상태로 보였다.

"평민을 깔보는 발언이 눈에 거슬려서 후계자 후보에서 제외했는데……. 그래서 반성해주면 된다고 생각해서."

"오히려 그 일을 불만스럽게 생각해 거칠어지신 것 같군요."

"그럴 수가…… 브룩……."

거칠어졌다니, 그런 수준이야? 형을 죽이고 작위를 찬탈하려고 하는데?

"좋다. 이곳에 브룩이 있다면 직접 이야기를 들어보지. 지금의 증언으로 돌입할 이유는 충분하다. 거역하는 자는 전원 구속하고 브룩을──체포해라."

"넷! 알겠습니다!"

문지기에게서 빼앗은 열쇠로 문을 연 후 절반이 저택을 봉쇄하고 남은 서른 명 정도가 저택으로 돌입했다.

저택에 브룩의 부하가 있었지만 무장한 병사에게는 대적하지 못했다. 저항했지만 차례차례 체포되어갔다. 감정해보니 어느 놈이든 상태가 사심이라고 적혀 있었다. 시험 삼아 우리는 때려눕힌 남자에게 큐어 터메릭을 넣은 카레를 먹여봤다. 이것은 카레 빵용으로 사용하는 걸쭉한 게 아니라 프란이 평상시 먹는 용도의 묽은 타입이었다.

그래서 먹기 쉬웠다. 입에 억지로 흘려 넣으면 꿀꺽꿀꺽 삼킬 만큼.

"크어억!"

카레를 억지로 먹은 남자가 괴로워했다. 뭐, 상태 이상이 나왔기 때문이라기보다는 숨이 막혀 괴로운 거겠지만. 하지만 상태 이상은 해제됐다. 역시 사심 상태는 브룩 패거리가 퍼뜨린 사신수로 인해 일어나는 폭주 상태를 나타내는 것인 듯했다.

브룩 녀석, 부하에게도 사신수를 먹인 건가. 뭐, 그것도 직접 들어보면 알 수 있을 것이다.

아니, 그것뿐만이 아니다.

어제 붙잡은 폭한도 상태가 사심이었을 것이다. 즉, 노블디슈 외에도 사신수를 퍼뜨리고 있다는 뜻이 된다. 사태는 상상 이상으로 심각할지도 모른다.

돌입한 지 5분.

우리는 브룩이 있을 것으로 짐작되는 방 앞에 도착했다.

『여기야?』

'웡!'

울시의 기척 감지에 오류는 없을 것이다. 문 저편에 확실히 브룩이 있을 터다.

"갈게."

콰앙!

프란이 문을 발로 부수니 브룩은 책상을 뒤지고 있는 중이었다. 아무래도 소동을 듣고 탈출하기 위해서 값나가는 물건을 챙기고 있는 차였던 모양이다.

"누, 누구냐!"

"응. 악당한테 가르쳐줄 이름은 없어."

"불법 침입을 하고 무슨 소리냐!"

"불법 침입이 아니다, 브룩. 범죄에 관계가 있다고 짐작되는 시설에 대한 정당한 수사다."

"아니, 아버님! 어째서 여기에……!"

"그건 내가 할 말이다. 범죄 조직의 거점에 어째서 네가 있는 거냐."

"무슨 말씀을 하시는 건지──."

브룩이 뭔가 변명을 시작했군. 하지만 내게는 더 신경 쓰이는 일이 있었다. 이 녀석, 상태가 사심이잖아? 어떻게 된 거지? 스스로 사신수를 마신 건가? 그렇다면 어째서지?

살짝 고민하고 있는데 그곳으로 병사가 달려왔다.

"저택의 제압이 끝났습니다. 안에 현상금이 걸린 지명수배자도 있었습니다만 체포를 완료했습니다. 모두 저택 정원에 모아뒀습니다. 또한 지하에서 위법 노예로 추정되는 소녀들을 여러 명 확보했습니다."

현상범에 암노예. 이것은 움직일 수 없는 증거다. 이 저택에 있는데 나는 모른다는 말로 넘어갈 수는 없을 것이다.

"브룩, 이야기는 기사단 대기소에서 찬찬히 듣겠다. 어설픈 변명이 통한다고 생각하지 마라."

"말도 안 돼…… 말도 안 돼 말도 안 돼! 말도 안 돼애애! 어떻게 안 거냐!"

거참, 어떻게 들키지 않으리라고 생각한 거지? 꽤나 엉성했는데? 자신과 관련 있는 이슬라 상회의 사람을 그렇게나 요란하게 움직였으니 우리가 아니어도 언젠가 그 악행은 들통 났을 것이다.

음모를 꾸미는 지성파처럼 행동한 걸지도 모르지만 계획은 구멍투성이였다. 애초에 소동을 일으켜 아버지에게 책임을 뒤집어씌우고 자신이 영주가 돼? 후작이 죄를 문책당할 정도의 소동이라면 어떻게 생각해도 크라이스톤가는 멸문 아닐까? 적어도 그대로 크라이스톤가가 아무 일도 없이 바르보라의 영주를 계속하지는 않을 것이다. 으음, 멍청하군.

뭐, 쿠데타를 사전에 막아서 다행이다. 나머지는 삼남인 웨인트를 붙잡아 내일 판매를 막으면 이 이상 피해도 생기지 않을 것이다. 큐어 터메릭을 넣은 카레를 제공해도 된다. 큐어 터메릭을 제공한다는 소리를 하지 않은 것은 이미 전부 카레에 넣었기 때문이다.

아무튼 이 저택에 있는 녀석들에게는 카레빵을 강제로 먹여서 사심 상태를 해제해두자.

무슨 맛이 좋을까? 의외로 아주 매운맛이 인기라서 숫자가 조금 줄었으니까 여기서는 플레인이나 중간 매운맛 중 어느 쪽으로 하자. 내가 카레빵을 꺼내려고 하는데 브룩이 갑자기 절규했다.

"크아아악!"

뭐지? 자포자기해서 날뛰는 건가?

"그가가아아아아아아아아아가가아아아아아아!"

"이, 이봐! 브룩, 왜 그러느냐!"

크라이스톤 후작이 브룩의 어깨를 잡고 말을 걸었지만 그 입에서 나오는 짐승 같은 포효가 잦아드는 일은 없었다.

"그가가가가가아아아아아아아!"

무릎을 꿇은 자세로 하늘을 올려다보고 포효하는 브룩. 그 몸에서 검은 오라 같은 것이 피어올랐다. 이, 이봐! 위험한 거 아냐?

사심 상태의 인간이 날뛰던 때와 비슷하지만 이쪽이 훨씬 심했다.

『프란! 일단 카레를 먹여!』

"응!"

프란이 재빨리 차원 수납에서 카레가 담긴 접시를 꺼냈다.

"울시, 그 녀석을 눌러!"

"크릉!"

경련하며 절규를 계속 내지르는 브룩의 등을 울시가 앞다리로 단단히 눌렀다. 프란은 카레를 스푼으로 떠서 얼굴로 가져갔지만, 브룩이 날뛰어서 제대로 먹이지 못했다.

"울시, 뒤집어."

"웡."

다음으로는 브룩을 똑바로 눕혀 억지로 입을 벌리고 안면을 목표로 카레를 주르륵 떨어뜨렸다. 브룩이 더욱 날뛰었는데, 상태 이상이 나았다는 느낌은 아니었다. 어쩌면 카레가 눈에 스며들었을지도 모르겠어……. 그래도 카레를 입으로 계속 흘려 넣자 꿀꺽 삼키는 것을 알 수 있었다.

『어때?』

이로써 고칠 수 있다고 생각했지만——.

"쿠어ㅇㅇㅇㅇㅇㅇㅇㅇㅇ!"

브룩의 몸이 무시무시한 기세로 부피를 늘려갔다. 근육이 이상한 속도로 커져가는 듯했다. 동시에 피부와 눈동자가 검게 변색

되어 갔다. 햇볕에 탄 수준이 아니라 먹을 칠했나 싶은 칠흑의 검은색이었다. 온몸의 혈관이 두껍게 팽창해서 마치 피부 아래에서 무수한 지렁이나 뱀이 꿈틀대고 있는 것처럼 보였다. 그런데 얼굴만은 거의 원래 그대로여서 엄청나게 기분 나빴다.

『재수 없어!』

"응."

프란도 브룩의 표변을 보고 어깨를 움츠렸다. 그런데 완전히 사람이기를 그만뒀군. 치료가 늦었나?

감정해보니 스테이터스의 표시 방식이 완전히 마수였다. 고유명인 브룩이라는 이름은 사라지고, 종족은 이블 휴먼으로 적혀 있었으며 스테이터스는 올라갔다. 흔한 고블린 정도라면 간단히 죽일 수 있을 것이다. 우리의 적수는 되지 않지만 일반 병사로는 버거울지도 모른다.

간과할 수 없는 것은 고유 스킬란에 있는 사술, 그리고 사신의 노예라는 칭호일 것이다.

실은 이것을 보고 떠오른 것이 있었다. 가끔 고블린이나 코볼트 등의 사인에 섞여 있는 특수한 개체. 이블 고블린이나 이블 코볼트 같은 식으로 이름 앞에 이블이 붙고 피부는 칠흑. 그리고 브룩이 가진 사신의 노예라는 칭호와 매우 비슷한 이름인 사신의 종이라는 칭호를 가지고 있다. 공통점이 너무 많았다.

혹시 인간에서 사인으로 변화? 진화? 단어는 어떻든 변이한 건가? 즉, 사신수에는 사람을 난폭하게 만드는 것뿐만 아니라 사인으로 바꾸는 힘이 있다?

『이거 참, 어떻게 된 일이지?』

아무리 브룩이 바보라도 그렇게 위험한 마법수를 퍼뜨리지는 않을 것이다. 애초에 자기가 마시지는 않을 터다.

즉, 브룩을 속여서 이용한 제삼자의 존재가 있다는 건가? 사신수를 만들었다는 제라이세라는 연금술사일까, 이름만 가끔 나오는 린포드라는 노마술사일까…….

아니, 지금은 그보다 이 자리를 어떻게 하느냐.

사실 베어버리고 싶지만 아버지인 크라이스톤 후작의 앞에서 브룩을 베면 원한을 살지도 모른다. 그리고 원래대로 돌아갈 가능성도 있을 것이다. 의식만 돌아오면 이 녀석에게 여러 가지 정보를 알아낼 수 있을 테니 말이다. 그렇다면 살려서 붙잡아두고 싶은데…….

하지만 우리가 브룩의 변화에 당황하는 사이에도 저택 밖에서 추가로 변화가 일어나고 있었다.

"그아아아아아아아아아악──."

"크가가가가아아아아──."

밖에서 브룩이 변이 전에 내던 절규와 똑같은 고함이 몇 개나 들려온 것이다.

"웃."

『이거 위험한 거 아냐?』

브룩 같은 일반인이라면 몰라도 전투 능력이 있는 모험가 등이 변이한다면? 상당히 강력한 사인이 탄생하지 않을까?

실제로 절규가 그치면서 엄청나게 강한 기운이 저택 밖에서 생겨났다.

그리고 병사들의 비명이 들렸다. 역시 밖에 있던 녀석들도 브룩처럼 변이한 모양이다.

"브룩! 이봐, 브룩! 왜 그러느냐!"

"다가가면 안 돼!"

"브루──큭!"

프란의 제지도 듣지 않고 울시에게 눌려 있던 브룩에게 다가가려 한 크라이스톤 후작이 브룩의 발차기에 날아갔다.

"로더스 님! 괜찮으십니까?"

"으, 으음."

병사장이 일으켜 세우는 크라이스톤 후작. 고통과 충격으로 넋이 나간 상태였다.

"크르아아아!"

브룩은 울시의 앞다리 아래에서 엄청나게 날뛰고 있었다. 이성도 날아가서 얌전히 잡혀줄 것 같지도 않았다. 우리는 다시 카레를 먹이거나 독을 없애는 마술을 써봤지만 브룩에게 특별한 변화는 없었다. 완전히 사인으로 변한 이 녀석에게 이 상태는 이상하거나 저주가 아니라 보통 상태일 것이다.

『프란, 움직임을 멈출 수 있는지 잠시 시험해보자.』

"응. 울시는 떨어져."

"웡."

"──스턴 볼트."

"크르으──컥!"

좋아, 성공이다. 울시의 압력이 사라지자 일어서려 했던 브룩은 다시 땅바닥에 뒹굴었다. 의식은 있는 듯하지만 마비 상태에 빠졌다. 일단 생물 범주에는 있는 모양이다.

『울시는 이대로 브룩을 눌러.』

"윙."

『우리는 정원으로 가자.』

"응."

프란은 복도로 나와 안뜰에 접한 창을 부수고 공중으로 날아올랐다.

『붙잡은 녀석들이 모두 변신했어!』

체포된 이슬라 상회 관계자들이 모두 사인으로 변이했다. 자신을 묶고 있던 밧줄을 힘으로 끊고 날뛰기 시작했다. 그 수는 열마리. 반면에 병사는 서른 명이었다.

하지만 개개의 전투력이 너무 차이가 나는 탓에 병사들이 압도적으로 열세였다.

"어떡해? 모두 붙잡아?"

『……아니, 쓰러뜨리자. 어차피 범죄자이고 저만큼 날뛰면 전원을 잡기도 어려워. 그리고 원래대로 되돌린다고 해도 어차피 사형이야.』

쿠데타 가담자이니 말이다.

"알았어."

프란이 공중 도약을 사용해 하늘을 차고 아래쪽으로 가속했다. 그 기세대로 한 마리를 세로로 쪼갰다. 동시에 나는 바람 마술을 사용해 두 마리의 목을 날렸다.

원래 거친 일을 했던 놈들답게 브룩보다는 강했다. 위협도로 치면 E 정도는 될 듯했다.

그러나 스킬이 부족한 데다 방어구도 변이 때의 비대화를 견디지 못하고 망가졌다. 저런 상태의 상대에게 우리가 질 리는 없었다. 3분이면 섬멸 완료다.

다만 아쉽게도 이 녀석들에게는 마석이 없는 듯했다. 이만큼 강하니 마석치가 상당히 높을 것 같은데. 뭐, 없는 건 어쩔 수 없다.

괴물이 쓰러진 것을 이해한 병사들이 기진맥진해 주저앉았다. 다만 우리에게는 병사에게 물어야 할 것이 있었다. 피곤한데 물어서 미안하지만 병사장에게 말을 걸었다.

"저기."

"왜, 왜 그러십니까?"

프란의 압도적인 전투력을 눈앞에서 본 노병사장은 허리를 펴고 긴장한 기색을 띠었다. 공포와 경의가 반반이로군.

"저택 안에 있던 건 이게 전부야?"

"네! 그렇습니다! 나머지는 저기 있는 여성들뿐입니다!"

병사장의 시선 끝에는 굳은 채 떨고 있는 소녀들이 있었다. 저택에 잡혀 있던 암노예들이었다. 감정해봐도 특별히 이상한 부분은 없었다.

"제라이세라는 연금술사와 린포드라는 노인은 없었어?"

우리가 쓰러뜨린 이블 휴먼에 섞여 있던 건가? 하지만 노인이라고 부를 만큼 나이 든 자도 없었다.

"아니, 없었습니다."

틀림없이 병사들에게 붙잡혔다고 생각했는데.

"있으면 분명히 알았을 겁니다."

"알아?"

"연금술 길드 안에서 인체 실험이 실시돼 많은 암노예가 희생

된 참혹한 사건이니까요. 주모자를 놓친 것 때문에도 잊을 수 없는 사건입니다."

즉, 다난은 제라이세의 얼굴을 알고 있다는 건가. 그렇다면 사인화한 이 저택의 인간들 중에 제라이세가 섞여 있지 않았던 건 확실할 것이다. 브룩을 버리고 도망친 건가. 그리고 시간을 벌기 위해선지, 우리를 죽이기 위해선지는 알 수 없지만 시한폭탄을 남기고 도망쳤다.

아니면 원격 조작으로 변신시킬 수 있는 건가? 어느 쪽이든 성가시다. 이거 자칫하면 브룩조차 이용당했을 가능성도 있다.

『어떻게 할까…….』

울시의 코에 기대를 걸고 추적을 시도할까, 저택을 수색해 뭔가 단서를 찾을까.

'저기, 스승.'

『왜 그래?』

'저기.'

프란이 가리킨 것은 암노예 소녀들에게서 조금 떨어진 곳에 쓰러져 있는 꽁꽁 묶인 상태의 문지기였다.

어라, 이 녀석은 변이하지 않았던 건가? 상태가 사심 그대로였다. 이 녀석과 변이한 녀석들의 차이는 뭐지? 아니, 사신수의 섭취량이 다를지도 모른다. 한 방울만 먹은 사람과 컵 한 잔을 다 마신 사람이라면 변이 진행에 차이가 있는 것은 당연할 것이다. 그렇다면 거리에 있는 사심 상태의 인간 전원이 갑자기 변이할 리는 없을 것 같았다.

그렇다고 내버려 둘 수는 없지만.

크라이스톤 후작은──아직 도움이 될 것 같지 않았다. 공허한 표정으로 망연자실해하고 있었다. 눈앞에서 아들이 괴물이 됐으니 무리도 아니겠지만. 그래서 우리는 노병사장에게 말을 걸었다.

"이제 알았어?"

"네, 당신의 말은 진실이었습니다. 게다가 저희의 상상 이상으로 위험한 사태인 듯합니다."

사인으로 변이할 가능성이 있는 자가 얼마나 있는지는 알 수 없지만, 열이나 스물일 리는 없을 것이다. 그 녀석들이 시민이 모이는 장소에서 대량으로 변이한다면? 대참사는 피할 수 없다.

"병사를 모아줘."

"알고 있습니다. 긴급 사태이니까 기사단에도 지원을 요청하죠."

우리는 다난에게 분간하는 방법을 가르쳐줬다.

"그렇군, 감정이군요. 상태 이상에 사심이 붙어 있으면 위험하다는 말씀이군요."

"응."

"알겠습니다. 어떻게든 감정을 가진 자를 수배하겠습니다. 모험가 길드에 의뢰를 내도 됩니다."

대도시인 이 바르보라라면 감정을 가진 사람이 아예 없지는 않을 것이다.

"다만 지금부터 얼마나 사람을 모을 수 있을지."

다난은 사람을 모을 궁리를 하고 있는 듯한데, 되도록 비밀리에 처리하고 싶은 듯했다. 모든 사정을 드러냈다가는 그거야말로 영주의 진퇴 문제가 될 테니 말이다. 비밀리에 차남과 삼남을 처리하고 사신수를 마신 시민을 변신 전에 발견해 치료. 도망친 제라이세와 린포드를 포박. 아무 일도 없었던 듯이 사건을 수습하는 게 이 녀석들의 이상적인 흐름일 것이다.

뭐, 절대 무리일 거다. 적어도 사신수를 마신 사람 모두를 소동이 일어나기 전에 찾아 치유하는 건 무리일 테니 소동이 어느 정도는 일어날 터다. 그 소동을 최대한 방지하고 자신들의 손으로 주모자를 처단해 바르보라 안에서 소동을 막는다. 그것이 가장 이상적인 대응일 것이다.

"가능하면 계속 힘을 빌려주실 수 있겠습니까?"

"문제없어. 이제부터 도망친 연금술사들을 쫓을 거야."

"오오! 부탁드립니다."

"우선 단서를 찾기 위해서 저택을 잠시 둘러볼게."

"그건 상관없습니다. 이만한 저택이니 비밀 문이 있을지도 모르겠군요."

"응."

좋아, 이로써 집을 수색하는 허가도 얻었다. 이제부터는 울시가 나설 차례다.

『울시, 냄새가 강한 곳은 알겠어? 연구실이나 비밀 통로, 뭐든 좋아.』

"웡!"

울시가 냄새를 킁킁 맡으며 저택을 돌아다녔다. 잠시 냄새를 맡던 울시는 최종적으로 지하로 이어지는 계단을 내려가기 시작했다. 역시 지하인가. 그리고 울시가 멈춘 곳은 한 방의 앞이었다.

"웡웡웡!"

안에 인기척은 없었다.

『여기야?』

"윙!"

"갈게."

『신중히 해.』

프란이 문을 열자 그곳은 그야말로 연금술사의 연구실이라는 느낌의 방이었다.

연금 기구도 다양하게 놓여 있었다. 다만 자료 같은 것을 봐도 솔직히 무슨 소린지 알 수 없었다. 제라이세의 방이 틀림없는 듯했지만 단서도 없는 것 같았다.

그런 생각이 들어서 조금 실망했지만 울시의 목적은 이 방이 아니었던 모양이다. 책장 옆 벽의 앞에 앉아서 벽을 벅벅 긁고 있었다. 혹시 그건가? 비밀 통로 같은 게 있는 건가? 내가 벽 앞에 서 봤지만 이음매가 있는 것처럼 보이지는 않았다.

똑똑똑텅똑.

염동으로 벽을 두드려봤다. 다른 벽과 비교하면 확실히 소리가 가볍군.

어딘가에 장치가 있는 건가? 정석대로 책장이 수상한데. 아니면 벽 어딘가에 밀려들어가는 곳이 있나? 으음, 살짝 기대되기 시작하는군.

"스승, 왜 그래?"

『아니, 여기에 비밀 문이 있는 거 같은데, 여는 방법을 모르겠어. 프란도——.』

"이렇게 하면?"

쾅!

프란이 벽에 앞차기를 힘껏 먹였다. 방 전체에 강화 마술이 걸려 있었겠지만……. 비밀 문이 뒤로 밀려서 이음매를 확실히 알 수 있었다.

『프란?』

"다시 한 번."

콰앙!

이번에는 돌려차기다. 방 전체로 진동이 퍼졌다. 그리고 벽이 뒤로 쓰러져 아래로 이어지는 계단이 드러났다.

『……응, 열면 그만이지.』

"? 가자."

"웡?"

내가 왜 실망하는지 이해하지 못하는 프란과 울시는 고개를 갸웃거렸다.

됐다, 지금은 급하다. 낭만이나 놀이 기분은 옆으로 제쳐둬야 한다.

우리는 다시 울시를 선두로 계단을 내려갔다. 잠시 내려가니 땅을 파서 만든 기다란 터널이 이어졌다. 함정은 아닌 듯했다. 뭐, 탈출로에 함정은 설치하지 않겠지.

하지만 방해가 없지는 않은 것 같았다.

"……누군가 있어."

『응, 살기가 노골적이야.』

이블 휴먼에게도 반응하지 않았던 위기 감지가 반응했다. 단순한 잔챙이가 아닌 듯했다.

『전투 준비를 완전히 하고 가자.』

"응."

『올시는 숨어서 기습을 노려.』

"윙."

신중하게 나아가기를 5분. 20미터 사방의 조금 넓은 공간으로 나왔다. 그 중앙에 이 공간을 뒤덮는 살기의 원흉이 있었다.

보기만 해도 울컥하는 히죽대는 웃음이 얼굴에 달라붙은 미남이었다.

"그 비밀 통로를 알아차린 게 어떤 놈인가 했더니 설마 이런 계집애였을 줄이야."

"연금술사 제라이세의 부하야?"

"뭐? 이 몸께서 그런 어두침침한 피라미 자식의 부하일 리 없잖아!"

그렇다면 린포드의 부하인가? 능력은 그런대로 괜찮았다. 전에 만난 랭크 C 모험가와 실력이 동등했다. 그리고 창술, 창기가 8로 높고 그 외에도 은밀이나 기척 감지, 암살이나 통각 둔화 등의 좋은 스킬이 갖춰져 있어서 전사로서도 밀정으로서도 실력이 높다는 것을 알 수 있었다.

하지만 역시 눈길을 끄는 것은 칭호일 것이다. 학살자, 고통을 주는 자라는, 어떻게 생각해도 제대로 된 인간이 가질 리가 없는 칭호를 소지하고 있었다. 그리고 주의해야 하는 것이 사신의 종이라는 칭호일 것이다.

브룩 패거리의 칭호는 사신의 노예. 이 녀석이나 이블 코볼트, 이블 고블린은 사신의 종. 어떤 차이가 있는 걸까……. 하지만 감정해도 설명을 볼 수 없었다. 불명이라고만 표시되기 때문이다.

다만, 인간이기를 그만둔 건 아직 아닌 모양이다. 그 증거로 종족은 인간이라고 적혀 있었다.

"제라이세의 부하가 아니야? 그럼 제로스리드의 부하?"

"뭐? 뭐라고 지껄이는 거냐. 내가 제로스리드의 부하? 웃기지 마! 이 몸께서 뇌까지 근육인 그놈의 아래라는 거냐!"

뭔가 스위치가 켜졌나? 프란의 말이 녀석을 자극한 모양이다. 제로스리드와 아는 사이인 건 확실한 것 같지만 사이는 좋다고 할 수 없는 듯했다.

"나는 위대한 사술사 린포드 님의 부하, 루제리오 님이다! 제로스리드처럼 싸움만 머리에 든 쓰레기와 달리 우수한 이 몸은 린포드 님의 복심이란 말이다!"

사술사란 말이지. 처음 듣는 직업이지만 어떻게 생각해도 사신과 관계가 있을 법한 이름이다. 혹시 이번 소동은 제라이세보다 린포드가 주모자인 걸까.

그건 그렇고 중요한 복심을 이런 곳에서 적의 발을 묶는 데 쓸까? 쓰다 버린다는 느낌이 엄청난데.

"너 이 자식. 편하게는 안 죽인다. 알몸으로 만들어 울부짖을 때까지 괴롭혀주마!"

"너 정도로는 무리야."

"크히히. 기가 센 꼬맹이는 좋아한다. 그렇게 건방진 편이 좋은 소리로 울거든!"

그런 일에 익숙한 말투다. 쓰레기로군.

『뭐, 일단 붙잡아 정보를 불게 하자.』

"응. 일단 그 시끄러운 입을 다물게 해야겠어."

"크하하하! 해볼 셈이냐? 후회하게 해주마, 건방진 꼬맹이야!"

"그건 내가 할 말이야. 빌어먹을 놈."

서로 그 이상 상대에게 할 말은 없을 것이다.

적의를 주고받으며 동시에 움직였다. 루제리오는 이쪽을 괴롭히기 위해서, 프란은 정보를 얻기 위해서. 서로의 목적은 달라도 필살이 아니라 무력화를 노렸다.

"핫!"

"으라차!"

프란이 휘두르는 나와 루제리오의 창이 교차해 불꽃을 흩날렸다. 기량은 프란이 위지만 간격이 긴 창은 나름대로 성가셨다. 결과적으로 두 사람의 싸움은 얼핏 보기에 호각으로 진행됐다. 하지만 실상이 다르다는 것은 루제리오도 알고 있을 것이다.

"이런 빌어먹을! 이제 슬슬 죽어!"

"사양할게."

"빌어먹을빌어먹을빌어먹을! 이 몸이 이런 꼬맹이와 호각이라니! 말도 안 돼!"

"호각이 아니야. 현실을 봐."

"으랴아압!"

프란을 괴롭히며 즐기는 정도로 생각했을 것이다. 하지만 현실은 명백하게 상대보다 실력이 부족해서 자신의 공격은 스치지도 않았다. 루제리오는 초조함이 담긴 고함을 질렀다.

프란은 시드런 해국에서 강적과 싸움으로써 대인전 실력이 급격히 상승했다. 스킬이 성장한 것도 아닌데 확실히 강해졌다. 스킬과 완력으로만 창을 휘두르는 이 사내에게 질 요소가 없었다.

슬슬 이 녀석을 정리하고 린포드 일당을 쫓고 싶군. 하지만 루제리오에게는 마비 내성이 있다. 스턴 볼트로는 붙잡히지 않을 가능성이 높았다.

『프란, 다음에 녀석을 전투 불능으로 만들 거야. 죽이지만 않으면 돼.』

'알았어.'

"죽어라아아!"

루제리오가 날린 찌르기에 맞춰 내가 바람 마술로 벽을 만들었다. 영창 없이 갑자기 생긴 윈드 월에 루제리오의 창은 궤도가 크게 빗나갔다. 의도하지 않은 방향으로 바람에 의해 끌려간 창에 루제리오 자신도 이끌려서 몸이 앞으로 허우적댔다.

"아니!"

"빈틈투성이."

루제리오의 손에서 창이 퉁겨나가고, 이어서 울시의 연타가 들어갔다. 울시가 루제리오의 그림자에서 뛰쳐나와 다리를 문 것이다.

"크르르!"

"크가악!"

루제리오의 오른쪽 무릎이 물어뜯겨 무릎부터 아래가 하늘을 날았다. 균형을 잃고 엉덩방아를 찧은 루제리오는 어안이 벙벙한 듯했다. 믿을 수 없는 기색으로 자신의 다리를 내려다보고 있었다.

"——내, 내 다리가아아!"

증오가 담긴 눈으로 프란과 울시를 노려보는 루제리오. 이를 악물고 시선만으로 저주라도 걸 듯한 기색이었다.

하지만 프란이 그의 눈앞에 나를 들이대자 전의가 꺾인 듯했다. 어느새 뽑은 단검을 놓고 고개를 숙였다.

"린포드에 대해서 가르쳐줘."

"……뭐어? 뭐야……?"

"어떤 사람이야?"

"흥. 린포드 님은 위대한 분이다. 사람의 몸으로 사신의 힘을 받아들이고 우리에게도 그것을 나눠 주셨지. 왜소한 사람의 몸을 버리고 훌륭한 진화를 달성하신 거다!"

사신의 힘이라……. 브룩의 변신을 보면 도저히 멋지다는 생각은 들지 않는데. 애초에 이성도 잃고 날뛰기만 하는 존재가 스스로 되고 싶은 건가? 이상자의 생각은 잘 모르겠단 말이지.

"린포드의 목적은?"

"린포드 님의 목적은 궁극의 힘을 얻는 거다!"

"? 사신의 부활이 아니라?"

그건 나도 생각했다. 봉인된 사신의 해방이나 부활이 목적이 아닌 건가?

"멍청하긴. 사신을 완전히 부활시키면 이 세상은 멸망한다. 그렇게 되면 우린 죽잖아. 죽으면 더 이상 사람도 못 죽이고 여자도 못 범하게 된단 말이다."

즉, 힘을 얻기 위해서 사신의 힘을 이용하는 것뿐인 건가? 하지만 독실한 신자도 아닌데 힘을 주나?

"사신은 그 이름대로 요사스러운 신. 나처럼 비뚤어진 사람이어야 힘을 부여해준다!"

그렇군. 사신다워. 악인이면 신봉자가 아니어도 되는 건가.

"린포드가 있는 곳은?"

"이미 브룩에게 준비시킨 새 거점으로 가셨다."

"거기는 어디야?"

"크크크. 영주관 바로 옆. 브룩이 새로 지은 집이다. 도시의 중심이면 바르보라 전역으로 마력을 펼치는 것도 가능하니까."

그건 그렇고 주절주절 잘도 떠드네. 바보인가? 그렇게 생각하고 있는데 루제리오의 손가락에 끼워져 있던 반지가 똑 쪼개져 어스레한 빛을 발했다. 그리고 루제리오의 모습이 순식간에 사라졌다.

"카하하하! 방심했구나!"

원래 장소에서 10미터 정도 떨어진 곳에 나타난 루제리오. 일회용 단거리 전이 아이템인가.

귀에 거슬리게 마구 웃던 루제리오는 어딘가에서 꺼낸 작은 병을 단숨에 들이켜 내용물을 전부 마셨다.

"내가 쉽게 정보를 떠든 건 어차피 네가 여기서 죽기 때문이다!"

그 말 직후, 루제리오의 몸에서 검은 오라가 피어오르기 시작했다. 브룩 패거리가 변신할 때와 같은 광경이다.

방금 마신 의문의 액체는 십중팔구 린포드의 사신수일 것이다. 이 녀석, 스스로 괴물로 변이하는 길을 골랐어. 멋지니 뭐니 떠든 건 진심이었던 모양이다.

절단된 오른 다리의 단면이 뭉클뭉클 부풀어 올라갔다. 잘린 부위의 재생이 덤으로 딸려 있는 거냐.

"네놈은 갈가리 찢어——헉!"

뭐, 그렇게 둘까 보냐. 내가 쇼트 점프를 쓸 필요도 없이 프란이 루제리오와의 간격을 순식간에 좁혔다. 루제리오는 전혀 반응하지 못했다. 빠르다기보다는 불필요한 예비 동작이 없어서 감지하기 어려운 움직임이 된 탓일 것이다. 이것도 시드런 해국에서 우리를 몰아붙인 전사, 발더가 쓴 움직임이었다. 프란은 처음에 이 기술에 반응하지 못해서 배후를 빼앗겼다. 프란은 머릿속에서 계속 그 움직임을 상상하고 반복했던 거다.

"허업!"

허를 찔러 루제리오의 눈앞으로 이동한 프란은 그 입을 틀어막는 형태로 안면을 꽉 움켜쥐었다. 그 기세대로 프란은 루제리오를 밭다리후리기의 요령으로 땅바닥에 내동댕이쳤다. 뒤통수를 세차게 부딪혀 넋이 나간 표정의 루제리오. 적의 변신 장면을 기다려주는 건 애니메이션이나 특촬물 세계뿐이라고!

"마셔."

"어버버버버!"

프란은 손바닥을 기점으로 차원 수납을 발동했다. 루제리오의 입안으로는 카레가 강제적으로 흘러들어 갔다. 입이 막혀서 토하지도 못하고 삼킬 수밖에 없었다.

"커헉! 쿨럭! 크허헉!"

심각한 장면이지만 얼굴을 카레로 더럽힌 그 모습은 개그로밖에 보이지 않는군.

"눈이! 눈이이이!"

아, 이 녀석도 카레가 눈에 들어간 모양이군. 팔로 눈을 북북 닦고 있었다. 하지만 바로 비명을 그치고 눈을 크게 떴다. 그렇게 눈 뜨면 카레가 또 들어간다?

뭐, 이렇게 되는 것도 어쩔 수 없기는 하다. 자신의 몸에서 흘러넘치던 힘이 사라진 것을 알았을 것이다.

루제리오의 상태가 평상으로 돌아왔다. 울시에게 물어뜯긴 오른 다리의 재생도 정강이 언저리에서 멈췄다. 루제리오는 멍한 표정을 짓고 있었다.

"네놈…… 무슨 짓을, 한 거냐."

"상태 이상을 고쳐줬어."

"웃, 웃기, 웃기지 마아아! 내내내내 힘을……! 빌어먹을! 죽어버리겠다! 죽여——."

"흥."

프란이 휘두른 주먹이 루제리오의 턱을 정확히 포착했다. 좋은 라이트훅이다.

"시끄러워."

루제리오의 고함이 귀에 거슬렸던 모양이다. 뇌진탕이 일어났는지 루제리오는 그대로 움직임을 멈췄다. 초점이 잡히지 않는 눈으로 프란을 올려다보고 있었다.

『뭐, 됐어. 이 녀석은 어떡할까.』

나름대로 사정을 알고 있는 것 같으니 중요참고인이기도 하다. 되도록 살려서 잡고 싶다. 데려갈까, 돌아가 병사에게 맡길까. 어느 쪽으로 할까 잠시 고민하고 있는데 저택 방향에서 달려오는 여러 기척이 있었다.

"무사하십니까!"

병사장 일행이었다. 마침 잘 됐다, 그들에게 맡기자.

그 김에 얻은 정보도 알려줬다.

『그럼 우리는 앞으로 갈까.』

거만한 멍청이 덕분에 린포드가 있는 곳도 알았다. 지하도를 나아가니 어느 저택의 정원으로 나왔다. 아마 브룩이 소유한 저택 중 하나일 것이다. 저택 안에 인기척은 전혀 느껴지지 않았다. 운 좋게 아지트로는 나가지 않은 건가. 장소는 귀족가인 듯했다.

『좋아, 가자.』

"응."

"웡?"

어째선지 울시가 영주관과는 다른 방향으로 향했다.

『왜 그래? 울시.』

"웡웡웡!"

계속해서 다른 방향으로 나아가려고 했다.

『혹시 제라이세는 그쪽 방향에 있는 거야?』

"웡!"

제라이세와 린포드가 개별 행동을 하고 있다는 건가? 아니면 루제리오가 말한 새로운 거점에는 이미 없다든가. 거짓말은 하지 않았지만 녀석 자신이 거짓 정보를 사실이라고 주입받았을 가능성은 있었다. 잡히는 게 전제인 버리는 말에게 중요한 정보는 밝히지 않을 것이다.

『어떻게 할까⋯⋯. 루제리오의 정보를 믿을까, 우선 확실히 제라이세를 잡을까⋯⋯.』

아니, 여기서는 일단 거짓 정보의 가능성을 무시하자. 루제리오의 정보가 올바른지 아닌지 확인한 뒤에 제라이세를 잡아도 상관없다. 연금술사 제라이세는 냄새를 기억하고 있는 울시가 추적

할 수 있으니까.

『귀족가로 가자. 린포드를 쫓아.』

"응. 알았어."

"윙."

프란을 태운 울시는 공중 도약을 사용해 일직선으로 영주관으로 향했다. 아래쪽에서는 기사단이 돌아다니는 모습이 보였다. 병사장인 다난이 기사단을 제대로 움직인 듯했다.

가는 도중에 비단을 찢는 듯한 비명이 들려왔다. 아래를 내려다보니 거리 중앙에서 여성이 공격을 당하고 있었다. 상대는 피부가 검은 근육남. 이블 휴먼이었다. 역시 시가지에 있는 사심 상태 인간이 변화하기 시작했나. 서두르고는 있지만 버리고 가기에는 역시 그렇다.

"울시."

"윙!"

울시가 급강하했다. 착지하자마자 프란의 검이 이블 휴먼의 목을──자르지 못했다.

"크르르으으으으으으!"

놀랍게도 우리의 기척에 희미하게 반응해 팔을 희생해서 목을 지킨 것이다. 진화한 것만으로 이렇게나 강한 건가……. 아마 원래는 모험가였을 것이다. 기척 감지나 검술 스킬 등의 일부를 이은 듯했다. 역시 바탕이 되는 인간이 강한 편이 진화 뒤의 능력도 강해지는 것 같았다.

으음. 그건 그렇고 어디서 본 적이 있는 얼굴인데. 어디였더라?

'포장마차에서 소동을 일으킨 모험가.'

『아아, 맞아!』

그렇다. 우리 포장마차에 잠입해 소동을 일으키다 코르베르트에게 배제된 모험가다. 분명히 랭크 F였을 텐데……. 랭크 E 모험가를 웃돌 정도의 힘이 있었다. 이렇게까지 강해지는 건가.

그래봐야 다음 공격으로 두 동강 냈지만. 피와 체액을 흩뿌리며 쓰러지는 근육남. 참고로 피는 여전히 붉었다.

"히이익!"

구해준 여성은 눈앞에 쓰러진 괴물의 시체를 보고 얼굴이 창백했다.

일반인에게는 자극이 너무 강한 모양이다. 솔직히 프란이나 울시가 다가가면 괜히 겁을 줄 것 같았다.

다만 여기에 내버려 두기에는 위험하다. 그 밖에도 이블 휴먼이 있을지도 모르기 때문이다. 여성을 강제로라도 들어서 보호해 줄 만한 곳으로 데려가는 편이 나으려나……?

그런데 우리에게도 여성에게도 운이 좋게 그곳에 우연히 순찰병들이 지나갔다.

겁먹은 여성과 피투성이로 쓰러진 괴물, 그리고 검을 든 고양이 귀 소녀와 거대 늑대. 일반적으로는 완전히 신문받을 흐름이다. 그러나 병사들이 프란의 얼굴을 알아봐 줬다. 프란의 정보가 병사들 사이에 퍼져서 다행이다.

여성을 보호해달라고 부탁하자 흔쾌히 그 자리를 이어 맡아줬다. 그때 병사들에게 도시의 상태를 물어보니 역시 상당한 혼란이 일어나고 있는 듯했다. 귀족가나 하층민가에서 특히 피해가 컸고 중요 시설이 습격당했다는 이야기도 있는 모양이다.

사신수가 있는 한 방치하면 할수록 피해자는 늘어날 것이다. 최악의 경우, 우물 등에 대량으로 투입되기라도 했다가는 수맥이 오염될 가능성도 있었다. 이거 서두르지 않으면 안 되겠어.

『보인다.』

"저기야?"

우리는 영주관 상공에서 주위를 내려다봤다.

영주관은 상당히 커서 인접한 저택이 열 채 정도 됐다. 그런데 그 하나에서 강렬한 기척이 새어나오고 있었다. 이블 코볼트나 이블 휴먼들이 두르고 있던 사악한 기척을 몇 십 배나 강하게 한 듯한, 떨어져 있어도 소름이 돋을 듯한 불길한 기척이었다.

실제로 프란과 울시가 찡그린 얼굴로 저택을 노려보았다.

『틀림없이 저기겠어.』

원래는 정면에서 돌입하고 싶지만 상대의 전력도 모른다. 여기서는 평상시에 하던 스니크 플레이를 하자. 기척을 최대한 죽이고 저택 정원 구석에 내려섰다. 결계가 없어서 쉽게 부지에 침입할 수 있었다.

『평상시 순서로 적을 줄여가자.』

"응."

"웡."

우선 저택의 주위를 돌아서 적의 숫자를 파악했다. 그렇게 정원에서 저택 안을 탐색하기를 10분.

우리는 저택 안에서 인기척을 거의 느낄 수 없었다. 아마 열 명도 없을 것이다. 게다가 기척은 모두 저택의 중앙 부근에 모여 있었다. 저택에 침입할 수밖에 없을 것 같군.

『언제든지 전투에 들어갈 수 있도록 준비해둬.』

"알았어."

"윙."

그리고 우리는 뒷문으로 저택에 들어갔다. 일단 인기척이 나는 방향으로 걷기 시작했다. 숨을 죽이고 천천히.

그건 그렇고 마력이 진하다. 아마 마경 못지않은 마력이 가득 차 있을 것이다. 어떤 마도구의 영향일까.

도중에 적과 마주치는 일도 없이 맥이 빠질 정도로 간단히 저택 중앙부에 도달했다.

'스승, 저 방.'

『그래. 전원이 있어.』

커다란 양여닫이문. 그 반대편에 많은 기척이 있었다. 아무래도 홀이나 뭔가 듯했다. 전원이 이곳에 있는 모양이다. 여기까지 오면 틀릴 수도 없었다. 이 마력, 이 기척, 확실히 이블 휴먼이었다.

그럼 어떻게 할까. 상대의 힘을 알 수 없다. 이만큼 경계를 하지 않는다는 것은 힘에 자신이 있다는 증거이기도 했다. 여유 있는 척 돌입했다가 승산이 없는 괴물만 있는 상황은 피하고 싶다.

어차피 제로스리드나 루제리오 같은 부하를 거느리는 상대다. 랭크 C, D 등급의 적이 모두 사인으로 변이했다면 우리만으로는 위험할 것이다. 기습을 준비해 최대 화력을 쏟아 부어서 다짜고짜 섬멸하는 정도밖에 승기를 찾을 수 없었다.

그 경우, 린포드를 죽이지 않을 수 있을지를 알 수 없다. 한계까지 힘을 쏟은 공격으로 린포드만 솜씨 좋게 피해서 공격하기는 역시 어렵다. 가능하면 린포드는 살려서 붙잡고 싶은데……. 위험을 무릅쓰고 린포드에게 맞지 않을 것 같은 공격만 할까?

'어떡해?'

'웡?'

아니, 아니다. 그러다 프란이나 울시가 돌이킬 수 없는 부상을 당하면 다 소용없다.

우선해야 할 것은 프란과 울시의 안전이다. 다른 건 어떻게 되든 내가 알 바 아니──라고까지는 말하지 않겠지만. 프란의 목숨을 걸고 모르는 누군가의 안전을 얻자는 생각은 들지 않는다. 린포드를 산 채로 붙잡지 않으면 이 도시가 반드시 멸망한다면 무리할 가능성도 있겠지만 말이다.

『최대 화력을 쏟아 부어. 전력으로 해.』

'괜찮아?'

『그래, 여기에 린포드가 있는지 없는지도 모르고, 놓쳐서 여기서 거꾸로 혼란이 더 일어나는 쪽이 위험해.』

그렇다면 여기서 린포드를 죽인다.

『그럼 가자.』

'응.'

'크릉!'

프란이 문을 발로 부수고 방으로 돌입했다. 마술을 쓰기 직전, 방 안에 이블 휴먼밖에 없다는 것은 확인을 마쳤다. 좋아, 이로써 걱정 없이 마술을 쏠 수 있다. 아니, 이미 발동을 시작했으니 이제 와서 멈출 수도 없지만.

『──플레어 익스플로드! 게일 해저드! 플레어 익스플로드!』

오랜만에 스킬을 전력으로 사용했다. 나열 사고와 마법사 스킬에 의한 범위 주문의 연속 발동. 게다가 오버 부스트 시켰다.

Lv 4 화염 마술, 플레어 익스플로드는 대폭발로 넓은 범위를 태워버리는 상급 마술이다. 바람 마술을 중간에 넣어서 보다 넓은 범위에 폭염이 퍼지도록 했다.

"──파이어 월!"

"──크르릉!"

『스톤 월!』

지나치게 가까운 거리에서 쐈기 때문에 우리에게까지 열풍이 불어 닥쳤다. 하지만 미리 영창한 장벽 계열 마술을 거듭해서 어떻게든 넘겼다. 그건 그렇고 네이팜탄이라도 떨어뜨린 듯한 무시무시한 폭염이었다. 생성된 벽의 양 옆을 먼지와 흙의 격류가 무서운 기세로 흘러가는 모습이 보였다. 삼중벽을 쳤는데도 불구하고 소용돌이치는 폭풍에 날아갈 뻔했다.

『……너무 지나쳤나?』

"너무 약한 것보다는 나아."

"웡."

그래도 말이다. 폭풍이 잦아든 후, 저택의 2층은 반파되고 천장도 뚫려서 하늘이 보였다. 1층도 절반이 폐허로 변하고 홀도 원형을 유지하고 있지 않았다. 사방의 벽이 소멸해서 저택 중앙에 원래 넓은 안뜰이라도 있었다는 생각이 들 것 같은 꼴이었다.

"……처음 보는 상대에게 꽤나 심한 처사가 아닌가? 소녀여."

"! 누구야."

"훗훗훗. 모르겠나?"

"사술사 린포드."

"정답일세."

이름 : 린포드 로렌시아   나이 : 100세

종족 : 사인

직업 : 사술사

Lv : 58/99

생명 : 129 마력 : 850 완력 : 127 민첩 : 120

스킬 ; 영창 단축 4, 감정 7, 고속 재생 6, 사악 감지 9, 상태 이상 내성 4,
선동 4, 조합 6, 독 지식 7, 마력 조작

고유 스킬 : 사술 8, 사신의 은총

칭호 : 사신의 첨병

장비 : 사귀의 뼈지팡이, 사견인(邪犬人)의 로브, 사견인의 외투, 사술의
팔찌

"그건 그렇고…… 마도구라도 쓴 건가? 그 정도 마술을 쏠 수
있는 역량으로는 보이지 않네만."

진짜인가. 그 공격을 아무 상처 없이 견디다니. 하지만 다른 녀
석들은 무사히 넘어가지 못한 모양이다. 백발의 자그마한 노인
앞에 이블 휴먼 열 마리 정도가 포개지듯 쓰러져 있었다. 가장 대
미지가 컸던 맨 앞 열의 세 마리는 거의 숯덩이 상태였다. 뒤의
네 마리는 미디엄이나 웰던이려나.

그리고 숨이 끊어질 듯 말 듯 무릎을 꿇고 레어 상태인 이블 휴
먼이 세 마리 있었다. 보아하니 앞의 녀석들이 벽이 되어 대미지
가 경감된 듯했다.

이 영감, 부하를 아무렇지 않게 방패로 삼았어. 이블 휴먼은 날뛰기만 하는 괴물이라고 생각했는데 린포드의 명령은 듣는 걸지도 모르겠다. 직업이 사술사이니 사인을 조종하는 술법이 있어도 이상하지 않다. 하지만 나의 상상은 빗나간 듯했다.

"리, 린포드 님, 도망치십시오."

"여기는 저희가 막겠습니다!"

이블 휴먼이 제대로 말하고 있어? 황급히 감정해보니 이 녀석들은 다른 이블 휴먼과 확연히 달랐다. 그리고 칭호도 사신의 노예가 아니라 사신의 종이었다.

이성을 지닌 채로 이블 휴먼이 됐다는 건가?

"그 녀석들은 말할 수 있어?"

"훗훗, 도시에서 다른 사인을 만났나? 그야 이 녀석들은 이성을 남긴 채 사인의 힘을 손에 넣었지. 자신의 의지로 사신님의 힘을 받아들임으로써 말일세!"

그런 건가. 아마 칭호의 차이일 것이다. 사신의 노예는 강제로 변이되어 이성을 빼앗긴 자. 사신의 종은 자신의 의사로 사신의 힘을 받아들인 자다.

그렇다면 칭호가 사신의 종이었던 루제리오는 사신수를 마심으로써 의사를 유지한 채 힘을 얻었다는 뜻인가? 위험했을지도 모른다. 즉시 쓰러뜨려서 다행이다.

"변신 조건은 뭐야?"

"어째서 가르쳐줘야 하나——라고 말하고 싶지만 여기까지 온 상이다. 질문에 대답해주지."

"길게 떠들지는 마."

"훗훗. 위세 좋은 소녀로구먼. 사인으로 진화하기 위한 조건은 그리 어렵지 않네. 내가 조합한 사신수를 마시고 몸속의 사기를 일정량 모으면 돼. 나머지는 내 마지막 도움이나 본인의 의사로 진화가 시작되지. 간단하지 않나?"

너무 간단한 거 아냐? 그 정도 과정으로 인간이 사인으로 변한 다고? 그렇다면 사인이 더욱 늘어나도 이상하지 않을 것이다. 사 술사가 이 녀석뿐이라고 단정할 수 없으니 적어도 그 이야기가 더 퍼졌어도 이상하지 않을 것이다. 다만, 영주나 다난의 반응을 보면 사람이 사인으로 변하는 현상을 전혀 모르는 듯했다. 위정 자 측인 그 두 사람이 모른다는 것은 이 세계의 상식이 아니라는 뜻이다.

인간을 강제적으로 사인으로 바꾸는 조건이 물을 마시는 것뿐 일 리는 없다고 생각한다. 다만 눈앞에서 인간이 사인으로 변하 는 모습을 본 것도 확실했다. 거기서 신경 쓰이는 것이 린포드가 말한 '내 마지막 도움'이다.

어떤 것인지는 알 수 없지만 린포드가 굳이 이 저택에 온 이유 가 거기에 있는 것은 아닐까.

루제리오는 뭐라고 했더라? 도시 중심이라면 바르보라 전역으 로 마력을 펼치는 게 가능하다고 하지 않았나? 마력을 마을로 펼 치면 무슨 일이 일어나지?

나는 린포드의 뒤로 시선을 옮겼다. 미약하지만 부자연스러움 을 느꼈기 때문이다. 얼핏 은폐되어 있지만 바닥에 무언가가 적 혀 있었다. 마법진이다.

마법사 스킬로 마력의 흐름을 추적해봤다. 린포드에게서 흘러

나오는 사악한 마력이 마법진에 의해 광범위하게 확산되고 있는 것을 알 수 있었다. 이것이 마력을 펼친다는 것일까. 그리고 린포드가 말한 마지막 도움의 정체일 것이다. 규모가 큰 정체불명의 의식이다.

"그건 그렇고 내 앞에 선 채로 마력에 눈을 돌리다니 재미있군. 어떤가 소녀여. 내 부하가 되지 않겠나? 지금보다 몇 단계 강한 힘을 주지."

"……너희 목적은 뭔데?"

"오, 즉답하지 않는 건가? 좋군 좋아. 사려 깊은 건 장점이지. 그런데 우리 목적 말인가? 사신님의 부활과 세계의 파멸!"

"!"

"그렇게 말할 거라고 생각했나?"

그 뒤에 린포드가 꺼낸 이야기는 루제리오가 한 말과 거의 같았다. 사신의 부활이 아니라 사신을 숭상하여 힘을 나눠 받는 것이 이 녀석들의 목적이라고 했다.

흔히 있는 사신을 부활시켜 세계를 멸망시킨 후 새로운 세계에서 사신의 부하로 영광을 거머쥔다든가 세상에 절망해 사신의 힘으로 전부를 멸망시킨다든가 하는 미친 소리 같은 이유는 아닌 듯했다.

"어떤가? 내 부하가 되지 않겠나? 네가 바란다면 힘을 주지. 진화시켜줄 수도 있네. 정당한 진화와는 다소 다르지만 말이야."

그 말투, 아무래도 흑묘족이 진화하지 못하는 것을 알고 있는 모양이다.

"거절할게. 네 부하는 되지 않아."

"괜찮겠나? 너는 흑묘족일 텐데? 진화할 수 없는 종족이라고 들었네만."

"? 무슨 소리야?"

"너희 흑묘족은 신에게 버림받아 진화 계보가 막힌 종족이라고 들은 적이 있네만."

"…………."

"나라면 너를 진화시키는 것도 가능하네. 지금 당장이라도 말일세!"

린포드는 히죽 웃고는 프란에게 주름진 손을 내밀었다. 어떻게 생각해도 제대로 된 진화는 아닐 것이다. 사인이 될 게 뻔하다. 하지만 즉시 부정하기도 망설여졌다.

『프란, 따르는 척해 정보를 뽑아내자.』

우리에게는 허언의 이치가 있으니 거짓 정보를 들을 염려도 적다. 린포드가 한 말의 의미를 생각하면 흑묘족의 진화에는 뭔가 비밀이 있을 가능성이 높다. 여기서는 위험을 무릅쓰고서라도 진화에 관한 정보를 얻을 가치가 있을지도 모른다.

'아니야. 지금 정보만으로도 충분해. 저 녀석이 말하는 진화는 사인으로의 진화야. 어차피 제대로 된 게 아니야.'

『그야 그렇겠지.』

'그리고 연기라도 이런 녀석한테 머리를 숙이기는 싫어.'

뭐, 린포드가 말한 신에게 버림받았다는 소리가 사실인지 아닌지는 알 수 없고, 틈을 보이면 무슨 짓을 당할지도 알 수 없으니까.

"응. 나머지는——저 녀석들한테 강제로라도 알아내면 돼."

프란은 그렇게 말하고 나를 잡았다. 완전한 거절의 의사를 담

303

은 시선을 린포드에게 보내며.

"호오! 그런가. 뭐, 좋아. 따르지 않는다면 붙잡아 강제로 사인으로 만들어주지."

"그건 무리야."

"훗훗훗훗! 그 정도 힘으로 잘도 그렇게까지 큰소리를 치는군! 놀라워. 뭔가 비장의 카드가 될 마도구라도 가지고 있는 겐가? 하지만 방금 쓴 폭발의 마도구 정도로는 나를 쓰러뜨릴 수 없네."

그렇지, 이 녀석은 감정 스킬을 가지고 있었다. 감정 위장으로 약하게 표시된 프란의 스테이터스를 보고 자신의 적수가 아니라고 얕보고 있는 거겠지. 여유로운 이유를 알았다. 뭐, 그게 이 스킬의 목적이기는 하다. 비로소 이상적으로 상대를 속인 거 아닐까?

'스승, 선제공격.'

『그래! 방심은 금물이야!』

나는 린포드를 겨냥해 염동 캐터펄트를 발동시켰다. 녀석과의 거리는 10미터 정도. 이 정도라면 순식간이다.

프란이 잡은 손에서 노모선으로 튀어나갔다. 완전한 기습이다.

튀어나간 나는 린포드의 안면에 초고속으로 박히──지 못했다.

"으흠. 굉장한 마검을 가지고 있구먼! 하지만 사신님의 가호를 뚫지는 못한 것 같군!"

나는 린포드의 앞에 펼쳐진 장벽에 막혀 돌격을 저지당했다. 그리고 반발에 튕겨나갔다. 지금 것에 오버 부스트는 쓰지 않았지만 사정을 두지 않은 일격이었다. 속성검도 썼다. 그걸 막다니!

첫, 프란과는 꽤나 떨어져 버렸나.

'스승과 울시는 그대로 있어.'

『알았어. 빈틈을 엿보자.』

'응.'

'윙.'

"아깝군. 지금 공격으로 나를 해치웠다면 의식을 방해할 수 있었을 것을. 뭐, 내가 죽는다고 의식이 멈추지는 않지만 10분 정도는 늦출 수 있었을지도 모르는데 말일세."

"의식?"

"홋홋홋홋. 내용을 알아도 이미 늦었어. 의식은 벌써 끝났으니 말일세!"

린포드가 외친 순간, 숨겨져 있던 마법진이 똑바로 바라볼 수 없을 정도의 빛을 내뿜었다. 동시에 무시무시한 양의 마력이 진을 통해 주위로 확산되어갔다.

"이것으로 남아 있던 자격자들도 진화를 마치고 새로운 사신의 노예로 태어났다! 총수는 330마리. 흠. 원래라면 이 서른 배는 태어날 예정이었는데. 뭐 됐다, 부족한 몫은 제라이세의 방안으로 붙잡도록 하지."

역시 저 마법진이 중요했나! 이미 바르보라 전체에 있던 사신수 피해자들이 변이한 듯했다.

"나는 가겠네."

"기다려!"

프란이 차원 수납에서 꺼낸 데스게이즈를 던졌지만 역시 장벽 같은 것에 막히고 말았다.

"홋홋홋. 그 정도 투척은 안 통해. 역시 조금 전 일격은 검의 능력이었던 건가. 뭐, 됐어. 너희는 소녀를 잡아라. 저항하면 죽여도 상관없다."

"알겠습니다."

살아남은 이블 휴먼들은 어느새 회복한 모양이다. 린포드의 명령을 받고 프란에게 다가왔다.

"얌전히 린포드 님께 그 몸을 바쳐라."

"목숨을 구걸하면 살려줄지도 모르지."

완전히 우쭐대는군. 뭐, 감정 위장으로 보이는 스테이터스는 평범한 랭크 D 모험가 정도이니 말이다. 힘을 얻고 기고만장했을 것이다.

"목숨 구걸? 내가 왜. 반대로 목숨을 구걸하면 용서해줄게."

"홋홋! 기운 찬 아이는 좋아하지만 기운이 너무 넘쳐서 흥이 깨지는군. 뭐 됐다, 거기서 죽여. 그럼 잘 있게."

린포드의 모습이 사라졌다. 전이했어? 사술에는 그런 술법까지 있는 건가? 젠장! 도망쳤잖아!

"각오해라, 계집!"

"린포드 님께 거역한 죄, 속죄해라!"

그렇게 말하고 이블 휴먼들이 돌진해왔지만 바로 그 표정이 일변했다. 프란의 모습이 순식간에 사라졌기 때문이다. 뭐, 이 녀석들이 따라가지 못할 속도로 이동한 것뿐이지만 말이다.

결국 이블 휴먼들은 공방조차 하지 못하고 프란에게 베였다. 실제로는 프란 쪽이 스테이터스가 위에 스킬도 압도적으로 우수하니 상대가 방심하면 이렇게 되는 것이다.

『프란. 일단 마법진을 파괴하자.』

"응. 알았어."

우리는 마술로 마법진을 철저하게 파괴하고 저택에서 나왔다. 도시는 밤인데도 묘하게 술렁이고 있었다. 멀리서는 비명이나 고함소리가 희미하게 들리고, 항구 쪽에서 새어 나오는 붉은빛은 화재가 일어난 증거일 것이다. 300마리 이상의 이블 휴먼이 날뛰기 시작했으니 당연하겠지만 전부를 처리하고 있을 틈은 없다. 저쪽은 기사단을 믿고 맡기자.

『우리는 가자.』

"응."

"웡웡!"

가는 도중에 맞닥뜨리면 쓰러뜨리겠지만 말이다. 아까 의식으로 강제로 사인으로 변한 사람들은 역시 이성이 날아간 상태였다. 이성을 유지한 채로 이블 휴먼이 될 수 있는 건 사신의 종인 린포드 일당뿐인 모양이다.

저 날뛰는 꼴을 보니 다른 개체를 내버려 두기가 망설여지지만……. 도망친 린포드나 제라이세가 무슨 짓을 할 가능성이 높으니 우리는 그쪽을 우선해야 한다.

『제라이세와 린포드, 가까운 쪽으로 가자. 울시, 냄새를 쫓아줘.』

"웡!"

가는 도중에 사인을 세 마리 정도 베며 우리는 10분 정도 걸려 어느 장소에 도착했다.

『린포드 노공. 그쪽은 어때?』

"제라이세? 염화의 마도구인가."

『응. 이쪽은 지금 연금술 길드로 가고 있어.』

"이쪽도 지금은 계획대로 신전으로 가고 있네. 방해가 잠시 있었지만 마법진의 기동은 이미 끝났지."

『방해?』

"그렇네. 영주에게 들킨 것 같네. 뭐, 자식의 명청함을 겨우 알아차린 거겠지. 그리고 흑묘족 계집아이가 추격해 왔네. 그게 프란인가 하는 모험가겠지? 그야 잔챙이여서 부하에게 죽이도록 명령해뒀네만."

『뭐, 원래 브룩은 여기서 퇴장해줄 예정이었으니 문제는 없지 않겠어? 프란인가 하는 모험가는 이제 와서 죽여도 의미가 없겠지만.』

"나머지는 제로스리드가 그 계집애──샤를로트였나? 그 계집을 납치해 오면 모든 준비는 완료되네."

『신전에 사신석은 모두 옮겨놨어.』

"그렇구먼."

『그런데 사술은 신역에 한정적인 접촉만 가능하니까 흥미진진해.』

"뭘, 신전이라는 늘 열린 회랑이 있으면 돼. 거기에 월연제로 인해 커다란 회랑이 막 열리지 않았나."

『그 탓에 정화의 의식도 성공했지만 말이야.』

"그렇다면 반대 의식을 하면 될 뿐일세. 무녀에 적성이 있는 샤를로트를 제물로 쓰면 족히 천 명 분의 혼을 바치는 것과 동등한 효과가 있을 걸세."

『반대로 말하면 샤를로트가 없으면 사신의 강림은 상당히 힘들어진다는 뜻이로군.』

"이상한 빵 때문에 사신수의 확산도 실패했으니 말일세. 만 명은커녕 천 명도 채우지 못했어."

『뭐, 시간이 좀 더 지나면 사인들이나 내 마석병으로 인해 상당한 희생자가 나올 거야.』

"으음. 현재 이 도시 전역에 마법진이 작용하고 있네. 이 도시 자체가 사신님에 대한 제단 같은 것인 셈이지."

『이 도시에서 목숨을 잃으면 자동적으로 사신에게 혼이 바쳐지는 거로군.』

"그렇네. 그러기 위해서 브룩의 헛짓에 어울려준 거니까."

『뭐, 서로 마지막 단계에서 실수를 하지 않도록 주의하자고.』

"알고 있네. 낭보를 기대하고 있겠네."

제6장 대욕의 연금술사

울시가 향한 곳에 있던 것은 거대한 건물이었다.

모험가 길드에는 미치지 못하지만 상당한 크기와 위엄을 갖춘, 마치 성채 같은 건조물이었다. 안에는 천 명 규모의 인간을 수용할 수 있을 것이다. 연금술 길드다.

"모험가가 잔뜩 있어."

프란의 말대로 길드 건물 앞에서는 난전이 벌어지고 있었다. 한쪽이 모험가라는 건 알겠는데⋯⋯. 모험가들과 싸우고 있는 건 뭐지? 사인과도 다른 것 같은데. 순간 언데드라고 생각했지만 그런 것치고는 생명력이 느껴졌다.

다가가서 감정해보고 알았다. 모험가와 싸우고 있는 녀석들은 마인이라는 종족이었다. 마인? 들어본 적이 없다. 프란도 모른다고 한다. 게다가 상태가 파손? 독이나 마비, 사심 등 다양한 상태 이상을 봐왔지만 파손은 처음 봤다. 어떤 의미일까.

『일단 모험가에게 사정을 확인하자.』

"응."

"웡!"

다가가보고 낯익은 얼굴을 발견했다. 모험가에 섞여 마술을 날리고 있던 것은 연금술사 유진이었다.

"유진?"

"프란 씨!"

"대체 무슨 일이야?"

"그게, 미안하다──."

유진이 침통한 표정으로 사과했다.

모험가 길드에 있는 유진의 연구실에 한 시간 정도 전에 갑자기 습격이 있었다고 한다. 사인으로 변한 인간이 길드 안에서 갑자기 날뛰기 시작하고, 그 대응에 쫓기는 사이에 유진의 연구실에 침입을 허용했다고 했다.

빼앗긴 물건은 단 하나.

"네가 맡긴 마혼의 기원을 빼앗겼어⋯⋯!"

그것을 노린 인간의 범행⋯⋯. 다시 말해 이슬라 상회? 아니, 원래는 제라이세가 구했다고 했지. 그렇다면 제라이세가 시켰을 가능성이 있을지도 모른다.

"그 후, 길드에서 날뛰던 사인들에 안면 있는 연금술사가 섞여 있는 것을 알아차렸어."

유진이 마혼의 기원을 되찾고 사정을 확인하기 위해서 모험가들을 이끌고 연금술 길드로 향하던 차에 이성을 잃은 마인들과의 전투가 벌어진 듯했다.

"아직 이성이 남아 있던 연금술사를 구출해 알아냈는데, 상층부가 비합법적인 실험에 손을 댔다고 해. 또한 내 어리석은 제자를 숨기고 있었다는 증언도 확보했어."

게다가 이용하기 위해 숨겨준 제라이세가 어느새 상층부 사람에게 약을 타 그들을 세뇌시켜서 길드를 자기 것으로 만들기 시작한 모양이었다. 가장 좋지 않은 형태로, 암노예만으로 만족하지 못하고 길드의 하급 연금술사들을 위험한 연구의 실험대로 삼았다고 한다.

그 위법한 실험은 마인화 실험. 유진의 제자 제라이세가 연금술 길드에서 쫓겨난 원인이기도 한 광기의 실험이다. 마석을 사람에게 박아 힘을 얻는 시도다. 제라이세가 추방되는 것과 함께 실험도 폐기됐겠지만……. 연금술 길드의 상층부 일부는 그 연구의 폐기를 아쉬워해서 은밀하게 제라이세를 숨겨 실험을 지속시켰다. 실험의 성과를 국가나 군에 팔면 엄청난 돈이 될 테고, 연구자로서도 이 연구를 폐기하기가 아까워졌을 것이다.

"그럼 저건 원래 연금술사야?"

"그래……. 모험가의 협력을 받아 마석을 적출할 수 없는지 시험해봤지만……."

정화 마술, 회복 마술, 외과 수술, 스킬로 파괴, 어느 것도 성과는 나지 않았다. 마석을 파괴하거나 떼어내면 마인이 된 사람까지 죽었기 때문이다. 마수와 마찬가지다.

"얘기는 안 통해?"

"제정신을 잃고 날뛸 뿐이라서."

제로스리드는 제정신을 잃지 않고 말했는데 말이다. 사인은 마석을 박아도 멀쩡한 건가?

"도착했을 때에는 이미 반 이상이 풀려난 뒤지만……. 나머지 절반을 여기서 저지하기 위해 길드를 포위한 거란다."

하지만 날뛰는 마인들을 붙들기는 어려웠다. 잔챙이면 몰라도 마술도 쓰는 전 연금술사 마인을 쓰러뜨리지 않고 무력화시키라는 건 모험가에게 죽으라고 하는 소리와 같다.

마석을 떼어내기 위한 시도도 우연히 무력화된 마인에게 해봤다고 한다.

"쓰러뜨릴 수밖에 없어?"

"그래."

그러면 어쩔 수 없다. 가엾지만 해치우도록 하자. 시간도 없고.

'스승, 마석을 노려.'

『그래. 그래야지.』

프란이 마인 한 마리에게 돌진해 나를 휘둘렀다. 마석을 흡수했다는 것을 알 수 있었다.

다만 그 녀석이 가지고 있던 스킬은 흡수할 수 없었다. 뭐, 마석 자체가 나중에 생긴 것이고 스킬은 그 사람이 원래 가지고 있던 거니까. 마석치도 1이었으니 마인에게서 얻을 수 있는 것은 적은 듯했다.

『얼른 정리할까.』

"응."

프란이 마인 무리에 돌입했다. 하지만 어느 녀석에게도 마석치는 1밖에 얻을 수 없었다. 유감이다. 그렇게 생각하고 있는데 단한 마리 다른 마인과는 털 색깔이 다른 개체와 마주쳤다.

"강해."

『응, 스테이터스가 상당히 높아. 그리고 상태가 파손이 아니야.』

힘도 속도도 다른 마인에 비해 꽤 강했다. 그리고 레벨이 1이지만 검술 스킬도 있었다. 프란에게 걸리니 순식간에 쓰러졌지만 다른 마인보다 강한 것은 틀림없었다. 그리고 이 녀석에게서는 마석치 3을 얻었다. 혹시 상태에 따라 다른 건가? 파손이면 약하고 마석치도 낮나? 박힌 마석이 파손되었다는 의미일 것이다.

다른 마인은 대강 정리됐나? 연금술 길드에 들어갈까도 생각했지만 연금술 길드에서는 인기척이 거의 느껴지지 않았다. 있어도 강해 보이는 기척은 없었다. 그렇게 생각했는데…….

울시는 뭔가 감지한 모양이다.

"크르르."

길드 건물을 노려본 채 울음소리를 냈다.

『울시, 왜 그래?』

"웡웡!"

"뭔가 나와."

『아무것도 안 느껴지는데…….』

내게는 감지되지 않지만 감각이 뛰어난 프란과 울시가 온다고 했으니 반드시 무언가가 나올 것이다.

"요격할게."

『그래!』

기다리기를 1분. 그 즈음에는 나도 기척을 감지할 수 있었다. 기척이 상당히 희미했다. 마력도 낮았다. 하지만 묘한 위압감이 있었다. 다가오자 위기 감지도 반응했다. 하지만 그 이상으로 신경 쓰이는 것은 그 녀석에게서 느껴지는 기척의 부자연스러움이었다. 생물로서의 기척이 없었다. 밀도가 옅은 마력 덩어리가 꿈틀대고 있는 듯한 느낌이었다. 그리고 길드 안에서 나타난 그 녀석을 보고 의문이 풀렸다.

『저건 골렘인가? 게다가 감정 차단을 가지고 있는 것 같아.』

천안을 가진 나도 마석병이라는 이름밖에 감정할 수 없었다.

"크르르."

『온다! 자세 잡아!』

"웅!"

연금술 길드 안에서 나타난 마석병은 상당히 위압감 있는 모습을 하고 있었다. 검붉은 수정으로 만들어진 갑옷을 두른 고릴라, 혹은 수정으로 만들어진 팔이 길쭉한 골렘이려나. 다리가 짧아서 팔이 땅에 끌릴 정도로 길었다.

생명력이 전혀 느껴지지 않으니 정말로 골렘일지도 모른다.

나오는 모습을 보고 있는데 마석병이 오른손을 앞으로 곧장 뻗었다. 그 공격은 갑작스러웠다. 놀랍게도 느닷없이 팔에서 붉은 광선이 쏘아진 것이다. 그것은 화염 마술의 플레어 블래스트와 똑같았다. 모험가 몇 명이 화염에 꿰뚫려 날아갔다.

아무런 전조도 없었어! 어떤 구조인지는 모르지만 영창도 없이 마술을 쏠 수 있는 모양이다. 게다가 저런 위력의 공격이다. 연달아 쏠 수 있다면 주위의 피해가 몹시 클 것이다.

『쳇!』

"살려줘!"

황급히 다가가 회복 마술을 펼쳐서 전원을 어떻게든 살리는 데는 성공했다. 직격되지 않은 덕분에 즉사하지 않아서 어떻게든 됐지만…….

"으랴아압!"

"그 자식을 부셔버려!"

모험가들이 마석병에게 달려들었다. 몇 명이 무기를 힘껏 내리쳤다. 하지만 그들의 공격은 마석병에게 통하지 않았다. 특수한 장벽이 있거나 마술의 효과가 아니었다.

"뭐야, 이거!"

"왜 이렇게 단단해!"

단순히 단단했다. 하급 모험가의 검 정도로는 스치는 상처 하나 나지 않았다. 반대로 다시 쏘아진 화염 마술의 먹이가 되는 꼴이었다. 몇 명이 화염에 휘말려 땅에 뒹굴었다. 범위 회복 마술로 회복시켜줬지만 이대로는 피해가 늘어나기만 할 뿐이었다.

"여어, 내 마석병은 어때?"

"응?"

『저거 뭐야? 홀로그램? 환영 마술이나 뭔가인가?』

우리가 마석병에게 공격을 펼치기 직전이었다. 마석병과 우리 사이에 한 남자가 갑자기 나타났다. 전이해왔다고도 생각했지만, 아무래도 환영인 듯했다. 미묘하게 투명하고 때때로 노이즈 같은 것이 퍼졌으니 말이다.

그 모습은 열 받을 만큼 미남이었다. 나이는 20대 중반 정도일까? 이른바 금발벽안의 왕자님 같은 외모에 키는 조금 작았다. 어린 남자를 좋아하는 변태를 조심하라고 말하고 싶다.

"누구야?"

"제라이세!"

"오랜만이야, 스승님."

유진의 고함에 상대의 정체를 알 수 있었다. 어? 이 녀석이 제라이세야? 상상보다 젊었다. 아니, 상상과 동떨어져 있었다. 좀 더 연구자풍의 아저씨를 상상했다.

"너는 변하지 않았구나."

"뭐, 마족의 피를 이었으니까."

그렇군. 장수종의 피를 이어서 나이보다 젊어 보이는 건가.

"저 연금술사들의 모습은 네 짓이냐?"

"맞아. 내가 연구했던 마인화의 실패작들이야. 마석을 사람에게 박기만 해도 육체와 정신 양쪽의 힘이 필요해지는 것 같아. 잔챙이는 거부 반응으로 죽더라고. 운 좋게 살아남아도 이성이 날아가 버리고. 마치 좀비 같아. 뭐, 지배하기 쉬워서 조종하기 간단하니 상관없지만."

자신이 한 짓을 자랑스럽게 술술 털어놓는 제라이세. 참나, 열받는 얼굴을 하고 있군. 자기 현시욕이 너무 강한 거 아냐? 멋대로 정보를 떠들어주는 건 편하니 괜찮지만.

"마인화는 좀 더 연구가 필요해. 하지만 그 마석병은 완성에 가까워. 어때? 마인 연구와 병행하던 또 하나의 연구 성과야. 좀처럼 잘 되지 않았지만 협력자 덕분에 어떻게든 모양이 잡혔어."

"그건 린포드?"

"정답. 너는 모험가인 프란 씨지? 알고 있어."

"린포드는 누구지?"

그렇군, 유진은 린포드를 모르는구나.

"사술사. 괴물 소동의 장본인 중 한 명이야."

"뭐, 나도 협력하고 있어. 그들에게서 사기나 사술의 취급 방법을 배우고, 나는 마석이나 연금 기술을 제공했지."

역시 협력 관계였던 건가!

"그러면 오늘 밤 소동에 너도 가담하고 있다는 거냐?"

"맞아, 스승. 오히려 계획한 건 내 쪽일걸? 2, 3000명분의 혼이 좀 필요했거든"

제라이세는 악의 없는 얼굴로 미소 지었다. 양심의 가책 따위는 전혀 느끼지 않을 것이다. 제자의 이상함을 다시금 깨달은 유진은 창백한 얼굴로 말을 쥐어짰다.

"어, 어째서 그런 짓을……."

"글쎄. 한마디로 말하자면 내가 살아 있는 증거를 새기기 위해서, 이려나?"

"? 무슨 뜻인지 모르겠어."

프란이 고개를 갸웃거렸다. 괜찮다. 나도 무슨 뜻인지 모르겠다.

"그럼 좀 더 구체적으로 말하면, 역사에 이름을 새기기 위해서야. 유명해져서 천년 뒤에도 계속 회자된다. 그게 목표야."

"그런 것을 위해 사람들을 희생시키려고 하는 거냐! 제라이세, 너는 무슨 생각으로……."

전 제자의 발광을 믿을 수 없는지 유진이 심각한 얼굴로 되물었다.

"어디서부터 변한 거냐……?"

"어디서부터라니, 처음부터 나는 나야. 조금 예절 바르게 행동하기는 했지만. 스승에게는 감사하고 있어. 스승 덕분에 나는 꿈에 훨씬 가까워질 수 있었거든."

유진은 기본적으로 선인일 것이다. 그렇기에 전 제자의 악의가——아니, 악의조차 필요로 하지 않는, 자신 이외의 존재를 양식으로밖에 생각하지 않는 일그러진 사고를 이해할 수 없는 듯했다.

어쩌면 제라이세에 관해서도 속죄하고 갱생하지 않았을까 믿고 있었을지도 모른다.

내가 보기에 이 녀석은 이미 갱생 단계가 아닌 것 같지만. 흔히 말하는 썩은 사과 수준이 아니라 다른 사과에 감염되는 극독을 가진 돌연변이 사과 같은 느낌? 확실히 폐기 처분하지 않으면 먹은 사람이 죽지만, 보기에는 평범하게 의태하고 있어서 질이 나쁘다. 그러므로 발견하자마자 처분해야 한다.

"그리고 유명해지고 싶다, 이름을 남기고 싶다는 게 그렇게 이상한 일이야? 누구든 가지고 있는 욕망이라고 생각하는데."

"한도가 있어! 너는 다른 사람을 학대하면서까지 악명을 남기고 만족하는 거냐!"

"만족하는데?"

구역질이 나올 만큼 산뜻한 대답이었다.

"악명이든 뭐든 상관없어. 오히려 악명 쪽이 좋아."

마치 신의 존재를 설명하는 종교가처럼 제라이세는 탁한 눈과 구름 없는 표정을 하고 있었다.

"어째서?"

"프란 씨, 너는 성벽왕 유벨이나 늑대잡이 에르메라를 알고 있니? 용잡이 지크문트라도 상관없어."

"전부 몰라."

"그렇지? 하지만 그들은 각각 상당한 공적을 남긴 위인이야. 100만 고블린 무리를 부하 기사들과 저지한 영웅왕에 마수 펜리르와 무승부가 됐다고 일컬어지는 신급 대장장이. 크롬 대륙을 멸망시킬 뻔했던 용왕과 같이 죽은 모험가. 모두 굉장하지 않아?"

"응. 굉장해."

과거의 영웅들이었던 모양이다. 이 세상의 영웅담인가. 조금 흥미가 생기는군. 특히 에르메라라는 신급 대장장이. 펜리르라면 마랑의 평원의 이름의 유래가 된 위협도 S 마수잖아? 혹시 신검을 들고 싸웠을까? 적이 아니면 이 사이코 녀석에게 이야기를 들을 텐데.

"하지만 너는 그들을 몰라. 뭐, 아는 사람 쪽이 적기는 해. 그러면 반역자 트리스메기스트스의 이름은?"

"알고 있어."

"거봐. 모르는 사람은 없지 않을까? 뭐, 그게 이유이려나."

트리스메기스트스? 누구지?

『프란, 트리스메기스트스라니?』

'응, 유명한 연금술사. 골디시아 대륙을 멸망시킨 엄청 나쁜 놈이야.'

프란에게 간단히 설명을 들었다.

먼 옛날에 있던 연금술사 트리스메기스트스. 이 남자는 골디시아 대륙을 지배하는 대국의 왕이기도 했다. 이 남자는 세계 정복을 위해 궁극의 마수를 만들려고 했다. 봉인된 사신의 심장의 봉인을 풀어 그 힘을 이용한 것이다. 하지만 마수가 폭주해 그 시도는 실패. 결과적으로 마수는 대륙을 멸망시켰고 많은 생명이 사라졌다. 마수는 대지 자체를 먹고 성장을 거듭해 어느새 대륙을 뒤덮을 정도로 거대해졌다. 이대로는 무한하게 성장하는 그 마수로 인해 세계가 멸망할지도 모른다. 사람들이 절망에 빠지려던 때, 신이 구원의 손길을 내밀어 골디시아 대륙을 뒤덮듯 결계를 쳐서 마수를 가뒀다. 하지만 트리스메기스트스의 마수, '심연잡이'는 지금도 결계 안에 계속 살아 있다고 한다. 참고로 트리스메기스트스는 신에게 저주를 받아 불로불사가 되었다고 한다. 그리고 심연잡이의 안에서 영구히 마수의 몸을 깎아내고 있다.

어디까지 진실인지는 알 수 없지만 이 세계의 아이는 자기 전에 이 이야기를 듣고 나쁜 짓을 하면 트리스메기스트스처럼 신에게 저주받는다는 위협을 받는다고 한다. 이거, 실재하는 신의 저주는 너무 무서운데?

"좋잖아, 트리스메기스트스. 부러워~. 역사에 이름이 남아 있어."

"바보 같은 소리를! 설마 했는데……. 진심으로 사신의 봉인을 풀 생각이냐!"

"물론. 하지만 안심해. 내가 점찍은 건 심장과 비교하면 훨씬 작은 살조각이야."

"자신이라면 폭주시키지 않고 조종할 수 있다고 말하기라도 할 셈이냐!"

"응. 나라면 할 수 있어. 왜냐하면 나니까! 뭐, 내가 역사에 이름을 남기는 순간을 거기서 보고 있으면 돼! 안녕!"

"기다려!"

제라이세의 몸이 하늘에 녹듯이 옅어져갔다. 프란이 검을 내리쳤지만 상대는 환영. 당연히 허공을 갈랐다.

『놓쳤나.』

"쫓을게!"

프란도 제라이세에게 상당한 혐오감을 가진 모양이다. 원통한 표정으로 중얼거렸다.

『기다려, 그 전에 마석병을 처리해야 돼!』

"……응."

사신을 소환한다나 뭐라나 떠들던 정신 나간 그 사이코 자식을 쫓고 싶은 마음은 굴뚝같지만, 이 자리를 방치할 수는 없었다. 그리고 정확한 장소도 알지 못했다. 울시의 코로도 헤매지 않고 제라이세를 쫓기는 어려울 것이다.

『간다!』

일단 한 번 공격해 마석병의 강도를 확인해보자. 그렇게 생각하고 달려들었는데──. 어라?

"어?"

마석병이 갑자기 소멸했다. 그리고 내게는 익숙한 감각이 들었다. 마석을 흡수했군.

그런가, 이 녀석들은 마석으로 이뤄져 있었다. 평소처럼 흡수할 수 있다는 건가. 엄청나게 이지 모드. 이 녀석들에게 내가 궁극의 천적이었다는 거로군.

"이봐, 아가씨! 대체 어떻게 한 거야!"

"일격에 소멸이라고?"

이런. 주위에서 싸우던 자들에게 마석을 흡수하는 장면을 완전히 보이고 말았다. 어떻게든 변명하자.

"자자. 남의 스킬을 묻는 건 매너 위반이잖아?"

"으, 그야 그렇지……."

"그랬지……."

유진이 지원해줬다. 고마워.

"우와, 대단해!"

갑자기 뒤에서 목소리가 들렸다. 기척도 안 느껴졌어! 황급히 돌아보니 거기에 있던 것은 빌어먹을 사이코 미남, 제라이세였다. 하지만 이것도 환영인 듯했다. 한 번 베어봤지만 허공을 가르고 말았다. 도망친 척하고 근처에 있었던 건가.

"근데 넌 진짜 정체가 뭐니? 우리 계획을 엄청 방해했을 뿐만 아니라 마석병을 그리 쉽게 쓰러뜨리다니. 이래 봬도 꽤나 분해하고 있거든."

"흑묘족에 단순한 랭크 D 모험가야."

"아하하하하. 농담이 심하네. 내 마석병은 말이지, 어설프게 쓰러뜨리면 내부의 사기가 단숨에 흘러나와서 폭발하도록 설계했거든? 그걸 사기와 함께 순식간에 소멸시키다니, 단순한 랭크 D 모험가가 할 수 있을 리가 없잖아."

"할 수 있으니까 했지."

"사실은 마석병에 발을 묶게 하고 틈을 봐 마도 폭탄을 던질 예정이었는데, 저렇게 순식간에 쓰러뜨려서 틈이 전혀 없었어. 뭐, 이런저런 방해는 받았지만 재미있는 것도 보여줬으니 이걸로 상쇄해줄게. 중요한 이 녀석도 내 손에 돌아왔고."

"웃!"

제라이세의 환영이 꺼낸 것은 빼앗긴 마혼의 기원이었다. 뭐, 제라이세의 입장에서 보면 돌려받은 게 될 것이다.

"그건 대체 뭐냐?"

오, 지금까지 가만히 있던 유진이 이야기에 끼어들었다. 수수께끼에 싸인 마혼의 기원을 무시할 수 없었던 거겠지.

"스승도 이게 뭔지 몰랐어? 후후후, 듣고 놀라지 마? 이것은 무려 키메라의 마혼의 기원입니다!"

"마, 말도 안 돼! 키, 키메라……라고?"

"희귀해?"

"희귀한 수준이 아니야! 세계에서도 현존하는 것은 다섯 개도 없다고 하는 봉인 지정 초위험물이야!"

"아하하하! 놀랐어? 굉장하지? 아니, 바르보라 연금술 길드의 이름으로 레이도스 연금술 연구소에 타진했더니 10억 골드에 넘겨줬어. 뭐, 내 돈도 아니니 좋은 쇼핑이었어. 어둠의 루트로 운반돼 오는 중에 프란 씨에게 한 번 빼앗겼지만 겨우 내게 돌아와 주었어."

"목적은 뭐냐?"

"그야 최강의 마수를 만드는 거지! 세계마저 멸망시킬 만큼! 사신의 살조각을 쓰면 심연잡이 이상의 마수를 만들어낼 수 있을 거야!"

위험하군. 아니, 그런 엄청난 짓을 저지를 수 있는 아이템이었던 거야?

"마석병도 쓰러졌으니 이번에는 진짜 안녕이야. 바이바이."

"아, 기다려! 제라이세!"

유진이 절규했지만 이미 제라이세의 모습은 없었다.

"제라이세……."

"키메라는 뭐야?"

"아아, 프란 씨. 키메라라는 것은 최악의 인조 마수란다."

원래는 키마이라처럼 이종혼합형 마수를 만드는 연구로 인해 만들어진 마수라고 한다.

하지만 그 결과로 태어난 것은 당초의 예정과는 전혀 다른——당초의 예정을 큰 폭으로 웃도는 힘을 가진, 위협도 A를 뛰어넘는 생물 병기였다. 게다가 제어가 전혀 되지 않아서 도시 몇 개를 멸망시켰다.

그 뒤로도 연구는 계속됐지만 제어에는 도달하지 못해서 키메라에게 나라 몇 개가 멸망된 후, 세계 각국의 협의에 의해 그 마혼은 봉인되기로 결정됐다. 그 후, 연구 자료는 폐기되고 연구자는 모두 처형되었다고 한다.

키메라의 마혼 작성에는 매우 희소한 소재가 필요하고, 이미 절멸한 생물의 소재도 포함된다. 현재 입수하기가 불가능할 텐데…….

"현재 레이도스 왕국은 혼란스러우니까. 그 혼잡한 틈을 타서 위험함을 인식하지 못하는 자가 마혼의 기원을 반출했을지도 모르지."

"레이도스가 혼란 중?"

그건 흘려들을 수 없는 말이군. 우리가 숙적으로 인정한 나라이기 때문이다.

"10년 정도 전에 국왕이 급사하고 그 후 네 대공가에 의해 권력 투쟁이 발발했어. 현재는 그 투쟁에 박차를 가해 반쯤 내란 상태이라나. 아직껏 큰 전쟁으로 발전하지 않은 것이 신기할 정도야."

그랬구나. 그럼 플루토 일행을 속였던 살트나 리치의 흑막은 어딘가의 대공가였던 건가? 아니면 제각기 멋대로 모략을 꾸민 건가? 그 부분을 좀 더 알고 싶었지만 유진은 그 이상의 정보는 모르는 듯했다.

"나는 제라이세에 대해서 영주님과 모험가 길드에 보고하마. 키메라의 마혼을 입수했다는 이야기를 내버려 둘 수는 없으니까."

그렇다면 우리는 녀석들을 쫓자!

『울시! 다시 가까운 쪽으로 가줘!』

제라이세가 근처에 있다면 그쪽을 붙잡아 마혼의 기원을 다시 빼앗는다. 린포드가 근처에 있다면 이번에야말로 쓰러뜨린다. 사신을 소환한다고 떠들었고, 거기에 린포드가 관련된 건 확실하니까 말이다. 제라이세를 찾지 못한다면 계획 자체를 중단시켜주겠어!

"울시! 고!"

"웡!"

10분 후.

『여기야?』

"웡!"

『어느 쪽이야? 제라이세야?』

"워후."

아무래도 제라이세가 아니라 린포드의 냄새가 나는 모양이다.

『진짜 여기야?』

"웡."

우리가 서 있는 곳은 월연제의 밤에 샤를로트가 춤을 보인 그 광장이었다. 울시의 시선은 그 안쪽의 장엄한 석조 건물로 향해 있었다.

건물에서는 미약한 마력이 감지됐다. 인기척은 전혀 없지만 울시의 코도 여기라고 말하고 있으니 틀림없을 것이다. 하지만 나는 그래도 되묻고 말았다.

『하지만 여기는 신전인데?』

그렇다, 그곳은 틀림없이 신들을 제사 지내는 신전이었다.

이 세계에 '~교'라는 특정 종파는 없다. 신전에서는 모든 신을 제사 지내고 있고 대개는 대신 열 명 모두를 받들고 있다. 직업이나 종족에 따라 특정 신을 특히 신봉하는 경우도 있지만 어디까지나 전원을 숭상하는 가운데 약간 특별 취급을 하는 것뿐이다.

교조나 사교 같은 존재도 없다. 애초에 신전에는 권력이 없다. 신이 자신들의 이름을 개인의 이익으로 이어지는 형태로 이용하는 것을 금지하고 있기 때문이다. 그 금지를 어긴 자는 예외 없이 목숨을 잃는다고 했다. 도시 전설 같지만 이쪽 세계 사람은 진짜라고 믿고 있다고 한다. 지구에 적용하면 종교 관계자의 90퍼센트 정도는 죽지 않을까.

일단 신관이나 무녀, 수도녀로 불리는 사람들도 있지만 신탁이라는 스킬이 있으면 누구든지 될 수 있는 신전의 관리자라는 입장밖에 없었다. 그리고 제사 등을 도맡는 책임자도 포함될 것이다.

직업은 신의 은총 중 하나로 여겨지고 있고, 신전에서는 신에게 기도해서 직업을 변경할 수 있다. 오히려 그쪽이 중요시되고 있을 정도다. 신전에서 직업을 변경하는 경우에는 3000골드 정도의 헌금이 필요한데, 신전의 유지비나 신관의 생활비로 신이 인정해준다고 한다.

모험가 길드에서 직업을 변경할 수 있는 것은 그 용도의 마도구가 존재하기 때문이다. 이것도 신에 대한 불경에 해당하지 않을까 했는데, 이 이야기를 들은 모험가 길드 사람들에게서 벌이 내려진 적은 없으니 괜찮은 거 아니냐는 어설프기 짝이 없는 대답이 돌아왔다.

하지만 신전인 것은 달라지지 않는다. 오히려 모든 신이 제사를 받고 비속함이 배제된 만큼 신의 가호가 강하지 않을까.

거기에 사신과 연관이 있는 린포드가 있는 건가?

『뭐가 어떻게 돌아가는 거야.』

"가면 알 수 있어."

"웡!"

『그, 그렇지.』

우리는 기척을 죽이고 신전으로 다가갔다.

창문은 채광용이라 아주 작았다. 몸집 작은 프란조차 빠져나갈 수 없을 것이다.

창문으로 안을 들여다봤지만 사람의 모습도 보이지 않았다. 다만 마력만큼은 감지됐다.

『확연히 사악한 기척이야⋯⋯. 신전이 어째서지?』

신전을 찾아간 적은 없지만 앞을 지나간 적은 있다. 그때는 맑디맑은 마력을 느낄 수 있었다. 착각으로도 이렇게 꺼림칙한 마력은 느끼지 못했다.

이거 들어갈 볼 수밖에 없나⋯⋯.

『⋯⋯간다.』

우리는 결심하고 사기가 발산되는 신전의 문을 열었다.

사일런스로 인해 소리가 죽어서 조용히 열리는 문.

'누군가 있어.'

문틈으로 안을 들여다보니 신전 제일 안쪽에 누군가가 있는 것이 보였다. 어두워서 잘 안 보였지만 자그마한 인영이 보였다.

『린포드야.』

'웡웡!'

이쪽을 알아차리지 못한 것 같군. 기회지만 신전을 파괴하는 짓이 허용되는지도 알 수 없다. 악인이 있다는 이유가 신에게 통할까? 하지만 여기서 아무것도 하지 않는 선택지는 있을 수 없다. 내버려 두면 무슨 짓을 저지를지 알 수 없기 때문이다. 그리고 시기도 있다.

『저 수정, 진짜 수상쩍지 않아?』

'응. 분명 중요한 물건이야.'

린포드의 주위에는 거대한 수정 세 개가 놓여 있었다. 사신석이라는 이름의 청자색으로 빛나는 흑수정에서 상당한 양의 사기가 새어나오는 것을 알 수 있었다. 저것이 신전의 마력을 어지럽히고 있는 원흉일 것이다.

『나는 린포드를 노릴게. 둘은 흑수정——사신석을 공격해.』

'알았어.'

'크릉!'

프란은 데스게이즈를 꺼내 나 대신 쥐었다.

'스승.'

『왜?』

'봐줄 필요는 없어. 녀석은——여기서 죽여.'

『괜찮겠어? 진화의 정보가 손에 들어오지 않게 될지도 모르는데?』

'괜찮아. 스승이 약속해줬어. 반드시 진화시켜준다고. 그러니까 저런 녀석한테 의지하지 않아도 언젠가 진화할 수 있을 거야.'

확실히 처음 만난 날에 반드시 진화시켜준다고 말했다. 기억해주고 있었구나. 게다가 그렇게 신뢰해주다니……. 따, 딱히 감동해서 울거나 하지는 않는다고! 하지만 왠지 엄청나게 의욕이 생겼어!

『프란……. 물론이지! 내가 반드시 진화시켜줄게!』

'응.'

'웡웡!'

울시가 약간 초조한 기색으로 우리를 올려다보며 자꾸 어필했다.

『울시도 도와준대.』

'고마워.'

'워웡!'

『그럼 가자! ──쇼트 점프!』

나는 단거리 전이로 린포드의 머리 위로 전이했다. 그리고 염동 캐터펄트를 바로 아래를 향해 먹였다.

"으으으으웃! 뭐냐!"

『쳇! 단단하군!』

이 녀석의 장벽은 자동으로 발동하는 타입인 듯했다. 지금 공격은 완벽하게 시야 밖에서 날린 기습이었을 터다. 기척을 감지해 황급히 전개한 것치고는 반응이 이상했다. 분명 장벽이 반응한 것을 보고 나를 알아차린 거겠지.

"소녀! 또 너인가! 어째서 여기 있는 게냐!"

린포드가 고함을 질렀지만 프란과 울시는 그것을 무시하고 사신석을 향해 달렸다.

"빌어먹을! 뭐냐 이 검은! 이래서는 움직일 수가 없어!"

오호라. 좋은 소리를 들었군. 장벽 전개 중에는 움직일 수 없는 모양이다. 나는 튕겨나가지 않도록 염동의 출력을 조정해 그 자리에서 계속 머물렀다. 이로써 내가 여기에 있는 한 장벽이 계속 발동해 린포드는 움직일 수 없다. 게다가 마력이 계속 줄어드는 듯했다.

"──이블 스매시!"

린포드가 프란과 울시를 향해 마술을 쐈다. 이 장벽, 안에서 날리는 공격은 통과하는 건가! 단순히 생각해도 엄청나게 우수하다. 자동 발동으로 내 염동 캐터펄트를 막고 안에서는 공격이 가능. 움직일 수 없는 정도의 단점은 있는 게 당연할 것이다.

린포드가 날린 서른 개 가까운 사기 탄환이 프란과 울시를 덮쳤다.

하지만 직선적인 공격으로는 둘을 잡을 수 없었다. 간단히 마술을 피한 프란과 울시는 마술을 사신석에 쐈다.

"그만둬!"

린포드의 비명이 울리는 가운데 사신석이 날아갔다. 화염 마술로도 부술 수 없는 것을 보아 상당히 강화된 모양이다. 하지만 희미하게 금이 갔으니 이대로 공격을 거듭하면 언젠가 파괴할 수 있을 것이다.

"그만둬라! 젠장, 우선 이 검을 배제해주마!"

역시 그렇게 되는군. 하지만 이 녀석을 자유롭게 놓아주고 싶지는 않았다.

『──버스트 플레임.』

나는 린포드에게서 살짝 거리를 두고 화염 마술을 쐈다. 위력이 낮은 대신 십 몇 초 동안 상대를 둘러싸고 계속 태우는 마술이다.

『——버스트 플레임.』

『——버스트 플레임.』

나는 주위를 날아다니며 이것을 연속으로 사용해 녀석의 장벽을 계속 발동시켰다. 게다가 불꽃이 눈을 가려서 내 위치도 알 수 없게 된다는 계획이다. 실제로 린포드의 공격은 엉뚱한 방향으로 날아갔다. 그사이에도 프란과 울시는 사신석을 계속 공격하고 있었다.

"하압!"

"크릉크릉!"

마술에, 검에, 이빨에, 앞다리. 아무튼 끊임없이 공격을 날리자 마침내 사신석 하나가 부서졌다.

오오, 신전에 가득했던 사기가 순식간에 옅어졌어! 역시 저 꺼림칙한 수정이 원흉이었던 모양이다.

"이건…… 잘도 했겠다!"

"흐흥. 승리야."

"워웡!"

화염으로 시야가 막혀도 사신석이 파괴된 것은 알 수 있나 보다. 린포드의 독살스러운 신음 소리가 들렸다. 후후후, 우리의 작전 승리다.

"이 이상 사신석이 파괴되면 회랑이 닫힌다! 이렇게 되면……! 으으으으읍!"

슈우웅!

결사의 각오를 굳혔을 것이다. 린포드의 장벽이 사라졌다. 자동 발동을 멈춘 모양이다. 확실히 버스트 플레임은 위력이 낮으니 대미지를 받아도 남은 사신석을 지키러 갈 셈인 듯했다.

온몸이 화염에 둘러싸인 채로 린포드가 프란을 향해 달렸다.

"계지이입! 몇 번이나 방해를 하는구나아아!"

하지만 이 사태는 충분히 예측했다. 어딘가에서 특공으로 나올 거라고 말이다.

『받아라!』

나는 쇼트 점프로 다시 린포드의 머리 위로 도약해 모으고 모은 염동을 해방했다.

"크아아아아아아아악!"

직격한 내가 린포드의 몸통을 뚫자, 그는 피를 뿌리며 비명을 질렀다.

린포드의 상반신과 하반신은 완전히 나뉘어 미술실에 놓여 있는 석고 흉상 같은 모습을 보였다.

바닥도 무사했다. 린포드에게 명중한 것과 거의 동시에 반대 방향으로 염동 캐터펄트를 발동시켰기 때문이다. 바람 마술도 덤으로. 덕분에 바닥에 충돌하는 일 없이 아슬아슬하게 멈출 수 있었다. 칼끝이 아주 살짝 꽂히긴 했지만.

신전 안에서 불 마술을 마구 썼으니 새삼스럽기는 하지만, 그 것도 일단은 번지지 않도록 신경 써서 쓴 것이다. 돌바닥이 약간 그을었지만 그 정도다. 아니, 그 정도는 허용해주겠지? 사신의 부하를 응징하기 위해서였으니까.

조심스레 신상을 봤지만 딱히 행동은 없었다. 음, 아마 괜찮을 것이다. 왜냐하면 더 심한 짓을 하던 린포드에게 천벌이 내리는 낌새도 없었으니 이 정도는 분명 허용해줄 거다. 아니, 정말 죄송합니다. 청소는 할 테니 용서해주세요.

"네놈드을! 용서하지 않겠다아아아!"

내가 속으로 신에게 사과하고 있는데 린포드의 고함이 울려 퍼졌다.

저 녀석, 저 상태로 기운이 넘치잖아. 아니, 안 죽은 거냐!

"모두 사신님께 제물로 바치고 그 검은 부러뜨려 제단에 태워주마!"

이미 재생이 시작됐다. 정말로 인간을 그만뒀구나. 우리는 린포드에게 최후의 일격을 가하기 위해 마술을 쐈다. 하지만 다시 장벽이 전개돼 공격은 막혔다. 저 장벽, 진짜 성가시네.

"──권속 소환! 나와라, 제로스리드!"

이 녀석, 혼자서는 불리하다고 보고 부하를 소환할 셈인가! 장벽 안에 마법진이 전개됐다. 저러면 소환된 순간에 포화 공격 작전을 쓸 수 없어!

하필이면 제로스리드. 만난 적은 없지만 최악의 상대인 것은 틀림없다. 원래가 랭크 B 상당. 우리와 동등 이상의 힘을 가진 코르베르트가 기습이었다고는 하나 진 상대다. 이블 휴먼이 되어 얼마나 강해졌을까…….

여기서는 일단 물러나야 한다. 우리만으로 상대하기에는 너무 위험하다.

그렇게 생각했지만…….

"어? 뭐, 뭐냐! ──권속 소환! 제로스리드!"

뭐지? 다시 마법진이 전개됐지만 무언가가 나타나는 기색은 보이지 않았다.

"제로스리드! 거절하는 건 왜냐! 배, 배신한 게냐!"

아무래도 분열이라도 일어난 모양이다.

"네놈! 일은——계집애는 어떻게 됐느냐! 젠장! 대답을 안 하는 거냐!"

『기회야.』

"응. 여기서 쓰러뜨리자."

"크르르!"

초조한 기색으로 신음하고 있는 린포드를 해치우기 위해 세 번째 단거리 전이 캐터펄트 어택을 시도했다.

키이이이잉!

자동 장벽에 막혔지만 이미 예상했다. 이제부터가 진짜다.

"——버스트 플레임."

『——버스트 플레임.』

"——아우우우!"

뭐, 할 일은 내가 한 것과 달라지지 않았다. 약한 공격을 끊임없이 쏟아 부어 장벽을 계속 발동시켜서 움직임을 멈추는 것과 동시에 마력을 소비시킨다. 아무리 그래도 마력이 고갈되면 장벽은 칠 수 없을 것이다.

"크으으윽! 또다시 허튼 짓을!"

린포드의 얼굴에는 초조한 표정이 확실히 떠올랐다. 이대로 밀어붙일까?

"크으으……! 회랑은 불충분하지만……. 할 수 없다! 사신님! 제게 힘을!"

역시 이대로 순순히 쓰러져주지 않나. 린포드는 분노에 불타는 표정으로 주문의 영창을 개시했다. 신전 안에서 솟아나온 무시무시한 양의 사기가 린포드에게 집중되어갔다.

『이, 이건 뭐야…….』

마치 신전이 린포드에게 힘을 주는 듯했다. 저 사신석의 짓인가?

위험하다, 위기 감지가 엄청 반응하고 있다. 미드가르드오름과 대치했던 때 이래로 가장 큰 반응 아닐까?

"우오오!"

귀에 거슬리는 절규를 지르는 린포드의 몸에서 뿜어져 나오는 칠흑의 마력이 파도처럼 우리에게 밀어닥쳤다. 즉시 장벽을 둘렀지만 단숨에 날아가고 말았다.

『프란! 울시! 물러서!』

이대로는 위험해!

울시는 그림자 건너기로, 프란과 나는 전이로 신전 밖으로 물러섰다.

신전 밖에서도 알 수 있는 막대한 사기. 신전의 모든 작은 창에서 칠흑의 빛이 넘쳐흐르고 신전 자체가 크게 흔들리고 있었다.

직후, 신전의 지붕을 안쪽에서 날려버리고 사악한 마력이 빛을 동반해 하늘로 용솟음쳤다. 그리고 신전은 안쪽에서 대폭발을 일으켜 날아갔다.

폭풍에 휩쓸린 먼지와 돌멩이가 빗발치듯 주위로 쏟아졌고 신전이었던 곳은 잔해더미로 변했다.

그 중심에는 있을 수 없는 것이 나타나 있었다.

"쿠어어어어어어어어어어어!"

밤하늘을 뚫고 울리는 포효.

공기가 격렬하게 진동해서 살짝 떨어진 곳에 있는 내 도신까지 흔들렸다.

"크다."

프란이 아득히 높은 위치에 있는 린포드였던 것의 얼굴을 올려다보고 중얼거렸다.

그렇다, 거기에 있던 것은 린포드. 사신의 힘을 획득해 놀랄 만큼 거대화한 린포드였다.

잔해더미의 중심에 서서 증오가 가득한 눈으로 우리를 노려보고 있었다.

『커!』

"윙."

키가 15미터를 넘을 것이다. 다만 그 모습은 전혀는 아니지만 린포드였다고는 생각할 수 없었다. 사람의 형체라고 인식할 수 있는 아슬아슬한 범위까지 비대화한 근육. 칠흑의 피부. 이블 휴먼의 특징을 갖추고 있지만 너무 거대했다.

하지만 그 얼굴은 확실히 린포드의 것이었다.

"놓치지 않겠다! 계집 일해애애애앵!"

거인이 분노의 소리를 질렀다.

이름 : 린포드 로렌시아 나이 : 100세

종족 : 사신인

직업 : 사술사

상태 : 사신화

Lv : 99/99

생명 : 5620　마력 : 4458　완력 : 2027　민첩 : 598

스킬 : 영창 단축 7, 감정 7, 고속 재생 9, 사악 감지 9, 상태 이상 내성 6,

선동 4, 조합 6, 독 감식 7, 마력 조작

고유 스킬 : 사술 10, 사신술 5, 사신의 은총, 사신의 감옥

칭호 : 사신의 힘을 받은 자

위험해! 지금까지 만난 적 중에서도 톱클래스 힘이다. 이전에 던전에서 만난 악마조차 뛰어넘었다. 틀림없이 위협도 B 이상. A에 이르렀을지도 모른다. 절망적인 힘을 자랑했던 천공 던전의 그 리치와 박빙이었다. 게다가 잘 알 수 없는 스킬도 여럿 가지고 있었다.

저것을 우리만으로 싸우는 것은 자살행위다.

『도망친다! 울시도 도망쳐!』

"응!"

"웡!"

프란과 울시도 린포드의 위험함을 감지했을 것이다. 도망친다는 내 말에 전에 없을 만큼 순순히 고개를 끄덕였다. 그리고 그 자리에서 등을 돌리고 쏜살같이 곧장 달리기 시작했다. 그사이에도 나는 영창을 계속해 50미터 정도 달렸을 때 영창을 완성했다.

『——쇼트 점프!』

나는 프란과 함께 쇼트 점프를 발동했다. 이대로 연속 발동으로 녀석에게서 떨어진다. 울시도 그림자 건너기가 있으니 어떻게든 될 것이다.

하지만──.

『컥!』

"아윽!"

"깨갱!"

우리는 얇은 벽 같은 것에 충돌했다. 아래쪽에서는 그림자 건너기를 쓰고 있었을 울시도 우리와 마찬가지로 벽에 충돌해 몸부림치고 있었다.

"새롭게 얻은 능력, 사신의 감옥에서는 누구든 도망칠 수 없다!"

그 새 스킬인가! 설마 그런 능력이었을 줄이야! 자세히 보니 반경 50미터 정도 되는 반투명한 돔이 린포드를 중심으로 전개되어 있었다. 이것이 사신의 감옥일 것이다.

『──인페르노 버스트!』

"──파이어 재블린!"

『으랴아아아압!』

주문을 연발한 후, 염동 캐터펄트!

『이래도냐!』

하지만 돔은 멀쩡했다. 오히려 내 내구도가 조금 줄고 말았다. 그 강도는 변신 전의 린포드가 사용했던 자동 방어막보다 위일 것이다.

『──디멘션 점프!』

이번에는 중거리 전이 술법이다. 100미터 이상의 거리를 이동할 수 있지만 제어가 어렵고 출현 지점이 상당히 어긋나는 경우가 있다. 하지만 쇼트 점프보다 강력한 술법인 것은 틀림없다.

이거라면 어떠냐!

『크헉!』

"으극!"

틀렸나! 전이를 방해하는 효과가 있는 건가?

"──이블 플레어."

등 뒤에서 부풀어 오르는 사악한 마력. 내가 인간이라면 온몸에 소름이 돋았을 것이다. 그 정도의 위기감. 공포라고 해도 좋을지도 모른다. 나는 영창했던 술법을 무의식적으로 발동시켰다.

『──쇼트 점프!』

직후, 그때까지 우리가 있던 장소에 칠흑 불덩어리가 착탄해 폭염을 흩뿌렸다. 30미터 정도 떨어진 곳으로 전이한 우리에게도 흩뿌려진 검은 화염이 덮쳐왔다.

『젠장할!』

황급히 마력 장벽을 폈지만 살짝 대미지를 입고 말았다.

착탄한 곳에는 거대한 크레이터가 생겼고, 주위가 고열로 유리화한 모습이 보였다.

장벽 없이 직격당했다면 숯덩이. 장벽을 펴고 직격당했다면 빈사 상태. 그럴 것이다.

"잘도 피했구나! 그렇다면──이블 패밀리어!"

『뭐야!』

"이것도 피할 수 있을까?"

녀석의 술법에 따라 주위에 사기 덩어리가 무수히 나타났다. 50개는 넘을 것이다. 배구공 크기의 사기 포탄이다. 그것이 린포드의 목소리에 맞춰 우리에게 쇄도했다.

성가시게도 각각의 궤도와 속도가 전혀 달랐다. 직선적으로 날아오는 탄환도 있으면 원을 그리듯 덮쳐오는 것도 있었다.

"크윽!"

『──파이어 실드!』

"후웃!"

『윈드 월!』

우리는 덮쳐오는 무수한 사기 덩어리를 피하고, 격추하고, 검으로 튕기고, 실드 계열 마술로 막았다.

다행히 한 발 한 발의 위력은 그렇게까지 강력하지 않았다. 하지만 한 번이라도 맞으면 움직임이 둔해져서 잇달아 몰려오는 포탄에 유린당할 것이다.

어떡하지? 어떻게든 도망칠 방법을 생각해야 해. 장벽을 뛰어넘을 방법을 생각하거나, 장벽을 정면에서 부수거나. 하지만 시공 마술의 전이도, 어둠 마술의 그림자 건너기도 장벽에 막혔다. 남은 자기 진화 포인트로 더 성장시킬까? 그러나 그런다고 장벽을 뛰어넘는다는 보증은 없다.

그럼 힘으로? 화염 마술이나 검기를 성장시킬까? 다른 접근법으로는 정화 마술을 성장시키면 사기를 제거하는 술법을 배울 가능성이 있다. 뭐, 가능성밖에 없지만.

아니, 파괴력을 생각하면 가장 위력 높은 선택지가 있을 것이다.

'스승, 내가 잠재 능력 해방을 쓸게.'

『안 돼!』

그렇다, 잠재 능력 해방 스킬. 아직 알 수 없는 부분은 많지만 리치전에서 보인 파괴력을 생각하면 도망치기는커녕 이 녀석을 쓰러뜨릴 가능성마저 있을 것이다.

하지만 그 힘은 양날의 검. 파멸과 뒤바꾸는 승리다. 프란에게 쓰게 할 수는 없다.

절대로.

『그 전에 하나 시험해보자.』

나는 가장 가능성이 높아 보이는 시공 마술에 도박을 걸기로 했다. 자기 진화 포인트를 6 소비해 시공 마술의 레벨을 제일 높였다. 이로써 남은 자기 진화 포인트는 12 포인트인가.

〈시공 마술이 10에 도달했습니다. 유니크 스킬 차원 마술 1이 스킬에 추가됩니다〉

유니크 스킬이라고! 이거 기대를 가질 수 있겠는데?

그렇게 생각했지만 차원 마술 1로 배울 수 있는 것은 크로노스 클록이라는, 퀵과 슬로를 동시 발동하는 술법이었다. 지금은 쓸 모없잖아! 그래도 레벨이 올라간 시공 마술로 새로운 전이술을 배웠다! 장거리 전이 술법이다.

『──롱 점프!』

하지만 그래도 도망친다는 소망은 이뤄지지 않았다. 다시 사신의 감옥에 부딪쳐 움직임을 봉쇄당했다. 역시 비거리의 문제가 아니었나!

그사이에도 순식간에 사기 탄환이 쫓아와 우리를 다시 둘러쌌다.

'역시 잠재 능력 해방밖에 없어.'

『그럼 내가 쓸게.』

'그건 안 돼. 내가 쓸게.'

『아니, 내가 쓸게. 그 스킬의 대가는 너무 커. 최악의 경우, 죽을지도 몰라.』

'그래도 내가──.'

『절대 안 돼!』

'치이.'

그런 대화를 나누는 중이었다.

"크윽!"

『프란!』

사기 포탄을 피하지 못하고 프란이 직격당했다. 젠장, 순간 집중이 흐트러졌어!

잇달아 달려드는 탄환이 프란에게 연속으로 맞았다.

"아악!"

프란의 몸이 땅에 내동댕이쳐지고, 거기에 포탄 몇 발이 더 명중했다.

『위험해!』

나는 마력 장벽을 전개하며 황급히 단거리 전이를 실행했다. 상당한 대미지를 입은 데다 마력도 꽤나 쓰고 말았지만 탄환의 감옥에서는 어떻게든 탈출할 수 있었다. 그러나 녀석은 이것을 노리고 있었다.

"──이블 플레어."

"으아아아!"

쇼트 점프를 연속으로 발동하기가 어렵다는 것을 간파한 린포드는 전이 직후를 노려 술법을 전개했다. 무시무시한 열이 주위를 휘감았다. 지면에 방울져 떨어진 프란의 피가 순식간에 증발할 정도의 고열이다.

나는 즉시 최대 마력을 장벽에 쏟아 부었다. 프란도 동시에 마력 장벽을 전개했다.

"크아아압!"

『젠자앙!』

우리가 전력을 쏟아 펼친 이중 장벽은 간단히 날아가 폭염이 우리를 에워쌌다. 수십 미터 가까이 날아가 땅바닥에 걸레처럼 팽개쳐졌다.

"으윽……."

"홋홋! 드디어 잡았다! 붕붕 날아다녀 귀찮은 파리놈!"

즉사는 면했다. 하지만 나도 프란도 너덜너덜했다.

특히 프란은 왼팔과 왼쪽 다리의 절반이 탄화해 위험한 상태였다. 그뿐만이 아니라 고열로 인해 온몸에 화상으로 물집이 생겨 시뻘겋게 부어올랐다.

『프란!』

"으………."

겨우 의식은 있는 듯했다. 그러나 이대로는 다음 공격에 죽을 뿐이다.

어떻게든 그레이터 힐을 발동해 프란의 상처를 치유했다. 하지만 그 직후, 지근거리에서 사기 포탄이 작렬해 우리는 반대 방향으로 날아갔다.

『프란!』

위험하다, 상당히 떨어지고 말았다. 먼지가 피어올라 프란의 모습이 전혀 보이지 않지만 50미터 가까이 떨어졌을 것이다. 황급히 프란에게 돌아가려고 한 그때였다.

『쳇! 린포드가 뭔가 불러낸 건가?』

갑자기 내 바로 위로 어떤 기척이 솟아났다. 절대로 인간의 기척이 아니다. 린포드가 사역마 같은 것을 소환했다고밖에 생각할 수 없었다. 내게 향하는 그 의문의 기척을 향해 선제공격을 시도했다. 평소였다면 좀 더 냉정하게 상황을 판단할 수 있었겠지만 솔직히 이때는 초조감 때문에 흥분했기 때문이다.

염동으로 단숨에 달려들었다. 하지만 내 공격은 간단히 빗나갔다.

가까이 가니 상대의 모습이 똑똑히 보였다. 검은 피부에 소 같은 뿔이 달리고 날개가 돋은 소인. 그런 모습을 하고 있었다. 감정에는 악마라고 나타났다. 게다가 꼼꼼하게 기척을 살펴보니 적의가 없었다.

적이 아니야? 혹시 필리어스 왕가의 신검에 관련된 악마인가? 하지만 지금은 느긋하게 살피고 있을 틈이 없었다. 언제 린포드가 그 폭염을 쏠지 알 수 없기 때문이다. 나는 도박을 걸기로 했다.

『혹시 같은 편이야?』

"어? 이 목소리는 뭐지?"

악마에게서 나온 것은 플루토의 목소리였다. 자세한 사정은 알 수 없지만 적은 아닐 것이다.

『나는 스승. 눈앞에 떨어져 있는 검이야.』

"뭐, 뭐라고? 검이 말하고 있는 건가?"

『지금은 시간이 없어! 프란에게 간다.』

"아, 알았다."

나는 일단 악마를 무시하고 프란에게 향하기로 했다. 역시 악

마는 이쪽을 공격하지 않았다. 그리고 프란에게 향하니, 프란을
멘 또 다른 악마가 린포드의 공격에서 도망치던 차였다.

그러나 순식간에 린포드가 쏜 광선에 삼켜지고 말았다.

『프라아아안!』

무심코 절규를 질렀지만 광선이 통과한 뒤로 붉은 장벽 같은 것
에 둘러싸인 프란의 모습이 있었다.

"괜찮아. 사티아의 사역마가 몸을 던져 지켰어."

『그, 그런가…….』

다행이다! 나는 황급히 프란에게 다가가 다시 마술로 상처를
막았다. 그러나 그레이터 힐 한 번으로는 완치되지 않았다.

"스승…… 사티아가…….."

"프란. 괜찮아. 이건 현신이라 우리 본체에는 영향이 없어."

"정말?"

"그래."

"다행이다……."

『이봐, 그런 것보다 어디서 왔어? 이 결계를 드나들 수 있는
거야?』

지금 다른 이야기는 아무래도 좋다. 그보다 탈출의 단서를 얻
을 수 있느냐 없느냐가 중요하다. 그러나 플루토 남매도 무리라
고 했다. 이 악마들은 프란의 몸에 위험이 닥쳤을 때 나타날 수
있도록 씨앗 같은 것을 미리 프란에게 심어둔 것이라고 한다. 멋
대로 무슨 짓을 한 거냐는 생각이 들었지만, 그 덕분에 살았으니
불평은 하지 말자. 왕족 남매가 프란을 걱정해준 거고 말이다.

즉, 이 악마들은 결계가 펼쳐진 때는 이미 안에 있었다는 뜻이

다. 플루토 남매와 악마의 정신이 동조돼 있어서 신경 계열 술법은 결계를 통과하는 듯했다. 하지만 전이 등은 막히는 거겠지.

『그렇구나……. 하지만 악마의 힘을 빌릴 수 있다면 고맙지.』

고작 악마 한 마리라도 아군이 있다고 생각하는 것만으로 마음이 든든했다. 그러나 돌아온 것은 무정한 말이었다.

"미안하군, 이 이상은 무리야……."

『어째서지?』

"이 결계 안의 무시무시한 사기에 잠식당해서 악마가 폭주 직전이거든. 프란은 잘도 멀쩡하군. 솔직히 말해서 앞으로 몇 분도 지나지 않아 이 악마는 쓸모없어질 거야."

"플루토는 괜찮아?"

"아까도 말했지만 이 악마는 어디까지나 현신. 본체에는 영향이 없어."

"그렇구나."

"——지금부터 모든 힘을 쏟아 힐을 걸겠어! 폭주 전에 힘을 다 써야 해!"

플루토의 목소리에 초초한 기색이 섞였다. 아무래도 그 말대로 악마의 제어가 듣지 않기 시작한 듯했다. 다급한 기색으로 힐을 프란에게 걸었다. 그레이터 힐을 능가하는 치유력이다. 프란의 온몸에 난 상처가 완전히 사라졌다. 그러나 그 직후 악마의 몸이 모래처럼 스르르륵 무너지기 시작했다. 폭주하기 전에 힘을 모두 쓴다는 건 이런 거였나.

"죽지 마라, 프란!"

소멸 직전에 그렇게 외치고 악마는 공중에 녹듯이 사라져갔다.

시체는 남지 않았다.

동시에 사티아의 악마가 소멸 직전에 프란에게 건 결계가 사라졌다.

"으으음! 거기에 있었느냐아아!"

아무래도 은폐 기능이 있었던 모양이다. 즉시 린포드에게 발견되고 말았다.

다시 쏘아지는 칠흑의 사염.

『이 이상 프란을 다치게 할까보냐!』

나는 황급히 영창을 마친 단거리 전이를 발동시키며 스테이터스를 조작했다.

〈영창 단축이 10에 도달했습니다. 유니크 스킬 영창 파기가 스킬에 추가됩니다〉

영창 파기 : 주문의 영창을 파기해 술법의 이름만으로 발동 가능. 소비 마력이 커진다.

좋은 스킬을 얻었다! 그저 영창을 줄여서 마력이 계속되는 한 쇼트 점프로 계속 도망칠 생각이었지만…… . 영창 파기와 병렬 사고가 있으면 노타임으로 전이를 계속하는 것도 가능할 것이다. 설명에 있는 소비 마력 증대가 어느 정도인지 알 수 없는 게 불안하지만…… .

할 수밖에 없다.

나는 플루토의 악마가 건 힐로 인해 위기를 어떻게든 벗어난 프란을 데리고 뛰었다.

『쇼트 점프!』

『쇼트 점프!』

『쇼트 점프!』

나는 단거리 전이를 써서 린포드의 공격을 오로지 피했다.

프란을 지킨다는 일념으로.

"크아아아아! 어째서냐! 그 정도 고난도 마술을 어째서 그렇게 연발할 수 있는 거냐! 영창 파기도 가지고 있지 않았을 텐데에에! 그만 죽어라! 죽어어!"

술법의 소비는 두 배 정도였다. 하지만 이거라면 할 수 있다.

린포드도 우리가 연속으로 전이하는 광경을 보고 짜증이 난 듯했다. 몰아붙였을 텐데 갑자기 생각지 못한 행동을 하기 시작해서 초조할 것이다.

그래, 좀 더 초조해해! 그러면 공격의 정확도도 떨어질 것이다.

그렇게 계속 도망쳐서 돌파구를 찾자!

하지만 그래도 안 됐을 때는——잠재 능력 해방을 쓸 수밖에 없을 것이다.

"……스승……?"

『프란, 여기는 내게 맡겨.』

"……응."

전이술로 결사의 회피를 시작하고 얼마나 시간이 지났을까.

때때로 프란이나 울시가 공격을 시도했지만 린포드가 가진 재생력의 힘이 우월했다.

나도 몇 번인가 염동 캐터펄트를 날렸지만 저 괴물 앞에서는 필살기가 통하지 않았다. 그러기는커녕 틈을 보여서 호된 반격을 받기만 했다.

결국 린포드에게 결정타를 맞지 않은 채로 이쪽만 소모해가는 악몽 같은 시간이 끝없이 흘렀다.

그래도 절망하지 않고 버틴 것은 프란을 안고 있기 때문일 것이다. 반드시 프란을 지킨다, 그 마음만이 나를 지탱했다.

하지만 초조하지 않을 리가 없다. 프란을 불안하게 만들지 않도록 냉정하게 행동하기는 했지만 내 마음속은 초조함에 지배되기 시작했다.

이대로는 위험하다.

마력의 바닥이 보이기 시작해서 내가 최후의 결단을 내리려고 할 때였다.

하늘은 우리를 버리지 않은 듯했다. 아니, 신인가? 아무튼 내가 잠재 능력 해방을 쓰려고 결심한 직후였다.

스릉.

마치 방울을 울린 듯한 높고 맑은 소리가 울려 퍼지고——.

주위를 뒤덮은 사신의 감옥이 깨끗하게 사라졌다.

"이, 이건 뭐냐!"

린포드가 놀란 소리를 질렀다. 역시 녀석이 스스로 해제한 게 아닌 듯했다.

『무슨 일이 일어난 거지?』

아니, 지금은 그런 걸 신경 쓰고 있을 때가 아냐! 추격이 멈춘 지금이 기회다.

『울시, 도망치자!』

"크릉!"

『디멘션 점프!』

탈출 성공이다. 100미터 정도 떨어진 곳으로 전이한 나는 즉시 건물 그림자에 프란의 몸을 숨겼다.

『괜찮아?』

"응…… 어떻게든."

피로와 고통의 기색이 짙은 표정을 띠면서도 프란이 살짝 고개를 끄덕였다.

『그렇구나. 다행이야!』

"웡!"

"울시도 괜찮아?"

"워웡."

무슨 일이 일어났는지 알 수 없지만 간발의 차로 살았다. 아니, 구사일생이라고 해도 좋을지도 모른다. 정말 살았다……!

"크어어어어어어어어어억!"

우리가 상황을 몰라 당황해 하고 있는데 갑자기 린포드의 비명이 울려 퍼졌다.

그렇다, 비명이다. 명백하게 고통의 기색이 섞여 있었다.

『어?』

황급히 린포드를 봐보니──.

『저건 뭐야!』

"검이 잔뜩 있어."

내 눈에 날아들어 온 것은 린포드의 온몸을 무수한 검이 꿰뚫고 있는 광경이었다. 그것뿐만이 아니다. 거기로 무수한 인영이 달려들었다.

인영의 주먹에 오른 다리가 찌부러지고 기사창에 의한 돌진에 왼쪽 다리가 꿰뚫렸다. 그 밖에도 하늘을 날고 있는 자, 지상을 달리는 자. 몇 명인가가 손을 잡고 린포드를 공격하고 있는 듯했다.

"다들 강해."

『아, 응. 대체 누구지?』

눈을 크게 뜨고 있는데 린포드를 향해 새로운 공격이 추가됐다. 우리보다 더 뒤에서 기다란 뱀 같은 무언가가 린포드에게 박힌 것이다.

"크아아아아아아아악!"

채찍이다. 가느다란 채찍이 저 린포드의 거대한 몸을 몇 번이나 후려쳐 그 거구를 흔들리게 만들고 있었다.

게다가 원거리에서 휘둘러졌는데도 불구하고 다른 인영에게 맞을 뻔한 일도 없었다. 다루기 어려운 채찍을 손발처럼 다룰 수 없다면 불가능한 기술일 것이다. 상상도 할 수 없는 무시무시한 기량이었다.

채찍이 박힐 때마다 절망이 구현화된 듯한 저 린포드가 한심한 비명을 지르며 몸을 뒤틀었다.

그것은 마치 우리의 마음을 좀먹는 악몽과 절망이라는 이름의 먹구름이 강제로 밀려가는 듯한 광경이었다.

나도 모르게 뒤를 돌아봤다. 그곳에는 한 미녀가 신록색 외투를 당당하게 나부끼며 여유 있는 모습으로 서 있었다.

프란이 눈을 크게 뜨고 그녀를 올려다봤다.

"아만다……?"

놀랍게도 그곳에 있던 것은 알레사에서 헤어진 랭크 A 모험가,

아만다였다.

"프란, 괜찮아? 도우러 왔어!"

Side 포룬드

느닷없이 사람들이 괴물로 변하고 날뛰기 시작한 지 한 시간.

이미 서른 마리는 해치웠을 텐데 앞으로 얼마나 있을까. 그리고 이후로 다른 인간이 괴물이 되지 않는다는 보장도 없다. 원인을 배제할 필요가 있는 것이다.

나는 괴물을 배제하며 사기가 짙은 방향으로 향했다.

"고, 고맙습니다!"

"…………."

"? 저기……."

"……아아."

나는 인사를 하는 남성에게 인사는 됐으니까 빨리 이쪽으로 오라는 의미로 손짓하듯 오라는 동작을 했다. 아직 위험이 있을지도 모르기 때문이다.

하지만 그는 어째선지 새파란 얼굴로 "죄송합니다아!" 하는 말을 남기고 떠나버렸다. 어째서지? 모처럼 기사단 대기소까지 호위해주려고 했는데. 아아, 혹시 저쪽으로 가라는 의미로 알아들은 건가?

"휴우……."

늘 이렇다. 나는 말수가 적고 무표정하다는 소리를 자주 듣는데다 위압감 있는 얼굴이다. 스스로는 평범하다고 생각하지만…… 최근에는 처음 보는 상대가 겁먹는 일에도 익숙해졌다. 말을 잘 못해서 기껏 제스처로 의사를 표시하려고 했는데, 이래도 상대가 무서워한다면 이제 어떻게 하면 좋을까.

"할 수 없지, 다음 괴물을 찾자."

나는 주위를 둘러보고 가장 높은 4층 건물의 옥상으로 달려 올라갔다. 보아하니 어느 상회의 본부인가 보다. 여기라면 상당히 멀리까지 내다볼 수 있다.

"흐음……."

찾았다. 밤의 어둠 속에서도 발산되는 사악한 기척은 감출 방법이 없다. 아무래도 사람이 아니라 가축을 공격해 먹고 있는 듯했다. 저거라면 직접 가지 않고 여기서 처리하면 될 것이다. 거리는 300미터 정돈가? 뭐, 이만큼 가까우면 빗나가지 않는다.

"꿰뚫어라."

허공에서 생성된 마검 한 자루가 내 의사를 따라 하늘을 날았다. 화살보다 빠르고 창보다 강하게. 내가 날린 마검은 괴물을 일격에 꿰뚫어 침묵시켰다. 그리고 임무를 완수한 마검은 생성된 때와 반대로 허공으로 녹아 사라져갔다.

이것이 나의 엑스트라 스킬 『검신의 총애』다.

과거에 한 번이라도 입수한 적이 있는 마검을 기록해 내 의사에 따라 생성하는 스킬이다. 너무 강력하거나 격이 너무 다른 마검은 구현화할 수 없지만.

이전에 신검 이그니스를 만질 기회가 있었는데, 역시 구현화할 수 없었다.

본래는 상황에 따른 능력을 가진 마검을 생성하는 능력이지만,

나는 오랜 수련으로 생성한 마검을 날려 조종하는 술법도 획득했다. 마검의 구체화 시간을 단축함으로써 필요 마력을 줄여서 최대 백 자루 가까이 마검을 동시에 날릴 수도 있다.

"……발견."

또 찾았다. 이번에는 사람이 습격받고 있군. 나는 건물 옥상에서 뛰어내려 현장으로 서둘러 갔다.

그런데 이건 뭐가 원인일까. 자연 현상으로는 있을 수 없는 일이다. 괴물들에게서는 사악한 기운이 느껴진다. 명백하게 세상의 이치에서 벗어난 존재다. 이전에 쓰러뜨린 고위 사인과도 통하는 기운이다.

반드시 뭔가 원인이 있을 터다. 금지 마도구의 폭주일까, 누군가의 음모일까. 아무튼 그 원인을 제거해야 한다.

고향을 잃은 나한테 바르보라는 제2의 고향. 반드시 끝까지 지켜 보이겠다.

"포룬드 어논클, 등장."

제7장 사악의 주인

"설마 거인과 싸우고 있는 사람이 프란이었다니, 무사해?"

"응."

"다행이다!"

아만다는 안도한 표정으로 프란을 꽉 껴안았다.

하지만 프란은 아직까지도 아만다가 여기에 있는 것을 믿을 수 없는 듯했다.

"아만다, 어째서 있는 거야?"

"편지를 받아서 서둘러 왔어!"

아니, 너무 빠르잖아? 편지를 보낸 건 사흘 전이다. 하지만 아만다는 이동 속도를 상승시키는 술법을 써서 산과 숲을 가로질러 직선으로 돌진해 강행군으로 바르보라로 달려왔다고 한다.

"마나 포션을 너무 마셔서 배가 빵빵해졌어."

그렇다 하더라도 무시무시한 행동력이었다.

『알레사는 괜찮아?』

분명 아만다는 알레사에서 벗어날 수 없을 터였다. 북쪽에 위치한 레이도스 왕국의 침략에 맞서는 억제역으로서 랭크 A 모험가가 최소한 한 명은 상주할 필요가 있다고 했다.

"괜찮아. 장에게 시키——맡기고 왔어."

지금 시켰다고 말하려고 했지?

『하지만 장은 랭크 B잖아?』

"아아, 그 녀석은 전쟁 때만 랭크 A 취급을 받거든."

장은 랭크 B 모험가지만 전쟁 때는 특례로 랭크 A 취급을 받는다고 한다. 오히려 레이도스 왕국에서는 아만다보다 더 두려워하고 있다나.

놀랍게도 장의 이명 '몰살'은 레이도스 왕국과의 전쟁에서 활약해 붙은 것이었다. 장의 사령 마술은 대대군전에서는 무시무시한 위력을 발휘한다. 쓰러뜨린 적을 거둬들이면서 무한하게 증식하는 불사의 군세. 장의 언데드 군단에 의해 5000에 가까운 레이도스 군이 섬멸당한 전투는 지금도 레이도스 왕국군 내부에서 공포와 함께 구전되고 있다고 한다.

아만다에게 장의 일화를 듣고 나는 몰살이라는 이명이 붙은 것을 납득했다. 확실히 언데드를 대량으로 조종하는 장은 전쟁에서 활약할 것이다.

"사실은 프란과 좀 더 이야기하고 싶지만 우선 프란에게 지독한 짓을 한 저 괴물에게 벌을 줘야지."

아만다는 그렇게 말하고 몸을 날렸다. 그 시선은 린포드를 노려보고 있었다. 분노와 기백이 배어 나오는군.

"아만다…… 조심해."

"프란의 응원이 있으면 용기백배야! 갔다 올게."

아만다는 프란에게 가볍게 손을 흔들고는 사나운 미소를 띠우고 날아갔다.

우리는 그 등을 전송했다. 전송할 수밖에 없었다.

아만다는 경쾌하게 도약해 린포드에게 접근하자 채찍과 바람 마술로 린포드를 공격하기 시작했다. 채찍이 몇 배나 늘어나, 아만다가 가볍게 손을 움직이는 것만으로 모든 방위에서 린포드를 완전히 붙들었다. 어떠한 스킬일 것이다. 굉장하다. 일격 일격이 검기와 맞먹는 위력을 품고 있었다. 저게 랭크 A 모험가. 우리가 목표하는 곳에 있는 존재.

『프란, 보여?』

"응."

우리 앞에서 격전이 펼쳐지고 있었다.

아만다뿐만이 아니다. 싸우고 있는 전원이 우리와 동등하거나 그 이상으로 강했다.

갑자기 백 자루에 가까운 검이 허공에서 솟아올라 린포드를 향해 쏟아졌다. 가까이서 보고 알았는데, 각각이 다른 능력을 보유한 마검이었다.

본 적이 있다. 식재료를 구하기 위해 간 마경에 있던 그 모험가다.

이름 : 포룬드 어논클 나이 : 39세

종족 : 인간

직업 : 천검사

Lv : 66/99

생명 : 718 마력 : 431 완력 : 484 민첩 : 437

스킬 : 괴검술(壞劍術) 7, 해체 8, 위험 감지 6, 급소 간파 5, 기척 감지 7, 검기 10, 검성기 6, 검술 10, 검성술 7, 채취 4, 축각기 5, 축각술 6, 정신 이상 내성 4, 석화 내성 3, 속성검 8, 도약 7, 투척 8, 독 내성 3, 이도류 7, 마술 내성 6, 마비 내성 4, 기력 조작, 드래곤 킬러, 비스트 레이어

고유 스킬 : 소비 반감 · 검기

엑스트라 스킬 : 검신의 총애

칭호 : 검신이 사랑하는 자식, 마경 해방자, 던전 공략자, 드래곤 킬러, 비스트 킬러, 랭크 A 모험가

장비 : 오리하르콘 롱소드, 오리하르콘 소드 브레이커, 왕룡의 전신 가죽 갑옷, 검신의 머리띠, 세계수 껍질로 만든 신발, 용잡이 거미의 줄로 만든 외투, 마력 회복의 팔찌, 대신의 팔찌

포룬드? 코르베르트가 이름을 거론했던 랭크 A 모험가다. 아마 백검의 포룬드. 그렇군, 아만다만큼 강했다.

그리고 엑스트라 스킬을 가졌다. 한 번이라도 만진 마검을 복제할 수 있는 건가.

상위 마검은 복제할 수 없는 것 같은데, 나는 어떨까? 내 분신이 생기는 거 아닐까? 복제할 수 있든 없든 귀찮은 일이 될 것 같다. 포룬드에게는 되도록 가까이 가지 않도록 하자.

뒤에는 코르베르트도 있었다. 왠지 조금 강해졌다. 데미트리스류 무술? 재미있어 보이는 스킬이다. 감정 위장 기능이 있는 장비라도 보유한 거겠지. 어째서 지금은 쓰지 않는지는 알 수 없지만 말이다.

다른 녀석들도 강하군, 강해. 길드 마스터인 검드는 추성술로 거대한 해머를 휘둘러 린포드의 거구를 비틀거리게 하고 있었다.

크라이스톤 후작의 장남인 필립도 상당히 강했다. 스테이터스는 프란에게도 미치지 못하지만 그 견실하고 견고한 전투 방식은 보기만 해도 안심이 됐다. 온몸을 갑옷으로 지키며 거대한 기사창을 휘두르고 있었다. 브룩은 틈을 봐 형을 암살할 계획을 세워

났겠지만 이래서는 어차피 무리였을 것이다. 웬만한 암살자에게 죽을 거라는 생각이 들지 않았다.

다른 한 명은 어째선지 함께 싸우고 있는 제로스리드였다. 적이었을 텐데. 뭐, 린포드를 배신한 것 같으니 뭔가 이유가 있을 것이다. 코르베르트도 제로스리드를 공격할 기색은 없고 말이다. 지금은 내버려 두자. 신경 쓰이는 것은 종족이 사인·마인으로 되어 있는 점이다. 단순한 사인이 아닌 듯했다.

그리고 동족상잔이라는 스킬이 은근히 흉악했다. 나나 프란은 활용할 수 없겠지만 제로스리드에게는 유용할 것이다. 설마 동족상잔을 하기 위해서 린포드를 배신한 건가? 지금은 이쪽 편이니 공격할 생각은 없지만 방심은 할 수 없겠군.

"윙!"

『울시, 무사──하지 않구나.』

"끄응."

제로스리드를 어떻게 할까 프란과 염화로 의논하고 있는데 울시가 비틀거리는 발걸음으로 돌아왔다. 온몸의 털이 오물과 빠짐과 출혈로 걸레 같았다. 심한 부상 몇 개도 확인할 수 있었다. 일단 나는 힐로 상처를 치료해줬다.

"울시, 괜찮아?"

"워우."

"애썼어."

프란이 울시를 부드럽게 쓰다듬어주고 있는데 누군가가 다가오는 것을 알 수 있었다. 적의는 느껴지지 않아서 잔해 그늘에서 얼굴을 내밀고 살펴봤다.

"저기, 괜찮나요?"

"샤를로트?"

"웡?"

나타난 것은 고아원이 의지하는 누나이자 춤의 명수. 샤를로트
였다.

"네. 상처는 괜찮아요?"

"응, 괜찮아. 조금 지쳤을 뿐이야."

체력적으로도 정신적으로도 말이다.

샤를로트가 프란의 옆에 웅크리고 얼굴에 묻은 진흙을 닦아
줬다.

프란은 샤를로트가 하는 대로 몸을 맡긴 채 멍한 눈으로 싸움
을 바라봤다.

'다들 강해.'

『……그러네.』

하지만 우세하게 전투를 진행할 수 있는 이유는 아만다 일행이
강하기 때문만이 아니다. 이렇게 멀리서 보니 린포드가 절대 무
적의 존재가 아니라는 것을 알 수 있었다.

어째서 나는 도망치는 생각밖에 하지 않은 걸까? 싸울 방법은
정말 없었을까?

알고 있다. 나는 린포드에게 겁을 먹었다. 그리고 절대로 이길
수 없다고 단정 지었다.

자기 진화 포인트를 시공 마술과 영창 단축에 쏟아 부은 것도 결
국은 도망치기 위한 선택지였다. 양쪽 다 유니크 스킬이 파생되어
결과적으로는 나쁘지 않았을지도 모른다. 목숨을 건졌으니까.

하지만 생각해보자. 그때 겁먹지 않고 밀어붙였다면? 예를 들어 화염 마술 등의 마술이나 검성기, 속성검 등의 공격 스킬에 포인트를 쏟아 부었다면? 린포드와 대등하게 싸울 수 있었을지도 모른다.

'스승.'

『왜?』

'분해.'

『그래…… 분해.』

싸우는 아만다 일행을 보니 그저 분했다.

이 싸움이 끝나면 다시 단련해야겠다. 나는 아직 약하다. 진심으로 수행의 필요성을 느꼈다.

『……아니.』

아니다. 그렇지 않을 것이다. 이 싸움이 끝나면? 아직 싸움은 끝나지 않았다.

분해? 싸울 방법이 있었을지도 몰라?

그렇다면 지금 싸우면 된다. 적은 눈앞에 있다. 지금부터 그 분한 감정을 터뜨리면 된다.

나는 다시 무의식중에 도망치려고 했다. 저만한 멤버가 있으면 낙승이라고. 우리가 싸울 필요는 없다고.

멍청한 놈!

『프란, 가자.』

'물론. 이대로 끝낼 수 없어. 반드시 갚아줄 거야.'

'윙!'

프란은 역시 나보다 이해하고 있는 건가.

정말 당해낼 수 없다.

"혹시 가는 건가요?"

일어선 프란을 보고 샤를로트가 염려하는 듯한 얼굴을 했다. 말리려나? 하지만 샤를로트는 격려의 말과 함께 프란의 손을 살며시 잡았다.

"힘내세요. 프란도 울시도."

"응."

"웡!"

"저는 싸울 수 없지만 적어도 이 정도는 하게 해주세요."

샤를로트는 그렇게 말하고 양손을 가볍게 맞부딪쳤다. 스릉, 하고 방울 같은 소리와 함께 신비한 빛이 프란과 울시를 감쌌다. 그 직후, 창백한 얼굴로 무릎을 꿇었다.

"샤를로트! 괜찮아?"

"워, 웡?"

"괘, 괜찮아요. 마력을 너무 썼을 뿐이에요. 조금 쉬면 원래대로 돌아가요."

"무리하지 마."

프란이 걱정스러운 말을 하자 샤를로트는 다부진 얼굴로 고개를 저었다.

"저는 싸울 수 없으니까 적어도 이 정도는 하게 해주세요⋯⋯. 지금 사기를 물리치는 결계를 걸었어요."

역시 무녀. 그런 힘이 있었군.

"혹시 저 큰 결계를 부숴준 것도 샤를로트야?"

"네, 맞아요."

진짜냐. 스테이터스가 낮다고 생각해서 죄송합니다.

'다들 대단해.'

『그러네.』

스테이터스의 강약이 문제가 아니다. 무엇을 할 수 있는가. 그리고 자신의 능력을 가늠해 최선을 다할 수 있느냐. 그것이 중요하다. 프란은 잠시 생각에 잠겼다. 분명 뭔가 느끼는 바가 있었을 것이다.

『왜 그래?』

'스승, 내가 할게.'

그 눈에 깃든 것은 결의. 그리고 회한.

『어째서?』

'린포드한테서 도망쳤을 때, 나는 아무것도 못 했어. 전부 스승에게 맡기다시피 했어. 늘 그래. 그러니까 이번에는 내가 할게.'

『프란…….』

오히려 내가 프란의 말을 듣지 않았는데. 더 의논했어야 했다. 그렇다면 지금부터라도 프란과 이야기하자.

『알았어. 그런데 뭘 할 생각이야?』

'시험해보고 싶은 게 있어.'

『시험해보고 싶은 거?』

'그래. 스승의 오버 부스트 같은 필살기를 계속 생각했어. 우리가 지금 가진 모든 것을 실은 최고의 일격. 내가 지금 할 수 있는 최선을 다 할게.'

지금 '우리'라고 말했다. 즉, 내 힘도 필요하다는 뜻이다. 내 힘을 꺼내 쓸 자신이 있다는 소리일 것이다. 좋았어! 검으로서 더없는 행복이야! 이렇게 한심한 나라도 프란이 써준다면 신검도 될 것 같은 생각이 든다고!

'하고 싶은 게 있어. 스승이 써줬으면 하는 스킬도.'

전투 중에 프란이 사용 스킬을 세세하게 요구하는 건 처음일지도 모르겠다.

『그래. 전부 맡겨.』

"응."

"프란. 울시. 다녀와요."

"응. 갔다 올게."

"웡!"

그리고 우리는 달려나갔다.

Side 샤를로트

프란이 상위 모험가라는 것은 알고 있었다. 내가 도저히 이길 수 없을 만큼 강하다는 것도. 하지만 설마 저렇게 굉장했을 줄이야.

결계 안에서 추악한 거인과 목숨을 걸고 싸우는 프란을 보고 나는 동경마저 품었다. 그래도 저 거인에게는 이길 수 없다. 그것도 이해할 수 있었다. 저것은 사람의 손으로 감당할 수 있는 것이 아니다. 더 상위의. 그야말로 길드 마스터급 사람이 아니면 이길 수 없다고 생각한다.

"하지만 나라면 결계를 풀 수 있을지도 몰라!"

직업상 사기에는 민감하다. 그리고 프란을 가두고 있는 결계가 사기에서 생성됐다는 것도 알 수 있었다.

내 힘으로 풀 수 있을지는 알 수 없지만——아니. 아니다.

반드시 푼다. 저렇게 작은 몸으로 이 도시를 위해 싸워주고 있는 프란을 돕기 위해서.

그래서 빨리 도우러 가야 한다고 생각했는데…….

내가 약한 탓에 구출이 늦어지고 말았다. 괴물이 된 모험가에게 공격받아 쓰러뜨리는 데 시간이 걸리고 만 것이다. 기사들은 고아원을 지켜달라고 부탁했기 때문에 지금은 나 혼자밖에 없다. 그것이 역효과를 불러왔다.

그래도 서둘러 결계로 향하는데…….

도중에 아만다 씨라는 유명한 모험가가 말을 걸어왔다.

이름은 알고 있다. 원장 선생님에게서 아만다 씨가 고아원을 사들여 지원해준다는 이야기를 들었기 때문이다. 아만다 씨는 이곳저곳에서 고아원을 경영하는 것으로도 유명한 모험가다. 이것으로 바르보라 고아원도 분명 구제될 것이다. 놀랍게도 프란이 연락해줬다고 한다. 갚지 못할 은혜가 생겼다. 반드시 구해야 한다.

그 밖에도 많은 모험가가 모이기 시작했다. 모두 저 거인과 싸울 생각인 모양이다. 모두가 나 따위는 발끝에도 미치지 못할 만큼 강했다. 그 철조 코르베르트 씨가 이 안에서는 명령을 받는 쪽인 것이다.

코르베르트 씨와 제로스리드라는 커다란 남성은 뭔가 인연이 있는 것 같지만, 아만다 씨가 노려보자 반목을 멈췄다. 역시 랭크 A 모험가 아만다 씨다.

아만다 씨 일행의 힘이 있으면 분명 프란을 구할 수 있을 것이다. 그렇다면 나는 내가 할 수 있는 일에 전력을 기울이자.

그리고 나는 결계를 해제하는 데 성공했다. 프란은 전이술로 도망친 것 같다. 그런 것도 할 수 있다니, 정말 존경스럽다.

나머지는 아만다 씨나 포룬드 씨에게 맡기면 분명 어떻게든 해 줄 것이다.

그건 그렇고 일류 모험가란 존재는 굉장하다.

상의도 전혀 하지 않았는데 저렇게 호흡이 맞는다. 처음 만난 사람끼리 모였는데.

아마 일류 모험가들이기 때문에 다른 사람들이 어떻게 움직일지 알 것이다. 그리고 그 움직임에 완벽하게 맞출 수 있는 것이다. 전원이 그렇게 움직임으로써 마치 상세한 협의를 한 듯이 완벽하게 연계가 가능했다.

너무나도 구름 위 존재여서 분하다는 생각도 들지 않았다. 그 정도로 눈앞에서 펼쳐지는 싸움은 격이 달랐다. 그야말로 신화의 한 장면을 보고 있는 듯한 감각이 들었다.

그런데 프란은 일어서 걷기 시작했다. 그 얼굴은 아만다 씨 일행의 싸움을 똑바로 보고 있었다. 프란에게 저 싸움은 그저 지켜보는 게 아닌 자신이 참여해야 한다고 생각하는 것 같다.

튄 피로 새빨갛게 물든 갑옷을 보면 얼마나 지독한 부상을 입었는지 알 수 있다. 지금은 상처가 없으니 아마 포션으로 상처를 막았을 것이다.

하지만 라이프 포션으로는 피로나 정신적인 소모까지 치유할 수 없다. 실제로 프란의 얼굴은 축적된 피로 때문에 핏기를 잃어 창백했다. 그래도 아직 싸우려고 하는 프란과 종마 울시. 하지만 그것을 보고도 나는 막을 수 없었다.

그 눈을 본 순간 막아서는 안 된다고 생각했다.

그렇다면 나는 그것을 돕자.

나는 남은 힘을 모두 사용해 프란에게 파사의 술을 걸었다. 사전 의식 없이 쓸 수 있을지 걱정됐지만 어떻게든 성공한 모양이다. 마력도 체력도 고갈 직전이다. 어쩌면 수명이 몇 년 정도 줄었을지도 모른다.

그래도 싸우지 못하는 내가 목숨을 걸고 싸웠다고 말할 수 있는 프란에게 할 수 있는 일은 이것밖에 없었다.

무릎을 꿇은 나를 걱정스럽게 돌아보면서도 프란이 달려 나갔다.

사실 걱정 따위는 끼치고 싶지 않았는데……. 이런 때 쓰러질 뻔한 약한 자신이 정말 싫어진다. 이 싸움에서 살아남으면 수행을 다시 하자. 더 이상 이런 때 후회하지 않도록.

"힘내……."

프란이 전이와 공중 도약을 사용해 하늘로 올라갔다. 위에서 공격을 할 모양이다.

그리고 내가 바라보는 가운데, 프란이 푸른빛을 휘감은 채로 거인에게 낙하해가는 모습이 보였다.

우리의 모습은 린포드의 바로 위에 있었다.

아만다 포룬드의 격렬한 공격을 맞아서 우리는 눈치채지 못했군.

"스승. 준비는 됐어?"

『그래! 지원은 맡겨! 이번에야말로 진짜로 맡겨!』

"응. 맡길게."

프란의 맡긴다는 말을 듣는 것만으로 힘이 넘쳐흐르는 느낌이 들었다. 지금의 우리라면 뭐든 할 수 있다. 그런 기분이 된 것이다. 나를 쥐는 프란의 손이 평소보다 뜨거웠다. 그리고 평소보다 프란의 고동이나 호흡, 세부적인 움직임까지 감지한 느낌이 들었다.

"갈게."

『그래, 가자.』

그리고 나를 든 프란은 공중 도약으로 울시의 등에서 **바로 위**로 점프했다. 그 등을 받아낸 것은 공중에 펼쳐진 실 다발이었다. 공기 압축에 의해 공중에 생성된 큐브 두 개 사이에 마법 실 생성으로 생성한 실을 편 것이다.

이것을 응용하면 공중에 무수한 실을 두르는 것도 가능할 것이다. 방법에 따라서는 하늘을 종횡무진 달리는 것도 가능할지도 모른다.

프란은 그대로 실에 등을 맡겼다. 인간 한 사람 분의 체중을 받은 실이 서서히 늘어나 휘어져갔다. 실의 신전이 최고조에 달한 순간, 그 반동을 이용해 프란이 뛰었다. 바로 아래를 향해.

처음에는 프로레슬러 같다고 생각했지만, 굳이 따지자면 파친코 같을지도 모르겠다.

게다가 그 기세를 이용해 하늘을 달리기 시작했다.

프란은 공중 도약에 돌진, 바람 마술을 조합해 아무것도 없는 공간을 발판 삼아 아래쪽을 향해 달렸다. 나는 프란에게 쥐여진 상태로 공기 저항을 줄이기 위해 기류 조작을 발동했다.

더 나아가 중량 증가를 사용했다. 지금의 내 무게는 50킬로그램 이상 나가겠지만 프란의 완력과 중량 경감 스킬을 사용해 문제없이 들 수 있었다. 중량 증가, 중량 경감은 자신뿐만이 아니라 장비품에도 효과가 있기 때문이다. 그래서 프란이 내게 발동시키는 것도 가능했다. 나 자신이 무거워지고 프란이 그것을 경감시켰으니 지금은 플러스마이너스 제로지만.

순식간에 린포드의 거구가 가까워졌다.

은밀 계열 스킬 덕분에 아직 알아차리지 못한 듯했다.

나는 그사이에 형태 변형을 사용해 모습을 변화시켰다. 지상에서 프란의 이미지를 들었을 때는 놀랐다. 베기에 특화시킨 휘어진 형상은 그야말로 도 그 자체였기 때문이다. 도에 대해 프란에게 가르쳐준 적은 없다. 프란이 스스로 생각해 베는 데 적합한 형상을 이끌어낸 것이다.

계속 자기 나름대로 생각했을 것이다.

"음?"

25미터 남은 곳에서 린포드가 이쪽을 올려다봤다. 이만큼 접근하면 눈치채는 건가. 린포드는 핏발 선 눈으로 프란을 노려봤다.

"계집! 아직 살아 있었느냐아!"

린포드가 증오가 담긴 고함을 지르며 입에서 보라색 연기 같은 것을 토했다. 사기로 이뤄진 연기다. 닿은 곳이 피부든 갑옷이든 산에 닿은 듯이 너덜너덜하게 녹는 성가신 기술이었다. 우리도 넓은 범위를 커버하는 이 기술에는 엄청나게 고생했다.

어떻게 피할까——?

"원 패턴이야."

프란은 린포드가 이 연기를 사용한다는 것을 읽은 모양이다. 확실히 아까 전 싸움에서도 이 녀석은 우리에게 접근을 허용할 때마다 이 연기로 이쪽을 공격했다.

"버니어."

화염 마술 『버니어』. 폭염을 이용해 술자를 순간적으로 가속시키는 마술이다. 급격한 가속으로 인해 무시무시한 부하가 걸리기 때문에 사용하기 어려운 술법이었다. 단순히 직진할 마음은 들지 않지만.

놀랍게도 프란은 바람의 결계로 몸을 최소한 보호하며 더욱 가속해 단숨에 연기를 돌파하는 작전을 세웠다. 생각보다 대미지를 입지 않았다. 분명 샤를로트가 펼쳐준 결계 덕분일 것이다. 그것을 알았는지 프란이 희미하게 웃고 있었다.

연기를 아무렇지 않게 뚫고 나타난 프란을 보고 린포드가 눈을 부릅떴다.

"건방지구나아! 으음!"

위기를 감지한 린포드가 팔을 교차해 머리를 지켰다.

바보 같은 놈! 살기와 눈을 이용한 프란의 페인트에 걸렸어.

시드런 해국에서 대인전의 스페셜리스트, 발더가 사용한 기술이다. 이것도 확실히 배웠나 보다. 우리의 최우선 목표는 머리가 아니다.

"하아아압!"

『하아아압!』

프란이 머리가 아니라 몸통을 향해 참격을 날렸다.

나는 프란의 공격에 맞춰 전력으로 속성검 · 불과 진동아, 마독

아를 해방했다.

프란도 자신의 참격에 맞춰 중량 증가, 속성검·불, 진동아를
발동했다.

내가 사용한 것도 합치면 각각 이중 발동이지만, 그 발동은 1초
도 채 안 됐을 것이다. 하지만 프란이 더 오랜 시간 발동했다면 내
도신이 견디지 못했을 것이다. 그 정도로 무시무시한 부하가 내게
걸렸다. 프란도 사전에 그것을 예측했을 것이다.

하지만 프란에게는 그 한순간이면 충분했다. 공기 압축으로 도
신에 휘감은 공기층을 칼집 삼아 발도술처럼 나를 날렸다.

하늘을 아래로 달려서 얻은 가속력과 자신의 모든 것을 걸어 날
린 참격과 생각할 수 있는 한 이 한순간에 가장 어울리는 스킬.

모든 파괴력을 그 한순간, 일격에 집중시키는 신속의 휘두르기
였다.

내 염동 캐터펄트처럼 힘으로 밀어붙이는 것이 아니었다. 스킬
을 구사해 만든 초가속에 검의 기술이 더해진, 그야말로 필살기
였다.

"크오오오오오오오오오오오오!"

푸른 빛줄기를 남긴 참격은 린포드의 왼쪽 어깻죽지에서부터
동체 절반까지 깊숙하게 베어 갈랐다. 괴상하게 꿈틀대는 심장을
일도양단한 감촉이 확실히 들었다.

그것뿐만이 아니다. 린포드를 벤 순간, 내 안의 무언가가 환희
의 포효를 지르는 것을 알 수 있었다. 참지 못하고 나도 모르게
울시의 울음소리 같은 포효를 내질렀다.

『오오오오오오오!』

마석을 먹었을 때와는 또 다른 만족감. 더 공격적인, 검고 울적했던 어두운 기분이 확 개인 듯한 해방감이 있었던 것이다. 검이 되고 지금까지 느낀 적이 없는 감정이었다.

그러나 나는 린포드의 상세한 상황을 확인할 틈도, 자신 안에서 용솟음치는 감정의 의미를 생각할 겨를도 없이 프란이 땅으로 충돌하기 직전에 쇼트 점프를 발동했다.

"스승, 고마워."

『아슬아슬했어.』

전이 타이밍이 한순간이라도 늦었다면 지면에 부딪혔을 거다.

그래도 침착하게 있을 수 있으니, 역시 프란이다. 우쭐댈 생각은 없지만 나를 신뢰했기 때문일 것이다. 나라면 실패하지 않는다고 믿었기 때문이다.

내가 방금 느낀 의문의 격정도 한순간에 자취를 감춰서 이미 냉정해졌다. 아니, 지금은 린포드와의 싸움이 최우선이다. 쓸데없는 것은 잊자.

조금 떨어진 곳으로 전이한 우리는 린포드의 모습을 확인했다.

"이노오오옴! 이노오오오옴!"

린포드는 한쪽 무릎을 꿇고 괴로워하고 있었다. 프란에게 잘린 상처에서는 대량의 피가 뿜어져 나와서 린포드의 생명력이 단숨에 반감했다는 것을 알 수 있었다.

그런데 안 죽은 거냐! 심장이 두 동강 났는데 즉사하지 않다니. 왜 이렇게 끈질긴 거야. 진짜 바퀴벌레 수준이로군. 하지만 쓰러뜨리지는 못했지만 반격했다는 것에 변함은 없었다.

『해냈구나, 프란.』

"응! 필살기를 완성했어."

뭐, 쓸 수 있는 곳이나 상대는 상당히 한정되겠지만 말이다. 애초에 좁은 곳에서는 쓸 수 없다. 이 뒤로 갈 예정이었던 던전에서는 무리일지도 모르겠다.

하지만 공기 압축을 이용한 발도술은 앞으로도 충분히 쓸 수 있을 것이다. 여기서 말하는 발도술은 지구에도 있던 사실적인 것이 아니라 칼집 안쪽에서 도신을 재빨리 가속시켜서 날리는 발도술이다.

일반적으로는 허리에 찬 칼집에서 칼을 뽑기 때문에 가로베기밖에 종류가 없다. 그러나 이 공기 발도술이라면 상단이든 하단이든 올려치든 할 수 있을 것이다.

마독아도 제대로 통했다. 녀석이 독 상태에 빠진 것을 알 수 있었다. 린포드에게는 고속 재생과 상태 이상 내성이 있으니 독에 의한 대미지는 기대할 수 없을 것이다. 하지만 재생 능력을 경감시키는 것만으로도 충분하다. 저만한 멤버를 상대로 재생할 수 없다는 것은 치명적이기 때문이다.

"프란이 만든 기회를 헛되이 할 수 없어!"

"음."

"그래! 프란 아가씨, 잘했어!"

"알았다!"

"드워프의 고집을 보여주마!"

"하하하! 어느 놈이든 베는 보람이 있겠지만 지금은 영감 차례야!"

아만다의 호령에 맞춰 올스타들의 집중 포화가 린포드에게 쏘아졌다. 우리도 참가하고 싶지만 아까 전 필살기의 부하로 인해 내 내구도가 위험하다. 순간 재생으로 도신을 수복했다고 해도 지금부터 가면 늦을 것이다. 프란도 마력을 거의 다 썼고, 아쉽군.

지나치게 쏟아 부어진 마력으로 눈부시게 빛난 무수한 마검이 린포드의 온몸에 박히고, 바로 위에서 내리쳐진 채찍의 일격이 뒤쪽에 있는 건물과 함께 오른팔을 잘라버렸다. 어퍼컷처럼 날아간 코르베르트의 주먹이 여전히 한쪽 무릎을 꿇고 있던 린포드의 몸을 띄웠고, 천둥을 휘감은 필립의 기사창이 왼팔을 찔렀다. 그후, 길드 마스터가 내리친 망치가 오른쪽 다리를 부쉈다.

"크아아아아아아아악! 이, 이놈드을!"

"내가 끝내지! 힘을 넘겨, 영가암!"

"이, 배신자 노옴······."

마지막으로 제로스리드가 날린 참격이 남은 다리도 날려버리자 린포드는 땅에 쓰러졌다. 역시 동족상잔을 노렸어! 결정타를 빼앗기고 말았나······.

아니, 아직이었다.

"크르르르!"

프란의 흉내를 냈을 것이다. 상공에서 무시무시한 기세로 달려 내려온 울시가 린포드의 목덜미를 어금니로 물어뜯은 것이다. 그리고 지면에 충돌하기 직전에 그림자 숨기를 발동해 마치 지면으로 빨려 들어가듯이 모습을 감췄다.

울시! 맛있는 부분을 가져갔구나!

"크어어어어어어어어어······ 어째서 내가 이런 녀석들, 에게······."

그런 한심한 대사가 린포드가 남긴 최후의 말이었다. 원한에 찬 소리를 남기고 숨이 끊어진 직후, 피부가 너덜너덜하게 벗겨지기 시작하더니 마지막에는 숯처럼 되어 사라지고 말았다.

마지막은 싱겁군.

"아아! 저 멍멍이! 또 날 방해했어!"

제로스리드는 얼빠진 소리를 질렀다. 뭐, 코르베르트를 구했을 때도 지금도 울시가 제로스리드를 방해했으니까.

안도한 프란이 저도 모르게 그 자리에 주저앉았다. 서 있는 게 고작이었을 것이다.

"훠웅……."

무너져 내린 린포드의 잔해를 보고 있는데 울시가 돌아왔다. 하지만 상태가 이상했다. 입에서 피를 뚝뚝 흘리고 있었다. 야, 왜 그래!

『울시, 괜찮냐!』

"린포드한테 당했어?"

"끄응……."

울시의 입안을 보니 이빨이 너덜너덜했다. 특히 송곳니가 완벽하게 부러져서 거기서 피가 상당히 나고 있었다.

생각해보면 당연한가. 나 역시 높은 곳에서 펼친 낙하 공격으로 인해 내구도가 아슬아슬하다. 비슷한 공격을 하는 울시 역시 공격에 사용한 이빨이 파손된 거겠지. 완전한 자폭이었다.

『너무 무리하지 마…….』

"워후."

"하지만 아까는 멋있었어."

"웡!"

일단 힐을 걸어줄까.

〈프란의 레벨이 올랐습니다.〉

〈프란의 레벨이——〉

여기서 알림이 등장했다. 린포드가 완전히 소멸해 전투가 끝났다는 뜻이겠지.

저만큼 거물이니 역시 상당한 경험치를 받은 듯했다.

프란, 울시, 아만다, 포룬드, 코르베르트, 필립, 검드, 제로스리드, 샤를로트로 9등분을 했을 텐데도 단숨에 레벨업해서 프란의 레벨이 40이 됐다. 이로써 레벨 상한인 45까지 5가 남았다.

상한에 도달했을 때 무슨 일이 일어날까. 아니면 아무 일도 일어나지 않을까. 조금 기대되기도 하고 불안하기도 했다.

스킬, 칭호도 몇 개 입수했다. 이블 킬러 칭호와 스킬은 사신인이라는 종족으로 변이한 린포드를 쓰러뜨렸으니 알겠다. 그리고 사기 내성 1인가. 사기에 대미지를 계속 입었기 때문일까?

이 상태라면 울시도 레벨업했겠군.

확인해보니 울시도 레벨이 올랐다. 그리고 새로운 스킬을 두 개나 손에 넣었다. 사기 감지와 사기 내성인가. 울시는 프란 정도로 대미지를 받지 않았다고 생각하는데……. 아니, 잠깐만. 포식 흡수의 효과인가? 포식 흡수는 포식 상대의 힘을 일부 거둬들이는 스킬이다. 마지막 일격으로 약간이지만 린포드의 살과 피를 먹었을 터다. 그것이 뭔가 작용했을지도 모른다. 예측일 뿐이지만.

일단 이것 이외에 이변은 없는 것 같으니 문제는 없다고 생각하는데……. 사인을 먹이는 건 피하는 게 나으려나?

사실은 이대로 한숨 돌려서 프란을 쉬게 하고 싶다. 가능하면 침대에 누워 쉬게 하고 싶었다. 하지만 전투는 끝났어도 소동은 끝나지 않았다.

　'스승, 제라이세를 쫓아야 해.'

　프란도 알고 있는 듯했다. 땅에 주저앉아 호흡을 고르던 프란은 나를 지팡이 대신 짚고 일어섰다.

　『좀 더 쉬는 게 좋아.』

　'괜찮아. 빨리 가야 해.'

　프란의 의지는 굳건했다. 장비자인 프란이 의욕을 내니 나도 좀 더 힘을 내야지.

　『울시, 제라이세의 냄새를 쫓을 수 있겠어?』

　'끄으응······.'

　격전으로 냄새가 끊긴 모양이다. 게다가 울시 자신의 소모도 심하니 스킬을 완벽하게 발동할 수 없는지도 모른다. 아니, 잠깐만. 아직 제로스리드가 남아 있었지. 녀석에게 물으면──.

　『어라? 제로스리드는 어디 있지?』

　"? 사라졌어."

　"어? 아아! 광전사가 없잖아!"

　프란의 중얼거림을 들은 아만다가 주위를 둘러보고 외쳤다.

　어느새? 방금 전 린포드에게 공격한 직후인데?

　"인식 장애 계열 스킬을 가지고 있는지도 모르겠군."

　"아, 저기다!"

　아만다가 가리키는 방향을 보니 50미터 정도 떨어진 곳에 제로스리드가 있었다. 어느새 저런 곳에.

"이번에도 그 멍멍이한테 당했다! 결정타는 내가 날리려고 했는데 말이야! 하지만 어느 정도는 영감의 힘을 뺏었다! 나는 여기서 작별하도록 하지!"

"놓칠까 보냐!"

코르베르트가 달려갔지만, 제로스리드 쪽이 한 발 빨랐다.

"하하! 안녕이다!"

"어? 전이술이야?"

아만다가 놀란 것처럼 제로스리드의 모습은 순식간에 사라졌다. 린포드도 썼고, 사술에는 전이 계열 술법이 있을지도 모른다. 자주 쓰지 못하는 것을 보면 뭔가 제한이 있겠지만.

"쳇. 역시 오랫동안 도망쳐 다니던 현상범답구나! 이번에야말로 때려눕힐 생각이었는데!"

놓쳤나. 아, 아만다 일행의 도움을 받으면 쫓을 수 있을까? 아니다, 그보다 제라이세의 확보가 먼저다.

"아직 사기가."

제라이세와 제로스리드에 대한 것밖에 머릿속에 없었는데 포룬드의 중얼거림에 떠올랐다. 그러고 보니 사신석이 남아 있었을 터다. 그걸 내버려 두면 위험하지 않을까?

"사신석이 남아 있을지도 몰라."

"그게 뭐지?"

프란이 수정에 대해 설명하자 모두가 안색을 바꾸고 잔해더미를 뒤지기 시작했다. 샤를로트도 와서 탐색에 가세했다.

그녀는 사기에 대해 감각이 상당히 예민한지 순식간에 사신석을 발견했다. 어느 것이나 잔해 밑에 깔려 있었지만 검드의 흙 마술로 간단히 파낼 수 있었다.

"이것이 사신석인가요……."

"아까보다 사기가 옅은데?"

그렇다. 프란의 말대로 린포드가 변이하기 전에 우리가 사신석을 파괴했을 때와 비교하면 수정이 내뿜는 사기가 상당히 옅었다.

"이것이 신전이 놓여 있었던 건가요?"

"응. 린포드가 의식을 치르고 있었어."

"그런가요……."

"뭔가 알겠어? 샤를로트."

"짐작이지만요."

샤를로트가 말하길, 신전이란 신역과 교신하기 위한 장치 같은 것이라고 한다. 신이 사는 신역과의 길과 같은 것이 있어서 신탁 등도 그 길을 통해 보내진다. 직업의 변경도 그 길을 이용해 신역에 있는 세계의 이치에 작용하여 다시 적음으로써 변경할 수 있는 것이다.

하지만 그 길을 관리하고 있는 것은 신이므로 보통 인간이 그 길을 마음대로 이용할 수는 없다.

그러나 이 사신석을 사용해 길을 비틀어뜨림으로써 신역에 봉인되었다고 전해지는 사신에게 접촉할 가능성이 생기는 것은 아닐까? 그것이 샤를로트의 추측이었다.

코르베르트 등은 의심의 말을 입에 담았지만, 사신의 힘이 확실하지 않은 이상 가능성은 제로가 아니라는 것이 아만다나 검드의 결론이었다.

옛날 전쟁에서 신들에게 진 사신은 몇 조각으로 나뉘어 전 세계에 봉인됐는데, 그중에서도 핵이라고 불리는 부분은 신에 의해 신역에 봉인되어 감시받고 있다고 한다. 신화에서는 그렇게 이야기되는 정도인데 어쩌면 진짜일지도 모르겠다.

일단 이것은 파괴해두자. 남겨봐야 변변한 일도 없을 테니 말이다. 아만다 일행도 동의하는지 모두 사신석을 산산이 부수고 포룬드가 생성한 화염 마검으로 태워버렸다. 그럼 이로써 남은 건 제라이세다.

"아만다, 도와줬으면 하는 일이 있어."

"좋아!"

"뭘 도와야 할지 안 들어도 돼?"

"프란의 부탁을 거절할 리가 없잖아! 그래서? 뭘 하면 돼?"

이야기가 엄청 빨리 진행돼서 한시름 놨다. 나는 프란을 통해 제라이세에 대해 모두에게 설명했다. 이번 사건의 흑막 중 하나이고 아직 잡히지 않은 채 뭔가를 꾸미고 있는 것 같다고.

"연금술사 제라이세…… 아직 이 도시에 있었나. 동생들을 속인 빚은 제대로 갚도록 하지."

"요즘 이름을 못 들어서 죽은 줄만 알았어!"

"그 녀석한테 가면 광전사 자식도 있을지도 모르겠군."

"아이들을 위해서도 그 녀석에게는 벌이 필요해!"

"그래."

모두 의욕이 있는 듯했다. 이만한 멤버가 있으면 포박도 순식간에 할 것이다.

다만 우리의 기합도 헛수고로 끝나고 말았다.

"그렇게 큰소리를 쳐놓고 간단히 쓰러졌네~."

다시 제라이세가 등장했다.

쌓인 잔해더미의 꼭대기에서 여전히 히죽대는 얼굴로 이쪽을 내려다보고 있었다.

게다가 이번에는 환영이 아니었다. 확연히 실체가 있었다. 어째선지 감정은 먹히지 않았지만 말이다.

"댁들한테 좋은 소식이야. 우리 계획은 실패했어요~. 어차피 협력자가 죽었거든. 필요한 혼도 못 모았고, 애초에 봉인을 풀지도 못했어. 아무리 나라도 사술 자체는 못 쓰거든."

여전히 섬뜩한 웃음을 띤 채 어째선지 그런 사실을 가르쳐줬다. 이 녀석의 시시껄렁하고 민폐스러운 계획은 린포드가 죽음으로써 좌절된 모양이다. 그건 좋은 소식이다.

"그런데 프란 씨는 늘 날 방해하는구나. 린포드와 부하들을 쓰러뜨린 것도 그렇지만, 사신수의 생성에 필요한 큐어 터메릭을 빼앗아 정화 작용이 있는 요리 같은 것을 팔고, 마혼도 가져가고. 게다가 정화의 의식을 방해하려고 한 그것도 막은 데다 샤를로트의 확보도 방해했잖아?"

의식을 습격한 건 샤를로트의 신병을 확보하기 위해서였나 보다.

"왜 샤를로트를 노렸어?"

"그건 린포드 노공이 원한다고 했기 때문이야."

듣자하니 샤를로트가 월연제에서 실시한 봉납의 춤의 효과와는 반대로 사기를 발생시키는 의식을 실시하기 위해서였다고 한다. 거기에는 샤를로트가 제물로 필요했다나. 고아원에 빚을 지운 것도 원래는 샤를로트를 노예로 전락시켜 신병을 확보하기 위해서였다고 한다. 뭐, 그건 협력자였던 웨인트의 폭주로 샤를로트가 아니라 레시피를 요구하게 돼 실패한 듯하지만 말이다.

"잘되면 샤를로트뿐만 아니라 고아원 아이들도 확보했을지도 모르는데. 아쉬워. 애들은 인체 실험을 하기에 여러모로 편리하거든."

이 녀석, 진짜 최악이로군. 하지만 명복을 빈다.

아만다의 살기가 엄청나다. 고아원에 해를 끼치려 했다는 소리를 듣고 아만다가 용서할 리는 없었다. 아만다의 살생부 가장 위로 올라갔을 것이다.

하지만 그와 비슷하게. 아니, 그 이상으로 살의를 품고 있는 인물이 있었다.

무엇을 숨기랴, 프란 씨다.

원래 화가 나 있었겠지만 지금 이야기를 듣고 분노가 완전히 폭발했다. 고아원의 아이들과는 사이도 좋아졌고 자신과 겹치는 부분도 있었을 것이다.

"이야기가 길어졌네. 나는 이만 가볼게."

"도망치려는 거야?"

"응, 도망칠 거야. 린포드가 쓰러진 시점에서 계획은 실패니까. 사인을 대량으로 생성해서 이 도시 사람을 학살시켜 그 혼을 제물로 삼아 봉인된 사신의 살조각을 소환할 생각이었어. 린포드가 사신의 힘을 신역에서 제대로 끄집어냈다면 가능했을 거야. 뭐, 됐어. 다른 방법을 생각할 테니까——."

'스승…….'

『그래.』

아만다가 도주하려고 하는 제라이세에게 공격을 가하기 직전에 프란이 어두운 마음의 소리로 중얼거렸다. 프란은 그저 내 이름을 불렀을 뿐이다. 하지만 그것만으로 나는 무슨 일을 해야 할지 완전히 이해할 수 있었다.

시공 마술로 제라이세의 바로 뒤로 전이했다. 그때는 이미 프란이 나를 내리치고 있었다.

전이해 공격하는 게 아니다. 전이와 공격이 동시다.

이 한순간에 나와 프란이 통하지 않으면 불가능한 타이밍이었다.

"──!"

제라이세의 놀라는 얼굴이 내 시야에 크게 비쳤다. 눈을 부릅뜨고 한심한 얼굴을 보이고 있구나!

『잡았다아!』

하지만 내 칼끝이 그 목을 베기 직전, 제라이세의 모습이 하늘에 녹듯이 사라졌다. 역시 시공 마술이 아니야! 뭔가 다른 전이 방법이다. 살짝 스친 감촉은 있었는데…….

『못 쓰러뜨린 것 같네.』

"응……!"

프란도 분한 듯 입술을 깨물고 있었다.

『울시! 제라이세를 쫓아!』

'끄응.'

그러나 울시는 미안하다는 양 고개를 저었다. 보아하니 냄새가 완전히 사라진 모양이다.

『틀렸나.』

'워웅……'

『이런, 울시를 딱히 질책한 건 아냐.』

아무리 울시라도 전이하는 상대를 완전히 쫓는 건 불가능할 것이다. 그건 어쩔 수 없다.

『……분하지만 털어버리자.』

"응. 사인을 청소할래."

『그래, 근본은 배제했어도 아직 끝난 건 아니니까.』

프란을 쉬게 하고 싶지만 도시를 내버려 둘 수 없다. 조금만 더 분발하게 하자. 애초에 이 상태로는 침착하게 쉴 수 없으니 말이다.

"좋아, 이만한 전력이 모여 있는 건 아깝다. 도시로 흩어져 괴물들을 사냥하자!"

검드가 기합 넘치는 목소리로 모험가들에게 지시를 내렸다.

""""좋았어.""""

그렇게 올스타들은 도시로 흩어져 갔다.

『우리도 가자.』

"응!"

"웡!"

Side 제라이세

"후우. 역시 저 애는 얕볼 수 없다니까!"

프란이라는 흑묘족 소녀. 수인 중에서도 가장 약한 종족일 텐데 몇 번이나 이쪽을 방해했다.

마지막에도 결국 내 간담을 서늘하게 한 건 그 애였다. 설마 그 어린 소녀가 살기를 완전히 죽이고 목을 거두러 올 줄이야. 게다가 전이하는 거동조차 느껴지지 않았고, 전이 뒤에도 기척이 전혀 느껴지지 않았다.

장래가 두려운 소녀다. 저 나이에 죽이는 데 익숙했다.

대체 정체가 뭐지? 내가 타인에게 흥미를 가진 게 얼마만일까.

"크크크. 뭐, 이번에는 도망친 내 승리지만──웃!"

피슛!

"어?"

목덜미에서 뭔가 미지근한 액체가 솟아나왔다. 아니, 안다. 피다.

지금도 목덜미에서 붉은 피가 뚝뚝 흘러 떨어지고 있었다.

"스쳤나."

곤란하다, 팔다리에 경련이 퍼졌다. 그저 벤 것뿐만이 아니라 강력한 독을 투입했다.

"위험하군, 위험해."

나는 황급히 연금고에서 포션을 꺼내 들이켰다. 내 특제 최고급 포션이다. 상태 이상을 치유하는 효과와 조혈 효과가 부과돼 있다. 마신 순간 상처가 낫고 손발의 경련과 눈의 침침함이 사라졌다.

"이런, 완벽히 피했다고 생각했는데."

초조함을 느낀 게 몇 년 만일까? 만약 0. 몇 초라도 전이가 늦었다면 목이 달아났을지도 모른다. 아니면 좀 더 깊이 베여서 독 때문에 꼼짝하지 못했을지도 모르겠다.

역시 그 애는 얕볼 수가 없다.

"아아, 귀중한 단벌옷을 다 버렸잖아."

내 피는 자기 자신을 이용한 인체 실험 때문에 조금 특수하다. 그래서 깨끗하게 빠지지 않는다. 이거 정화의 마술로 어떻게 되려나?

"흑묘족 프란……. 다음에 만났을 때는 반드시 소재로 삼아보고 싶네."

네 얼굴은 잊지 않을게.

여러 가지 일이 있었던 어젯밤으로부터 날이 밝은 다음 날. 날짜로는 같은 날이지만.

"자, 나왔습니다."

"뜨거우니 조심하세요."

"응."

우리는 포장마차에서 카레빵을 나눠주고 있었다. 무료로. 아니, 대가는 영주에게 받았으니 공짜로 일하는 것은 아니지만 일반적으로 파는 것보다는 이익이 훨씬 적을 것이다.

제라이세를 놓친 후, 우리는 밤새 사인과 마인을 찾아내 계속 쓰러뜨렸다. 우리만으로도 열 마리는 쓰러뜨렸을 것이다. 가장 많이 쓰러뜨린 포룬드는 합쳐서 스무 마리 정도를 쓰러뜨렸다고 한다. 해가 뜬 무렵에는 도시로 흩어진 괴물들이 쓰러져 사태는 침정화 국면에 접어들었다.

당연한 일이지만 요리 콘테스트는 중지됐다. 사람도 많이 죽었고 도시도 아직 혼란스러웠다. 요리 길드에도 브룩의 협력자가 있었던 것 같았다.

하지만 완전히 중지하는 것도 사람들의 불안을 부채질하게 된다. 그래서 요리를 무료 배포하는 포장마차를 내 사람들을 안심시키게 됐다. 배식이라고 하지 않는 것도 비상사태라는 느낌을 최대한 내지 않고 싶기 때문인 모양이다.

뭐, 콘테스트도 중지됐고 카레빵은 남은 데다 돈을 받을 수 있다면 상관없다. 다른 참가자도 흔쾌히 승낙한 듯했다.

"자, 거기요! 아직 있으니 싸우지 말아요!"

"콘테스트에서 우승했을지도 모를 요리입니다. 여기서만 먹을 수 있어요."

『프란, 다른 곳으로 이동하자.』

포장마차는 주홍 소녀 삼인방이 헉헉대며 끌고 있었다. 처음에는 울시에게 끌게 하려고 했지만 영주 측에서 제동을 걸었기 때문이다. 백성의 불안이 불필요하게 늘어나기 때문이라는 이유로. 거대하고 무섭고 위생적으로 불안이~ 어쩌고 하는 소리를 들어서 울시가 은근히 상처 받았다고! 어떻게 할 거야!

차선책으로 프란이 끌 예정이었지만 아이에게 끌게 하는 건 어른의 체면에 관련되는 모양이다. 전투력으로는 아래지만 그건 양보할 수 없다며 셋이 협력해 포장마차를 끌었다.

『영주가 최대한 도시를 돌아달라고 했으니까.』

"응."

포장마차가 출발하기 전에 필립이 사례를 건네러 와서 여러 가지를 가르쳐줬다.

크라이스톤가는 최소 영주 자리에서 해임될 것이라는 이야기였다. 200년 이상 바르보라를 발전시켜온 공적과 사태의 진정화에 장남이 애쓴 것 때문에 평민으로 강등되거나 상속이 금지될 가능성은 낮은 듯했다. 하지만 차남과 삼남이 가담한 것은 지울 수 없는 사실이다. 오점이라고 해도 좋다. 재산의 대폭 몰수도 피할 수 없으니 그 전에 바르보라 백성들에게 환원할 생각이라고 했다. 포장마차의 요리 무료 배포도 그 일환인 모양이다.

하지만 그것은 상층부 안에서만 오가는 이야기가 되어 평민에게는 자세한 이야기가 묻힌 듯했다. 그 내용은 왕족 남매가 가르쳐줬다.

사인 소탕 후, 영주관으로 돌아가자 플루토 남매가 바로 맞아줬다. 보아하니 걱정해서 자지 않고 있었던 듯했다. 뭐, 그렇게 헤어졌으니 어쩔 수 없겠지. 아무래도 린포드에게 악마가 쓰러진 후, 세리드의 제지를 뿌리치고 프란을 구하기 위해 뛰쳐나간 모양이다. 하지만 신전에 도착했을 때는 이미 전투가 끝나서 주위는 잔해의 산. 게다가 프란 일행의 모습은 없었다. 그 무렵에는 도시 안의 사인을 사냥하고 있었지만 플루토 남매가 그런 것을 알 리가 없었다.

결국 플루토 남매는 밤을 꼬박 새웠다고 한다. 거기에 프란이 불쑥 모습을 보인 것이다. 사티아는 울고 말았다. 하지만 플루토 왕자가 프란을 끌어안고 운 데는 놀랐다. 혹시 프란에게 진짜 반했나? 평소 같으면 염동으로 떼어냈겠지만 이번만은 봐줬다. 걱정시킨 건 미안하다고 생각하니까 말이다. 하지만 이번만이야! 다음에도 그러면 가만 안 둔다.

다만 중요한 것은 그 뒤였다. 내 정체가 드러났기 때문이다. 질문 공세를 받았다. 프란은 플루토 남매에게 비밀을 가지고 싶지 않다고 생각하고 있었고 이미 들통나기도 했다. 우리는 프란과의 만남부터 지금까지 있었던 일을 모두 밝히기로 했다.

두 사람은 수수께끼의 요리 스승이 검이라는 것을 알고 무척 놀랐다.

"검이 만든 요리가 그렇게 맛있다니……. 세상은 넓구나."

묘한 깨달음을 얻은 모양이다.

프란은 말하지 않은 것을 사과했지만, 왕족 남매는 전혀 화내지 않았다. 애초에 왕족 남매 역시 신검 이야기를 프란에게 밝히지 않았기 때문일 것이다. 왕족 남매의 경우는 이야기할 수 없도록 마술적인 족쇄가 채워져 있을 가능성이 높겠지만.

그 후, 사티아의 방에서 함께 자게 됐는데, 와~ 왕녀 방은 굉장하구나. 프란의 방도 호화롭다고 생각했는데 그 열 배는 호화로웠다. 미스릴 실을 짜서 만든 커튼 따위가 몇 개나 있었다는 말이다.

불행 중 다행이랄까, 비 온 뒤에 땅이 굳는다고 할까, 린포드 전에서 죽을 뻔했지만 그 덕분에 내 비밀을 털어놓을 계기가 생겼고 프란은 친구라고 할 수 있는 존재를 얻었다. 최종적으로는 얻은 것이 많은 싸움이었다고 할 수 있을지도 모르겠다.

『그건 그렇고 앞으로 이 도시는 괜찮을까?』

필립의 이야기를 떠올리고 무심코 중얼거리고 말았다.

『연금술 길드는 파멸, 영주도 실각한 데다 사람도 잔뜩 죽었어.』

적어도 바로 원래대로 돌아가지는 못할 것이다.

"고아원이 괜찮은지 걱정이야."

『아만다도 있으니 괜찮을 거라고 생각하는데.』

"응. 그랬지. 아만다가 어린이를 슬프게 할 리 없어."

『그보다 요리 길드가 걱정이야. 조직이 통째로 해체되지는 않겠지만…….』

"!"

갑자기 프란이 눈을 동그랗게 뜨고 멈춰 섰다. 이봐, 왜 그래?

『프란? 괜찮아?』

"콘테스트가 중지되면 결승전도 없어……."

『그야 그렇겠지.』

"그 녀석한테 카레를 먹일 수가 없어!"

『아아, 그 영감 말이지.』

"도망쳤어!"

『도망쳤다고 해야 하나, 어쩔 수 없는 거 아닐까?』

나는 완전히 까먹고 있었다. 그 영감은 무사한가? 그런대로 싫지 않으니 사태에 휘말리지 않았으면 좋겠는데.

그렇게 생각하고 있는데 설치 도중인 포장마차 앞에 그 메캠 영감이 서 있었다. 지금 이야기가 플래그였나? 여전히 찡그린 얼굴이다. 뭘 하고 있나 했더니 이쪽의 준비가 끝나기를 가만히 기다리고 있는 듯했다. 빨리 먹게 해달라고 할 줄 알았는데 그 부분은 상식적이군.

"웃."

"왔네."

"울상 짓게 만들어줄게."

"그거 기대되는군."

이봐들, 부적절하게 웃지 말라고. 주디스가 뒷걸음질 치고 있잖아. 리디아는 뭔가가 시작된다는 예감을 받았는지 묘하게 눈을 빛내고 있지만. 마이아는 무슨 생각을 하고 있는지 모르겠다. 실은 전혀 무표정하지 않은 리디아보다도 늘 희미하게 웃고 있는 마이아 쪽이 속마음을 훨씬 읽을 수 없다.

10분 후, 개점한 포장마차 옆에서 영감은 플레인 카레빵을 입 안 가득 넣고 있었다.

"흐으음."

으음, 긴장되는군. 자신작이기는 하지만 미식가가 어떻게 생각하려나. 일단 다 먹기는 했다.

"흐음."

"어때?"

"으음. 배불리 먹을 수 없는 게 아쉽군."

어? 그거 혹시 맛있다는 소린가?

"튀긴 빵은 그것만으로도 새로운 요리라고 할 수 있을 만큼 맛이 그윽했네. 특히 그 식감은 다른 데서 맛볼 수 없을 게야. 안에는 그 카레가 들어 있는 듯하지만 빵에 맞도록 조정돼 서로의 장점을 완벽하게 이끌어내고 있어. 그야말로 요리의 역사에 새로운 페이지가 추가됐다고 해도 과언이 아니야. 자네 스승에게도 전해주지 않겠나? 기발함과 정성이 느껴지는 멋진 요리였다고."

맛집 탐방 기사 같은 긴 대사 잘 들었습니다! 엄청 칭찬받았어!

"응. 전해줄게."

"이번에는 콘테스트가 어중간하게 끝나서 미안하네."

"? 그건 길드 탓이 아냐."

"그래도. 이번 소동에 가담한 자도 있었네. 우리에게도 일부 책임은 있어. 자네에게 결승에 올라오라고 했는데 이 꼴일세. 미안하네. 이 카레빵이라면 틀림없이 결승에 출장할 수 있었을 거야."

혹시 약속을 지키러 온 건가? 그렇다면 생각보다 성실한 영감이었나 보다.

"다시 말하겠네. 맛있었네. 이전에 한 말은 사죄하지. 자네의 스승은 멋진 요리사일세."

"흐흥."

프란, 여기는 의기양양하게 우쭐해할 게 아니라 괜찮다고 말할 때야! 영감은 신경 쓰지 않는 것 같으니 다행이지만.

왠지 피곤하군. 여기서 카레빵을 나눠주고 일단 쉴까? 어? 너는 아무것도 안 했다고? 아니, 소매치기를 경계하거나 차원 수납에서 카레빵을 보충하는 등 여러모로 애썼다고.

이런. 왠지 갑자기 사람이 늘었나? 아니, 확실히 줄이 길어졌다. 그러고 보니 메캠 영감은 바르보라에서 유명인이었다. 저 영감이 칭찬했으니 틀림없다고 모두 이야기하고 있었다.

"에에엑? 왜 갑자기 이렇지?"

"못 맞추겠어ㅡ."

"내 매력이 사람을 끌어들이고 있는 걸까요?"

아무래도 휴식은 상당히 나중에 할 수 있을 것 같다. 이게 전부 손님이었다면 매상을 꽤나 올렸을 텐데……. 아니, 필립에게 사례도 받았으니 충분한가. 오히려 더 벌었다고 할 수 있을지도 모른다.

『그렇게 생각하면 바르보라에서는 꽤나 벌었어.』

필립에게 받은 사례금은 100만 골드에 가까웠고 소재 등을 판 돈도 있다.

"응. 이걸로 여러 가지를 살 수 있겠어."

『오, 뭘 갖고 싶어? 음식이야?』

"그것도 사고 싶어. 하지만 아냐."

프란이 음식 이외의 물건을 원하다니 별일이군. 뭐지? 여자아이답게 귀여운 소품인가? 아니면 멋진 옷?

응. 절대 아닐 거야.

"마석을 살래."

『? 마석?』

"응. 스승이 흡수하기 위한 마석을 사서 랭크업을 목표할 거야. 바르보라라면 마석이 잔뜩 있을지도 몰라."

『괜찮겠어?』

흡수하는 용도의 마석을 사 모으다니, 왠지 꺼림칙하다. 꾀를 부리는 게 아니라 번 돈은 프란의 것이라는 감각이기 때문이다. 포션이나 방어구와 식재료는 프란을 위한 물건이라고 생각할 수 있지만, 마석은 나를 위한 것이라는 느낌이었다.

내가 강해지면 프란도 강해지니 프란을 위한 일이기도 하다는 것은 이해하고 있지만 말이다.

하지만 이제 필요하려나. 바르보라에서는 마석을 거의 흡수하지 못했다.

오히려 앞으로는 적극적으로 마석을 사야 할지도 모른다. 내 랭크업에 필요한 마석치는 점점 늘어나고 있어서 랭크업하기가 어려워지고 있기 때문이다.

"필요 없는 것들도 전부 팔게. 필요한 물건도 사자. 그리고 남은 돈으로 마석을 살 거야."

『그러자. 모험가 길드와 루실 상회에 부탁하면 여러 마석을 입수할 수 있을 거야.』

미흡수 마석이라도 상위 마물의 마석을 노리고 싶다. 차원 수납의 내용물도 뒤죽박죽이니 필요 없는 건 전부 팔자.

그리고 카레빵의 무료 배포를 마친 날 밤, 우리는 즉시 루실 상회로 렌길 선장을 찾아갔다. 이번 소동에서도 무사했던 모양이다. 다행이다.

"오래 기다리셨습니다. 이쪽이 대금입니다. 상품은 바로 옮겨가겠습니다."

"응."

주목적은 차원 수납의 필요 없는 물건을 처분하는 것이다. 지금까지 다양한 장소에서 입수한 약한 마도구나 무기 방어구, 보석 등 상당한 숫자를 팔아치웠다.

밤에 갑자기 들이닥쳐서 잡동사니가 섞인 대량의 아이템을 팔고 싶다는 말을 했는데도 즉시 대응해준 렌길 선장에게는 감사한다.

왕독아 스킬이 있는 왕뱀의 단검이나 명왕의 망토 등 개중에는 팔기 망설여지는 물건도 있었지만 여기서 덜어내기로 했다. 덕분에 산뜻해졌다. 최종적인 소지금은 650만 골드다. 이거 금전 감각이 이상해질 것 같다.

『남은 일은 마석을 사는 것뿐이야.』

"응."

"그리고 희망하시는 마석 말씀입니다만……."

어라, 렝길 선장이 말을 흐리는군. 혹시 팔 수 없는 건가?

"현재 바르보라는 마석이 심각하게 부족합니다."

"어째서?"

"얼마 전에 연금술 길드에서 매점을 해서요. 위협도 D 이상의 마석은 거의 없습니다."

제라이세 자식! 지옥에나 떨어져라.

"조금은 있어?"

"네. 하지만 다섯 개밖에 준비할 수 없습니다. 그 대신 하나같이 뛰어납니다."

숫자보다 질이라고 했는데, 외부에서 유통되는 것 중에서 특히 위협도가 높거나 희귀도가 높은 것을 준비해준 모양이다.

"이것들인데…… 마석이 부족한 탓에 값이 크게 올라서 평소 가격의 두 배 가까이 합니다."

즉, 원래 품질 좋고 희귀도 높은 마석이 더 비싸졌다는 뜻인가. 실제로 렝길이 가져온 마석은 다섯 개에 400만 골드나 했지만 사지 않는다는 선택지는 없었다.

실은 모험가 길드에서는 개인에게 마석을 판매하지 않는다. 그래서 루실 상회에서도 입수하지 못하게 되면 바르보라에서 마석을 손에 넣기는 어려울 것 같다.

마석을 보기만 해서는 스킬을 알 수 없지만 세 개가 위협도 B, 두 개가 위협도 C 마수의 것이었다. 렝길이 우리에게 바가지를 씌울 리는 없을 테니 여기서는 이 가격에 사자. 비싼 쇼핑이 됐군……. 이런데 안에 든 스킬이 별거 아니라면 최악이다.

"그리고 남은 건 쓰레기 마석뿐입니다."

"쓰레기 마석?"

"고블린이나 송곳니 쥐 같은 위협도 G 이하 마수의 마석을 말합니다."

"그거라면 있어?"

"네. 얼마 전부터 마석이 부족해져서 시험적으로 사들였습니다만…… 역시 쓸 데가 없어서 재고가 상당히 남아 있습니다."

'스승?'

『그래, 나쁘지는 않아.』

고블린의 마석은 스킬을 기대할 수 있으니 일단 여러 개를 살까. 우리는 값이 저렴한 쓰레기 마석 300개 정도와 어쨌거나 넘겨주겠다는 일용품용 마석을 몇 개 사기로 했다. 스킬은 전혀 알 수 없지만 마석치를 얻는 것만으로도 충분하다.

"정말 괜찮으시겠습니까? 쓰레기 마석입니다."

"상관없어."

"저희로서도 한숨 돌리겠군요. 가격을 조금 깎아드리죠."

이쪽 마석은 전부 해서 10만 골드로 가격을 깎아줬다. 아무래도 랭크 D 이상의 마석부터 가격이 뛴 모양이다. E 이하의 마석은 일용품 등에 쓰여서 싸다나. 가장 비싼 아이스록 에이프 마석이라도 3000골드였다.

『밤에 흡수하자.』

"응!"

임대 건물은 내일 돌려주니까 오늘은 사용 가능하다.

사실은 지금 바로 돌아가고 싶지만 이 뒤로 코르베르트와 판매원들과 약속이 있었다. 도중에 중지됐지만 콘테스트의 뒤풀이를 하기 때문이다.

약속 장소로 향하니 이미 코르베르트가 기다리고 있었다.

"어디로 가?"

"헤헤, 맛있는 가게가 있어."

"응. 기대할게."

"기대해. 뭐, 스승님의 요리에는 미치지 못하지만 말이야. 그런데 스승님은 어떻게 됐지? 이번 소동으로 다치지는 않으셨나?"

"그건 괜찮아. 이미 나았어."

바로 재생했으니 말이다. 하지만 그 말을 들은 코르베르트는 이미 난리가 났다. 프란의 어깨를 잡고 요란스레 외쳤다. 이봐, 아는 사이가 아니라면 반격 받았을 거야.

"뭐, 뭐라고! 괘, 괜찮은 거야? 후유증은! 포, 포션을! 최고급 포션을 사야지!"

"……응."

붕붕 흔들려서 말을 할 수 없는 프란. 그랬다. 어째선지 코르베르트는 내 팬이었다.

"저기, 코르베르트 씨, 왜 그러세요?"

도착한 주디스가 어떻게든 끼어들어 둘을 떼어냈다. 덕분에 살았다.

"스, 스승님이 부상을 입었다고 했으니까 그렇지! 시, 신의 손을 잃으면 어떡해! 그렇게 되면 내가 수발을——."

"네에네에, 폭주는 거기까지 해주세요."

"왠지— 기분 나빠—."

"저게 동경하던 랭크 B 모험가라니, 눈물이 나네요."

세 사람에게 말을 얻어맞고 겨우 정신을 차린 모양이다. 코르베르트가 돌아왔다.

"헉, 너희들! 언제 왔냐."

"언제가 아니에요."

"기분 나빠—."

"뭔가 좋은 일이라도 있었나요?"

"그래! 실은——."

아아. 리디아의 질문에 코르베르트가 또다시 그쪽으로 가버렸다. 결국 넷이 코르베르트를 끌고 처음에 예정했던 가게로 향했다.

30분 후.

"우물우물우물."

"어때? 맛있지?"

"으으응!"

프란의 젓가락이 멈추지 않는군. 그만큼 맛있는 거겠지. 이미 열 접시 정도가 쌓여 있었다.

"그러고 보니 들으셨나요? 이 도시 연금술 길드는 왕도에서 새로 파견하는 연금술사가 재편하기로 결정됐대요."

"하지만— 연금술 길드에 마석 우선권이 박탈되고— 오히려 구입 제한이 걸렸다나 봐요—."

역시 없애지는 않나. 물류가 모이는 이 도시에 그런 연구 기관이 있는 것에 대한 가치는 헤아릴 수 없을 것이다. 하지만 국가의 앞잡이가 되고 이번 같은 일이 재발하지 않도록 제한도 붙었다.

"그러고 보니 영주님의 차남과 삼남이 이번 소동으로 죽었다는 발표가 있었어요."

"아아―, 그 멍청한 아들들―."

"뭐, 맞아요. 괴물에게 죽었다나 봐요."

결국 그렇게 됐나. 병사로 발표된다고 했었는데. 아마 나라에서 그렇게 하라고 지시했을 것이다. 필립의 성격상 그런 자작극같은 짓은 싫어할 것 같으니 말이다.

"하루가 지나도 이런저런 소문이 무성하니까요."

"사신이 부활하는 전조가 아니냐고요."

"제가 들은 건― 타국의 음모라는 소문이었어요―."

"저는 악마가 괴물을 쓰러뜨리고 사람들을 구했다는 이야기예요."

"뭐어? 그건 무리가 있지 않아? 어째서 도시에 악마가 있어?"

"소문은 그런 거잖아."

세 아가씨가 여러 소문을 꺼냈지만 프란은 식사에 열중하느라 거의 듣고 있지 않았다. 그녀들도 그것을 알았을 것이다. 어쩔 수 없다는 듯한 느낌으로 쓴웃음을 짓고 자신들도 요리를 먹기 시작했다.

그때부터는 많이 먹기 경쟁의 양상이 펼쳐졌다.

"여기는 싸고 맛있다는 평판이에요."

"이 고기도 대단해요."

"몇 개라도 먹을 것 같아요."

"너희 세 명은 사양 좀 해봐!"

"얻어먹는 밥은 각별해요."

시끄럽지만 모두 즐거워 보인다. 나밖에 알 수 없지만 프란도 꽤나 웃고 있었다. 맞다, 코르베르트에게 줄 답례를 준비했다. 잊기 전에 줄까. 코르베르트에게 줄 답례로 생각했던 것을 여기서 건네기로 했다.

"맞다, 이거 스승이 코르베르트한테 주는 거야."

"뭐야? 종이?"

프란이 건넨 접힌 종잇조각을 펼치는 코르베르트. 직후, 그 움직임이 완전히 굳었다.

"이건……. 에엑! 이, 이이이, 이런 걸 받아도 저, 정말 괜찮겠습니까? 어? 꿈인가?"

자기도 모르게 프란에게 존댓말을 쓰고 있군.

"코르베르트 씨, 그거 뭔가요?"

"기분 나빠―."

"보물 지도인가?"

"리디아, 이 멍청한 녀석! 그런 시시한 게 아냐! 가, 감사합니다! 이, 이런 엄청난 걸….."

이거 그렇게 기뻐해주니 준 보람이 있군. 지금 코르베르트에게 준 건 카레빵의 레시피였다. 요리 스킬도 가지고 있으니 나쁘지 않은 답례라고 생각한다. 그 후, 들뜬 코르베르트를 어떻게든 달래며 즐거운 시간을 보냈다. 프란도 마지막까지 즐거웠나 보다. 뒤풀이가 끝나고 임대 건물로 향하는 중에도 콧노래가 들렸다.

"워웅……."

반면에 울시는 토라진 기색으로 터벅터벅 걷고 있었다.

『자, 아주 매운맛 카레빵이야. 기분 풀어.』

"워웅……."

맛있는 음식을 먹지 못한 탓이다. 하지만 어쩔 수 없지 않은가.

그 가게는 애완동물 입장 불가였으니 말이다.

『이제 그만 좀 기분 풀어~.』

"워웅……."

10분 후. 우리는 이미 조리 기구 등도 정리돼 허전해진 임대 건물로 돌아왔다.

루실 상회에서 구입한 마석을 흡수하기 위해서다.

『이번에는 내 식사 차례로군.』

"응. 그럼 처음에는 이거면 돼?"

프란이 랭크가 가장 높았던 마석 다섯 개를 조리장에 늘어놓았다.

"자."

『좋아.』

나는 프란이 늘어놓은 마석에 순서대로 칼날을 찔러갔다.

『우하아!』

대단한데! 만족감이 엄청나! 쾌감이 지나쳐서 이상한 소리가 나왔잖아! 맛이 순하거나 진한 데다 담백한 풍미와 찰기 있는 뒷맛이 남는 최고의 마석이었다. 아니, 맛있었다는 소리다. 조금 이상하게 들뜰 만큼 좋은 마석이었다. 만족감뿐만 아니라 마석치를 봐도, 스킬을 봐도 맛있는 마석이었다.

다섯 개에 1500포인트. 게다가 빙설 마술, 용철 마술, 월광 마술이라는 희귀 속성 세 개를 얻었다! 왠지 시급이 엄청 좋은 아르바이트를 한 기분이다.

역시 린포드를 베었을 때 느낀 의문의 만족감과는 달랐다. 이쪽은 더 근원적인, 식욕을 채운다고 해야 할까 자기 안으로 힘을 거둬들이는 데에 대한 충족감? 그런 이미지다.

반면에 린포드 전 마지막에 느낀 것은 증오하는 상대를 때려눕힌 뒤와 같은 사나운 감정이었다고 생각한다. 어째서 그런 감각에 빠졌는지는 모르지만. 내 몸은 아직 의문투성이구나.

"다음은 이쪽이야."

『그래.』

프란이 다음 마석을 준비해줬다. 작지만 대량 구입한 잔챙이 마석들이다.

"스승, 자."

『오오! 이거야 이거!』

나는 프란에게 부탁해 빈 욕조에 마석을 깔게 했다. 반짝반짝 빛나는 마석이 욕조에 넘쳐나서 마치 나를 유혹하고 있는 듯했다.

『이야호!』

더 이상 못 참겠다! 나는 그곳으로 다이빙했다.

뭐하냐고? 그거다, 마석 목욕. 지구에도 돈자랑의 극치인 지폐 목욕이 있잖아? 그것의 마석 버전이다. 혹은 푸딩을 좋아하는 사람의 꿈인 푸딩 목욕이라고 해도 될지도 모른다. 아무튼 사방이 모두 마석에 둘러싸여서 더없이 행복한 때였다.

"스승, 즐거워?"

『즐거워! 와하!』

마석을 한 개 한 개 흡수하기가 귀찮아서 한 번에 흡수할 수 없을까 생각하다 고안한 방법인데 엄청나게 들뜨는데! 지폐 목욕을 하는 인간의 기분이 이해가 가! 나는 속물이야! 하지만 즐거우니까 상관없어!

『햐하하!』

내가 약간 움직이기만 해도 마석이 흡수돼 끊임없이 힘이 흘러 들어왔다. 아아, 기분 좋다.

10분 후.

"스승……."

"웡……."

『죄송합니다.』

냉정해지고 보니 보호자로서 있을 수 없는 모습이었을지도 모른다는 생각이 들었다. 이런, 프란과 울시의 시선이 따가워! 찔린다는 말은 이런 때를 가리키는 거다.

『이, 있잖아. 너희도 하고 싶은 게 있으면 해도 돼.』

"……내일부터 일주일 동안 카레 무제한으로 먹을래."

"웡."

아직도 카레를 먹는 거야? 하지만 여기서 말대답하는, 분위기 파악 못 하는 짓은 하지 않았다.

『아, 알았어! 그걸로 하자.』

"응."

"워웅."

큭, 이대로는 위험해! 보호자의 위엄을 되찾아야 해.

『마, 마석치는 700 정도 얻었어.』

"꽤 들어왔네."

"웡."

틀렸다. 둘의 눈이 아직 차가운 느낌이 든다.

『그, 그렇지! 울무토로 여행 가기 전에 샤를로트를 만나러 가지 않을래?』

"찬성."

『그럼 가자!』

"응."

"웡!"

어떻게든 넘어갔나? 그렇게 생각한 직후, 프란과 울시가 똑같은 움직임으로 동시에 고개를 갸웃거리고는 눈을 치켜뜨고 나를 올려봤다.

"카레 무제한, 잊지 마."

"웡웡."

『네…….』

에필로그

다음 날 아침. 우리는 바르보라의 정문 앞에 서 있었다.

"이번에야말로 정말 이별이네요…… 훌쩍."

배웅을 나와준 사티아 왕녀가 울면서 프란을 안고 있었다. 얼핏 보기에 프란은 꼿꼿이 서서 사티아의 가슴에 얼굴을 묻고 있는 것처럼 보였다. 다만 나는 알 수 있다. 프란이 옷을 쥔 손에 살짝 힘이 들어갔다는 것을. 사실은 프란 역시 헤어지고 싶지 않은 거겠지.

"저기, 프란도 같이 가지 않을래?"

물은 것은 어린이 삼인방 중 한 명인 소프였다. 그 얼굴에는 쓸쓸한 표정이 떠 있었다. 하지만 프란은 고개를 가로저었다.

"갈 곳은 정해졌어."

"갈 곳을 바꾸면 뭐 어때. 함께 왕자님을 시중들자."

"가야 돼."

"하지만 모처럼 알게 됐는데."

"맞아."

키가 작은 테닐과 소녀 아르티도 입을 모아 프란에게 함께 가자고 했다. 그런 아이들을 달랜 것은 역시 쓸쓸해 보이는 얼굴을 한 플루토 왕자였다.

"프란에게 너무 억지 부리지 마, 프란에게도 사정이 있어."

플루토 왕자도 울먹이는 얼굴을 하고 있었다. 이런 얼굴인데도 잘생겼구나. 뭐, 프란은 그래도 못 준다!

"맞아요. 그리고 이번이 금생에서 영원히 이별하는 것도 아니니까요."

"그리고 프란과 어울리고 싶은 것은 우리도 마찬가지야. 또다시 호위 의뢰를 하는 것도 생각했었어."

"어쩌면 보수가 높으면 섬길지도 몰라."

"그렇다면."

"안 돼. 왕족의 입장을 이용하면 안 돼."

플루토 왕자는 아이의 말을 막고 고개를 저었다.

"그러면 대등한 친구라고는 할 수 없잖아요?"

"우리는 프란과 대등한 친구이고 싶어. 앞으로도 계속."

왕족 남매의 말에 납득했는지 아이들은 그 이상 아무 말도 하지 않았다.

프란의 표정은 변하지 않았지만 나는 기뻐하고 있다는 것을 알수 있었다. 귀가 쫑긋거리고 있고 말이다.

"또 만나."

"그래. 또 만나자."

"언젠가 필리어스에 와주세요.

"응. 꼭 갈게."

그리고 마지막으로 모두와 포옹하고 프란은 울시의 등에 올라탔다.

"또 보자!"

"또 봐!"

"잘 지내!"

아이들에게 손을 흔들고 프란은 웃으며 울시에게 출발하도록 지시를 내렸다.

"바이바이…… 울시, 가자."

"웡."

그 말에 따라 울시가 천천히 달리기 시작했다.

"프란, 울시! 또 만나요!"

"스승에게도 안부 전해줘!"

플루토 녀석, 나까지 신경 안 써도 되는데…….

하지만 프란은 더 이상 돌아보지 않았다. 아니, 돌아볼 수 없었다. 분명 돌아보면 친구들에게 돌아가고 싶어질 테니까.

『마지막까지 잘 참았어.』

"……우으……."

나는 프란의 눈에서 넘쳐흐르는 눈물을 닦아주며 그 등을 부드럽게 어루만졌다.

프란의 눈물은 멈추지 않았다. 오히려 굵은 눈물이 주르륵 흘러넘쳤다.

하지만 그래도 좋다고 생각한다. 마음껏 우는 편이 후련해지기 때문이다.

무심코 하늘을 올려다봤다.

하늘은 구름 한 점 없이 쾌청했다.

『이런 걸 여행하기 좋은 아침이라고 하는 거겠지.』

친구와의 이별로 눈물을 흘리는 건 좋은 일이라고 생각한다.

그만큼 사이좋은 친구가 있다는 뜻이니까. 좋은 만남을 가진 증거인 것이다.

『이게 끝이 아니야. 또 만나러 가자.』

"……응!"

나는 프란의 머리를 쓰다듬으며 앞으로의 예정을 생각했다.

오늘을 포함해 울무토에는 닷새 정도면 도착할 예정이다.

그 후, 두 개 있다는 던전에서 나와 프란이 레벨업한다. 그리고 최종 목표는 울무토의 무도 대회다. 물론 목표는 우승이다.

『울무토라, 어떤 곳인지 기대되는군.』

"……던전, 기대돼."

좋았어, 조금은 기운이 생겼나?

"다음에 모두와 만날 때는 더 강해질 거야."

『그래.』

"린포드한테 혼자서 이길 정도로."

『그래.』

그렇게 되려면 아직 수행이 필요하지만 목표는 높은 게 좋다.

"그러니까 던전에서 수행할 거야!"

『좋아, 그 의기야. 울시, 전력으로 가! 울무토까지 논스톱이야!』

"웡웡!"

"다음에는 이길 거야!"

TENSEI SITARA KEN DESITA Vol. 4
©2017 by Tanaka Yuu
First published in Japan in 2017 by Tanaka Yuu
Korean translation rights reserved by Somy Media, Inc.
Under the license from Micro Magazine Co., Ltd., Tokyo JAPAN

전생했더니 검이었습니다 4

2022년 11월 15일 1판 4쇄 발행

저 자	타나카 유
일 러 스 트	Llo
옮 긴 이	신동민
발 행 인	유재옥
본 부 장	조병권
담당편집자	박치우
편집 1팀	김준규 김혜연 박소연
편집 2팀	정영길 조찬희 박치우 정지원
편집 3팀	오준영 곽혜민 이해빈
미 술	김보라 박민솔
라이츠담당	김정미 맹미영 이승희 이윤서
디 지 털	박상섭 김지연
발 행 처	㈜소미미디어
등 록	제2015-000008호
주 소	서울시 마포구 토정로 222, 403호 (신수동, 한국출판콘텐츠센터)
판 매	㈜소미미디어
제 작 처	코리아피앤피
영 업	박종욱
마 케 팅	한민지 최원석 최정연
물 류	허석용 백철기
전 화	(02)567-3388, Fax (02)322-7665

ISBN 979-11-6190-419-1 04830
ISBN 979-11-5710-608-0 (세트)